www.b-books.co.kr

다함

www.b-books.co.kr

베이비, 베이비

베이비, 베이비

초판 1쇄 찍음 2018년 5월 11일
초판 1쇄 펴냄 2018년 5월 18일

지은이 | 이백린
펴낸이 | 정　필
펴낸곳 | **(주)뿔미디어**

기획·편집 | 이영은, 김수정
표지 디자인 | 김수진

출판등록 | 2002년 9월 11일 (제1081-1-132호)
주소 | 경기도 부천시 원미구 소향로 17, 303(두성프라자)
전화 | 032)651-6513 / 팩스 | 032)651-6094
E-mail | dahyangs@naver.com
블로그 | http://blog.naver.com/dahyangs
비북스 | http://b-books.co.kr

값 9,000원

ISBN 979-11-315-9046-1 03810

베이비, 베이비

DAHYANG ROMANCE STORY

이백린 장편 소설

Contents

프 롤 로 그

소율은 작은 판정기를 침착하게 바라보았다. 흐릿한 시야 너머로 보이는 건 명확한 붉은 줄 하나와 희미하게 떠오르기 시작한 또 하나의 분홍빛 줄이었다.

"후우……."

천천히 화장실 문을 열고 나와서 커피 테이블 위에 올려 둔 안경을 썼다. 그리고 다시 판정기를 바라보자 아까 희미해 보였던 두 번째 줄이 점차 선명해졌다. 이제 결론을 지어도 될 때라는 걸 직감한 소율은 손에 쥐고 있던 테스트기를 거실 탁자 위에 두었다.

「99%의 확실한 결과!」

이미 탁자 위에 놓여 있던 다른 브랜드의 임신 테스트기에 쓰인 문구를 보며 소율은 쓴웃음을 삼켰다. 이것만 해도 벌써 일곱 번째 확인이었다.

그녀는 정확한 판단을 위해 일주일 내내 아침의 첫 소변으로 자신의 임신 사실을 점쳐 봤다. 사실 산부인과에서 혈액 검사를 하는 게 가장 빠른 방법이란 걸 알고는 있었다. 하지만 소율에게 도 나름 마음을 정리할 시간이 필요했다. 그게 딱 일주일이었던 것이다.

"그래."

소율은 늘어선 테스트기를 보며 차분하게 중얼거렸다.

"이만큼 했으면 된 거잖아."

처음 이 결과를 알았을 때처럼 의외로 놀랍지는 않았다.

"나 정말로 임신한 거구나."

하지만 생경하긴 했다. 이 세상에서 소율에게 가장 멀게 느껴 지는 단어가 '가족' 이기 때문이다. 조실부모하고 사고무친한 세 상에서 그녀는 늘 혼자였다. 그리고 앞으로도 그럴 것이다. 하지 만 이 아이는 달랐다. 이미 배 속에서 자라고 있는 아이에게는 자 신이 있었다.

"좋은 아내는 아니지만, 좋은 엄마는……."

'될 수 있을까?' 그 하나의 질문이 그녀는 머릿속에 떠올랐지 만 차마 입 밖으로 낼 수 없었다. 이미 일주일이나 태아를 방치한 거나 다름없는데 더 이상 상처 주고 싶지 않았다. 이렇게 처음부 터 갈피를 잡지 못하면 아이에게도 안 좋을 것이 분명했다.

"후우."

소율은 다시 깊은 한숨을 내쉬며 마음을 다스렸다. 곧이어 안경을 고쳐 쓴 소율은 언제 그랬냐는 듯 또렷한 눈빛으로 빠릿빠릿하게 움직였다. 평상시 직장에서 한 실장으로 불리던 소율의 모습이었다.

그녀는 지갑을 빼곡히 채운 명함들 사이에서 가장 크리에이티브하게 돋보이는 반투명 플라스틱 명함을 한 장 꺼내 들었다. 거기에는 '남도준'이라는 이름 세 글자와 프라이빗 넘버가 적혀 있었다.

"역시…… 해야겠지."

아무리 똑 부러지는 평소의 소율로 돌아왔대도 이 번호로 전화를 거는 건 쉽지 않았다. 가장 큰 이유를 꼽자면 소율이 세간에서 흔히 말하는 모솔, 즉 모태 솔로이기 때문이었을 거다.

뭐 핑계라면 핑계겠지만 소율의 인생은 33년이라는 세월 동안 순결을 지키는 게 그렇지 않는 쪽보다 쉬웠던 탓도 있었다. 어려서는 학업에, 커서는 일에 치여서…… 어떻게라도 자신이 설 자리를 만드는 사이에 연애는 남의 일이 되어 버렸다. 우스운 건 딱히 혼전순결주의자도 아니었다는 거다.

"아이는 혼자 만들어지는 게 아니니까."

소율이 번호를 입력한 후 통화 버튼에서 망설이며 되뇌었다. 말 그대로 어쩌다 보니 이렇게 됐다. 어쩌다 보니 서른셋까지 순결을 지키게 됐고, 어쩌다 보니 그 순결을 허락하게 됐다. 그리고 그 한순간의 상대가 바로…… 남도준이었다.

"아…… 왜 그랬을까."

황망한 소율의 시선이 허공에 머문다. 딱히 후회나 죄책감이 있는 건 아니었다. 그저, 말 그대로 내가 왜 그랬는지 알 수가 없을 뿐. 뭐, 다시 한번 핑계 아닌 핑계를 대 보자면 그날 밤의 소율이 지칠 대로 지쳐 있었다는 거다.

'한 실장, 아니 한소율 씨.'

평소 예의라고는 개나 주던 소율의 직속 상사였다. 대기업인 단영 건설의 이사로서는 몰라도 인간적으로는 꽝이었던 그 사람.

'이제 슬슬 시집이라도 가야지 않겠어?'

여태껏 수많은 여직원들이 그 말을 들어야 했다.

'권고사직이라는…… 말씀이신가요.'

이사는 말없이 빙긋 웃었다. 소율의 자리에 새로 오게 될 인사가 다름 아닌 이사의 애인이라는 소문이 돈 지 채 일주일도 안 되어서 현실에 적용된 셈이었다.

'역시 소율 씨는 똑 부러진단 말이지.'

그게 끝이었다. 분노 후엔 무력함이 찾아왔고, 그 후엔 상실감이 소율을 에워쌌다. 대학 시절 이후 처음으로 스스로 술을 사 봤고, 취기라는 것에 기대어 봤다. 여태까지 필사적으로 앞만 보고 달려온 소율에게 이 불공평한 세상의 이치는 그동안 연체됐던 삶의 무게를 한 번에 돌려주는 것만 같았다. ……그리고 아무도 없었다.

'그러고 나서 둘러보니까, 나 정말 주위에 아무도 없는 거 있죠.'

그날 밤에도 술에 취해 있던 소율의 씁쓸한 말에 도준은 어깨를 내어 주었다. 내 어깨라도 괜찮다면, 그렇게 자연스러운 위로를 닮은 말을 하면서.

'나라도 좋다면, 기대든지.'

평소의 소율이었다면 결단코 그런 일은 일어나지 않았을 것이다. 하지만 그날 밤 도준의 어깨는 따스했다. 무작정 타인에게 위로받고 싶었던 소율에게는 정말이지 살갗에 스미는 온기가 절실했다. 처음에는 어깨만 빌리자고 했던 게 품을 빌리게 되고, 결국은…….

"아, 아니야."

다시 현실로 돌아온 소율이 고개를 절레절레 저으며 스스로를 다독였다.

"하지만…… 아무리 원나잇이라도 지킬 건 지켜야겠지."

그렇게 중얼거린 소율은 열한 자리의 번호를 재빨리 눌렀다. 곧이어 들리는 신호음에 조금은 지루하다 생각이 될 무렵, 신호가 끊어졌다. 그리고 낮으면서 다정한 음성이 들려왔다.

— 여보세요?

"……."

도준의 음성에 소율은 한순간 말을 잊고 말았다. 그러면 안 되는 걸 알지만 아주 잠시 마음이 흔들렸다.

— 한소율 씨, 기껏 전화 주고서는 아무 말도 안 할 겁니까?

남자의 음색에서는 웃음이 묻어났다. 그녀를 반가워하는 눈치였다.

"제 번호는…… 어떻게 아셨어요?"

처음이자 마지막 밤을 보낸 후에 도준은 일방적으로 명함을 건넸다. 받을 생각은 없었지만 억지로 손에 쥐여 주는 통에 소율은 지갑에 넣어 두고 잠시 잊고 지냈다. 그러다 임신 사실을 눈치채고서 그를 떠올렸다. 그럴 만한 상대는 도준밖에 없었으니 말이다.

— 그 정도 알아내는 건 별로 어렵지 않죠.

여전히 웃음기가 묻어나는 음성으로 도준은 이야기를 이어 갔다.

— 단영 건설에서 일 제대로 하는 비서는 소율 씨밖에 없다고 소문이 자자했는데, 몰랐습니까? 곧 퇴사하신다기에 내가 스카우트할까 싶어서 미리 알아 뒀습니다. 물론, 그날 밤 일은 순전히 우연이었으니 오해하지 마시고요.

"스카우트……."

달콤한 울림이었다. 도준이 이사로 있는 현설 그룹은 단영 건

설보다 훨씬 큰 기업이었다. 게다가 직원에 대한 복지도 남다르다고 들었기 때문에 스카우트란 단어에 귀가 솔깃해졌다. 하지만 이래서는 안 됐다. 그렇게 취업을 하고 나면 자신을 밀어낸 이사의 애인과 다를 게 없기 때문이다.

"말씀만으로 정말 감사합니다. 하지만 마음만 받을게요. 제가 감당하기에는 너무 큰 기업인 거 같아요."

— 그러지 말고 긍정적으로 생각해 주면 안 됩니까? 나는 소율 씨를 다시 보고 싶거든요. 당장에라도.

"……."

도준의 달콤한 속삭임에 소율은 다시 할 말을 잃고 말았다. 이대로 그의 페이스대로 끌려가면 꺼낼 얘기도 제대로 못 할 거 같았다. 그래서 소율은 안경을 추켜세우며 단호한 표정으로 말을 뱉었다.

"아무튼, 오늘 이렇게 갑자기 전화를 드린 건 중요한 용건이 있어서예요. 얘기가 좀 길어질지도 모르는데 괜찮으신가요?"

— 아, 그렇습니까? 음…… 그럼 잠시만 기다려 주겠어요? 몇 초면 됩니다.

"네, 기다리고 있을게요."

소율의 대답이 떨어지기가 무섭게 바스락거리며 종이 스치는 소리가 들려왔다. 그 소리가 한동안 반복되더니 아주 작게 '나가 봐.' 라고 말하는 도준의 목소리가 들려왔다. 그의 말대로 상대가 나간 건지 문이 닫히는 소리와 함께 그의 숨결이 이전처럼 가까워졌다.

— 미안해요, 기다리게 해서. 그래서 소율 씨가 따로 전화를 해

줄 만큼 중요한 얘기가 대체 뭐죠? 난 될 수 있다면 데이트 신청이었으면 좋겠군요.

"데이트 신청보다 훨씬 중요한 얘기예요."

막상 얘기를 꺼내려니 소율은 갑자기 초조함이 밀려왔다. 그래서 자리에서 일어서 주위를 서성이다가 탁자 위에 일렬로 늘어선 임신 테스트기를 바라보았다. 꼬박 일주일 동안 검사한 일곱 개의 테스트기가 그녀에게 힘내라고 말하고 있는 거 같았다. 그래서 소율은 결심을 내렸다. 그리고 한 박자를 쉰 후에 얘기를 이어 갔다.

"저 임신한 거 같아요."

— 예?

"아니, 임신했어요."

— 아, 임신……. 일단 축하……드려야 할까요?

내용과는 걸맞지 않게 퍽 자연스러운 흐름이었다.

"그걸 잘 모르겠어서…… 일단 전화드렸어요."

그래서 소율도 담담하게 말을 이을 수 있었다.

— 그건, 무슨 뜻인지 물어봐도 될까요?

"딱히 어떤 뜻이라기보단, 현상을 말씀드리는 거예요."

소율은 숨을 고르고는 똑똑히 말했다.

"지금 제가 임신했을 가능성은 99% 수렴하고, 그 아이가 이사님의 아이라는 건 100%의 확률이라고 봐요."

— 아…… 그렇군요.

이전의 맹렬한 기세와는 달리 도준은 말을 고르고 있었다. 보지 않아도 그의 태도에서 아이를 버거워한다는 게 느껴졌다. 차라리 잘됐다고 생각하며 소율은 자신의 뜻을 이어 갔다.

"이사님께서 어떻게 생각하실지 모르겠지만 만일 제 안에 아이가 생겼다면, 저는 이 아이를 낳을 거예요. 물론, 될 수 있다면 친권도 제가 가지고 싶어요. 따로 돈을 요구할 생각도 없어요. 그냥 이사님께서 유전학적으로 친부가 되는 셈이니 알려 드리고 싶었어요. 이 아이는 저 혼자……."

— 아니.

소율의 얘기가 끝나기도 전에 도준은 난색을 표했다. 소율은 처음 전화하기 망설여졌던 이유가 다가올까 두려웠다. 대부분의 남자들, 특히나 남도준처럼 사회적 지위를 포함한 모든 것을 가진 남자들은 혹을 싫어할 테니까.

"싫으신가요."

— 그게 아니라 너무 전개가 빨라서. ……폭탄을 던졌으니 숨 쉴 틈 정도는 줄 수 있는 거 아닙니까?

이건 소율이 지난 일주일 동안 시뮬레이션했던 무수한 상황들 중 단 한 가지와도 맞지 않는 대답이었다.

"네, 아닙니다."

— ……뭐요?

"이사님은 결정하실 필요 없어요. 결정은 제가 했고 그냥 알려 드리는 것뿐이니까요."

하지만 결연한 표정으로 이 통화에 임하는 소율은 모든 상황에 대처할 수 있을 만큼 강했다.

— 그냥 통보만 하는 거라고요?

"네. 어떤 방식으로든, 고지의 의무가 있지 않을까 해서요."

이제 마음이 조금 편안해질 것 같았다.

"만일 아이가 무사히 태어난다면 친권 포기에 동의해 주셨으면 해요. 그 외에 아무것도 바라지 않는다는 저의 각서도 공증을 받도록 하는 게 좋을 것 같은데, 어떻게 진행하는 게 좋을까요?"

— ……아니.

수화기 너머 도준의 목소리가 조금 무거워졌다.

— 그런 진행은 곤란할 것 같은데.

"이사님께 폐가 가지 않도록……."

— 그게 아니라, 소율 씨가 말하는 진행을 못 할 것 같다는 말입니다.

"……네?"

이거야말로 소율의 시나리오에 없던 전개였다.

— 내가 왜 내 아이의 친권을 포기해야 합니까?

너무 황당했던 나머지 소율은 몇 초간 눈을 깜박였다.

"아뇨, 이건 어디까지나 저의 아이니까……."

— 소율 씨도 방금 말하지 않았습니까. 내가 아이의 친부일 확률은 100%라고. 그럼 소율 씨와 나의 아이인데, 왜 나만 친권을 포기해야 되냐는 말입니다.

이건 정말이지 말도 안 되는 소리였다. 기껏해야 아이의 존재에 불쾌함을 표하는 게 최악의 시나리오라 생각했었는데, 설마 그 남도준이 지금 아이에 대한 권리를 주장하다니.

"아니, 이사님. 제 말은요."

─ 소율 씨의 말이 무슨 뜻인지는 압니다. 그 아이를 온전히 낳아서 홀로 키우겠다, 이런 말 아닙니까. 그런데 유감스럽게도 나는 그럴 의향이 전혀 없어요.

"그럴 뜻이 없다니요?"

─ 엄연히 내 아이기도 하지 않습니까. 그러면 그 아이에 대한 권리는 내게도 있다는 뜻인데 왜 내가 포기해야 합니까?

일이 꼬이기 시작했다는 걸 눈치챈 소율은 단번에 미간을 찌푸렸다.

"그 말씀은, 아이는 제가 낳고 직접 데려가서 키우시겠다는 건가요? 죄송하지만 저도 제 권리를 포기하고 싶은 마음이 없는데요."

─ 똑똑한 소율 씨가 이럴 때는 이상하게 바보처럼 구네요.

어떤 식으로 들어도 그건 칭찬이 아니었다. 그래서 소율은 입술을 앙 깨물며 무어라 한마디 쏘아 주려고 했다. 그런데 그보다 앞서 도준이 먼저 말을 뱉었다.

─ 같이 키웁시다. 우리가 같은 집에서 그 아이를 입히고, 먹이고, 재우고, 그러면서 말이죠.

도준의 얘기가 한 번에 이해되지 않았다.

"이사님. 저는 그럴 생각이……."

─ 그럼 이제부터 생각해요.

"아뇨, 이 아이는 제 아이고."

─ 동시에 내 아이죠.

수화기 너머로 들리는 도준의 목소리가 조금 들뜬 것 같았다. 이게 소율의 착각이면 좋으련만.

— 아, 그렇지. 내가 아까 축하해야 하냐고 물었던 건 정정하는 걸로 합시다.

소율은 말을 잃었다. 이건 정말이지…… 생각지도 못했던 전개라서. 문자 그대로 어이가 없었고, 말 그대로 황당할 뿐이다.

— 소율 씨, 축하해요.

그 남자의 목소리는 정말 기쁜 듯이 들려서 소율을 더더욱 혼란에 빠트렸다.

— 우리 아이를 임신한 걸, 진심으로 축하합니다.

"우리가 아니라 내……."

— 확실히 우리 아이라는 것도 100% 아닙니까.

그건 사실이었다. 지금 소율의 안에서 느껴지지도 않는 작은 생명체는 분명 소율 혼자서 만들어 낸 것이 아니니까.

— 소율 씨의 아이인 동시에 내 아이기도 합니다.

도준은 자꾸만 옳은 말을 해서 소율을 혼란스럽게 만든다.

— 그러니 미안하지만 난 내 권리를 주장해야겠어요. 가능하면 얼굴 보고 이야기하고 싶은데.

"만나요, 그럼."

소율은 문제를 돌파하는 타입이었다. 아마 도준도 그런 타입이리라.

— 아, 그건 당연한 거고…….

하지만 도준의 다음 말에 소율은 생각을 바꿨다.

— 꽃은 뭘 좋아합니까.

"……네?"

— 들었으면서.

이 남자와 나는 확실히 다른 사람이었다.

"이사님, 저는 조금 더 현실적인 문제를 상의하고 싶은데요."

— 나도 충분히 현실적인데? 내 살인적인 일정에 갑작스러운 저녁 스케줄이 가당키나 한지, 비서직에 오래 근무했던 한소율 씨라면 잘 아시겠죠.

소율은 잠자코 납득했다.

"제가 이사님 계신 곳으로 가겠습니다. 꽃은 필요 없어요."

— 그럼 장소는 문자로 보내면 되겠고…… 꽃은 내 아이가 생긴 걸 내가 축하하는 거니까 굳이 한소율 씨에게 허락받을 필요는 없겠고.

한마디도 이길 수가 없었다.

— 그럼 다 된 건가?

끝끝내 소율은 이 현실을 받아들여야 했다.

"대충은…… 그런 걸로 하죠."

임신 테스트기에 떠오른 붉은색의 두 줄만큼이나 확실한 사실 하나는 알겠다. 나는 아무래도 엄청나게 다루기 힘든 남자의 아이를 가진 게 틀림없다.

1

어느새 까뭇까뭇해진 하늘을 보며 소율은 발걸음을 서둘렀다. 도준이 약속 장소로 지정한 현설 호텔은 시내 한복판에 자리하고 있었다. 때문에 호텔 앞거리는 이른 퇴근을 서두르는 사람들과 유흥을 즐기러 나온 사람들로 인산인해였다.

"약속을 잡아도 왜 하필이면……."

모던한 느낌의 호텔 입구에 서서 소율은 입술을 삐죽거렸다. 한 회사의 중역 자리에 있으면 얼마나 많은 스케줄에 시달리는지 그녀 역시도 알고 있었다. 아마도 그의 행동반경에서 가장 가까운 곳이 이 호텔이었을 거다.

이성은 이해한다고 말하고 있다. 하지만 여자의 마음으로는 그럴 수가 없었다. 그도 그럴 게, 이 장소는 그 사건이 일어난 장소였다. 도준의 두껍고 단단한 팔 안에 안겨서 세상에서 가장 뜨겁

25

고 짜릿한 밤을 보낸…….

"아니, 아니지. 지금은 이런 걸 떠올릴 때가 아니야."

괜한 생각을 떨쳐 버리려는 듯 소율은 고개를 붕붕 내저었다. 그리고 습관처럼 안경을 추켜세우더니 금세 야무진 표정을 지었다.

"지금은…….."

소율은 마치 누군가를 의식하듯 허리를 꼿꼿이 세웠다.

"협상을 하러 가는 것뿐이야."

그거야말로 소율의 전공이었다. 그러니 두려울 게 없다고, 스스로에게 최면을 거는 거나 다름없었다. 실제로 어려울 건 없을 것 같았다. 특별한 변수가 없는 한은 그랬다.

호텔 손님들 사이에 섞여 소율은 단숨에 라운지로 향했다. 약속 장소에 당도해 자리를 잡은 그녀는 커피를 주문할까 하다가 관뒀다. 대신에 따뜻한 녹차를 시켰다.

"한소율 씨 되십니까?"

하지만 주문한 음료가 나오기도 전에 콘시어지가 다가와 공손히 물었을 때, 소율은 그 변수의 존재를 느꼈다.

"맞는……데요."

콘시어지의 환하고 친근한 미소에 소율은 오히려 방어적인 태세를 취했다.

"남도준 이사님께서 기다리고 계십니다."

"남 이사님께서요?"

소율은 일어나지 않은 채 라운지를 한 번 둘러보았다. 그리고 자신의 손목시계를 한 번 본 후에 차분하게 말을 뱉었다.

"제가 알기로는 여기 라운지에서 이 시간에 뵙기로 했는데, 남이사님 모습이 보이지 않네요."

안경 너머 소율의 눈동자가 날카롭게 변했지만 콘시어지는 꿈적도 않고 그저 미소로 일관했다.

"그 사항에 관해서는 저도 말씀드릴 수 있는 게 없네요. 남도준 이사님께서는 애초에 예약하신 장소에서 한소율 씨를 기다리고 계십니다."

"애초에 예약한 장소……."

어이가 없었다. 아니, 이해가 가지 않았다. 소율에게는 라운지에서 보자고 하더니 정작 도준은 다른 곳에 있었다. 그렇지만 이대로 상관도 없는 사람을 더 닦달해 봤자 얻을 것도 없다는 생각이 들었다. 그래서 소율은 핸드백을 메며 자리에서 일어섰다.

"괜찮으시다면 제가 안내 도와드려도 될까요?"

"네, 부탁드릴게요."

어차피 도준을 찾아가기 위해서는 콘시어지의 도움이 필요했다. 그 뒤를 쫓으며 복잡한 마음을 삭였다. 그저 안내받는 대로 걸음을 옮기고, 엘리베이터를 타고, 다시 내리기를 이어 갔다. 그러다 보니 어느새인가 스위트룸 앞에 서 있게 되었다.

"잠시만요."

소율은 당황하며 인터폰을 누르려는 콘시어지의 손을 막았다. 기껏해야 호텔 식당이나 사무실일 거라 생각했다. 아마 이곳이 호텔이란 사실을 잠시 잊었는지도 모른다. 설마 도준이 객실에서 기다리고 있을 거라 예상하지 못했기 때문이다.

"지금 여기에 남 이사님께서 기다리고 계시다, 이 말인가요?"

"네. 정시에 도착하셔서 지금까지 기다리고 계십니다."

"그러니까, 애초에 예약한 장소도 여기란 말이죠?"

"네, 그렇습니다만……."

콘시어지가 처음으로 당황한 기색을 보였다. 그 정도로 소율의 기색이 냉랭했던 것이다. 하필이면 이 호텔에서, 그것도 객실에서 다시 도준을 만나야 한다고 생각하니 소율은 짜증이 일었다. 만만하지 않은 상대라고 생각은 했지만 이 정도일 줄 예상 못 했던 것이다.

"진짜, 어이가 없어서."

소율은 기가 차서 인터폰만 노려보았다. 그저 딱 하룻밤으로 끝냈어야 할 인연이었다. 그 밤을 마지막으로 다시는 보지도 말고, 상관없는 채 살아야 옳았다. 하지만 지금은 그럴 수가 없었다. 이미 자신은 임신을 했고 그 사실을 도준에게 알렸다.

"저…… 한소율 씨?"

협상에서는 먼저 흥분하는 사람이 지는 거다. 캄 다운을 되뇌며 소율은 깊은 한숨을 내쉬었다. 그리고 옷매무새를 고치고, 안경을 다시 썼다.

"이제 괜찮으니까 그만 돌아가셔도 돼요."

"네?"

"저를 잘 안내해 주셨으니 그만 가셔도 괜찮아요."

"하지만……."

소율은 괜찮다는 듯, 싱긋 웃어 보였다. 그리고 콘시어지가 보는 앞에서 스위트룸의 인터폰을 눌렀다. 문 너머에서는 누구냐고 묻지도 않았다. 그리고 잠시 침묵이 흘렀다.

"이제 정말 가 보셔도 괜찮아요."

소율은 콘시어지를 향해 나지막이 속삭였다. 그제야 콘시어지는 소율을 향해 고개를 살짝 숙이더니 걸음을 옮기기 시작했다. 그 모습을 잠시 보던 소율이 다시 고개를 돌릴 즈음에는 이미 문이 철컥 소리를 내며 열려 있었다.

"왔어요? 혹시나 길이라도 잃을까 봐 콘시어지에게 부탁했는데, 다행히 만났나 보군요."

눈앞의 도준은 싱그럽게 미소 지으며 소율을 반겼다. 여전히 넓은 어깨와 탄탄한 가슴을 가진 그는 블랙 슈트와 무척이나 잘 어울렸다. 하지만 그것과는 반대로 소율은 기분이 언짢았다.

"이런 초대는 솔직히 불쾌하네요."

자신의 머리보다 한참이나 높은 시선을 마주하며 소율은 눈살을 찌푸렸다.

"라운지에서 만날 생각도 없으면서 왜 저를 거기로 불렀죠? 거기까지는 이해한다고 쳐요. 하지만 여기 스위트룸은 대화만 나누기에는 과한 장소가 아닌가 싶네요."

"한소율 씨 말이 맞아요. 난 대화만 나눌 생각은 없습니다."

도준의 대답에 소율은 정신이 아득해지는 것 같았다. 머릿속으로는 온갖 의문들이 떠올랐지만 애써 입 밖으로 내지 않았다. 그저 이 남자 앞에서 소리라도 지르지 않으려 안간힘을 썼다.

"제가 이곳까지 오는 동안에 쭉 콘시어지와 함께였어요. 그걸 본 사람들도 분명 있을 거고요. 무엇보다 CCTV에 모두 촬영되었겠죠."

"그렇겠죠. 이 정도 규모의 호텔이니 분명 본 사람들이 있을 겁니다. 그런데 갑자기 왜 그런 얘기를 꺼내죠?"

"혹시나 남도준 이사님께서 저를 상대로 범법 행위를 할 여지가 있을 시 충분한 증인과 증거가 확보되었다는 걸 각인시켜 드리고 싶어서요."

아주 차분한 어조였지만 소율의 눈빛은 많은 얘기를 하고 있었다. 무엇보다 도준을 크게 책망하고 있었다. 그걸 눈치챈 그는 씁쓸하게 웃고서 어깨를 으쓱였다.

"그럼 직접 들어와서 확인해 보지 그래요. 내가 당신을 상대로 정말 어떤 범죄를 저지르려는 건지."

"안 그래도 그러려고요."

도준은 소율이 들어가기 쉽도록 문 앞에서 조금 비켜섰다. 그녀는 한 치의 흐트러짐도 없이 당당한 걸음으로 스위트룸 안으로 들어갔다. 그곳에서 제일 처음 반응을 보인 건 코였다. 향수와는 확연하게 달랐다. 달달하면서 싱그러우며 향긋한 향기가 코끝을 간질였다. 그리고 곧 총천연색의 꽃들과 마주하게 되었다. 수를 헤아리기도 힘들 정도로 많은 꽃들이 객실에 장식되어 있었다.

"대체 이건······."

혹시 도준이 이곳에 새로운 플라워 숍을 오픈한 건지 착각이 일 정도였다. 꽃을 잘 모르는 소율도 이건 장미고, 저건 튤립인 건 알았다. 그 외에도 노란 메리골드, 색색의 수국, 팬지, 게다가 그녀의 얼굴만 한 해바라기도 눈에 띄었다.

"혹시…… 화훼 사업이라도 시작하시나요?"

소율은 얼떨떨한 기분을 감추지 못한 채 물었다. 그러자 도준은 자랑스러운 표정을 지으며 그녀의 곁으로 다가갔다.

"그런 쪽까지 손대면 무슨 욕을 얼마나 먹으려고."

"그럼 이 많은 꽃은 왜 준비하신 거죠?"

"내가 물었잖아요. 무슨 꽃 좋아하냐고. 그런데 대답이 없기에 뭘 좋아할지 몰라서 일단 닥치는 대로 준비했어요. 이렇게 많으면 그중에 하나 정도는 좋아하는 꽃이 있겠지 싶어서."

미친놈. 그 단어가 입 끝에서 맴돌았지만 소율은 꿀꺽 삼켰다. 이 많은 꽃들이 자기 한 명을 위해 희생되었다고 생각하면 정말 아깝기 그지없었다.

"죄송하지만……."

거기까지 말한 소율은 다시 생각을 했다. 만약 이대로 이 꽃을 거절한다면 쓰레기통으로 직행할지도 모른다. 그건 너무 큰 낭비였다. 분명히 부담스러웠지만 이런 낭비에 동조하고 싶지 않았다.

"이렇게 많은 꽃은 제게 필요 없어요."

"어…… 그럼 이 많은 걸 어쩌지. 버려야 하나."

"대신에!"

혹시나가 역시나였다. 그래서 소율은 얼른 다음 얘기를 이어 갔다.

"굳이 제게 꽃을 주고 싶다면 이 꽃들은 보육원이나 양로원에 보내 주세요. 절대 버리시지 말고요. 저는⋯⋯."

발을 디딜 틈도 없이 꽃으로 가득한 공간으로 다가가며 소율은 메리골드 한 송이를 뽑아 들었다.

"이 한 송이면 충분해요."

이런 식으로 도준에게 무언가를 받을 생각은 없었지만 꽃 한 송이 정도는 괜찮을 거란 생각이 들었다.

그런 소율을 도준은 마음에서 우러나는 흐뭇함을 미소로 표현했다. 아마도 자신이 선택한 여자는 아주 똑 부러지면서도 정이 많은 여자인 거 같았다.

방을 가득 메웠던 꽃들은 호텔 직원들의 손길에 일사천리로 사라져 갔다. 그제야 마음이 한결 놓인 소율은 옅은 한숨을 뱉었다.

"그럼 이제 식사를 해 볼까. 소율 씨는 뭐가 좋죠?"

"식사보다 저희의 현실에 대해 구체적인 이야기를 시작하면 안 될까요?"

"그래요. 그것도 일단은 중요하죠. 하지만 난 지금까지 일하느라 제대로 된 식사도 못 했거든. 될 수 있다면 저녁은 챙겨 먹고 싶은 기분인데."

그렇게 말한 도준은 인터폰 근처로 다가갔다. 그의 입가에는 여전히 여유로운 미소가 존재했다. 소율에게 그 모습은 무척이나 얄밉게만 보였다.

"그럼 식사는 남도준 이사님만 하시는 걸로 하세요. 저는 식욕이 없어서요."

"식욕이 없어도 일단 먹어야 하지 않겠어요. 건강한 육체에 건강한 정신이 깃들고, 무엇보다 건강한 아이가 태어나죠. 지금 소율 씨는 너무 마른 거 같아."

"옷을 이렇게 입어서 그래요. 전 평균 체중이에요."

말은 그렇게 했지만 요즘 들어 스트레스 때문에 살이 부쩍 빠진 참이었다. 그녀 역시 은근히 신경 쓰고 있던 점을 지적당하자 저도 모르게 욱하고 말았다.

"일단 보기에 말라 보이니까 하는 말입니다. 아무튼, 식욕이 없다면 간단하게 먹을 수 있는 걸 준비하도록 하죠. 특별히 가리거나 먹으면 안 되는 음식 있어요?"

"딱히 조심해야 할 음식은 없어요. 가리는 것도 없고요. 제가 먹기 싫다고 다시 대답드려도 계속 권하실 생각인가요?"

"그거야, 물론. 아니면 종류별로 하나씩 시켜 두는 방법도 있죠. 그중에 하나는 먹고 싶을 수도 있잖아."

결국은 도준의 뜻대로 일이 흘러간다는 게 마음에 들지 않았지만 소율은 어쩔 수 없다는 생각이 들었다.

"그래요, 알겠어요. 그럼 저는 클럽샌드위치로 할게요."

인터폰을 든 도준은 자신이 먹을 갈비찜 정식과 클럽샌드위치를 주문하고서 전화를 끊었다.

"자, 그럼. 식사가 올 동안에 우리 이야기를 시작해 볼까요."

그렇게 말한 도준은 가벼운 걸음으로 소파를 향해 다가갔다. 금세 자리를 잡고 앉은 그는 우아한 몸짓으로 다리를 꼬았다. 하지만 소율은 그런 그를 지켜보며 얘기를 꺼냈다.

"단도직입적으로 말씀드릴게요."

"좋습니다. 나도 변화구보다는 직구가 좋거든요. 어렵게 에둘러 표현할 필요 없이 단도직입적인 대화를 해 보죠. 일단 앉아요. 올려다보려니 고개가 아프네."

앉아야 할 필요성은 느끼지 못했지만 굳이 거절할 이유도 없기에 소율은 도준의 맞은편에 앉았다. 등을 꼿꼿하게 세운 소율은 안경을 고쳐 썼다.

"일단 말씀드릴게요. 저는 방금 전 그 화훼 농장이랄지…… 꽃밭 같은 이벤트는 필요 없어요. 그런 식으로 관계를 포장하려는 것도 좋아하지도 않고요. 그러니 삼가 주셨으면 좋겠습니다."

"음, 의외네요. 일반적으로 여자들은……."

"그 섣부른 일반론에 저를 끼워 넣지 않았으면 해서 드리는 말씀이에요."

속사포처럼 내뱉는 소율의 말들에 도준은 조금도 휩쓸리지 않았다. 그는 어깨만 한 번 으쓱이고는 천천히 고개를 끄덕였다.

"내가 소율 씨는 특별한 여자란 걸 잠시 잊고 있었군요. 알겠어요. 앞으로는 주의하도록 하죠. 당신이 싫다면 정말 싫은 거고, 좋다면 좋은 걸로."

도준이 납득하는 부분이 어쩐지 그녀가 원하는 바와 핀트가 맞지 않는 것 같았지만 일단은 그냥 넘어가기로 했다. 그래서 소율은 다시 얘기를 이어 갔다.

"아무튼, 지금 저희의 문제는 다른 게 아니라 이 아이예요."

"잠시, 잠시만요."

소율의 얘기를 가만히 듣고 있던 도준이 손을 들어 올리더니 그녀의 말을 막았다. 그리고 몇 번 고개를 갸웃하더니 더없이 해맑은 표정으로 입을 열었다.

"아무리 그래도 문제는 아니죠."

느닷없는 지적에 소율은 그제야 자신의 말을 곱씹어 보았다. 그러곤 잠시 후 아차 싶은 표정을 지었다. 그런 그녀를 보며 도준은 괜찮다는 의미로 고개를 끄덕이더니 씨익 웃어 보였다.

"이해합니다. 그런 뜻으로 한 말은 아니었겠죠. 하지만 앞으로 우리 둘 다 주의해서 말하도록 합시다. 난 이 아이가 뜻밖이긴 해도 문제라고 생각하진 않으니까."

지금까지 지켜본 도준의 태도와 행동은 생각도 못 한 것들이었다. 그러면 당연히 이 상황을 '사고'나 '문제' 정도로 인식할 거라 짐작했기 때문이다. 그녀 스스로도 무의식중에 그렇게 말하고 말 정도니까.

"아……."

느닷없이 드러난 도준의 의외의 모습에 소율은 가슴이 술렁이는 것 같은 착각이 일었다. 하지만 짧게 내뱉은 한숨과 함께 그런 생각들은 곧 날아가 버렸다.

"제 단어 선택이 적절하지 못했네요. 앞으로 아이를 위해서라도 조심하도록 하겠습니다."

"한소율 씨는 볼수록 참……."

거기까지 말한 도준은 잠시 생각에 빠졌다. 소율을 표현하기에 알맞은 단어가 생각날 듯 말 듯 했기 때문이다. 그녀는 남들이 보기에도 충분히 미인이고 능력도 탁월했다. 조금 톡 쏘는 느낌이 있긴 하지만 때때로 그런 것과는 전혀 다른 모습을 보이기도 했다.

"……순수하네요."

"지금 저한테 말씀하시는 건가요? 순수하다고?"

"그래요. 내가 느끼는 한소율 씨는 순수한 거 같아. 좋게 말하면 원석이지만 나쁘게 말하면 바위? 자신이 가진 본질을 숨기지 못하는 거지. 아, 본질이라는 건 단어 그대로의 뜻이니까 곡해해서 듣지 말아요."

"본질……."

스스로도 깨닫지 못하는 것을, 남이나 다름없는 도준이 알아챈다는 것에 소율은 얼떨떨한 기분이 들었다.

"저를 좋게 봐 주셔서 감사합니다."

소율은 고개를 살짝 숙였다. 그리고 곧 고개를 들어 도준을 똑바로 바라보았다.

"이사님께서도 저를 높게 평가해 주시니 드리는 말씀이지만. 아이에 대한 양육권은 제게 일임해 주셨으면 좋겠어요. 저는 결혼에 어울리는 사람이 아니에요. 가정에 대해서 아는 것도 없고 느껴 본 적도 없어요. 그러니 좋은 아내가 되지 못할 거예요. 하지만 아이는 포기할 생각이 없어요. 제가 가지지 못했던 것들을 아이를 위해 해 주고 싶어요. 물론, 지금 당장 일자리를 잃기는 했지만……."

그때였다. 마치 타이밍을 노린 듯 객실의 인터폰이 울렸다. 소율의 얘기를 가만히 듣고 있던 도준은 자리에서 일어서 문을 열었다. 호텔의 직원으로 보이는 남자가 트레이를 밀며 방 안으로 들어섰다. 그는 테이블 위에 음식을 세팅하더니 고개를 살짝 숙이고서 다시 방을 나섰다.

"일단 식사부터 하죠."

그렇게 말한 도준은 먼저 의자에 앉았다. 소율은 마지못해 소파에서 일어서 테이블 앞으로 다가갔다. 그리고 좀 전과 마찬가지로 그의 맞은편에 앉았다.

"잠시 얘기가 끊어졌네요. 다시 말씀드릴게요. 저는……."

"소율 씨도 식사 전일 것 같은데 먹으면서 얘기해요. 나 어디 도망 안 가니까."

도준은 클럽샌드위치가 놓인 그릇을 그녀의 앞으로 밀어 주었다. 딱히 입맛이 당기지는 않았기에 소율은 그저 한숨만 쉬었다. 왠지 이 상황에 그녀만 안달하고 있는 것 같아서 마음이 불편했다.

"……지금까지 제가 벌어들인 돈은 대부분 저축했어요. 저는 과소비할 곳도 딱히 없었고요. 그러니 아이를 키울 수 있는 자금은 충분히 있어요. 그 점은 염려하지 않으셔도 됩니다. 그러니까 애초에 말씀드린 대로 아이는 제가 키우는 방향으로 결정해 주셨으면 좋겠어요. 저는 이미 이 아이에게 최선을 다할 마음을 먹었어요."

"한소율 씨가 무슨 말을 하고 싶은지 충분히 알았어요. 그러니 일단 식사부터 들어요. 입맛이 없다고는 했지만 잘 먹어야 아이도 건강하게 크죠."

도준은 포크와 나이프로 클럽샌드위치를 들어 올렸다. 그것을 접시 위에 두고서 한입 크기로 먹기 좋게 잘랐다. 그리고 곁들여 나온 감자튀김도 몇 개 올려서 그 접시를 소율의 앞에 놓았다.

"먹어요. 그러면 나도 얘기를 시작할 테니까."

도준은 진심으로 소율이 식사하기를 원하는 거 같았다. 그녀는 어쩔 수 없이 포크를 들어 감자튀김 하나를 찍었다. 그리고 입으로 가져갔다. 짭짤하면서 고소한 맛이 여느 감자튀김과 다르지 않았다. 그리고 이어서 소율은 한입 크기로 잘린 샌드위치를 입으로 가져갔다.

테이블 위에 턱을 괸 상태로 그 모습을 바라보던 도준은 이내 입가에 흐뭇한 미소를 띠었다.

"먹는 모습이 보기 좋네요. 흔히 복스럽게 먹는다고 말하잖아요. 소율 씨가 그런 것 같군요. 난 그런 사람이 좋더라. 가끔 보면 정말 맛없게 먹는 사람들이 있는데 그런 모습 보면 나도 입맛이 가시거든."

"그런 소리는 처음 듣네요."

소율은 덤덤한 표정으로 다시 샌드위치를 들어 한입 베어 물었다. 도준은 여전히 그런 소율은 빤히 바라보고 있었다.

"소율 씨는 나에 대해서 어떻게 생각하죠?"

느닷없는 질문에 소율은 놀랐다. 덕분에 채 삼키지 못한 샌드위치가 목에 걸려서 저도 모르게 캑 소리를 내고 말았다. 그러자 도준이 금세 물 잔을 그녀에게 내밀었다. 소율은 허겁지겁 물을 마시며 샌드위치를 억지로 밀어 넣었다. 그러고서 어이없다는 시선으로 도준을 보았다.

"사심 담은 질문 아닙니다. 그저 궁금해서 그래요. 소율 씨는 남자로서, 아이의 아빠로서, 한 사람으로서의 나를 어떻게 생각합니까?"

"이사님께서는……."

쉬운 듯하면서 어려운 질문이었다. 이제껏 들어 온 풍문에 의하면 도준은 일에 있어서 완벽한 사람이었다. 똑같은 재벌 3세이고 이사였던 단영 건설의 상사를 생각하면 충분히 양반이다. 게다가 흔한 스캔들 한 번 낸 적 없으니 사생활도 깨끗할 것이다. 갑작스러운 임신 소식에도 그는 호의를 표하지 않았던가.

"지금 소율 씨 표정을 보면 내가 그렇게 나쁜 사람은 아닌가 보네요."

그녀의 표정이 어떤지는 알 길이 없지만 그 말이 사실이었다.

"소율 씨의 성격으로 짐작해 보자면 나를 최악의 인간으로 생각하거나 증오했다면 애초에 임신 사실을 알리지 않았겠죠. 그래서 나는 우리에게 가능성이 열려 있다고 판단했습니다."

"저는 우리를 생각한 게 아니에요. 아이를 생각한 거죠. 그리고 고지의 의무가 있다고 생각해서……."

"맞아요. 고지의 의무. 그걸 왜 생각했죠? 당신은 그냥 조용히 아이를 낳아서 충분히 혼자서 기를 능력이 있었어요. 하지만 그렇게 하지 않았죠."

"그래요. 이사님 말이 맞아요. 그럴 수도 있었죠. 제가 이사님을 높게 평가한 면도 없지 않을 거예요. 그래서 아이의 아버지로 인정하고 받아들이자 생각했는지도 모르죠. 하지만 그것과 결혼은 별개의 일이에요. 다시 말씀드리자면 전 좋은 엄마가 될 각오는 했어도 한 사람의 부인으로서는 부적합해요."

그녀가 어려서는 학업에 쫓겨서, 어른이 돼서는 직장에 쫓겨서 지금껏 제대로 된 사랑을 해 본 적이 없었다. 제대로 된 부모를 겪은 적도 없고, 부부의 삶을 지켜본 적도 없었다. 그래서 결혼은 미지의 영역이자 금단의 구역이었다. 그러고도 굳이 독신을 고집하는 이유를 들자면 나라가 만든 법적 제도에 남녀의 역할을 구분당하고 싶지 않았다. 그리고 결혼이 곧 행복이라는 생각도 이해할 수 없었다.

"이사님을 싫어하지도 않지만 좋아하지도 않아요. 그날 밤의 일은 하나의 에피소드이자 해프닝이에요. 그 일이 제게 아이를 가져다주기는 했지만 상대가 누구였대도 저는 혼자서 아이를 키웠을 거예요."

"하지만 그 아이는 내게 찾아오기도 했어요. 소율 씨라면 내 말을 이해할 겁니다. 나도 충분히 그 생명에 기여했고 권리가 있어요. 내가 억지를 부리는 게 아니라는 걸 알 겁니다. 나도 아이를 원해요. 누구보다 간절히 원하기도 했습니다."

쉽사리 끝나지 않을 것 같은 설전들이 이어졌다. 방금 전까지 모락모락 김이 나던 미역국은 어느새 차게 식어 가고 있었다. 도준은 옅은 한숨을 내쉬더니 천천히 입을 뗐다.

"내게 기회를 줄 수는 없습니까?"

기회라는 단어가 그의 입에서 튀어나오는 순간, 소율은 묘한 기분이 들었다. 지금도 여전히 아이에 대한 고집은 꺾을 생각이 없었다. 갑작스럽게 찾아온 임신 소식에 소율은 그동안 독단적으로 결정을 내렸다. 그에게 기회를 줄 생각은 한 번도 갖지 않았다.

"당신과 우리 아이를 위해서 내가 함께할 자격이 있는지, 없는지 판단을 해 줘요. 그 정도 기회는 줄 수 있잖아요."

"하지만 이 아이는……."

소율은 갑자기 혼란스러워졌다. 그에 대해 아는 건 없었지만 앞으로 알아 간다고 해도 자신의 결심은 흔들리지 않을 것이다. 하지만 그의 말대로 아이는 그녀 혼자서 창조해 낸 존재가 아니었다. 도준에게도 기회를 줘야지 공평했다.

"소율 씨의 마음도, 말하고자 하는 것도 충분히 이해하고 있습니다. 하지만 지금 우리가 하고 있는 이 대화들은 그저 우리만 생각하고 있잖아요. 나는 우리 아이를 중심으로 생각하고 싶습니다. 이기적인 고집과 판단은 내려놓고 서로에게 기회를 주자는 겁니다. 아이에게는 부모가 필요해요. 엄마인 소율 씨도 필요하지만 아이에게는 아빠라는 존재도 분명 필요할 겁니다."

그의 말이 틀리지 않다는 걸 안다. 그녀는 태어나는 그 순간부터 혼자였다. 엄마라는 존재도 몰랐지만 아빠라는 존재는 더욱 몰랐다. 그래서 생각하지 못했다. 모든 아이들에게는 부모가 필요로 한다는 사실을 말이다. 자신이 혼자서 외롭게 자랐다고 해도 이 아이까지 그럴 필요는 없는데.

"이사님 말씀, 충분히 이해했어요. 지금까지 제가 너무 제 생각만 했던 거 같네요. 공평한 기회를 가져야 옳다는 것도 동의해요."

그에게 좋은 남편이 돼 주길 바라지 않았다. 자신도 좋은 아내가 될 생각이 없었으니까. 하지만 아직 태어나지도 않은 아이에게 아빠를 멋대로 뺏는 건 너무도 이기적이고 독단적인 결정이라는 생각이 문득 들었다. 세상에 태어나는 모든 아이들은 부모의 축복을 받아야 옳았다.

"하지만 제 의사도 꼭 이해해 주셨으면 좋겠어요. 제가 이사님께 바라는 건 좋은 남편이 아니에요."

태어나는 순간부터 미혼모의 자식이라는 꼬리표를 붙이는 것보다는 나을지도 모른다. 소율은 애써 좋은 쪽으로 생각하며 도준의 말에 수긍했다.

"말씀하신 대로 아이에게 좋은 아빠가 되어 주실지 어떨지는 제가 판단해 볼게요. 만약에라도 납득이 가지 않는다면 아이는 저 혼자 기르겠어요. 하지만 그래서는 공평하지 않으니까 기회를 표현할 방식에 관해서는 이사님의 의견에 따르겠어요."

마치 그 말을 기다렸다는 듯 도준의 얼굴에 화색이 돌기 시작했다.

"정말입니까? 무르기 없는 겁니다."

마치 아이처럼 웃으며 좋아하는 그를 보자니 소율은 다시 가슴이 술렁이는 것 같은 기분이 들었다. 이런 말을 하면 우습게 들릴지도 모르지만 아직 자라지도 않은 아이가 벌써 기뻐한다는 게 느껴졌다. 이건 엄마로서의 감이었다. 만약 아니라고 해도 상관없었다. 어쨌거나 이 공간 안에서 한 명은 충분히 기뻐하고 있으니 말이다.

식사를 끝낸 도준은 다즐링을, 소율은 자스민티를 즐겼다. 그 와중에 소율은 도준이 정갈하게 식사한다는 사실을 발견했다. 수저를 사용하는 방법이나 식사하는 모습이 깔끔하기 그지없어서 소율의 마음에 들었다. 아이에게 식사 예절을 가르치기에 좋은 본보기인 듯했다. 만약 기회가 된다면 도준이 생선을 바르는 모습도 관찰해 보고 싶을 정도였다.

"내 얼굴에 김이라도 묻었습니까?"

"네?"

갑작스러운 도준의 질문에 소율은 그제야 정신을 차렸다. 그를 너무 빤히 바라보고 있었다는 걸 깨닫고서 소율은 뒤늦게 시선을 찻잔으로 돌렸다.

"묻은 거 없어요. 그리고 김은 안 드셨잖아요."

"내가 안 그러려고 하는데 늘 김을 묻히고 다니거든요. 그래서 나는 나 정도 되는 사람이면 다들 그러는 줄 알았죠."

"그게 무슨……."

그렇게 깔끔하게 식사를 하는 사람이 김을 묻히고 다닌다니. 그러면 안 되는 걸 알지만 앞니에 시커멓게 김을 붙이고 있는 도준의 모습이 떠올라서 소율은 웃음이 터지려는 걸 겨우 참았다.

"정말 김 안 보여요? 내 온 얼굴에 묻어 있잖아요."

다시 도준에게로 시선을 돌린 소율은 그의 얼굴 여기저기를 뜯어보았다. 하지만 아무리 봐도 그의 얼굴에서는 작은 점조차 보이지 않았다. 남자치고는 무척 매끈하고 깨끗한 피부였다.

그렇게 그녀가 도준에게 시선이 빼앗겨 있을 무렵, 그가 입가를 끌어 올려 씨익 웃었다.

"잘생김."

순간 소율은 자신의 귀를 의심했다. 그리고 혹시 그녀도 모르는 사이에 '잘생'이라는 지역이 새로 생긴 건 아닌지 의심을 했다. 그곳의 특산물이 김일 가능성도 있으니까.

"날 너무 쳐다보기에 잘생긴 나한테 새삼 반한 건가 했죠."

하지만 역시나 그녀가 제대로 들은 게 맞았다. 소율은 자신도 모르게 고개를 도리질하며 한숨을 내뱉었다.

"제가 너무 쳐다봤다는 건 인정할게요. 그리고 이사님께서 잘생긴 것 역시 인정하지만 반하지는 않았으니 그런 말씀은 하지 말아 주세요."

왜 부끄러움은 나의 몫일까. 애초에 이런 유머를 받아 주기 시작하면 버릇이 나빠진다. 그래서 소율은 더욱 냉랭하게 대답을 했다. 하지만 정작 도준은 전혀 타격을 입지 않은 듯 어깨만 으쓱해 보였다.

"이런 말 하면 재수 없게 들릴지도 모르지만 나 정도면 괜찮은 남자 아닙니까. 재산도 남부럽지 않게 있고, 외모나 피지컬도 좋고, 나이도 이 정도면 적당하고."

"글쎄요. 이성에게 호감을 느끼는 부분은 사람마다 제각각이잖아요. 일단 저는 이사님께 호감도 악감도 없어서요."

"소율 씨 안에서 나도 참 어중간한 위치에 있네요. 나는 소율
씨에게 꽤 큰 호감을 지니고 있거든."

"그건 개인감정이니 제가 터치할 부분이 아닌 거 같네요. 그것
보다 저희 계속 이 얘기만 하고 있어야 하나요?"

또다시 결혼이니 프러포즈니 하는 말이 나오기 전에 소율이 먼
저 싹을 잘라 버렸다.

"기회를 달라고 말씀하시지 않았나요? 그 방법에 대해서는 제
가 이사님께 일임하기로 이미 구두 약속이 되어 있고요. 더 이상
하실 말씀이 없으시면……."

소율은 언제든 이 자리를 떠날 준비가 되어 있다는 걸 보여 주
려는 듯 자신의 핸드백을 손에 쥐었다.

"협상 테이블에 앉아서 얘기가 끝나기도 전에 자리를 떠나는
건 매너 위반이죠."

도준은 갑자기 자세를 고쳐 바로 앉았다. 그리고 더없이 진지
한 눈빛으로 소율을 바라보았다.

"지금까지는 여흥이었다고 생각합시다."

옷매무새까지 가다듬는 도준을 보며 소율은 쥐었던 핸드백을
손에서 놓았다. 그리고 그녀도 안경을 고쳐 쓰고 그를 빤히 바라
보았다.

"결정은 내리셨나요? 제가 이사님을 판단할 방법에 대해서요."

"결정은 이미 내려져 있었습니다."

그 말과 동시에 도준의 입가에는 여유로운 미소가 머물기 시작

했다. 그리고 그는 아주 빠르게, 하지만 또박또박 운을 떼었다.

"남도준이라고 합니다. 서른둘입니다. 독자로 자랐고 지금은 현설 그룹의 이사직에 있습니다. 가족은 할아버지 한 분이 계시지만 걱정 안 하셔도 됩니다. 제가 아는 한 할아버지께서는 소율 씨에게 시집살이를 시키실 분은 아니라고 생각하니까 말입니다. 게다가 내게는 소율 씨를 괴롭힐 시어머니나 시누이가 없다는 얘기가 되죠. 정말 다행이고 당연한 건, 내게는 따로 약혼자도 없다는 사실입니다. 고로 아침 드라마는 물론, 주말 막장극을 찍을 일도 없을 겁니다. 나를 향해서 '부숴 버릴 거야.'를 외칠 수 있는 사람은 소율 씨뿐이라는 말이죠."

"남도준 이사님께서 왜 갑자기 이런 얘기를 하시는 건지 저는 통 감을 못 잡겠는데요……."

느닷없이 시작된 자기소개에 소율은 얼떨떨한 기분이 되었다. 그녀가 뱉은 말처럼 도준은 감을 잡을 수 없는 사람이었다. 아이처럼 천진난만하게 웃는 것과는 반대로 황당한 개그를 좋아하고, 한없이 가볍다가도 누구보다 진중한 모습을 보여 준다. 극과 극을 달리면서도 끝을 보여 주지 않는 그의 모습에 소율은 혼란을 느낄 정도였다.

"소율 씨는 역시 똑 부러져 보이지만 순수하네요."

지금과 비슷한 얘기를 통화 중에도 들은 것 같은 기분이 들었다. 그때도 그랬지만 썩 좋은 느낌은 아니었다. 하지만 지금 당장 중요한 건 따로 있었다.

"그래서 말씀하시고자 하는 게 정확히 뭐죠?"

"일단 나랑 같이 살아 봅시다."

"남도준 이사님!"

소율은 저도 모르게 목소리를 높이고 말했다. 그녀가 지닌 결혼에 대한 가치관을 충분히 이해받았다고 생각했다. 하지만 그의 입에서 나온 말은 이전과 다르지 않았다. 충분히 이해한다고 말했던 것들이 지금 이 순간에 다시 부서지고 있었다. 그래서 소율은 어이가 없는 동시에 화가 났다.

"이미 몇 번이고 말씀드렸지만 저는 결혼 생각이 없어요!"

"결혼하자고 그러는 거 아닙니다. 같이 살자는 거지."

이 남자가 지금 장난이라도 하자는 건가. 어휘의 선택이 다를 뿐, 그 뜻은 매한가지였다. 결국에는 그의 영역 안에 그녀를 가두겠다는 것이다. 소율은 도준을 차갑게 노려보았다. 하지만 그는 조금도 꺾이지 않았다.

"소율 씨가 말하고자 하는 건 충분히 이해하고 있습니다. 하지만 어찌 됐건 우리 사이에 필요한 것들의 순서가 바뀐 건 사실이잖아요. 아무리 우리 시대의 가치관이 달라지고 있다고는 해도 사랑도 없는 원나잇이 환영받고 있는 건 아니죠. 게다가 그 사이에서 생긴 아이라면 남들이 보기에 어떨까요. 만약에 그 사실을 아이가 알아차리기라도 하면요."

도준은 가볍게 한숨을 내쉬었다.

"나는 마냥 소율 씨를 내 옆에 잡아 두고 싶은 게 아닙니다. 그저 아빠라는 존재로 인정받고 싶은 거지."

"그런데 거기에 왜 우리가 함께 살아야 하는 전제가 붙는 거죠? 그냥 간혹 만나서……."

소율의 제안에 도준은 단번에 반기를 들었다.

"소율 씨는 나와 연인 관계가 되고 싶습니까? 그건 아니잖아요. 간혹 만나서 영화 보고, 차 마시고, 밥 먹고, 그런 건 연인들이 하는 데이트일 뿐이잖아요. 소율 씨는 결혼을 원하는 것도 아니고 말입니다. 하지만 난 우리 아이의 아버지가 되고 싶습니다."

도준은 진지한 눈빛으로 소율을 응시했다.

"아직은 우리 사회가 부부 사이에 생겨난 아이에게만 온전한 축복을 하지 않습니까. 그러니 일단은 임시로 동거를 해 보자는 겁니다. 법적인 절차 없이, 남녀가 솔직해질 수 있는 방법은 그거밖에 없지 않나요? 우리가 연인 사이가 되지 않는다면 같은 공간에 머물면서 서로의 본질을 알아봐야죠."

도준의 말이 맞았다. 그녀는 그의 연인이나 부인이 되고 싶은 생각은 없었다. 하지만 이 아이의 엄마가 되고 싶었다. 될 수 있다면 그녀가 가지지 못했던 가족이라는 울타리도 느끼게 하고 싶었다.

그러나 역시 결혼은 싫었다. 그녀는 언제까지고 그저 한소율로 남고 싶었다. 시댁에, 남편에, 가정에 치여서 스스로가 사라지는 그 느낌을 맛보고 싶지 않았다.

"……이론적으로는 맞는 말이라 반박할 수가 없네요."

동거. 자신의 일생에 없을 거라 생각했던 단어가 다시 등장했다. 소율은 오랜 시간을 홀로 지내 왔다. 미성년자일 때는 같은 원생들과 지내기는 했지만 성인이 된 후로는 오롯이 혼자였다. 그래서 쉽게 상상이 되지 않았다. 다른 사람과 같은 식탁에 앉아서 밥을 먹고, TV를 보고, 책을 읽고 함께 잠자리에 든다는 게 너무도 낯설었다.

"솔직히 말씀드리자면 저는 원나잇이라는 경험 자체도 겪어 보지 않을 거라 생각했어요. 그래서 동거라는 개념도 너무 멀게만 느껴져요."

"하지 못할 거라고, 혹은 하지 않을 거라고 생각했던 경험을 이미 했잖아요. 나도 그렇습니다. 내게도 원나잇은 처음이었고, 동거를 생각하게 한 사람도 처음입니다. 더불어 아이가 생긴 것도, 그 아이를 간절히 원하게 된 것도."

첫 경험도, 첫 원나잇도, 그리고 첫 임신도 상대는 남도준이라는 남자였다. 모든 처음이 도준으로 도배가 되어 간다. 이제는 동거까지 생각해야 했다. 소율은 너무 많은 생각들로 머리가 아파왔다. 차라리 단순하게 결정 내리고서 편해지고 싶은 심정이었다.

"생각할 시간이 필요해요."

"아니요. 결정은 이미 내려졌어요. 소율 씨가 내게 이 일들을 일임하기로 했잖아요. 지금 내게 필요한 건 소율 씨의 결정이 아니라 결심입니다."

이다지도 일방적일 수 있다니. 확실히 그에게 방법을 강구하라고 말하긴 했지만 이렇게 극단적인 처방이 될 줄은 미처 몰랐다.

"지금은 나나 소율 씨에 대해서 생각하지 말고 아이만 생각해요. 우리가 아니라 아이를 위한 미래만."

아이를 생각한다면 도준의 판단이 옳았다. 부모가 없는 아이의 삶이 어떤지 소율이 가장 잘 알고 있으니까. 모든 것이 채워져도 가슴 한구석이 텅 빈 듯 느껴지는 그 허망함과 상실감. 그걸 그녀의 아이도 느껴야 한다고 생각하면 벌써부터 마음이 무너지는 것 같았다.

"지금 제 머릿속에 드는 생각들과 제 언행들이 이율배반적이라 혼란스러워요. 이사님 말씀은 백번 옳다고 생각해요. 아이에게는 엄마만 필요하지 않죠. 아빠도 필요해요. 아니, 정확히는 부모가 필요하죠. 그런데 저는 결혼을 원하지 않아요. 나 혼자서라도 충분히 아이를 키울 수 있다고 확신하고 있어요. 그런데…… 자꾸만 남도준 이사님의 말씀에 마음이 흔들리네요."

"그렇다면 알겠다는 한마디만 하면 돼요."

도준의 간절한 부탁에도 소율은 쉽게 결정하지 못했다.

"동거란 거, 쉽지 않을 거라고 생각해요. 당장은 이사님을 파악하기 위해서 동거를 한다고 해도 그다음은요. 아이가 태어나서는 어떻게 하죠? 때가 되면 아이는 학교에 다닐 거고 그러면 분명 친구들이, 학교가, 그리고 아이까지 우리에게 묻겠죠. 왜 우리 두 사람은 같은 호적에 올라가 있지 않느냐고요. 그때는 뭐라고 대답해야 하죠?"

"그러니까 더욱 임시 기간을 가져 보자는 겁니다. 아이가 태어날 때까지. 그때까지만이라도 서로를 파악해 두면 좋잖아요. 당신도 나도 절대 아이를 포기할 수 없으니 그 의지를 서로에게 보여주고 의견을 조율해 나가면 되지 않겠습니까."

도준의 말에 소율은 깊은 상념에 빠졌다. 쉽지만 어려운 문제였다. 모든 건 그녀의 마음먹기에 달렸으니까.

그녀는 한참이고 말도 없이 입술을 깨물었다 놓았다를 반복했다. 어떤 대답을 내놓아도 마음에 차지 않았다. 도준은 그걸 끈덕지게 기다려 주었다. 그리고 차가 식고도 한참이 지난 후에야 소율은 조심스레 입을 뗐다.

"그럼, 아이가 태어날 때까지만……. 한정적으로 같이 사는 걸로 해요."

겨우 결심이 선 소율을 보며 도준은 환하게 미소 지었다. 기회를 주겠다고 대답했을 때와 마찬가지로 천진난만한 미소였다.

"어려운 결심해 줘서 고마워요."

"고마워하실 일은 아니에요. 저는 남도준 이사님의 의견을 수렴한 것뿐이니까요. 그러니 함께 사는 동안에는 철저하게 이사님을 파악할 거예요. 남도준 이사님이 어떤 사람인지, 좋은 아빠가될 수 있을지요."

"그래요. 그렇게 하도록 해요. 내가 원하던 바입니다."

소율은 여전히 딱딱하고 사무적인 태도였다. 도준은 그래도 상관이 없는지 입가에는 여전히 싱글벙글한 미소만 떠올리고 있었다.

"그럼 중요한 이야기가 일단락되었으니 부수적인 사항들을 확인할게요. 저희는 어디서 함께 살게 되는 거죠?"

"일단, 저희 집이 넓고 방이 많으니 소율 씨가 이사 오는 방향으로 했으면 하는데. 어때요?"

"음…… 확실히 그게 나을 거 같네요. 일단 이사 일정도 잡아야 하니까 확정이 되면 따로 연락드리는 걸로 할게요."

"미리 연락처를 주길 잘했네요. 물론, 일이 이렇게 될 줄은 몰랐지만."

연락처라는 단어에 소율은 전화로 주고받았던 대화들을 떠올렸다. 그녀도 설마 임신을 할 줄은 꿈에도 몰랐다. 그러니 더욱, 그 이유로 도준에게 연락을 줄 거라 생각하지 못했다.

"대단한…… 선견지명이셨네요."

소율은 씁쓸하게 웃으며 영혼 없이 말했다. 이번에도 도준은 그런 그녀를 크게 신경 쓰지 않았다.

"이제 와서 하는 말이지만 소율 씨 연락 기다렸습니다. 내 기억에는 꽤나 뜨거웠던 밤이었는데 영 연락이 없어서 소율 씨는 마음이 없는 거라고 생각했죠."

느닷없이 그날 밤의 일이 화제로 떠오르자 소율의 표정이 묘하게 일그러졌다. 실상은 부끄러워서 숨고 싶은 심정이지만 그런 마음을 도준에게 들키고 싶지 않아 필사적이었다.

"뜨거웠는지, 미지근했는지 판단할 기준이 없어서 잘 모르겠네요……."

그녀는 애써 침착함을 유지하기 위해 다 식은 차를 한 모금 머금었다.

"아, 참. 소율 씨는 처음이었죠?"

그런데 도준의 질문에 그 한 모금이 넘어가지 못하고 목을 콱 막고 말았다. 물 마시고 얹히는 게 가장 괴롭다는 어른들의 말처럼 소율은 힘겹게 캑캑거렸다.

"그…… 그걸 어떻게……."

채 삼키지 못하고 입가로 빠져나온 찻물을 냅킨으로 닦으며 소율은 당황한 기색을 감추지 못했다. 귀까지 붉게 물들인 소율을 보며 도준은 흥미롭다는 눈빛을 보냈다.

"아, 정말이었나 보네요. 나도 많이 취했던지라 정신이 없어서 확신할 수는 없지만 핏기가 보였던 게 기억이 나더라고요. 혹시 생리 중이라 그럴 수도 있을 거라 생각했는데……."

너무도 생생한 날것의 대화인지라 소율은 낯설고 적응이 되지 않았다.

"지금 이 대화가 꼭 필요한 게 아니라면 저는 그만뒀으면 싶네요."

"내 명예 회복을 위해서라도 꼭 필요한 대화라고 생각합니다만."

이미 '잘생김'이 얼굴에 묻었다는 농담에서 많은 명예가 회복 불가능해졌다고 말해 주고 싶었다. 하지만 그런 얘기를 꺼내기도 전에 도준의 말은 이어졌다.

"나는 잠자리를 가지는 데도 예의가 필요하다고 생각합니다. 하지만 소율 씨를 상대로 그 예의를 지키지 못했어요. 아무리 취했어도 피임 기구를 적절하게 사용했어야 하는데 내가 너무 정신을 못 차리는 바람에 이렇게 됐군요. 비단 피임만이 아니라 성병 예방을 위해서도 필요한 일이었어요. 게다가 임신이라는 게 여자에게 얼마나 큰일인지 알고 있기에 더욱 미안해요. 하지만 난 이 상황을 사고라고 생각하지 않습니다. 어쩌면 운명일지도 모르잖아요."

"예의만 바르시든지 로맨스만 챙기시든지 하나만 해 주세요."

여전히 귀를 붉게 물들인 소율은 부끄러움을 감추려 더욱 톡 쏘듯 말하고 말았다.

"내가 욕심이 좀 많아서요."

도준은 그렇게 말하고서 소율을 향해 손을 뻗어 오기 시작했다.

"뭐 하시는…… 거예요."

"잠깐만. 가만히 있어 봐요."

제 앞으로 자꾸만 다가오는 그의 손을 보며 그걸 쳐 내야 할지, 가만히 둬야 할지 소율은 어쩔 줄 몰라 했다. 이 남자의 심상이 뭔지 도무지 감이 잡히지 않아서 더욱 그랬다.

"소…… 소리 지를 거예요."

"쉿. 잠시만 가만히."

도준의 눈빛이 그윽하게 변해 갈수록 자꾸만 가슴은 술렁인다. 온몸에 열이 오르는 기분이었다.

"웃……!"

그 밤에 안겼던 두꺼운 팔과 따스했던 입술이 떠오른다. 얼굴에 불이 나는 것 같았다. 그래서 소율은 차라리 눈을 감아 버렸다. 눈에 보이지 않으면 이 부끄러움도 사라질지 모르니까.

"입가에 냅킨 조각이 붙었네요."

그의 긴 손가락이 소율의 입술에 닿았다가 떨어졌다. 그 순간 소율은 마치 불에 덴 듯 놀라 자리에서 일어섰다.

"그만 가 보도록 할게요!"

쓸데없이 음성을 높이고 말았다. 착각을 한 것도 우스웠지만 대체 무슨 기대를 했는지 판단을 내릴 수가 없어서 혼란스럽기까지 했다.

"곧 연락드리도록 할게요. 그럼 편히 쉬세요."

핸드백을 꼭 쥐고서 소율은 도망이라도 가듯 스위트룸을 빠져나왔다. 그리고 올라오지 않는 엘리베이터를 보며 미친 듯이 버튼을 연타했다.

"내가 미쳐. 거기서 왜 그런 기억을 떠올려서는……."

창피하고 쪽팔렸다. 분명 그 전까지는 차분하게 얘기를 이어 갔는데 마지막에 망치고 말았다는 기분이 들었다. 게다가 착각인지 모르겠지만 문 너머에서 호탕하게 웃는 도준의 웃음소리가 들려오는 것 같았다. 그 소리를 피하기 위해서라도 소율은 도착한 엘리베이터에 재빨리 몸을 실었다.

객실에 홀로 남은 도준은 다시 한번 소율의 모습을 떠올리자 웃음을 멈출 수가 없었다.

"순수하기만 한 줄 알았더니……."

한참을 하하하 소리 내어 웃던 도준은 겨우 숨을 돌리고서 나지막이 중얼거렸다.

"귀여운 면도 있네."

도준은 생각할수록 소율이 마음에 쏙 들었다. 어쩌면 그녀는 신이 내려 주신 기회일지도 모른다. 아이 얘기만 해도 그랬다. 이미 결혼이며 아이 생각을 접고 있던 도준에게 신께서 마지막으로 호의를 베푼 것이 아니라면 불가능한 일이었다.

"운명이 아니었다고 해도, 운명으로 만들어야지."

도준은 확신에 찬 미소를 지었다.

확인이 필요했다. 생각만으로도 도준의 심장은 주체 못 하고 두근두근 뛰었다. 그는 혹시나 심장이 튀어나오는 건 아닐까 염려가 될 정도였다.

"그래…… 확인을 해야지."

깊은숨을 들이마셨다가 내쉬며 그는 마음을 진정시켰다. 그리고 도준은 품에서 천천히 휴대폰을 꺼내 들었다. 몇 번의 신호가 가고 익숙한 음성이 튀어나왔다.

— 지금은 진찰 중입니다. 용건이 있으신 분은 삐 소리가 난 후…….

전화를 받은 사람은 무척이나 귀찮은 듯 도준을 피했다. 오죽하면 '여보세요.'란 말도 없었다. 하지만 도준은 그런 태도가 익숙한지 개의치 않았다.

"접니다. 김 박사님."

— ……아직 삐 소리 안 났어.

"오늘 점심쯤에 찾아뵐까 합니다."

— 오지 마. 밥 먹어야 돼.

전화를 받은 상대는 여전히 시큰둥하게 반응하며 도준을 반기지 않았다. 김 박사는 도준의 주치의였다. 그가 워낙 어릴 적부터 봐 온 상대인지라 김 박사의 새침함에는 이미 익숙했다. 오히려 이런 식으로 나오지 않았다면 걱정이 되었을 것이다. 김 박사의 뚱한 반응은 친근감의 표시라는 걸 알고 있으니까.

"그럼 점심시간 끝나자마자 가겠습니다. 미리 양치 끝내고 기다리고 계십시오."

— 그러든지. 너도 일만 하지 말고 밥은 챙겨 먹고 와라. 그리고 올 때는 빈손으로 와. 여기 병원이고 난 의사라서 몸에 좋은 건 알아서 챙겨 먹는다.

그렇게 전화는 일방적으로 끊겼다. 평소에도 일만 하느라 식사를 자주 거르는 도준이었다. 말투는 퉁명스러워도 김 박사의 말에는 그를 염려하는 부분이 없지 않았다. 도준은 이미 통화가 끝난 휴대폰을 보고서 흐뭇하게 웃었다.

"그럼, 일단 식사부터 하고 출발할까."

여전히 가슴은 뛰었지만 그것은 곧 벅찬 감정으로 변해 갔다.

식당으로 가는 내내 발걸음이 가벼웠다. 이제 곧 김 박사에게 정확한 얘기를 들을 거라 생각하니 밥이 꿀맛이었다. 양치질을 할 때도 웃음이 실실 비집고 나와서 하마터면 치약 거품을 셔츠에 묻힐 뻔했다.

"박 실장, 김 박사님께 갈 테니 차 좀 준비해 줘요."

도준의 부탁이 있고 얼마 지나지 않아 박 실장으로부터 연락이 왔다. 그는 지체 없이 이사실을 빠져나와 로비까지 단숨에 내려갔다. 그리고 입구에 대기하고 있는 검은 세단에 몸을 실었다.

"김 박사님은 오랜만에 찾아뵙는 거 같습니다."

조수석에 앉은 박 실장의 얘기에 도준은 문득 김 박사와의 마지막 만남을 떠올렸다. 별로 유쾌한 기억은 아니었던지라 저도 모르게 입가에 씁쓸한 미소가 머물렀다. 그때의 도준은 절망적이면서도 필사적이었다. 그래서 김 박사에게 연거푸 같은 질문을 던졌던 것 같다.

'그게 정말입니까?'

멍청하게도 그것 외에는 다른 말이 생각나지 않았다. 그게 벌써 1년 전의 일이라는 게 믿기지 않을 정도로 그 기억은 선명했다. 그때를 생각하면 아직도 아찔하기만 했다.

1년 전, 도준은 호텔 라운지에 홀로 앉아서 멍하니 김 박사와의 대화를 떠올리고 있었다.

'지금 하신 말씀이 정말입니까? 그러니까 제가……'

아마도 김 박사는 안타까운 표정으로 고개를 끄덕였던 것 같다. 이미 한 달 전에 들은 말인데도 도준은 아직도 쉽사리 납득을 할 수 없었다. 무정자증이라고 했다. 약혼자의 집안에서 건강 검진을 원하기에 가벼운 마음으로 받은 검사였다. 그런데 생각지도 못한 폭탄이 터진 것이다.

'그럼…… 아이는…….'
'아주 없을 수도 있고, 혹은 생길 수도 있지.'

애매한 대답이었다. 그리고 김 박사가 무어라 더 말을 했던 것 같은데 기억이 나지 않았다. 그 정도로 도준은 정신이 없었다.

'……일단, 이 얘기는 저희만의 비밀로 해 주십시오.'
'약혼자는 어쩔 생각이냐.'
'그건…… 알아서 하겠습니다…….'

그 말을 마지막으로 도준은 힘없이 병원을 나섰다. 그리고 지금 도준은 라운지에서 약혼녀를 기다리는 중이었다. 방금 막 나온 커피는 여전히 뿌연 김이 솟아오르고 있다.

이제 곧 약혼녀가 도착하면 도준은 이별의 말을 고할 생각이었다. 어차피 서로의 이익을 위한 결합일 뿐, 개인적인 감정이 있어서 만나던 사이가 아니었다. 그런데도 그 원인이 자신에게 있다고 생각하자 도준은 씁쓸하기만 했다.

"어머, 저기에 소문의 주인공이 있네요."

옆 테이블에 앉은 사람들이 갑자기 수선을 피웠다. 무슨 소문이기에 이리 야단일까 싶어서 도준은 그들의 시선을 좇아서 고개를 돌렸다.

"저기 앞에 가는 남자가 단영 건설 이사잖아요. 그런데 사생활이 그렇게 문란하대요. 일도 얼마나 못하는지…….."

"어머, 단영 건설 이사면 벌써 3대째 아니에요?"

"그러니까요. 얼마 전에 돌아가신 1대 회장님이 힘들게 기업을 일으켰는데 3대에서 다 까먹고 있다는 소문이에요. 그런데 그걸 저기 저, 뒤에 쫓아가는 여자 있죠. 저 비서가 있어서 겨우 막고 있다고 그러잖아요."

"정말요? 저렇게 젊어 보이는 여자가 그렇게 유능해요?"

별다른 표정 없이 묵묵하게 남자의 뒤를 따르는 그녀는 검은색 치마에 흰 셔츠를 입고 있었다. 도준의 눈에도 그녀는 무척이나 앳되게만 보였다. 간혹 안경을 고쳐 쓰며 단영 건설의 이사에게 무어라 말하는 그녀는 아주 약간 엄하게 보이기도 했다.

"의외로군."

단영 건설의 이사에 대한 거라면 도준도 소문을 익히 들어 알고 있었다. 끝내주는 망나니로 소문이 자자한 사내가 저렇게 가녀린 여자 앞에서 순하게 구는 걸 보면 만만한 상대는 아닌 것 같았다.

"뭐가 의외예요?"

그때, 도준의 시야 속으로 또 다른 여자가 끼어들었다. 레이스가 수놓인 원피스가 무척이나 어울렸다. 긴 머리카락을 찰랑이며 늘 몸가짐을 단정하게 하는 그녀는 흔히 떠올리는 부잣집 아가씨, 그 자체였다.

그녀가 자리에 앉아 홍차를 주문하는 사이, 도준은 아무 말도 않고 테이블 끝만 바라보았다. 그리고 직원이 자리를 떠나고 나서야 도준은 겨우 마음에 품었던 말을 꺼내었다.

약혼녀가 시킨 홍차가 나왔을 때쯤에는 도준은 다시 홀로 앉아 있었다. 그는 이미 차게 식은 자신의 잔을 보고서 한숨을 내뱉었다. 그리고 품에 넣어 둔 휴대폰을 꺼내려는 찰나, 그의 벨소리가 울렸다. 상대는 박 실장이었다.

"여보세요."

— 이사님, 볼일은 다 끝나셨습니까?

"안 그래도 지금 막 나가려던 참인데…… 무슨 일 있습니까?"

— 다른 게 아니라 지금 주차장에 문제가 생겨서 좀 늦을 것 같습니다. 아무래도 차단기가 고장이 났는지 다른 차들도 나가지 못하는 상태입니다.

"그렇군요."

도준은 다시 한숨을 뱉었다. 갑자기 말할 수 없는 피로감이 밀려들었다. 하지만 이런 개인적인 일로 박 실장에게 걱정을 끼치고 싶지 않았다.

"난 걱정하지 말고 천천히 하도록 해요. 기다리고 있겠습니다."

— 죄송합니다. 될 수 있는 한 빨리 가도록 하겠습니다.

통화를 마친 도준은 한동안 라운지에 머물러 있었다. 그리고 약혼녀가 주문했던 홍차가 차갑게 식을 즈음에야 자리에서 일어섰다.

그는 무작정 엘리베이터를 잡아타고 아래로만 향했다. 그렇게

로비로 나온 도준은 아무 의미 없는 걸음으로 입구로 향했다. 이대로 어디고 발길이 닿는 대로 걷고만 싶었다. 그런데 하늘에서 부슬거리며 비가 떨어지고 있었다.

"비가 오네."

입을 통해 내뱉는 말조차 아무 의미 없었다. 그는 덤덤한 표정으로 먹구름이 잔뜩 낀 하늘을 올려다보았다.

'헤어지자……는 말은 적당하지 않을 것 같군요. 저희 약혼을 파기했으면 합니다. 저는 더 이상 이 약혼을 유지할 생각이 없고, 결혼할 마음은 더더욱 없습니다.'

그 말에 약혼녀는 한동안 말이 없었다. 그리고 약간의 시간이 흐른 후에 입을 열었다.

'그러네요. 헤어지자는 말은 저희에게 맞지 않네요.'

그리고 또 뭐라고 했더라.

'어찌 됐건 부부가 될 뻔했던 사이인데…… 무척 덤덤해 보이시네요. 싫다고 매달리지는 않을게요. 우리가 그 정도는 아니었으니까요. 하지만 도준 씨에게 잘 지내란 말은 못 할 거 같아요.'

아마도 그렇게 말했던 것 같다. 그리고 그녀는 자리에서 일어나 라운지를 나갔다. 지금 그녀는 아마 차 속에서 내리는 비를 보고 있을 것이다. 그렇게 생각하자 기이한 기분이 들었다. 한때는 자신의 아내가 될 뻔했던 사람이 같은 하늘 아래에 있다는 게 믿기지 않았다. 아마 앞으로도 영원히 그런 상대는 존재하지 않을지도 모른다.

"왜 이렇게……."

도준은 갑작스레 가슴이 콱 막히며 제대로 숨쉬기가 힘든 기분이 들었다. 부모님이 돌아가시던 날에도 이렇게 비가 왔다고 한다. 그때 홀로 남겨졌던 외로움과 괴로움이 다시 떠오르는 것 같았다.

"하늘은 나에게만 가혹한지……."

할아버지의 존재는 부모님이 사라진 자리를 메꿔 주지 못했다. 하지만 '착한 손자'인 도준은 그걸 표면적으로 드러낼 수 없었다. 결국 그의 가슴 깊이 내재된 세상에 대한 분노와 서러움과 외로움들은 그가 혼자 짊어져야만 했다.

"제발, 누가 좀…… 도와줘."

도준은 누구도 들을 수 없을 작은 소리로 중얼거렸다. 괴로웠다. 차라리 모든 걸 끝내고 싶다고……. 그런 나쁜 생각이 잠시 머릿속을 스쳐 지나갈 때였다.

"저기요."

도준의 어깨를 누군가가 톡톡 건드렸다. 그는 천천히 시선을 돌렸다. 그리고 그 앞에는 소율이 서 있었다. 그와 시선이 마주치자 그녀는 자신의 핸드백을 뒤지더니 작은 접이식 우산을 꺼내어 도준에게 건넸다.

"······뭡니까?"

모든 걸 포기한 듯 도준이 텅 빈 눈을 한 채 우산과 소율을 번갈아 바라보았다.

"비가 오잖아요."

"······우산 필요 없습니다."

그 한마디로 도준은 다시 시선을 돌리려고 했다. 그렇게 소율은 모른 체하려고 했다. 그런데 그의 앞에 선 소율이 도준의 곁으로 한 발짝 다가왔다. 그러고는 예상치도 못하게 입가에 미소를 띠었다.

"제 눈에는 충분히 필요해 보이는걸요."

그 미소가 무척이나 해사해서 도준은 그녀에게 시선을 빼앗기고 말았다.

아무도 알아주지 않았다. 언제나 그의 마음속에는 먹구름이 끼고 구슬픈 빗줄기가 흘러내리고 있었다. 겉으로는 아무렇지 않은 척해도 늘 비가 오고 있었다.

하지만 아무도 그걸 몰랐다. 그와 가장 가까운 할아버지도, 박 실장도 눈치채지 못했고, 김 박사에게도 티를 내지 못했다. 그런데 타인인, 그것도 오늘 처음 만난 소율만이 그를 알아본 것이다.

"괜한 참견이었다면 죄송해요. 하지만 이건 그냥 드릴게요. 그러니까 비 맞지 마세요."

평소의 소율이라면 이런 오지랖을 부리지 않았을 것이다. 하지만 어쩐지 눈앞에 있는 남자에게서 자신과 닮은 외로움을 본 것 같아서 그냥 지나칠 수가 없었다. 그러나 그런 속내를 드러낼 정도로 안면이 있는 사이도 아니었기에 소율은 도준의 손에 억지로 우산을 건네주고는 그의 곁을 떠났다.

사소할 수도 있는 그녀의 친절함에 아주 잠시지만 그의 곁에 햇살이 내렸던 것 같다. 그 화사한 느낌이 도무지 가시지가 않았다.

홀로 남은 도준은 그녀가 쥐여 준 우산을 폈다. 네이비색의 아무 무늬도 없는 그 우산은 도준에게 내리는 빗방울을 모두 막아 주었다.

그때부터였다. 처음에는 소소한 호기심이었다. 그를 알아봐 준 소율이 자꾸만 궁금해졌다. 그런데 어느 순간, 수줍은 짝사랑을 하는 어린아이처럼 그녀의 근황을 확인하고 있는 스스로를 알아챘다. 그리고 그녀에 대해 알면 알수록 그녀가 더욱 좋아졌다.

"이사님, 도착했습니다."

박 실장의 부름에 도준은 정신을 차렸다. 아주 잠깐이지만 과거의 기억에 빠져서 자신이 어디로 향하는지도 잊고 있었다.

차에서 내린 도준은 곧바로 김 박사의 진찰실로 향했다. 문을 열자 군데군데 흰머리가 보이는 초로의 남자가 의자에 앉아 있었다.

"밥은 제대로 챙겨 먹고 왔지?"

대뜸 밥 얘기부터 꺼내는 김 박사를 보며 도준은 편안한 미소를 지었다.

"김 박사님 염색하실 때 되셨나 봅니다. 흰머리가 많이 올라왔네요."

"그것보다 다른 건 안 보이냐?"

"뭐가 말입니까?"

"내 얼굴 자세히 좀 봐라. 늘 보이던 게 오늘은 안 보이냐 이 말이야."

"도대체 무슨 말씀이신지……."

느닷없는 김 박사의 물음에 도준은 고개를 갸웃했다. 그러던 중 김 박사가 자주 하던 황당한 개그들을 떠올리고 아차 싶어 눈을 크게 떴다.

"김 말이다. 김."

소율에게 혹평을 받은 농담이었다. 도준은 입가에 씁쓸한 미소를 띠었다.

"뭔지 압니다. 잘생김 말이죠. 그거 하지 마시죠. 괜히 써먹었다가 욕에 맞아 죽을 뻔했습니다."

"정말로 욕이라도 들었냐?"

"아니요. 그런데 눈빛으로 말하더라고요. 그러니까 앞으로 제 앞에서 몹쓸 아재 개그 쓰지 마시지요. 괜히 옮잖아요."

도준의 으름장에 김 박사는 혀를 쯧쯧 찼다.

"거, 알아서 할 테니 놔둬. 그것보다 내 머리 이야기나 하자고 찾아온 거야?"

"당연히 아니죠."

"신수가 훤한 걸 보니까 병원 올 일도 없을 거 같은데 무슨 일이야."

김 박사의 물음에 도준은 단번에 묻지 못하고 조금 뜸을 들였다. 진정이 됐다고 생각했는데 다시 심장이 마구 뛰기 시작했다. 그는 깊게 숨을 몰아쉬고서 마치 숙제 검사를 기다리는 아이처럼 조심스럽게 물었다.

"1년하고 한 달 전에, 김 박사님께서 제게 해 주신 말씀, 기억하십니까?"

"당장 어제 일도 기억이 안 나는데 그걸 어떻게 일일이 기억해."

퉁명스레 말을 뱉었지만 김 박사의 얼굴에는 갑자기 수심이 드리우기 시작했다.

"……네놈 아랫도리 얘기하러 온 거냐?"

"아랫도리가 아니라…… 아무튼, 그때 검사하시고서 제가 무정자증이라고 하셨죠."

"그래, 그랬지."

이미 모두 아는 사실이었지만 도준은 거듭 확인을 했다.

"그때 분명 다른 말씀도 하셨죠. 제게 주어진 가능성이 0%는 아니라고 말입니다."

"암, 그랬지. 정자들이 제 주인처럼 청개구리라 그런지 활동성 있는 정자 수가 아주 적었어. 그것도 아주 극단적으로 적어서 문제였지."

따로 진료 기록을 보지 않아도 김 박사는 아직 그때를 또렷하게 기억하는 듯했다.

"그래서 그 확률이 얼마나 되나요? 임신시킬 가능성 말입니다."

"아, 그런 건 알아서 나이버 같은 거 찾아봐. 몇 번이나 가르쳐 줬는데 젊은 놈이 그런 걸 기억 못 해."

아주 긍정적인 수치는 아니었기 때문에 김 박사는 쉽사리 답을 들려주지 않았다. 하지만 중요한 건 제로는 아니었다는 사실이다. 김 박사가 말을 툭툭 내뱉어도 그를 배려해 주고 있다는 걸 도준은 알았다.

"그럼 그때 확률보다 더 중요한 게 있다고 하셨던 것 말입니다……."

"아, 속궁합 말이냐?"

역시나 김 박사의 단어 선택은 거침이 없었다. 아무리 그래도 의사인데 아랫도리나 속궁합 같은 말은 내뱉는 김 박사를 보며 도준은 새삼 민망함이 밀려들었다.

"……케미스트리라고 하죠. 아니면 서로 사랑하는 마음이라 해도 좋습니다."

"그게 그거지. 육체적인 문제를 사랑으로 포장하면 뭐 해. 어쨌거나 속궁합이 맞아야 그런 기적도 일어나는 거야."

"아니, 김 박사님. 의사나 되시는 분이 왜 이렇게 단어 선택이……."

"그걸 그럼 뭐라고 그래. 들어 봐라. 원래 궁합이란 게 겉궁합이 있고 속궁합이 있어. 어느 것 하나 중요하지 않은 게 없어. 근데 더 신기하게도 남녀 사이에는 임신궁합이란 것도 있어요."

도준이 민망해하는 것에 아랑곳하지 않고 김 박사는 갑자기 열변을 토하기 시작했다.

"내가 그런 케이스를 많이 봤다. 실제로 부부가 몇 년을 살아도 애가 안 생겨요. 둘 다 문제도 없는데 말이야. 근데 이 두 사람이 갈라서서 각자 다른 사람을 만나니까 애가 생겼네? 그건 왜 그러냐. 바로 유전자의 선택 때문이지. 사람마다 그런 게 있더라고. 갈구하는 유전자가 맞는 경우에는 어떤 고난 속에서도 애가 생겨. 결국 필요한 건 각자의 유전자가 무엇을 원하느냐 알아채는 것인데, 우리가 그걸 어떻게 확인하겠어. 그게 그렇게 간단했으면 난임이란 증상 자체가 나오지 않았지. 그러니까 결국은 속궁합이란 얘기야."

무정자증 판정을 받은 직후에는 흘려들었던 얘기였다. 그런데 이 상황에서 듣게 되니 도준의 마음속에는 말로는 설명 못 할 환희가 찾아들고 있었다.

"그럼, 하나만 더 물어보겠습니다."

"아, 뭘 자꾸 물어보고 그래. 결국에는 궁합이라니까. 그리고 너는 젊은 패기로 밀어붙이면 되는 거야."

김 박사는 도준의 기를 살려 줄 생각으로 일방적으로 긍정적인 대답만 했다. 하지만 낌새가 심상치 않다는 걸 느끼고서 헛기침을 뱉은 후에 말을 바꿨다.

"그래. 나이버에 나오는 거 빼고 다 물어봐."

"만약에 말입니다. 정말로 만약에 무정자증이라고 진단을 받은 제가 몰래 마음에 품고 있던 여자를 임신시켰다고 하면, 그건……."

도준의 말이 채 끝나기도 전에 김 박사는 흥분해서 대답했다.

"그건 운명이지! 방금 말한 그 궁합이 꼭 들어맞은 거야!"

그러고서 김 박사는 도준의 손을 꼭 쥐었다.

"만약이란 건 없는 거다. 그런 여자가 나타나면 꽉 잡아. 놓치지 말고."

김 박사의 대답이 마치 환희의 찬가처럼 들렸다. 그의 말대로 이건 그야말로 운명이라는 생각이 들었다. 마음에 품고 있던 그녀가 자신의 아이마저 임신했다면 더욱 놓칠 수 없었다. 도준은 김 박사에게 잡힌 손 위에 남은 손을 얹으며 두 눈을 빛냈다.

"네. 반드시 그러겠습니다!"

2

소율은 늦은 점심을 해결하고 컴퓨터 앞에 앉았다. 그리고 계속 마음에 걸렸던 것들을 검색해 보기 시작했다.

키보드 위에서 움직이는 손가락은 '임신 초기 증상'이라는 글자를 만들어 냈다. 그리고 엔터 키를 누르자 수많은 검색 결과가 떠올랐다. 그중에 눈에 띄는 몇 가지를 클릭해서 읽던 소율은 어느 순간 마우스를 움직이던 손을 멈추고 말았다.

「임신 초기는 호르몬의 변화로 몸이 예민하게 반응하는 시기입니다. 특히 유산의 위험이 클 때이므로 이에 대한 각별히 주의가 필요합니다.」

"유산……."

한 번도 생각해 본 적 없는 단어였다. 임신을 확인한 순간부터 그 아이는 이미 자신에게 살아 있는 존재였다. 그런데 그게 한순간에 사라질 수도 있다는 생각을 하니 괜히 등골이 오싹해졌다. 그래서 소율은 재빨리 인터넷 창을 닫아 버렸다.

"내 선택이…… 정말 옳은 걸까."

이미 도준에게는 이사를 하겠노라 말했지만 괜한 불안감이 찾아왔다. 만약에라도 이사 중에 무슨 문제가 생겨서 사고라도 당하면 어쩌지. 그것만이 아니었다. 혹시라도 아이가 잘못돼서 그 집을 나와야 한다면 그다음은 어떻게 될까.

"갈 곳이 없어지는 건 한 번으로 족해……."

소율은 미성년자일 동안에 보육원에서 지냈다. 어린 그녀에게는 집이라고 불리는 유일한 곳이었다. 하지만 딱 한 번, 처음이자 마지막으로 혼자만의 집과 가족을 가졌던 적도 있다. 그때는 초등학생이 되기 직전이었다.

'네가 소율이로구나.'

평범했지만 다정하게 미소 짓는 모습이 무척이나 닮은 부부였다. 어릴 적에는 '불임'이라는 단어를 잘 몰랐다. 그저 그녀에게도 부모와 집이 생겼다는 게 너무도 기뻤다.

처음에는 모든 게 새롭고 신선했다. 좋은 냄새가 나는 빨래도 그렇고, 오롯이 혼자서 차지하는 음식들이 그랬으며, 엄마와 아빠라고 부를 수 있는 사람들이 있다는 게 그랬다.

그런데 그녀가 입양이 되고 채 1년을 채우기도 전에 '엄마' 라고 불리던 아줌마가 임신을 하게 되었다.

'미안하구나. 다음에는 우리보다 더 좋은 부모님 만나렴.'

그 직후 소율은 파양되었다. 소율은 파양 직전에 들었던 그 말을 아직도 잊을 수가 없다.

'우리와 너는 때가 맞지 않았던 거야. 세상을 살다 보면 확실한 건 없는 거란다.'

괜한 기억이 떠오르자 소율은 마음이 심란해졌다. 컴퓨터를 완전히 끈 그녀는 무거운 마음을 끌어안고서 남은 하루를 보냈다.

그렇게 시간은 그녀를 남겨 두고서 자꾸 흘러갔다. 지금까지 늘 앞만 보고 달려온 그녀는 휴식이라는 단어가 낯설었다. 덕분에 알람을 맞춰 두지 않아도 절로 출근 시간에 맞춰 눈을 뜨고는 했다.

간밤에 잠을 설친 그녀는 푸석해진 얼굴로 일어나 세수를 마치고 욕실을 빠져나왔다.

그때, 마치 때를 맞춘 듯 벨소리가 울렸다. 휴대폰 화면에는 '남도준' 이라는 세 글자가 떠올랐다.

"……여보세요."

— 좋은 아침입니다. 일찍 일어났네요.

"네. 남 이사님도 일찍 일어나신 것 같네요."

도준은 아침부터 활기찼다. 하지만 소율은 별다른 의미도 없이 인사를 주고받았다.

— 슬슬 올 때가 된 거 같은데 연락이 없어서 먼저 했습니다. 이사는 어쩌기로 했습니까?

도준의 물음에 소율은 한숨부터 나왔다. 지난밤에 떠올린 기억들도 그렇고, 앞으로의 일을 생각하니 마음이 무거웠다. 하지만 눈치 빠른 도준은 소율이 달가워하지 않는 낌새를 느꼈는지 안달을 냈다.

— 혹시 괜찮다면 오늘 내가 사람 보내겠습니다. 비용도 이쪽에서 부담하기로 하죠.

소율은 다시 한숨을 쉬었다. 그리고 천천히 입을 뗐다.

"아니요."

그녀의 대답은 간단명료했지만 그만큼 단호하기도 했다.

— ……뭐라고 했습니까?

"아니라고 했어요."

말을 고르는 건지, 숨을 고르는 건지 도준은 아주 잠시 말이 없었다. 그 침묵의 틈에서 소율은 구슬픔을 짓눌렀다. 그녀의 삶은 오롯이 혼자 걸어야 옳았다. 누구를 남겨 두고, 혹은 누군가에게 남겨지고……. 그런 슬픔을 다신 겪고 싶지 않았다. 배 속에 있는 아이 하나를 지키는 것만 생각하자고, 스스로를 다독였다.

"……우리는 아직 때가 되지 않은 것 같아요."

말을 뱉은 소율은 순간적으로 놀랐지만 이미 입 밖으로 나온 말들을 주워 담을 수 없었다.

"어떤 세상에도 확실한 건 없는 거잖아요."

어린 시절, 자신을 '엄마'라고 부르라던 여자와 꼭 같은 말을 하고 있었다. 어른이 된다는 건 이기적인 존재가 된다는 뜻이었나 보다. 그래서 어린 소율은 버림받았는지도 모른다. 어른들의 이기심에 세상에 나왔다가 멋대로 필요 없다는 낙인이 찍힌 것이다. 만약에라도 또다시 그런 꼴을 당한다면…….

그 생각만으로 소율은 온몸에 소름이 돋았다. 그녀 자신도, 그녀의 아이도 그렇게 만들 수 없었다. 온전하게 세상의 빛 아래에서 함께 걸을 것이다.

"제 마음에는 이미 이 아이가 들어왔어요. 그런 만큼 제가 줄 수 있는 모든 사랑과 관심을 주고 싶어요. 할 수 있는 건 다 해 줄 생각이고요. 하지만 만약의 일도 있는 거잖아요. 그럴 때는 어쩔 생각이세요? 저는 그 나름의 각오도 필요하다고 생각해요. 하지만 남도준 이사님께서는……."

— 나는 다르다, 이 말이 하고 싶은 겁니까?

처음으로 듣는 도준의 냉정한 음성이었다. 그의 말투에는 노기마저 느껴졌다. 소율의 섣부른 판단에 화가 난 듯했다.

— 난 한소율 씨에게 이 아이가 내게도 얼마나 소중한 존재인지 충분히 표현했다고 생각하는데.

그의 낮은 목소리에 소율은 가슴이 찌르르 아파 왔다. 누군가를 실망하게 만드는 건 언제나 마음이 불편했다. 남들 눈에 그녀는 부족함이 없어야 했다. 왜냐하면 이미 가장 큰 파편이 떨어져 나갔으니 말이다. 그래서 소율은 더욱 굳세고 강하게 굴었다.

"저도……."

소율의 말끝이 약간 떨렸다. 도준의 냉정한 눈빛과 실망감이 눈에 보이는 듯해서 마음이 무거웠다. 그럴수록 그녀는 입술을 질끈 깨물었다.

"저도 그래요. 그래서 더더욱 시간을 갖고 싶은 거고요."

— 한소율 씨는 원래 이렇게나 무책임한 사람이었습니까?

"그건……."

그녀는 지금 자신의 행동을 되돌아보니 차마 아니라고 말할 수가 없었다. 그렇게 두 사람 사이에는 다시 침묵이 찾아왔다. 얽히고설킨 실타래가 팽팽하게 당겨진 채 풀릴 생각을 하지 않았다.

그렇게 각자의 사연이 묻어나는 한숨이 뒤섞일 즈음, 도준이 먼저 입을 열었다.

— ……일단 이건 전화로 할 얘기가 아닌 것 같군요. 차라리 만나서 정리를 합시다. 일정부터 확인해 보고 약속 시간과 장소는 따로 연락하겠습니다.

조금 전에 느껴졌던 노기는 많이 사라진 듯 도준의 말투가 점점 부드러워졌다. 그리고 소율이 무어라 대답하기도 전에 그의 당부가 이어졌다.

— 아침, 굶지 말고 꼭 챙겨 먹도록 해요.

"……알겠어요. 남도준 이사님도 아침 챙겨 드세요."

소율은 문득 이 남자에게 미안한 마음이 들었다. 그래서 그녀답지 않게 도준의 안위를 걱정하고 말았다. 그렇게 두 사람은 서로의 안부를 걱정하며 전화를 끊었다.

❖ ❖ ❖

이미 통화가 끝난 휴대폰 너머로는 기계의 차가움밖에 느껴지지 않았다. 도준은 일방적으로 홀로 남겨진 기분이 들었다. 소율의 미래에 그는 여전히 없었다. 그녀에게는 오로지 아이만 있을 뿐, 도준에게 조금도 곁을 내어 주지 않았다. 오죽하면 아이에게도 그녀뿐이라며 고집을 부렸다. 너무도 춥고 서글펐다.

"이사님."

기회를 주겠다고 말했을 때는 그것만으로 벽을 하나 넘었다고 생각했다. 그런데 아주 약간의 시간이 지났을 뿐인데 그녀 마음의 벽이 또다시 견고하게 꼭꼭 닫혀 버린 것 같았다.

"이사님!"

"지금 좀 복잡한 고민 중이니까 급한 일 아니면 나중에 합시다."

박 실장이 윽박지르듯 큰 소리를 내자 도준은 손을 들어 그를 제지시켰다. 하지만 그 정도로 꺾일 박 실장이 아니었다.

"아주 중요한 일입니다. 이번에 저희 회사 공채 건으로 인사부장님과의 면담 약속이 잡혀 있습니다."

"인사부장?"

도준은 무언가 깨달은 듯 두 눈을 크게 떴다. 그러고서 박 실장을 빤히 바라보았다.

"우리 인사부장이……."

"네. 저희 회사의 인사부장님과의 약속 말입니다."

"그게 아니라. 우리 인사부장이 꽤 유능하지 않던가요?"

"네? 그게……."

박 실장은 의뭉스러운 눈빛으로 도준을 바라보았다. 도대체 그의 의사를 이해할 수 없었다.

"그게? 그게 다음이 굉장히 신경 쓰입니다만…… 내 기억이 틀린 겁니까?"

도준이 재촉하듯 묻자 박 실장은 고개를 내저었다.

"아니요. 이사님의 기억이 정확합니다. 인사부장님을 타사에서 스카우트해 오시면서 많은 애를 쓰셨죠. 인사에 있어서 그분만큼 유능한 분을 대한민국 내에서 다시 찾기는 힘들 겁니다. 최고의 인물이죠."

"역시!"

도준은 흐뭇한 미소를 지으며 박 실장을 향해 힘주어 외쳤다.

"지금 당장 인사부장 불러와요. 한시라도 빨리 만나 봐야겠어."

도준은 입가에 엷은 미소를 띠며 강 부장을 줄곧 바라보고 있었다. 그 시선이 못내 부담스러웠던 강 부장은 헛기침을 한 번 하고서 커피 잔을 손에 들었다. 이제 막 내린 커피에서는 향긋한 내음이 풍겼다. 커피를 한 모금 머금은 후 속으로 넘기는 와중에도 도준의 시선은 떨어질 줄 몰랐다.

"이사님께서 제게 긴히 하실 말씀이 있으신가 봅니다."

강 부장은 어색하게 웃으며 그와 시선을 맞췄다. 그러자 때를 기다렸다는 듯 도준은 입을 열었다.

"인사부장님께서는 지금까지 수많은 인재를 알아보고 저희 회사에 필요한 든든한 인물들을 뽑으셨습니다. 그 점에 관해서는 정말 크게 감사하고 있습니다."

"과분한 칭찬을 해 주시는군요. 그건 응당 제가 해야 할 일이니 감사의 말씀은 넣어 두시지요."

"아니요. 아닙니다. 저는 정말 강 부장님을 크고 높게 평가하고 있습니다."

도준의 계속되는 칭찬에 강 부장은 오히려 더 어색한 미소만 지었다. 속내는 알 수 없었지만 그가 하고 싶은 얘기가 있다는 게 자명해 보였다. 그렇다고 부하 대하듯 본론부터 말하라며 재촉할 수도 없으니 강 부장은 복잡한 마음이었다. 어쨌거나 도준은 상사였으니 말이다.

결국 강 부장은 도준이 본론을 꺼낼 때까지 불편한 마음으로 자리를 지킬 수밖에 없었다.

"애초에 약속된 시간보다 강 부장님을 일찍 모신 건 한 가지 묻고 싶은 게 있어서 그랬습니다."

"제가 대답할 수 있는 질문이라면 당연히 답을 드리겠습니다."

"어느 회사이건 새 직원을 뽑을 때는 면접을 보지 않습니까."

"네, 그게 당연하면서 필요한 절차이죠."

"그렇다면 말입니다. 만약에 우리가 뽑히는 입장이 된다면 어떨 것 같습니까? 누군가를 채용하는 입장이 아니라 우리가 지원을 한 상태 말입니다."

느닷없는 질문에 강 부장은 들고 있던 잔을 천천히 내려놓았다. 그리고 아주 조심스레 물었다.

"갑자기 그런 생각을 하신 의중을 여쭈어도 될까요?"

도준은 입가에 모호한 미소를 띠었다. 그리고 어깨를 으쓱이며 의뭉스러운 대답을 했다.

"아니, 모두의 입장을 이해하면 좋을 것 같다는 생각이 들어서 말입니다."

언뜻 이해가 되는 것 같았지만 뜬금없다는 점은 여전했다. 당장은 공채 건에 관해서 인사 결정이 더 급한 강 부장이었다. 하지만 상사의 질문을 모른 채 넘길 수도 없었다.

"지금 저나 이사님께서 당사에 지원을 했다면 결과를 무척이나 기다리게 되겠지요. 통보가 나오기 전까지 매일을 일희일비하며 지내지 않았을까 생각합니다."

"그렇다면 말입니다."

아직도 본론이 나온 게 아니었나 보다. 도준은 눈을 반짝이며 강 부장을 향해 몸을 바짝 붙였다.

"강 부장님께서 인재를 고르실 때 제일 우선시하는 선발 조건은 뭡니까?"

"음…… 굉장히 쉬우면서 어려운 질문을 하시는군요."

말을 고르던 강 부장은 이내 도준을 보며 오히려 되물었다.

"그건 제가 당사의 사원이자 부장으로서 사람을 보는 법을 물으시는 겁니까?"

"굳이 그렇지는 않습니다. 사람 대 사람을 볼 경우에도 괜찮고,

그냥…… 대충 그런 거 있지 않습니까. 내가 이 사람을 뽑아야겠다. 아니면 이 사람과 함께해야겠다. 뭐…… 이런 거?"

무척이나 상식적인 질문을 하는가 싶더니 설명은 모호하다. 강 부장은 더욱 혼란한 기분이 들었지만 애써 침착함을 유지했다.

"그렇군요. 사람이 사람을 판단하는 데 걸리는 시간은 대강 5초라고 합니다. 그 짧은 시간에 첫인상이 결정되는 것이지요. 그러나 그 전에 당사자에 대해 더 알고 싶다면 대개 서류로 판단을 하게 됩니다. 그 대표적인 예가 이력서겠지요. 그리고 자기소개서도 포함되겠군요."

강 부장은 옅은 숨을 몰아쉬더니 얘기를 이어 갔다.

"이력서에는 보통 사진이 들어가야 하고 거짓이 있어서는 안 됩니다. 자신의 이력을 꾸미는 것은 제일 멍청한 짓이지요. 그 외에는 양식에 따라 깔끔하게 작성된 이력서가 저 같은 경우에는 제일 보기 편한 것 같습니다."

도준은 강 부장의 얘기에 고개를 끄덕였다.

"자기소개서 같은 경우도 진정성을 우선으로 봅니다. 흔히 말하는 자소설이나 인터넷에서 베낀 것 같은 느낌이 들면 확실하게 거르는 게 좋습니다. 또 지원자의 성향과 앞으로의 발전성도 중요하지요."

강 부장의 설명을 한참이나 듣던 도준은 무언가 골똘히 생각에 잠긴 듯했다. 그리고 나지막이 중얼거렸다.

"이력서와 자기소개서라……. 일단 겉으로 보여 줄 수 있는 게 가장 중요한 거군."

그의 중얼거림을 옆에서 들은 강 부장은 여전히 도준의 속을 이해할 수 없었다. 그래서 그는 다시 찻잔을 들어 커피를 홀짝였다.

※ ❖ ※

책을 읽던 소율은 시계를 힐끔 보았다. 어느새인가 점심시간이 훌쩍 지나 있었다.

아직까지 도준에게 연락이 없는 걸 봐서는 많이 바쁜 듯했다. 하지만 만약 연락이 온다고 해도 무거운 마음은 가시지 않을 것 같았다. 소율은 새삼 스스로가 참 줏대가 없다는 생각이 들었다. 이것보다는 훨씬 똑 부러지게 살아왔다고 생각했는데 아니었나 보다.

"한소율, 정신 차려야지. 이래서 어떻게 아이를 기르려고 그래."

책상 한편에 놓인 작은 거울을 보며 소율은 스스로를 다독였다. 한숨이 나오려는 걸 애써 참아 누르며 소율은 의자에서 몸을 일으켰다. 조금 늦기는 했지만 점심을 챙겨 먹을 생각이었다.

그렇게 몇 발자국 걸어서 주방으로 간 소율이 냉장고를 열려던 때였다. 딩동 하고 벨이 울렸다.

"이 시간에 누구지?"

집으로 찾아올 만한 지인들은 전부 회사에 있을 시간이었다. 게다가 그녀가 퇴사한 사실을 아는 사람은 회사 사람들 말고는 없었다. 소율은 의아함을 느끼며 인터폰으로 다가갔다.

"누구세요?"

작은 화면에는 모자를 눌러쓴 남자의 모습이 보였다. 남자는 모자를 조금 젖히더니 해맑게 웃으며 손에 들린 무언가를 들어 보였다.

— 꽃 배달 왔습니다.

자신보다 어려 보이는 남자는 무척이나 씩씩한 음성으로 말했다. 소율은 이 상황이 더욱 이해가 가지 않았다. 그녀를 찾아올 사람이 없는 건 당연했지만 꽃을 보낼 사람은 더더욱 없었다. 그녀는 고개를 갸웃거리며 인터폰 버튼을 눌러서 현관문을 열어 주었다. 그리고 미리 문을 열어 배달부를 맞이했다.

"한소율 씨 맞으시죠?"

"네, 제가 한소율이 맞기는 한데…….."

청년이 건네는 바구니를 받아 든 소율은 당황한 기색을 감추지 못했다. 하지만 꽃을 전해 준 청년은 제 일이 끝나자마자 돌아가기 바빠 보였다.

그를 굳이 불러 세우지 않은 소율은 꽃바구니를 끌어안고 문을 닫았다. 바구니에는 노란 메리골드가 한가득 담겨 있었고, 꽃잎 사이에 작고 네모난 카드 한 장이 꽂혀 있었다. 소율은 바구니를 테이블 위에 올려 두고 카드를 손에 들었다.

「오늘이 로즈데이라고 하더군요. 하지만 메리골드를 더 좋아하는 것 같기에 이렇게 보냅니다.」

카드에 적힌 내용은 거기서 끝이 아니었다.

「추신 1. 소율 씨가 받아들일 수 있는 상식선에 맞춰 보냈으니 이 꽃은 정당방위입니다.」

정당방위라는 표현에 소율은 저도 모르게 입가에 미소를 띠었다.

「추신 2. 내가 소율 씨에게 구직을 신청했으니 메일로 검토 바랍니다.」

"메일?"

카드에 적힌 내용을 모두 읽은 소율은 컴퓨터로 다가가 전원을 켰다. 그리고 잠시 고민하다가 자신이 업무를 볼 때 주로 사용하던 사이트로 들어가 아이디와 비밀번호를 작성하고 메일함을 살펴보았다. 이런저런 광고메일을 제외하니 도준의 것으로 보이는 메일이 한 통 눈에 들어왔다.

"구직이라니…… 무슨 소리지?"

소율의 머릿속에는 여전히 의문이 가득했다. 하지만 메일을 확인하면 풀릴 문제였다. 그녀는 마우스를 움직여 메일을 클릭했다. 본문에는 '검토 바랍니다.' 라는 짧은 메시지가 적혀 있고 첨부 파일이 두 개 담겨 있었다.

"음, 제목이…… 이력서랑 자기소개서?"

의문을 해결하려고 메일을 살폈는데 오히려 더욱 깊어졌다. 소율은 일단 이력서 파일을 클릭해서 내용을 살폈다. 어디에서나 흔하게 볼 수 있는 양식의 이력서와 함께 도준의 증명사진도 보였다.

「이름: 남도준 │ 성별: 남 │ 나이: 32세」

그 외에도 이력서에는 도준이 나온 학교와 자격증, 가족 관계, 경력 사항 등이 보였다. 그것보다 제일 놀라운 건 도준의 나이였다.

"나보다 한 살 어렸어?"

소율은 두 눈을 크게 뜨고서 그의 생년월일을 다시 보았다. 정말로 그의 나이는 서른두 살이었다. 그러고 보니 얼마 전에 호텔 스위트룸에서 도준이 직접 입으로 말한 사실이 떠올랐다.

'남도준이라고 합니다. 서른둘입니다. 독자로 자랐고 지금은 현설 그룹의 이사직에 있습니다. 가족은 할아버지 한 분이 계시지만 걱정 안 하셔도 됩니다. 제가 아는 한 할아버지께서는 소율 씨에게 시집살이를 시키실 분은 아니라고 생각하니까 말입니다.'

그때는 아이 일로 정신이 **빼앗겼던**지라 쉽게 흘려들었던 말이었다.

"정말로 연하였구나."

별것 아닌 일인데도 괜히 마음이 싱숭생숭했다. 겨우 한 살 차이일 뿐이고, 성별이 다를 뿐인데 소율은 사회로부터 결혼을 종용받아 왔다. 하지만 남자인 도준은 아직 젊다고 여겨질 것이다. 그리고 결혼 시장에서의 대우도 다를 것이란 생각이 들었다. 커플 매니저들이 도준을 S급으로 매긴다면 자신은 어디쯤에 속할까. 그나마 다니던 직장도 잘린 거나 다름없으니 아마 상대해 주지도 않을 것이 분명했다.

"아니, 만약이란 없어. 게다가 이미 아이도 있으면서 결혼은 생각해서 뭐 해. 절대 결혼은 없어."

가축도 아니고 사람에게 급을 매겨서까지 결혼을 해야 한다니. 소율은 고개를 휘휘 저었다. 그러고서 아직 남아 있는 '자기소개서'란 파일을 클릭했다.

「*일찍 일어나는 새가 벌레를 잡아먹는다!*」

일찍이 조실부모한 저는 할아버지의 손에 길러졌습니다. 그런 저에게 할아버지는 저 말씀을 늘 해 주셨습니다. 부모님이 계시지 않는다는 사실에 기죽지 말고 등을 꼿꼿이 세우고 앞을 걸어가라는 의미였습니다. 그 말씀처럼 저는 늘 아침 일찍 일어나 학교 수업이 끝나면 학원을 전전하는 피곤한 학창 시절을 보냈습니다. 덕분에 저는 늘 수석을 차지했고 때로는 학생회장이라는 중책을 맡기도 했습니다.

여기까지는 도준의 학창 시절이 눈에 보이는 듯했다. 그러나 그녀나 공부라는 틀에 갇혀 별반 다르지 않은 학교생활을 한 것 같았다. 그래서 조금은 안타까운 마음이 들었다. 하지만 뒤에 이어지는 내용은 지금까지와는 전혀 상반되는 내용이었다.

하지만 지금 와서 돌아보면 다 쓸모없는 짓이 아니었나 생각합니다. 할아버지께서는 제게 인생에서 일등이 되게 교육하셨지만 저는 아이에게 그러지 않을 겁니다. 아이는 아이답게, 자신이 원하는 삶을 주고 싶습니다. 반드시 일등일 필요는 없습니다. 행복하고 건강하게만 자라 준다면 저는 그것으로 만족합니다. 결국은 일찍 일어나는 새가 좀 더 피곤할 뿐인 것 같더군요.

"좀…… 특이한 자기소개서네."
처음에는 그저 그런 평범한 소개서일 거라고 생각했던 소율은 약간씩 흥미를 가지며 남은 것들을 읽어 나가기 시작했다.

「희망을 키워 가는 준비된 아버지, 일등 신랑감!」

제가 지닌 가장 큰 장점은 추진력입니다. 과거에도 그랬고 현재도 그러하며 미래에도 그럴 것입니다. 하지만 가끔은 너무 앞서 나가는 경향이 없지 않기에 가장 큰 단점이기도 합니다. 늘 곁에서 속도를 컨트롤해 줄 사람이 필요하다고 생각하던 차에 한소율 씨를 만났습니다. 당신에게 속도를 맞춰 걷다 보면 우리는 더 큰 희망과 행복을 손에 거머쥘 수 있을 것 같습니다.

"이게 정말 자기소개서 맞아?"

소율은 점점 이것이 자기소개서인지 구애서인지 헷갈리기 시작했다.

우리의 궁합은 찹쌀떡입니다. 내가 쿵이라고 말하면 소율 씨는 짝이라고 말해 줄 유일한 사람이라고 생각합니다. 그 사이에서 우리 아이가 쿵짝짝을 외치면 이보다 더 완벽한 가족은 없을 것입니다. 굳이 결혼을 하지 않아도 좋습니다. 소율 씨와 아이의 곁에서 우산이 되어 비를 막아 주고, 바람이 되어 더위를 막아 주고 싶습니다. 그리고 객관적으로 이 정도 스펙이면 그리 나쁘지 않은 아버지, 그리고 신랑감이라고 믿습니다.

"분명히 자기소개서라고 했으면서……."

소율은 어이가 없었지만 입가에 번지는 미소를 막을 수가 없었다.

내게 남은 모든 삶을 아이와 소율 씨를 위해서 살고 싶습니다. 어둠을 벗어나 빛 속을 함께 걸어 준다면 정말 고마울 겁니다.

이게 정말로 자기소개서인지 어떤지는 차치하고서라도 도준의 진심이 느껴지는 건 확실했다. 소율은 처음부터 천천히 다시 글을 읽어 나갔다. 이미 읽은 내용들인데도 피식피식 웃음이 새어 나왔다. 어쩐지 가슴속에 따뜻함이 번져 가는 기분을 지울 수 없었다. 그리고 발밑에서 서걱거리던 눈이 녹아 사라지고 파릇한 새싹이 움트는 기운이 느껴졌다.

"궁합이 찹쌀떡인지 어떤지는 모르겠지만."

솔직히 말하자면 아직도 결혼 생각은 들지 않았다. 아이라면 혼자서 충분히 키울 수 있고, 그 확신은 사라지지 않을 것이다. 그러나 소율은 처음이자 마지막으로 믿어 보자는 마음이 들었다. 혼자 남겨지는 건 여전히 두렵고 무서웠다. 하지만 이제는 아이가 함께일 것이다. 그래서 용기를 내 보려 한다.

"하지 않으면 안 되는 일이 있으니까."

소율은 탁자 위에 일렬로 줄 세워 둔 임신 테스트기를 한 번 바라본 후 휴대폰을 손에 들었다. 그리고 이제는 제법 익숙해진 도준의 번호를 찾아서 전화를 걸었다.

— 여보세요.

여전히 부드럽고 따뜻한 음성이었다.

"남도준 이사님께서는 입사 지원에 적합하시지 않는 것 같아요. 저라면 불합격을 드렸을 거예요."

— 그 말은······.

많이 당황한 듯 그가 쉽게 말을 잇지 못했다. 어른스럽고 여유롭게만 보이던 그가 이럴 때도 있다는 걸 알게 되자 약간은 귀엽다는 생각이 들었다. 소율은 어느새인가 저도 모르게 입가에 엷은 미소를 띠었다.

"······갈게요."

— 네?

소율은 애써 웃음소리를 죽이며 얘기를 이어 갔다.

"생각해 봤어요. 분명 입사를 위한 서류였다면 저는 이사님을 불합격시켰을 거예요. 하지만 글에서 남 이사님의 매력을 느꼈어요. 그러니까 우리 정식 동거가 아니라 인턴 기간을 가져요."

— 인턴 말입니까?

"네. 일시적인 계약직이라면 해 볼 만하다는 생각이 들었어요. 그러니까 저는 제 집을 팔지 않고 한시적으로 남 이사님의 집에 머물도록 할게요. 이사 준비는 필요 없어요. 제게 필요한 물품이나 옷가지만 들고 갈게요. 짐은 여행용 트렁크 정도면 충분할 거 같으니까 직접 안 오셔도 돼요."

— 그렇다는 건…….

"집 주소, 알려 주세요. 제가 찾아갈게요. 그 정도는 괜찮겠죠?"

— 그 정도면 충분합니다. 집 주소는 문자로 보내도록 할게요. 지금 바로 출발할 겁니까?

생각보다 더 씩씩하게 대답하는 도준 덕분에 소율은 다시 웃음이 터질 뻔했다.

"아니요. 일단 짐 정리부터 하고요. 출발 전에 연락드릴게요."

— 그래요. 소율 씨가 편할 때 언제라도 연락 줘요. 기다리고 있을게요.

소율은 자신을 기다리는 존재가 있다는 사실에 왠지 가슴이 간질거렸다.

"……댁에서 뵐게요."

그래서 일부러 더 딱딱한 음성으로 답했는지도 모르겠다. 괜히 이런 모습을 들키고 싶지 않았다.

그렇게 통화를 끝낸 소율은 재빨리 컴퓨터 전원을 끄고서 길게 기지개를 켰다. 방금 전까지 무거웠던 마음은 거짓말같이 사라지고 어느새인가 홀가분한 기분이 들었다.

"일단 그러면 트렁크부터 찾아볼까."

그녀는 가벼운 걸음으로 옷 방으로 향했다.

당장 필요한 소지품을 제외하면 챙겨야 할 짐은 그다지 많지 않았다. 게다가 지금은 봄과 여름의 사이. 애매한 계절 탓에 챙겨야 할 옷은 얇고 가벼운 것들이었다. 그렇게 한참을 옷장 앞에 서 있던 소율은 마지막으로 서랍을 열어 속옷을 챙기기 시작했다.

"사 두고 안 입은 속옷이 꽤 되네."

여러 색깔의 세트로 판매되는 속옷을 사다 보면 늘 찾던 색만 입게 되었다. 소율은 주로 화이트나 누드 톤의 속옷을 입고는 했다. 그런데 당장 눈에 띄는 건 블랙과 레드 등 도발적인 색상이었다.

"그러고 보니."

소율은 특별한 날에만 챙겨 입는 속옷을 깜빡했다는 걸 깨달았다. 차곡차곡 정리된 것들 사이에서도 끄트머리에 놓여 있는 그것을 빼어 들었다.

그녀의 뽀얀 피부 톤에 어울리는 옅은 분홍빛에 네이비 색상의 하늘하늘한 레이스가 감싸져 있었다. 굉장히 은은하면서도 고급스러운 느낌이라 소율이 아끼는 속옷이기도 했다.

"그날도 이걸 입었던 것 같은데……."

퇴사를 결정하고 술을 진탕 마신 날이면서 도준과 하룻밤을 보냈던 날. 그녀는 무거운 마음을 조금이라도 덜기 위해 이 속옷을 챙겨 입었던 것 같다.

그의 단단한 팔에 안겨서 온몸을 맡겼다. 섬세한 손길에 브래지어 후크가 풀리고, 아찔한 기운이 퍼져 나갈 즈음에는……. 거기까지 떠올린 소율은 온몸이 불에 덴 듯 화들짝 놀라고 말았다.

"내가 진짜 미쳤나 봐!"

번쩍, 정신을 차린 소율은 고개를 휘휘 내저었다. 이상하게 그러지 말자고 생각하면서도 잊을 만하면 도준과의 하룻밤이 떠올랐다. 좋지 않은 현상이었다.

"한소율! 정신 차리고 짐이나 마저 싸자."

스스로를 채찍질하면서 소율은 멈췄던 손을 다시 바삐 움직였다. 겉으로는 신경 쓰지 않는 척, 아무렇지 않은 척 굴면서도 자꾸만 손이 닿는 곳은 평소에 찾지 않던 속옷뿐이었다. 그렇게 소율의 트렁크 한쪽에는 도발적이고 뇌쇄적인 속옷이 자리를 차지하게 되었다.

한낮의 더위가 조금 가시려는지 하늘이 주황빛으로 물들고 있었다. 한차례의 서류 전쟁을 끝낸 도준은 여전히 박 실장에게서 업무를 보고받느라 바빴다.

"이사님께서 말씀하신 사항은 오전에 가사도우미에게 모두 전달했습니다. 방금 확인해 본 결과로는 집 내부가 평소 이상으로 깔끔하고 쾌적하게 정돈되었다고 합니다."

"그래요. 잘됐군요."

박 실장의 보고를 귀 기울여 듣던 도준은 시선을 돌려 노트북을 들여다보았다. 굉장히 심각한 표정으로 이리저리 마우스를 움직이며 모니터를 바라보는 그의 모습에 박 실장도 절로 미간이 좁혀졌다. 이러다 자신의 상사가 과로로 쓰러지는 건 아닌지 걱정이 되었다. 도준에게 차라도 준비해 오려고 박 실장이 걸음을 돌리던 때였다.

"박 실장님."

한참을 아무 말도 없던 도준이 그를 불러 세웠다.

"저는 그만 돌아가야겠습니다."

도준은 방금 전과 마찬가지로 한없이 진지한 표정으로 자리에서 일어섰다.

"아직 업무가 남으셨던 것 아니십니까?"

"아니. 오늘 해야 할 일은 모두 끝마친 참입니다."

"그럼, 차를 대기시킬까요?"

"아……."

박 실장의 물음에 도준은 갑자기 당황한 듯 눈빛이 흔들렸다. 그 모습에 의아함을 느낀 박 실장은 무슨 일이라도 있는 건가 싶어서 물어보려던 찰나, 도준이 다시 진지한 표정으로 변했다.

"괜찮습니다. 개인적으로 들러야 할 곳이 있으니 차는 내가 직접 운전해서 가도록 하죠."

그렇게 말하면서도 도준의 행동은 갈피를 잡지 못하는 것 같아 보였다. 너무 들떠 보이기도 하는 반면 한없이 진중해 보이기도 했다.

"정말로 괜찮으시겠습니까? 필요하시면 제가 직접……."

오늘따라 유독 이상해 보이는 도준을 박 실장은 걱정스레 바라 보았다.

"아니요. 아닙니다. 박 실장님도 퇴근하셔야죠."

단호하게 그의 제안을 거절한 도준은 옷매무새를 가다듬더니 단숨에 문으로 향했다.

"그럼, 내일 뵙겠습니다."

굉장히 서둘러 문밖으로 나서는 도준 때문에 박 실장은 이사실 에 홀로 남고 말았다. 덩그러니 남은 그는 멍하니 문을 바라보다 고개를 돌렸다. 책상 위에는 주인을 잃은 노트북이 윙윙 소리를 내고 있었다. 꽤나 급한 일이 있었던지 도준은 노트북도 끄지 않 은 채 나간 것 같았다.

"어디에 정신을 뺏기신 건지."

오늘 내내 평소답지 않게 의자에 엉덩이를 붙이지 못하던 도준 을 떠올리며 박 실장은 고개를 내저었다. 무슨 일이 됐건 큰 문제 가 아니기를 바라며 박 실장은 노트북으로 다가갔다. 전원을 끄기 위해 화면을 들여다보던 그는 작업 표시줄에 아직도 남아 있는 여러 개의 인터넷 창을 발견했다.

"뭘 이렇게 많이 검색하셨지?"

그래서는 안 됐지만 박 실장은 순수한 호기심에 인터넷 아이콘을 클릭했다. 각기 다른 창에는 같은 주제의 검색어가 적혀 있었다. '임산부', '임산부 영양제', '임신 초기 증상', '입덧', '임신 초기'. 모두 임신이나 임산부에 관해서였다.

"우리 회사가 이제 육아 용품에도 진출하나?"

진실을 알 리 없는 박 실장의 표정에는 물음표만 가득히 떠올랐다.

도준은 집 안으로 들어서자마자 들고 있던 큰 쇼핑백을 테이블 위에 올려 두었다. 그리고 누구보다 빠르게 2층으로 향하는 계단을 올랐다. 그리고 그의 방 바로 옆에 위치한 문을 열었다. 크기는 여느 방과 다름없지만 줄곧 빈방이었던 이 공간을 이제부터 소율이 쓸 생각을 하니 괜히 더 사랑스럽게 보였다.

"굉장히 마음에 드는군."

먼지 한 톨 남아 있지 않은 듯 깔끔한 방을 보며 도준은 만족스러운 미소를 지었다. 그리고 천천히 그녀의 방을 둘러보았다. 전체적으로 화이트 톤의 방은 차분하면서도 우아했다.

앞으로 그녀가 사용할 화장대와 침대 머리를 쓰다듬으며 도준은 방을 한 바퀴 돌아보았다. 취미가 독서라는 그녀를 위해 독서용 쿠션도 두었고, 혹시 몰라서 은은한 빛을 내는 수면등도 준비했다.

"이제 주인만 제대로 찾으면 되겠어."

그렇게 소율의 방을 빠져나온 도준은 이번엔 그 맞은편에 있는 방문을 열었다. 이곳은 손님을 위한 방으로 사용하던 방이었지만 지금은 물건들이 모두 정리되고 빈방인 상태였다.

"그런데 역시…… 벌써부터 아기방을 준비하는 건 이르려나?"

앞으로 태어날 소율과 도준의 아이를 위해 빈방으로 만든 것이다. 지시를 내릴 때는 막연하게 필요하다는 생각에서 준비한 방이었지만 이렇게 직접 보고 나니 휑한 방 풍경이 마음에 들지 않았다.

"그래도 미리미리 서두른다고 잘못된 건 아니잖아."

도준은 이번에도 빈방을 한 바퀴 돌아본 후에 방을 빠져나왔다. 그리고 다시 1층에 있는 거실로 내려갔다. 그리고 그가 들고 왔던 커다란 쇼핑백을 정리하려던 찰나였다. 휴대폰 벨이 울리기에 품을 뒤져서 꺼냈다. 화면을 보니 '한소율'이라는 세 글자가 그를 반겼다.

"여보세요."

─ 여보세요. 남 이사님? 저 이제 곧 도착할 거 같아요.

소율의 말에 도준은 들고 있던 쇼핑백을 다시 내려놓았다. 그리고 허둥지둥하며 현관문을 박차고 나갔다. 대문을 지나쳐 밖으로 나오니 골목 어귀에 택시 한 대가 들어오고 있는 게 보였다.

"지금 나 보여요? 아, 컴컴해서 안 보일 수도 있겠다."

도준은 혹시나 싶은 마음에 택시를 향해 손을 흔들어 보였다. 그러자 휴대폰 너머로 풋 하고서 웃음이 터지는 소리가 들려왔다.

─ ……보이니까 그만하셔도 돼요.

도준은 그녀의 웃음소리를 좀 더 크게 듣고 싶었지만 소율은 끝내 소리를 죽이기만 했다. 택시는 점점 더 가까워져 오더니 어느 사이엔가 그의 집 앞에서 운행을 멈췄다.

— 이제 내릴 테니까 끊을게요.

이내 뒷문이 열리더니 소율이 천천히 택시 밖으로 모습을 드러냈다. 도준은 단숨에 달려가고 싶은 마음을 감추며 그녀의 곁으로 다가갔다.

"헤매지는 않았습니까?"

"주소대로 찾아온 건 기사님인걸요. 저는 편하게 왔어요."

그렇게 말한 소율은 곧장 차 뒤편으로 가 자신의 짐을 꺼냈다. 그리고 다시 돌아오더니 택시 기사에게 살짝 고개 숙여 인사했다.

"조심해서 가세요."

택시비를 지불하고서 다시 도준을 보니 그는 의아하다는 눈빛으로 그녀를 바라보고 있었다.

"짐이 정말 이게 답니까?"

"네. 제가 말씀드렸잖아요. 제 짐은 여행용 트렁크 정도면 충분하다고요."

"그렇게 말했지만 난 좀 더……."

그래도 나름 이사라면 이사인데 그리 크지 않은 트렁크의 크기를 보며 도준은 잠시 고민에 빠졌다. 소율이 혹시 빠르게 돌아갈 생각으로 이러는 걸까. 그렇다면 그로서는 많이 곤란했다. 그는 될 수 있다면 이대로 영원히 함께 지내고 싶었으니까.

하지만 어떻게 생각해도 쉽게 결론이 나지 않았다. 그래서 그는 차라리 트렁크 크기가 무슨 상관이냐고 낙관적으로 생각하기로 했다. 정 필요한 게 있으면 직접 조달하면 될 일이었다.

"아무튼 들어가죠."

도준은 소율의 짐을 들고서 성큼성큼 앞서 걸어갔다. 그리고 이내 뒤를 휙 돌아보더니 긴장한 표정으로 그녀를 보았다.

"이제 이 대문을 지나면 우리 결혼 인턴제예요."

"네. 알겠어요."

소율의 다짐을 받은 도준은 한동안 그녀를 바라보더니 다시 걸음을 옮겼다.

소율은 그의 뒤를 따르며 찬찬히 집을 둘러보았다. 한참이나 높은 벽과 대문, 그리고 잔디가 깔린 정원을 지나 현관으로 들어섰다. 집이라기보다는 저택이라는 느낌이 물씬 느껴졌다.

"제가 쓸 방은 어디죠?"

"2층에 있습니다."

소율이 도준으로부터 트렁크를 받아 들려고 하자 그는 그 손을 막았다. 그리고 거실 소파 옆에 그걸 두더니 소율의 손을 잡아끌었다.

"그 방이 어디 도망갈 것도 아니니까 일단 앉아서 좀 쉬죠. 얘기도 하고 말이죠."

그에게 잡힌 손으로부터 온기가 타고 올라왔다. 사람의 피부를 타고 전해지는 따스함은 정말로 오랜만이라는 생각이 들었다. 그래서 소율은 그 손을 뿌리칠 생각을 하지 못했다.

소파에 앉혀진 그녀는 자신의 앞에 서 있는 도준을 올려다보았다. 그의 표정에는 아주 많은 게 담겨 있어서 진심이 무엇인지 읽기가 힘들었다. 그는 지금 자신의 들뜬 마음을 숨기는 데 급급한 데도 그걸 눈치채지 못했다.

"어…… 그러면 일단 커피부터 한잔할까요?"

그에게 닿는 그녀의 눈빛이 너무 사랑스러워서 도준은 당장에라도 소율을 끌어안고서 기쁜 함성을 지르고 싶었다. 하지만 애써 냉정함을 가장하며 입가에 가벼운 미소를 띠었다. 그 입술 끝이 떨리는 건 생각도 못 하고서 말이다.

"제가 지금은 임신 중이라서 카페인은 좀……."

말끝을 흐리는 소율을 보며 도준은 아차 싶었다. 바보였다. 그녀를 배려해 줄 생각이었는데 들떠서 천치 같은 질문을 한 것이다. 그는 마음속으로 스스로를 몇 번이나 쥐어 팼다.

"그럼…… 차는 다음에 마시는 걸로 하죠."

집안 살림은 대부분 가사도우미가 돌보고 있었기에 도준은 지금 여기에 필요한 차 종류가 무엇이 있는지 잘 알지 못했다. 이렇게 또 멍청한 선택을 한 자신을 탓하며 그는 애써 침착하게 소율의 맞은편 자리에 앉았다. 두 사람 사이에는 한동안 어색한 침묵이 흘렀다.

"할아버님과 함께 사신다고 하지 않으셨나요?"

그 정적을 먼저 깬 건 소율이었다. 이 큰 집 안에 사람의 기척이라고는 그와 그녀 두 사람 것뿐이라는 게 약간 의아했다.

"아, 할아버지는 지금 여행 중이십니다. 마음이 내키시면 아마 조만간 돌아오시겠죠. 가사도우미가 있기는 한데 출퇴근을 하셔서 지금은 안 계십니다. 일단 집안일은 그분께 일임하고 있으니 소율 씨는 신경 쓰지 않아도 좋아요."

"아, 그렇구나."

다시 얘기가 끊어지고 말았다. 오늘따라 왜 이렇게 함께 있는 게 어색한지 모르겠다. 아마 아무도 없는 공간에서 두 사람이 함께 지낼 생각을 하니 마음이 갈피를 잡지 못하는 거 같았다.

"저기, 필요한 가구나 용품은 내가 다 골라서 준비해 뒀습니다. 일단 인테리어와 실용성을 함께 생각해서 준비하기는 했는데 만약에 마음에 안 들면 원하는 브랜드로 바꿔 주겠습니다."

"괜찮아요. 저는 딱히 그런 걸 가리거나 하지는 않거든요. 그리고 저를 생각하셔서 준비하셨을 텐데 죄송하기도 하고요."

"그건 신경 쓰지 않아도 됩니다. 이제 한 지붕 아래에서 함께 지낼 가족…… 아니, 식구이지 않습니까."

가족(家族)을 입에 올렸던 도준은 소율의 눈치를 살피며 얼른 식구(食口)라는 단어로 대체해서 말했다.

"좋은 말이네요. 식구……."

그런 도준을 보며 소율은 살포시 미소 지었다. 정말로 오랜만에 보는 그녀의 맑은 미소였다.

비가 오던 날에도 저렇게 말갛게 웃어 보이던 그녀였다. 그날의 기억과 지금 소율의 모습을 보며 도준은 마음이 울렁거리는 걸 느꼈다. 그녀와 좀 더 가까워지고 싶었다. 그래서 저도 모르게 손을 뻗었나 보다. 그런데 그의 손에 닿은 건 소율의 뽀얀 살결이 아니라 퇴근길에 들고 온 큰 쇼핑백이었다.

"그러고 보니 그건 뭐예요?"

소율은 도준의 손끝을 바라보았다. 테이블 위에 있는 큰 쇼핑백이 아까부터 신경이 쓰였지만 물어보지 못하고 있던 참이었다. 그제야 그는 정신을 차리며 뻗었던 손을 거뒀다.

"아, 이걸 깜빡했네요."

도준은 어색한 미소를 지으며 제 볼을 몇 번 쓰다듬고서 쇼핑백을 열었다. 그리고 안에 넣어 둔 것들을 테이블 위에 늘어놓기 시작했다.

처음에 소율은 담담한 표정으로 그것들을 바라보았다. 하지만 쇼핑백에서는 끝없이 물건들이 나왔다. 한참이 지나 손이 멈췄을 때는 테이블 위를 영양보조제들이 점령한 뒤였다.

"종류가 많아서 추천받은 제품들로 골라서 사 왔습니다. 소율 씨는 이 중에서 마음에 드는 걸로 고르면 됩니다."

그렇게 말하는 도준은 어딘가 의기양양해 보였다.

"여기 제일 앞에 있는 건 임산부들에게 좋다는 엽산입니다."

제일 앞줄에 있는 건 크기도 다르고 회사도 다른 다섯 가지 종류의 엽산들이 줄을 지어 서 있었다. 그 뒤에는 철분제가 일곱 가지, 맨 뒤에는 칼슘제가 종류별로 일곱 가지였다.

"찾아봤는데 엽산이 반드시 필요한 것 같더군요. 태아의 뇌 발달도 도와주고 유산, 다운 증후군, 저체중아, 거대 적아구성 빈혈을 예방해 준다고 합니다. 원래는 임신 3개월 전부터 임신 13주경까지 복용하는 것이 좋다는데 지금부터 복용해도 상관없답니다. 그러니까 매일 한 알씩 먹도록 해요."

도준은 염산에 대해서 줄줄 설명하더니 이번에는 뒤에 있는 철분제로 손을 뻗었다. 그는 자신의 과제를 발표하는 아이처럼 흥분한 듯 음성을 높였다.

"철분제는 식품으로 섭취하면 체내 흡수율이 떨어진다고 들었습니다. 초기에는 철분제를 먹으면 메스껍거나 구토를 유발할 수 있다니까 이건 4개월부터 복용하도록 하라고 들었습니다. 아, 변비가 올 수도 있다고 하니까 채소류를 많이 먹을 수 있도록 도우미에게 일러두겠습니다."

그는 마지막으로 칼슘제를 가리켰다.

"이것도 중요하다고 그래서 일단 사 왔습니다. 칼슘이 임신 초기에는 뼈에 쌓여 있다가 태아가 필요할 때마다 에너지원으로 사용된다고 그러더군요. 그리고 제일 중요한 게 이 칼슘이 결국에는 태아의 뼈와 치아를 형성한다고 하니 꼭 챙겨 먹어야 될 것 같습니다."

도준이 하는 말은 어느 한 곳 틀리지 않고 맞는 말이었다. 하지만 아무리 그래도 양이 너무도 과했다. 소율은 얼떨떨한 표정을 감추지 못한 채 테이블 위에 놓인 영양제와 도준을 번갈아 바라보았다. 그러자 그가 다시 소율의 눈치를 살피기 시작했다.

"아…… 혹시 마음에 드는 게 없습니까?"

"아뇨, 그게 아니라……."

만약에라도 필요 없다고 말하면 도준은 새로운 영양제를 찾아서 다시 사 올 것 같다는 생각이 들었다. 이것도 충분히 낭비지만 이보다 더한 낭비를 하고 싶지는 않았다. 무엇보다 그녀를 바라보는 그의 눈빛이 마치 칭찬을 기다리는 아이처럼 초롱초롱 빛나고 있었다. 소율은 차마 그걸 못 본 척할 수가 없었다.

"······남 이사님께서 추천하는 건 어떤 건가요?"

소율의 말이 떨어지기가 무섭게 도준은 각 종류별로 하나씩 제품을 골랐다. 그리고 그녀의 손에 나란히 쥐여 주었다.

"엽산도, 철분도, 칼슘도 하루에 먹어야 할 양이 정해져 있던데 내가 보기에는 이것들이 가장 근접하지 않나 싶습니다. 그리고 필요한 비타민도 몇 가지가 있던데 비타민 C는 철분에는 좋은데 칼슘에는 좋지 않더군요. 그래서 생각해 봤는데 비타민 D를 추가적으로 먹는 게 좋을 것 같습니다. 물론, 햇볕을 쬐는 게 더 효과적이긴 하겠지만 그러기에는 날씨가 점점 더 더워질 테니까."

숨도 쉬지 않고 말하는 도준을 보며 소율은 새삼 대단한 사람이구나 싶었다. 이토록이나 이 아이가 이 사람에게 소중한 존재였구나. 아주 소소한 부분일 수도 있지만 그만큼 지나치기도 쉬웠다. 하지만 도준은 그런 것들을 빼먹지 않고 모두 기억하고 챙겨 주었다. 그는 이미 좋은 아빠가 되기 위한 준비를 하는 것같이 보였다. 그게 왠지 고마운 한편, 가슴 한구석이 짠하기도 했다. 아이란 건 이렇게나 크고 위대한 존재였나 싶었다.

"그런데 말입니다."

도준에게 받아 든 보조제들을 품에 꼭 쥐고 있는 사이, 그가 조심스레 물었다.

"앞으로 병원 찾을 일이 잦을 텐데 혹시 괜찮다면 나도 같이 가도 되겠습니까?"

무척이나 정중하고 조심스러운 그 질문에 소율은 천천히 고개를 끄덕였다. 그가 진심을 보이는 만큼 그녀도, 아이에 관해서만큼은 마음을 열어 주고 싶었다.

"그렇지 않아도 말씀드릴까 했어요. 얼마 전에 병원에 가서 혈액 검사를 했어요. 혹시 모르는 거니까요. 그 결과가 마침 내일 나온다고 하더라고요. 그러니까 내일부터 함께 다니기 시작하는 건 어떨까요?"

소율도 도준만큼이나 조심스럽게 한발을 내디뎠다.

"당연하죠. 당연히 함께 가겠습니다."

그런 그녀를 보며 도준은 환한 미소로 답해 주었다. 임시 동거생활의 시작이 무척이나 순조로운 것 같다는 생각이 들었다.

어딘가 긴장되어 보이는 도준에 비해서 소율은 담담한 표정으로 의사 앞에 앉아 있었다. 차트를 바라보던 의사는 천천히 입을 열었다.

"다른 건 별 이상이 없으십니다. 그런데 검사 결과상으로 임신일 가능성이 엿보입니다. 확실을 기하기 위해서 산부인과에 들르셔서 초음파 검사 받고 가시죠."

이미 예상하고 있던 일이라서 그런지 소율은 새삼 놀랍지도 않았다. 하지만 도준은 무척이나 밝은 표정으로 알겠다며 자리에서 일어섰다. 그러고서 그녀와 발을 맞춰서 산부인과로 이동했다.

대기실에 앉아서 기다리던 도준은 천천히 손을 뻗더니 옆에 앉은 그녀의 손 위에 그의 손을 겹쳤다.

"어떨 것 같아요?"

소율은 손 위에 겹쳐진 도준의 큰 손을 한 번 내려다본 후에 그의 얼굴을 바라보았다.

"뭐가 말씀이세요?"

"우리 아이 말입니다."

'우리'라는 울림이 무척이나 생경했지만 따스하게 느껴졌다. 처음에는 아니었다. 그가 말하는 그 단어에는 오로지 아이와 소율뿐이었던 시간이 길었다. 하지만 자신보다 더 긴장한 것처럼 느껴지는 도준을 보고 있노라니 그런 생각은 모두 사라지는 것 같았다.

"그냥, 건강하기만 했으면 좋겠어요. 그 외에는 아무것도 바라지 않아요."

소율은 맨 아래 깔려 있던 손을 빼내고서 그걸 도준의 손 위에 놓았다. 그리고 그를 안심시켜 주려는 듯 두어 번 톡톡 두들겼다. 그러자 그가 해사한 미소를 지어 보였다. 남자가 이렇게 예쁘게 웃는 건 처음 보는 것 같았다.

그렇게 소율이 잠시 그의 미소에 정신이 뺏겨 있을 무렵, 그녀의 이름을 부르는 소리가 들려왔다. 소율은 후다닥 일어나 빠르게 간호사의 곁으로 다가갔다. 수줍고 쑥스러운 이 마음을 들키고 싶지 않았다.

"일단 준비된 옷으로 갈아입고 나오세요."

간호사의 안내에 따라 소율이 검사복으로 갈아입으러 간 사이에 도준은 어색한 표정을 지으며 그녀를 기다렸다. 얼마 지나지 않아 소율 역시도 어색한 표정으로 검사실로 돌아왔다.

"선생님 곧 오실 거예요. 침대 위에 누우세요."

소율이 간호사의 안내대로 침대 위에 눕자 커튼을 쳤다. 곧이어 희끗한 머리카락을 똑단발로 자른 의사가 들어왔다.

"자, 환자분 편하게 누우세요."

소율이 검사용 침대에 눕자 의사는 기계에 젤을 바르더니 그것을 소율의 검사복 사이로 집어넣으려고 했다. 그런데 그녀도 모르게 그 손을 막고 말았다. 의사는 의아한 눈으로 소율을 보았다.

"저, 그게……."

스스로도 왜 그랬는지 모르겠다. 하지만 커튼이 쳐져 있는 상태라도 바로 곁에 도준이 서 있는데 맨살을 내보이기가 부끄럽고 쑥스러웠다. 그런 낌새를 눈치챘는지 의사는 보기와 다르게 호탕한 웃음을 지었다.

"하하, 어차피 보이지도 않고, 보여도 아빠인데 뭐 어때요. 신혼인가 보다. 아직도 부끄럽고 그러게."

의사의 말에 소율은 볼이 살짝 붉게 물들었다. 부부는 아니었지만 아이의 아빠이기는 했으니 부정할 수가 없었다.

소율이 마지못해 손을 치우자 도준이 타이밍을 맞춰서 슬그머니 몸을 뒤로 돌리는 것이 눈에 들어왔다. 커튼에 가려 있지만 부끄러워하는 소율을 배려한 행동이었다.

"이제 검사할게요. 젤이 조금 차갑습니다."

미끄덩거리는 젤에 밀려 기계가 그녀의 앞으로 들어왔다. 차가운 감촉은 잠깐이었고 기계의 이물감이 그녀의 미간을 찌푸리게 만들었다.

"어, 여기 있네. 아빠랑 엄마도 화면 봐요. 보이죠?"

소율이 보기 쉽도록 모니터를 돌려 주자 검은 바탕에 흰 부분, 부분들이 눈에 들어왔다.

"10주 정도 된 것 같네요. 아기집도 안정됐고, 고놈 자리도 잘 잡았네."

그렇게 말한 의사는 도준을 한 번 쓱 보더니 웃었다. 화면을 한참이고 바라보던 도준은 갑자기 표정이 밝아지더니 흥분한 듯 목소리를 높였다.

"아이가 벌써 콧대가 높습니다. 이것 봐요. 나랑 닮지 않았습니까?"

도준의 말에 소율이 화면을 더욱 유심히 바라보았다. 큰 아기집을 차지하고 있는 아이는 아직 손가락만 하게 보였다.

"아직 콧대가 보일 정도는 아닐 텐데요. 아빠 눈에는 아이 이목구비가 벌써 보이는가 보네요."

의사는 이미 이런 일에 익숙한 듯 웃으면서 도준을 진정시켰다. 소율도 그녀를 따라 웃자 도준은 머쓱한 표정을 지었다.

"심장 소리 한번 들어 볼까요?"

소율과 도준은 눈을 동그랗게 뜨고 의사를 바라보았다.

"자, 잘 들어요. 이거 어디서 아무렇게나 들을 수 있는 거 아니야."

의사가 버튼을 투둑 누르자 약간의 노이즈에 섞인 소리가 들려
왔다.

— 콩…… 콩…… 콩…….

놀라웠다. 아이의 심장이 힘차게 뛰고 있었다. 놀란 듯 눈을 크
게 뜬 두 사람을 보며 의사는 호탕하게 웃었다.

"하하, 심장 소리 처음 들으니까 놀랍죠? 근데 놀랄 것 없어요.
이제부터 지겹도록 들을 텐데 뭐."

아이는 살아서 숨 쉬고 있었다. 기계를 통해서 들리는 콩콩 뛰
는 심장 소리가 무척이나 우렁찼다. 소율은 괜히 가슴이 벅차 왔
다. 내가 네 엄마라고 소리라도 쳐 주고 싶었다. 그 와중에도 아
이는 꼼지락거리며 움직이느라 바빠 보였다.

"더 설명 안 해도 알겠죠? 이제 빼도 박도 못하고 엄마, 아빠
가 됐어. 임신 축하해요."

멍하니 모니터만 바라보던 도준은 그 소리에 번개라도 맞은 듯
몸을 떨었다. 그리고 세상에서 가장 행복해 보이는 미소를 띠우더
니 의사에게 고개 숙여 인사했다.

"감사합니다! 정말 명의시네요. 수고 많으셨습니다. 정말, 진짜
로 감사해요."

"수고는 뭘, 그건 내가 아니라 아빠가 했지."

의사는 능청스럽게 웃으며 팔꿈치로 도준을 툭툭 쳤다. 그 소
리에 도준과 소율은 동시에 볼을 붉혔다. 의사는 그 모습을 흐뭇

하게 바라보았다.

"이제 엄마, 아빠니까 생활에 신경 쓰고. 이왕이면 아이는 우리 병원에서 낳으면 더 좋고."

소율이 젤을 닦아 내고 자리에서 일어났다. 옷매무새를 가다듬는 사이에도 벅차게 뛰는 가슴이 진정되지 않았다.

도저히 믿기지가 않았다. 직접 아이를 보고 나니 막연하게 생각했던 임신과는 확연하게 달랐다. 이 아이는 반드시 그녀가 지켜 내야만 할 존재였다. 이제는 소율의 가슴에 콕 박혀서 빼낼 수 없을 것 같았다.

"아기 심장 뛰는 것도 확인했으니까 나가면서 산모수첩도 받아요. 요놈 사진도 서비스로 줄 테니까 다음에도 사이좋게 두 분이서 같이 와요. 아니면 아이가 섭섭하니까."

의사는 여전히 사람 좋아 보이는 미소를 띠며 두 사람을 배웅했다.

소율과 도준은 산모수첩과 초음파 사진을 받아 들고서 눈을 떼지 못한 채 계속 들여다보았다.

"아무리 봐도 코가 날 닮은 것 같습니다."

도준의 중얼거림에 소율은 안경까지 고쳐 쓰며 사진과 그를 번갈아서 보았다. 그러고 보니 정말로 오똑하며 날렵한 선이 눈에 보이는 것 같았다.

이렇게 보니 소율은 이 아이가 더욱 간절해졌다. 밝은 세상의 빛을 빨리 보여 주고 싶었다. 콩콩거리며 뛰는 심장과 꼼지락거리는 팔과 다리로 어서 그녀를 안아 줬으면 싶었다.

"우리의 애기니까요."

소율은 벅차오르는 감정을 주체하지 못하고 눈앞이 눈물로 번지는 걸 느꼈다. 이대로 흐린 세상을 아이에게 보여 주고 싶지 않았다. 그녀가 안경을 벗고 고인 눈물을 닦아 내려 하는 순간, 도준의 손길이 먼저 그녀의 눈가에 머물렀다.

"그래요. 우리의 아이예요."

도준은 무척이나 소중하고 귀한 것을 대하듯 조심스럽게 소율의 눈물을 닦아 주었다. 물기가 잦아든 소율의 눈에 도준의 모습이 서서히 담겼다. 그는 그녀와 같은 눈을 하고 있었다.

두 사람은 아이에게 첫눈에 반하고 말았다. 사랑이 듬뿍 담긴 마음이 눈 속에 머물고 있었다.

소율과 도준의 눈 속에 피어난 사랑은 이내 가슴에 뿌리를 내리고 싹을 틔웠다. 그 자그마한 싹이 아이와 똑 닮은 건 두 사람이 부모가 되었기 때문일 것이다.

"이제 그만 돌아가죠."

그렇게 말하면서도 도준은 사진에서 시선을 떼지 못했다. 그건 소율도 마찬가지였다. 겨우 눈물이 그쳤나 싶어도 자꾸만 마음이 벅차서 겨우 한 발을 뗐다. 눈앞에서 아른거리는 아이의 모습에 걷는 내내 사진을 손에서 놓지 못했다.

이대로 날이 새도록 사진만 바라보고 싶었던 도준은 아쉬운 마음으로 운전석에 올라탔다. 그제야 소율도 간신히 사진을 가방에 넣었다. 혹시 운전하는 데 방해가 될까 싶어서였다.

"아이가 딸일까 봐 걱정입니다."

"네?"

차 시동을 건 도준이 갑자기 시무룩한 어투로 말했다. 혹시 이 남자가 남아 선호 사상가인가 싶었다. 그렇다면 가만히 있을 수 없는 노릇이었다. 소율이 무어라 받아치려는 찰나, 도준은 여전히 시무룩한 모습으로 말을 이었다.

"만약에 딸이면 언젠가 시집보내야 될 것 아닙니까. 지금도 사진을 못 보니 자꾸 더 보고 싶어서 마음이 조마조마한데 그때는 어떻겠어요. 내 딸 데려간다는 그놈의 머리를 아마 쪼개 버리고 싶을 겁니다."

핸들을 쥐고 있는 손은 신중하게 움직이는 반면 그의 얼굴에는 근심이 가득했다. 참으로 별난 사람이라는 생각이 들었다. 그래서 소율은 저도 모르게 소리 내어 웃었나 보다. 도준은 이내 머쓱한 표정을 짓더니 그녀에게 물었다.

"내가 너무 앞서 나가는 것 같습니까?"

"네. 그리고 조금 과격하신 것 같네요. 아무리 그래도 사람 머리를 쪼개면 안 되죠. 그리고 데릴사위라는 선택지도 있잖아요."

"그거야 그렇지만…… 그만큼 제 마음이 아플 거라는 얘기입니다."

소율이 여전히 웃는 낯으로 알겠다는 듯 고개를 끄덕였다. 그리고 보니 도준은 매번 생각지도 못한 방법으로 그녀를 웃게 만드는 것 같았다.

소율에게는 아직도 도준이 낯설고 만만치 않은 상대로 여겨졌지만 그만큼 신기한 존재이기도 했다. 벽을 세우려고 하면 그는 어느새인가 자신만의 방법으로 그 벽을 허물고 있다. 이건 한 아이의 부모라서일까. 아니면…….

"소율 씨."

잠시 생각에 잠겨 있던 소율은 도준의 부름에 화들짝 놀라고 말았다. 방금 전까지 그녀가 무엇을 가늠하고 있었던 건지 들키고 싶지 않았다. 말도 안 되는 일이었다. 당황한 소율은 우선 안경을 고쳐 쓰는 척하며 마음을 가다듬었다. 그리고 아주 천천히 냉정함을 가장하며 도준을 보았다.

"네. 왜 부르셨어요?"

"아, 혹시나 해서 묻는 건데 혹시 오늘 저녁에 따로 일정이 잡혀 있거나 따로 나가야만 하는 일이 있습니까?"

"그런 일은 딱히 없지만…… 저한테 무슨 볼일이라도 계신가요?"

"우리 사이에 볼일은 아주 많죠."

앞을 향해 나아가던 차는 마침 신호를 받고 흰 대기선 앞에 멈춰 섰다. 그와 동시에 도준이 소율에게 시선을 맞춰 왔다. 방금 전까지 아이처럼 시무룩하던 모습은 사라지고 없었다. 그의 눈빛은 어느새인가 남자로 돌변해 있었다. 그 빛이 차라리 선명했더라면 소율은 그에게서 다시 한 발짝 물러섰을 것이다.

"집에서 같이 저녁이라도 들지 않겠어요?"

하지만 소율의 시선 속에 담기는 도준은 은근했다. 많은 이야기와 마음이 담겨 있었다. 소율은 그걸 못 본 척할 수가 없었다. 하지만 계속 마주 보면 자신도 모르게 휩쓸려 버릴 것 같았다. 그래서 소율은 애써 고개를 돌렸다.

"회사에 들어가 봐야 하는 거 아니었나요?"

열렸다 싶으면 다시 닫히는 소율을 보며 도준은 속으로 씁쓸한 웃음을 지었다. 하지만 도준은 그런 소율이 마음에 들었다. 사무적이고 딱딱한 부분이 없지 않지만 그 안에는 남들이 상상하는 것 이상의 부드러움이 있었다. 그런 부분을 이미 몇 번 맛봤기 때문일까. 그는 그녀가 밀어 낸다고 해도 쉽게 포기가 되지 않았다.

"오늘 약속되어 있던 회의가 마침 취소돼서 말이죠."

물론, 그 약속을 취소한 사람은 도준이었다. 지금 그에게 가장 중요한 일은 아이와 소율이었기 때문이다. 하지만 따지고 보면 그가 거짓말을 한 것도 아니었다. 중요한 주어가 빠지긴 했지만 어쨌든 실제로 회의는 취소되었으니 말이다.

"마침…… 말이죠."

소율은 그가 했던 말을 되새기며 도준을 바라보았다.

혹시 들킨 건 아닐까. 도둑이 제 발 저리다고 하더니 도준은 괜히 움찔하며 그녀의 시선을 피했다. 다년간 비서로서 일한 그녀의 감을 쉽게 봐서는 안 되었다. 도준은 변명이라도 할지, 아니면 침묵을 지킬지 선택의 기로에 서 있었다. 그리고 그때였다.

"좋아요."

소율은 무척이나 간단하게 답하고서는 다시 시선을 창밖으로 거둬 갔다. 그리고 마치 운명의 장난처럼 신호가 파란색으로 바뀌었다. 그저 우연일 거라고 생각하면서도 도준은 괜히 신이 났다. 왠지 두 사람의 앞길에도 파란불만 반짝일 것 같았다.

❈ ❖ ❈

소율은 많이 놀랐는지 두 눈을 동그랗게 뜨고서 도준에게 되물었다. 그녀가 들은 말이, 그의 제안이 도무지 믿기지가 않았다.

"네? 죄송하지만 지금 뭐라고……."

하지만 도준은 아무렇지 않은 듯 소율을 향해 여유로운 미소를 지어 보였다. 그 미소 속에는 약간의 거만과 자신감도 같이 녹아들어 있었다.

"왜, 날 못 믿겠어요?"

"아니, 그게 아니라…… 좀 생각지도 못해서요."

그녀는 여전히 당혹스러움을 감추지 못하고 있었다. 그럴수록 도준은 더 강렬한 눈빛으로 그녀를 바라보았다.

"걱정 마요."

도준은 그녀에게로 한 발짝 다가갔다. 그리고 아주 천천히, 하지만 확신에 찬 음성으로 말했다.

"이래 봬도 테크닉에는 꽤 자신이 있는 편이니까."

그를 바라보는 소율의 눈동자가 혼란스럽게 흔들렸다. 그를 막아 내야 하는 건지, 아니면 그의 뜻대로 해야 하는 건지 쉽사리 판단이 서지 않았다.

"소율 씨는 그냥 받아 주기만 하면 됩니다."

그가 다시 걸음을 떼며 소율과 더욱 가까워졌다. 이제 곧 숨이 닿을 듯한 거리였다.

"어때요. 허락해 줄 겁니까?"

도준은 오늘따라 유독 적극적이었다. 그러면 안 되는 걸 알았지만 소율은 어쩐지 그 앞에 기다리는 게 무엇인지 기대가 되었다. 다른 사람이 아니라 도준이라면…… 그런 생각이 들었다.

"……정 그러시겠다면."

소율은 천천히 고개를 끄덕였다. 그러자 그가 단숨에 팔을 뻗어 왔다. 그녀가 피할 새도 없이 빠른 동작이었다. 모든 일은 순식간에 일어났다.

"그럼 오늘은 내게 모두 맡겨요."

도준은 소율의 뒤에 놓인 앞치마를 낚아채더니 열정적으로 펄럭이기 시작했다. 눈앞에서 너울거리는 천을 보며 소율은 괜한 짓을 한 건 아닌지 걱정이 앞섰다. 하지만 도준은 그런 소율은 신경도 쓰지 않고 앞치마를 허리에 감느라 정신이 없었다.

소율의 걱정은 곧 현실이 되어 다가왔다. 방금 전까지 멀쩡했던 프라이팬에서는 흰 연기가 피어오르고 있었다.

"설명할 기회를 줬으면 좋겠습니다."

크기도 제각각이고 모양도 들쑥날쑥한 야채들이 불길을 견디지 못하고 검게 변하기 일보 직전이었다. 보다 못한 소율은 도준의 손에 잡힌 볶음주걱을 뺏어 들었다.

"일단 이 야채들부터 구하고 나서 드릴게요. 그 기회."

아무래도 양파는 다시 살릴 수 없을 것 같았다. 소율은 한숨이 나오려는 걸 겨우 참아 내며 일단 레인지의 불을 껐다. 그리고 이미 타들어 가기 시작한 양파와 다른 야채들을 분리해 냈다. 재료가 아까웠지만 탄 음식을 먹을 수는 없는 노릇이었다.

새로운 양파를 꺼내 오는 동안에 도준은 소율의 주위를 떠나지 못하고 있었다.

"괜찮으면 도준 씨는 수저 좀 놔 주실래요."

양파 껍질을 까는 와중에도, 칼을 들고 자르는 동안에도, 다시 볶고 있는 중에도 곁에서 떠나지를 못하기에 한 말이었다. 솔직히 그가 옆에서 자꾸만 얼쩡거리는 게 귀찮기도 했다. 그런데 이상하게도 소율의 부탁을 받은 도준이 갑자기 환하게 웃기 시작했다.

"네, 그거라면 자신 있습니다!"

처음이었다. 소율이 그를 이사님이 아닌 도준이라는 이름으로 부른 것은. 이사님이라는 호칭이 싫어서가 아니었다. 그냥 한 사람으로 인정받은 느낌이 들었다.

이제까지 사무적으로 대해 오던 소율이 그를 조금은 의식하고 있다는 사실을 마주하게 된 기분이었다. 그래서 도준은 뛸 듯이 기뻤다. 누군가는 별일 아닌 것에 유난을 떤다고 할지도 모르지만 상대가 소율이었기에 도준은 기뻐할 수밖에 없었다.

"수저 놓는 것뿐인데……."

하지만 이를 알 리 없는 소율은 신나 있는 도준의 뒷모습을 보며 고개를 갸웃했다. 그녀는 도준을 보며 임원급 인사들은 역시 이해가 되지 않는다며 고개만 내저었다.

"그래도……."

콧노래까지 흥얼거리는 도준을 보니 괜히 마음이 편해졌다. 그리고 괜히 오늘 처음 만난 그녀의 아기가 떠올랐다. 언젠가는 그 아이에게도 이렇게 음식을 해 줄 날이 올 것이다. 아이는 아마 처음에는 숟가락도 잘 잡지 못하겠지. 하지만 시간이 흐르면 어느 사이엔가 젓가락으로 콩을 집고 있을지도 모른다. 제 옆에서 재잘재잘하며 수저 놓는 것을 도울 날도 올 것이다.

그런 생각을 하자니 괜히 마음이 울렁거렸다. 아이의 모든 처음에 그녀가 존재할 것이다.

"음, 좋은 냄새가 나기 시작하네요."

어느새 다가온 도준이 냄비에서 보글거리며 끓고 있는 카레 냄새를 맡았다. 아마 그 순간들에 이 사람도 함께이겠지. 그런 생각이 막연하게 들었다. 그녀와 그, 그리고 아이가 함께하는 모습이 일순간 소율의 머릿속에 그려졌다. 그러다가도 어쩌면…… 하는 불안감이 스멀스멀 피어올랐다. 어느 것이 진정한 미래인지 지금은 판단할 수가 없었다.

"왜 그래요? 혹시 음식에 무슨 문제라도 생겼습니까?"

굳은 표정을 한 소율을 보며 도준이 걱정스럽게 물었다.

"아니요. 이 정도면…… 된 거 같아요."

소율은 고개를 저었다. 애써 좋았던 기분을 망치고 싶지 않았던 그녀는 그런 생각들을 아예 접어 버렸다. 지금은 식사에만 신경을 쓰자. 당장은 아이를 위해서라도 그게 옳았다.

그렇게 결론 내린 소율은 갓 지은 밥을 퍼서 그릇에 옮겼다. 그리고 먹음직스럽게 완성된 카레를 밥 위에 부었다.

"다 됐으니 내가 들고 갈게요. 소율 씨는 먼저 가서 앉아 있어요."

도준은 그녀가 들고 있던 그릇을 받아 쟁반에 올렸다. 소율은 그의 배려를 거절하지 않고 먼저 식탁으로 다가가 앉았다. 그리고 그 뒤를 쫓아 도준이 쟁반을 들고 왔다. 그릇 하나는 소율의 앞에 놓고 그녀와 마주 볼 수 있는 자리에 남은 하나도 내려놓은 뒤 그도 자리를 잡고 앉았다.

"그럼, 잘 먹겠습니다."

"대단한 음식은 아니지만 맛있게 드세요."

두 사람은 서로를 마주 보고 앉아서 동시에 수저를 들고 한 숟갈을 떠먹었다. 음식은 별것 아니었다. 그저 흔한 카레일 뿐이었다. 하지만 어쩐지 평소보다 훨씬 맛있게 느껴졌다.

"충분히 맛있기만 한데요."

"그러게요. 이상하네요. 분명 평소처럼 만들었는데……."

활짝 미소 짓는 도준과 달리 소율은 의아하다는 표정이었다. 그다지 배고프다고 생각하지도 않았는데 밥맛이 좋았다. 처음 야채를 볶을 때 그녀가 모르는 사이에 무슨 조미료라도 사용한 걸까. 소율은 잠시 도준을 빤히 바라보았다. 시선을 눈치챈 그가 오물거리던 밥을 단숨에 삼키더니 어색한 표정으로 물었다.

"그러고 보니 아까 설명할 기회 달라고 했던 것 말입니다. 혹시 지금 줄 수 있습니까?"

"설명할 기회?"

처음에는 무슨 말인지 몰랐다. 하지만 소율은 그가 굳이 요리를 하겠다고 나섰다가 실패했다는 사실을 떠올렸다. 그래서 괜히 궁금해졌다. 그렇게 자신만만하게 나서더니 왜 야채도 제대로 볶지 못한 걸까.

"그래요. 뭔지 말씀해 보세요."

그녀가 수긍하자 도준은 정말 아깝다는 표정으로 말을 이었다.

"사실 내 이론은 정말 완벽했습니다. 칼을 쥐는 법부터 야채를 볶아야 할 시간과 온도까지 모두 외우고 있었단 말입니다. 하지만 요리라는 게 생각보다 실전이 중요한 것 같더군요. 의외라고 생각할지도 모르겠지만 요리 실전은 처음이었습니다."

의외의 문제가 아니었다. 한 번도 요리해 본 적이 없으면서 그 자신감은 대체 어디서 나온 건지 이해가 되지 않았다. 그런데 도준은 여전히 아쉽다는 표정을 지우지 못했다.

"보통 내가 이론적으로 이해하면 실패하는 경우가 없습니다. 지금까지 그래 왔고 앞으로도 그래야 하는 게 당연한 건데…… 요리란 게 이상하군요. 도대체 어디서부터 잘못된 건지 모르겠지만 반성하도록 하겠습니다."

기가 차다 못해서 어디서, 무엇을 보고 이론을 쌓았다는 건지 궁금해질 지경이었다. 그가 허세를 담아서 앞치마를 펄럭일 때부터 예감이 좋지 않았다. 그렇게 생각하면 이해가 가는 반면에 엘리트 임원들이란 알다가도 모를 존재란 생각이 들었다.

"반성은…… 확실히 필요할 것 같네요."

소율의 대답에 도준은 금세 풀이 죽은 모습으로 식사를 이어 갔다. 그런 그를 보며 참 사람답다는 생각이 들었다. 그는 소율을 보며 순수하다고 말했지만 오히려 도준이 더 순수하게 보였다. 의외로 허술하고, 의외로 빨리 풀이 죽고, 또 의외로 빨리 반성하는 점이 그랬다.

그는 그녀가 이제까지 알아 왔던 임원진들과는 달랐다. 그들은 소율을 질리게 만들었지만 도준은 한 번이라도 돌아보게 했다. 그녀를 궁금하게 했다. 그는 신기한 사람이었다.

"날 키워 주신 할아버지가 늘 하시던 말씀이 있습니다."

풀이 죽어 있던 도준은 천천히 입을 열었다.

"일찍 일어나는 새가 벌레를 잡는다는 말이요?"

"아니요. 그거 말고."

그가 쓴 자기소개서를 떠올리며 소율이 물었다 하지만 도준은 고개를 저었다.

"한 지붕 밑에서 사는 날보다, 한 식탁에서 밥을 나눠 먹는 게 정이 더 쌓이는 법이라고 하시더군요. 그게 식구라고."

"좋은 말씀이네요."

직접 보지는 못했지만 도준의 할아버지가 얼마나 그를 사랑하는지 느껴졌다. 늘 좋은 이야기를 들려주며 도준에게 모든 걸 베풀었을 것이다. 그런 경험을 하며 자란 그는 아이에게도 똑같이 베푸는 삶을 보여 주겠지. 이상하게도 오늘은 사소한 것 하나에도 아이부터 떠올랐다.

"그러니까 내 말은…… 소율 씨도 그러면 좋겠지만 나도 앞으로 그럴 거라는 겁니다. 아니, 소율 씨가 싫다면 강요하지는 않겠습니다. 아무튼 그게 중요한 게 아니라. 내가 무슨 말이 하고 싶었냐면."

그리고 그런 그녀의 곁에는 도준이 함께하고 있었다. 그래서일까. 괜히 웃음이 났다. 그가 횡설수설하는 모습도 신선하고 재밌었지만 그것과 별개로 자꾸만 미소가 피어올랐다.

"제가 하고자 했던 건 다른 게 아니라, 다음에는 더 발전된 실력을 보여 주고 싶다는 겁니다. 왜냐하면……."

"우린 이제 식구니까요?"

이렇게 같은 식탁에 앉아서 같은 밥을 먹을 수 있다는 게 얼마나 소중한 경험인지 소율도 알고 있었다. 그리고 도준이 무슨 말을 전해 주고 싶어 하는 건지 이해가 되었다. 그래서 그녀는 그를 보며 차분하게 미소 지었다. 이미 다 알고 있다는 듯이. 그제야 도준도 마음이 놓이는지 입가에 미소를 띠며 고개를 끄덕였다.

"그리고 설명하고 싶은 게 하나 더 있는데."

잔잔한 미소를 띤 도준은 부드러운 음성으로 얘기를 이어 갔다.

"아까 소율 씨가 날 보며 도준 씨라고 불러 줘서 기뻤습니다. 내 요리 실력은 형편없었지만 같이 밥을 먹자고 하길 백번 잘했다고 생각이 될 정도로, 그리고 요리에 실패했을 때는 차라리 내가 요리를 못하는 게 더 나았다는 생각이 들 정도로. 그렇게 속없이 기쁘기만 했습니다."

그녀는 몰랐다. 겨우 이름을 한 번 부른 것뿐이었다. 그것도 무의식중에 말이다. 그런데 그는 기뻤다고 말한다. 마치 눈앞에서 기적이라도 일어난 것처럼 말하고 있었다. 그러고 보니 수저를 놓아 달라고 할 때 유독 기분이 좋아 보이던 그가 떠올랐다.

도준의 마음이 스며들듯이 소율에게 퍼졌다. 이런 감정을 느껴

본 적 없는 소율은 뭐라고 설명할 수가 없었다. 그래서 그를 바라보기만 했다. 공중에서 두 사람의 시선이 마주쳤다. 그는 쑥스러운 듯 웃었다.

"아, 식사하는데 내가 말이 너무 많았군요. 미안합니다. 소율 씨도 마저 들어요."

그의 말대로 식사 중이었다는 사실을 떠올린 소율은 들고 있던 숟가락으로 밥을 떴다. 그리고 입가로 가져가다 말고 숟가락을 다시 내려놓았다. 이대로 아무 말도 전하지 않은 채 있으면 안 될 것 같았다. 그녀가 눈치채지 못할 정도로 느리고 작았지만 마음속에서 변화가 일어나고 있었다.

"사실 좋아해요. 밥 먹으면서 이야기 나누는 거."

소율이 자신에 대해 말하는 것도, 도준이 소율에 대해 듣는 것도 처음 있는 일이었다. 그만큼 의외였고 생각지도 못한 일에 도준은 놀라서 그녀를 바라보았다. 소율은 그런 그에게 담담한 시선을 보내고 있었다.

"그런데 누군가랑 같이 밥을 먹는다는 게, 거기다 소소하게 이야기를 나눈다는 게 생각보다 쉬운 일이 아니더라고요. 그럴 기회도 잘 없었고요."

도준은 하루에 한 번 이상은 꼭 할아버지와 함께 식사를 했고 늘 두런두런 얘기를 나누었다. 도준에게는 그게 당연한 것이었다. 하지만 그녀는 아니었다. 소율에게 부모님이 계시지 않다는 사실은 이미 조사를 통해 알고 있었다. 그는 그녀가 홀로였을 시간이 얼마나 길었던 건지 가늠이 되지 않았다. 그리고 그걸 버텨 냈을 그녀도 상상하고 싶지 않았다. 그래서 도준은 쉽게 말을 꺼내지 못했다.

"아, 그런 의미에서…… 저에 대해서는 조금씩 천천히 설명해 드려도 될까요?"

하지만 소율은 그런 도준을 이해한다는 듯 말간 웃음을 띠었다.

"아무래도 자기소개서는 자신이 없어서요."

그녀의 안에 아주 조금이라도 그가 차지하고 있다는 게 느껴졌다. 불안한 미래보다 지금 함께하고 있다는 사실이 도준에게는 소중했다. 그래서 그도 그녀와 같이 웃었다. 이 순간만큼은 굳이 말로 하지 않아도 그녀는 분명 도준의 마음을 알아줄 것이다. 그것으로 이미 충분했다.

3

공항 게이트로 향하는 수많은 사람 속에 남 회장이 있었다. 현설 그룹의 실질적인 창업자이자 회장인 그는 도준의 할아버지이기도 했다. 화려한 하와이안 셔츠에 선글라스를 낀 그는 번쩍번쩍한 형광색 캐리어를 끌고 있었다.

유독 눈에 띄는 차림새인 남 회장은 게이트를 나오자마자 끌고 있던 캐리어를 상대도 보지 않고 밀어 던졌다. 마중 나와 있던 곽 실장이 놀라서 남 회장의 캐리어를 잡아챘다.

"회장님. 대체 지금 뭐 하시는 겁니까?"

갑작스러운 상황에 곽 실장은 정색을 표하며 태훈에게 다가갔다.

"요즘 한국에서 노룩패스가 유행이라기에. 유행이라면 당연히 한 번쯤 해 주는 맛이 있어야지."

도무지 현설 그룹의 주인이라고는 생각되지 않는 남 회장을 보며 곽 실장은 한숨을 쉬었다. 그리고 이내 싸늘한 시선을 보내며 답했다.

"이미 철 지났습니다."

"쳇. 곽 실장은 워낙 고지식해서 재미가 없어. 재미가."

곽 실장의 말이 떨어지기가 무섭게 남 회장은 혀를 찼다. 그리고 쓰고 있던 선글라스를 벗고서 못마땅하게 곽 실장을 보았다.

"받아 주는 쪽이 잘 받쳐 줘야 하는 쪽도 맛이 나지."

남 회장의 항의에도 곽 실장은 여전히 싸늘한 반응이었다.

"그러자고 월급 받고 있는 것 아닙니다."

"에이, 못난 사람 같으니. 그냥 집에 가서 손주한테 써먹어야겠구만. 이런 건 우리 도준이가 아주 잘 받아 주지. 암."

"……차 준비해 뒀으니 가시죠."

남 회장은 투덜거림을 멈추지 않으며 걸음을 옮겼다. 곽 실장은 그걸 듣고도 모른 척했다. 모든 게 두 사람이 함께해 온 시간이 길었기에 가능한 일이었다.

그렇게 두 남자는 검은 세단에 올라탔다. 그리고 도준과 소율이 기다리고 있을 집으로 향했다.

도로에 올라선 차는 막힘없이 달려갔다. 하지만 그 잠깐의 순간도 지루했던지 남 회장은 휴대폰으로 음악을 틀었다. 차 안에는 구성진 노랫가락이 흐르기 시작했다. 이런 상황이 익숙한 운전기사와 곽 실장은 조용히 자리를 지켰다. 손가락 끝으로 리듬을 타며 가사를 흥얼거리던 남 회장은 문득 생각이 난 듯 곽 실장에게 물었다.

"그러고 보니 어제 한 얘기 말일세. 그거 농담이지?"

남 회장은 할 수 있다면 시간을 내어 해외를 더 둘러보려던 생각이었다. 하지만 곽 실장의 보고가 신호탄이 되어 예정보다 일찍 귀국하고 말았다. 그만큼 놀랍고 충격적인 얘기였다.

그러나 남 회장은 어떤 상황에도 수선을 떨지 않았다. 이런 상황일수록 침착하게 여유를 가지는 게 그의 처세술이었다.

"전 농담 같은 거 안 합니다."

그리고 그런 남 회장의 밑에서 일하는 곽 실장도 만만찮은 사람이었다. 그는 어떤 상황과 난관에도 흔들리는 법이 없었고 그만큼 신중하기도 했다. 그래서 오랜 기간 남 회장의 비서로 일할 수 있었던 것이다.

"하긴, 자네가 실없이 그런 말을 할 리가 없지. 근데 난 오히려 자네가 농담을 하는 거였으면 좋겠단 말이야."

"그렇게 생각하실 것 같아서 근거를 미리 준비해 뒀습니다. 일단 뒷좌석에 놓아둔 태블릿 피시를 보시면……."

곽 실장이 고개를 돌려 남 회장을 바라보았다. 어느새인가 차 안을 뒤덮었던 음악 소리가 끊겨 있었다. 그는 이미 선글라스를 벗고 태블릿 피시를 들여다보는 중이었다. 한참을 말없이 화면만 바라보던 남 회장은 천천히 고개를 들었다.

"그러니까, 정말 농담이 아니라는 거지?"

마냥 형형하게 빛을 내던 눈빛은 냉철하게 가라앉아 있었다.

지금 이 순간 남 회장은 도준의 할아버지가 아니었다. 그는 현설 그룹의 수장으로서 곽 실장에게 묻고 있었다.

"예. 아쉽게도 모두 진실입니다."

그 변화를 눈치챈 곽 실장은 몸을 틀어 남 회장을 신중하게 바라보았다. 그 눈빛에서 흔들림은 찾아볼 수 없었다.

"그럼 지금 한남동 집에 그놈이 여자를 들여서 살고 있다는…… 그런 말도 안 되는 게 현실로 일어났다는 말인가?"

"모든 건 어제 말씀드린 그대로입니다."

"흐음…… 그렇단 말이지."

남 회장은 태블릿 피시를 다시 한번 더 세세하게 살펴보기 시작했다. 그리고 다음 화면으로 넘어가자 소율의 증명사진과 함께 프로필 및 이력이 함께 떴다. 그걸 본 남 회장의 미간이 아주 미세하게 구겨졌다.

"이보게, 곽 실장."

"예, 회장님."

"내가 사실 확인만 할 테니, 자네는 늘 잘하던 그 대답이나 해보게."

남 회장의 음성에는 불편한 기색이 역력했다. 이를 눈치챈 곽 실장은 긴장한 눈빛으로 그를 보았다.

"조사에 따르면 다른 사람도 아닌 내 손자가 불과 얼마 전까지 단영 건설의 비서였던 일반인 여성을 자택에 들여서 함께 살고 있다는 게 확실하다는 얘기지?"

"네, 그렇습니다."

"허어, 다른 그룹도 아니고 그 망나니들이 운영하는 단영 건설에?"

곽 실장은 굳은 표정으로 고개를 끄덕였다. 현설 그룹과 마찬가지로 3대째 이어져 온 단영 건설은 늘 잡음이 끊이지 않는 회사였다. 재계에서 공공연하게 퍼져 있는 스캔들만 해도 손가락으로 헤아리기 힘들 정도였다. 오죽하면 단영 건설의 남자들을 빗대어 대를 잇는 건 회사뿐만 아니라 문란한 생활이라는 소리가 나오고는 했다.

"그래서, 다른 연애 이력은 어떻던가?"

"일단은 공공연하게 밝혀진 남성 관계는 없다고 합니다."

그럼에도 남 회장은 소율에 대해 믿음을 쉽게 가질 수 없었다. 물론, 한 개인을 대상으로 회사의 이미지를 덧씌우는 건 옳지 않은 일이다. 그럼에도 남 회장은 불쾌한 기색을 감추지 못했다.

"그것도 모자라서 심지어 산부인과에 방문했다는 게 사실인가?"

"제가 확인한 결과로는 그렇습니다."

그 질문을 마지막으로 남 회장은 한참이나 말이 없었다. 들고 있던 태블릿 피시도 내려 두고 생각에 잠겨 있던 그는 결론을 내렸는지 선글라스를 다시 썼다. 그리고 어깨를 한 번 으쓱거리더니 한결 가벼워진 음성으로 곽 실장을 불렀다.

"이보게 곽 실장, 평창동으로 가세."

"예? 지금 한남동으로 가시는 게……."

"Go to 평창 하세. 지금 내 기분에 한남동은 아닌 것 같구만그래."

"하지만 회장님, 평창동 안가는 아직 정돈이 되지 않았습니다."

곽 실장이 곤란하다는 표정을 짓자 남 회장은 선글라스를 살짝 내리고서 그를 뚫어져라 바라보았다.

"내가 지금 그 사정까지 살펴야 하나?"

남 회장의 입가에는 분명 미소가 자리하고 있지만 눈은 전혀 웃고 있지 않았다.

"말해 보게, 곽 실장. 자네도 나한테 월급을 받고 있으니 알 것 아닌가. 내가 쉬지도 못할 집이면 거기에 왜 사람을 고용하겠나?"

웃지 않는 눈과 마찬가지로, 어투는 부드러웠지만 남 회장의 질문에는 날이 서 있었다. 곽 실장은 오랜만에 등줄기가 곧추서는 느낌이 들었다.

"……알겠습니다. 차 돌리도록 하겠습니다."

겨우 대답을 한 곽 실장은 얼른 휴대폰을 들어 평창동에 전화를 넣었다. 그리고 당장 집 안을 정돈하도록 지시를 내리고서 전화를 끊었다.

"곽 실장 자네는 약간 고지식해서 그렇지 눈치가 참 빨라서 좋아."

남 회장은 여전히 부드러운 말투로 그를 칭찬했다. 곽 실장은 그저 어색하게 웃었다. 아직도 팽팽하게 당겨진 긴장의 끈을 놓을 수 없었던 것이다. 그는 평소와 달리 조심스러운 기색으로 남 회장에게 물었다.

"저, 그럼 회장님 귀국 소식은……."

"내가 이미 말하지 않았나. 자네는 눈치가 빨라서 좋다고 말일세. 그럼 어떻게 해야 하겠나."

"……알겠습니다. 일단은 알려지지 않도록 하겠습니다."

"그래, 그래야지."

남 회장은 만족스러운 듯 고개를 두어 번 끄덕거렸다. 그리고 다시 음악을 틀더니 박자에 맞춰서 손가락을 까딱거렸다. 방향을 돌린 차는 평창동을 향해 앞으로 나아갔다.

"에츄!"

느닷없는 재채기 소리에 소율은 들고 있던 찻잔을 내려놓고서 놀란 눈을 하고 도준을 보았다.

"괜찮으세요?"

"아, 미안해요. 갑자기 재채기가 나네요. 누가 내 얘기라도 하는가 봅니다."

식사를 마친 두 사람이 겨우 찾아낸 홍차 잎으로 입가심을 하던 참이었다. 낮에 받았던 아이의 사진을 보며 두런두런 얘기를 나누고 있었는데, 갑자기 얘기가 툭 끊기고 말았다.

"음…… 혹시 몸이 안 좋으시면 그만 쉴까요?"

"난 괜찮은데 소율 씨가 피곤할 수도 있겠군요."

"저도 아직은 괜찮아요."

잠을 청하기에는 아직 이른 시간이었다. 그렇다고 딱히 뭘 해야 할지 알 수 없었다. 조금 전까지 화기애애했던 모습은 온데간

데없고 두 사람 사이에는 어색한 침묵이 머물렀다.

"TV가 참…… 크네요."

먼저 입을 연 사람은 소율이었다. 소파와 마주하는 벽면에는 눈으로 다 담기에도 벅차 보이는 큰 TV가 걸려 있었다.

"아, 저게 쓸데없이 크긴 하죠. 할아버지가 TV 보는 걸 워낙 좋아하셔서요."

"그렇군요. 특별히 좋아하시는 프로가 있으신가 봐요."

"그렇다기보다는 그냥 TV 보는 것 자체를 좋아하시는 것 같아요. 뉴스도 보시고, 예능도 보시고, 드라마도 보시거든요. 이것저것 가리는 것 없이 다 보세요."

그의 할아버지에 대한 이미지를 종잡을 수 없었다. 소율은 생각 없이 테이블 위에 있는 리모컨을 들어 올렸다. 도준의 말처럼 유독 채널이라고 적힌 글자가 많이 벗겨져 있었다.

"아, TV 틀어 봐도 될까요?"

문득 떠오른 듯 소율이 도준을 보고 물었다. 뉴스를 제외한 방송은 그다지 챙겨 보지 않는 소율이었지만 왠지 궁금해졌다. 그의 할아버지는 방송의 어떤 매력에 빠진 걸까. 지금 아마 TV를 틀면 할아버지가 마지막으로 본 채널이 나올 것이란 생각이 들었다. 그저 막연한 호기심이었다.

"그래요. 소율 씨가 보고 싶으면 얼마든지."

도준의 허락이 떨어지자마자 소율은 전원 버튼을 눌렀다. TV 화면이 밝아지면서 그녀에게도 제법 익숙한 배우들의 모습이 나타났다. 내용을 파악하기 위해 잠시 말없이 화면만 바라보았다. 일반 드라마치고는 코믹 요소들이 많고 간간이 효과음으로 웃음소리가 등장했다. TV를 자주 접하지 않는 소율은 의아한 생각에 고개를 갸웃했다.

"예전에 해 주던 시트콤을 재방송해 주는 것 같군요."

도준의 말에 소율은 그제야 납득이 되었다. 애초에 웃음을 노리고 만든 드라마라면 그럴 만하다는 생각이 들었다.

"도준 씨는 이 방송 보신 적 있으세요?"

소율의 입에서 다시 제 이름이 불리자 도준은 놀라서 그녀를 보았다. 그리고 이내 따스한 미소를 지으며 대답했다.

"할아버지가 굉장히 좋아하셨거든요. 이 시트콤이 마침 저녁 식사 시간쯤에 방송을 해서 그때는 식탁이 아니라 여기에서 식사를 해야 했을 정도예요."

"그럼 재방송한다는 걸 아시면 많이 기뻐하시겠어요."

"이미 알고 계시지 않을까요. 웬만한 방송국 스케줄은 다 외워 두실 정도니까."

도준의 얘기를 듣고 보니 아마 그럴지도 모르겠다는 생각이 들었다. 하긴, '다시보기'라는 편리한 기능도 있으니 재방송 정도에 기뻐하고 말고가 결정되지는 않을 것이다. 하지만 그럴수록 소율은 더욱 궁금증을 참을 수 없었다. 그래서 그녀는 눈 한 번 깜빡이지 않고 TV만 바라보았다.

더없이 진지한 소율의 옆모습을 바라보던 도준은 잠시 눈치를 살피더니 함께 화면을 보기 시작했다. 그렇게 두 사람은 어느 사이엔가 시트콤에 빠져들고 말았다.

"하하, 방금 봤어요? 버스에서 뛰어내리는 거?"

웃음을 참지 못한 도준이 박수까지 치며 무척이나 즐거워했다. 화면만 바라보던 소율은 그제야 시선을 그에게로 옮겼다. 아이처럼 해맑게 웃는 그와 이 상황을 마주하며 그녀는 가슴속에서 무어라 설명할 수 없는 따뜻한 기운이 번지는 걸 느꼈다. 그의 할아버지가 이 방송을 보는 이유를 이제 알 것 같았다.

"정말 식구가 됐네."

그녀는 도준에게 들리지 않을 정도로 나지막이 중얼거렸다. 어릴 적에 막연하게 떠올리던 가족이란 울타리는 이런 형상이었다. 함께 식사를 하고 그 후에는 거실에 모두 모여서 하나의 TV를 공유하는 것 말이다. 어떤 장면에서는 함께 웃고, 또 같이 안타까워하고, 때로는 서로의 의견을 나누면서 하루를 마무리해 가는 사람들. 그들이 한 울타리 안에 존재하기에 가능한 모습이었다.

"소율 씨?"

그녀의 시선을 눈치챈 도준이 고개를 돌렸다. 괜히 자기만 즐거워했나 싶어 머쓱한 기분이 들었다.

"왜 그래요. 재미없어요? 다른 채널로 돌릴까요?"

"아니요. 이거 계속 봐요."

그의 질문에 소율은 고개를 저었다. 기분 탓인지도 모르겠지만 즐거워하는 도준의 모습을 조금 더 지켜보고 싶었다. 그래서 그녀는 다시 화면을 향해 시선을 돌렸다.

소율을 잠시 바라보던 도준은 어깨를 으쓱이고는 시트콤에 집중하려 했다. 하지만 왜인지 쉽사리 웃지 않는 그녀를 보니 신경이 쓰였다. 그만 보자고 해야 할지, 아니면 알아서 채널을 돌려야 하는 건지 갈등이 되었다.

"저, 소율 씨……."

차라리 그녀의 의사를 직접 물어보는 편이 나을 것 같아서 도준이 소율을 부른 찰나였다.

"후후."

연신 진지한 표정으로 시트콤은 보던 그녀가 소리 내어 웃는 것이다. 놀란 도준은 당장 고개를 돌려 TV를 보았다. 화면에는 철없는 아버지와 그의 딸이 서로 먼저 그네를 타겠다며 다투고 있었다. 언뜻 보기에는 유치한 말다툼이었다. 물론, 충분히 웃음을 유발할 수 있는 장면이기는 했지만 어째서 꼭 지금인지 궁금해졌다.

"소율 씨는 이런 개그 싫어할 줄 알았는데 의외군요."

"네?"

소율은 자신이 웃었다는 사실도 모르고 있는 것 같았다. 그녀는 당황한 듯 서서히 눈이 커지더니 이내 손을 휘젓기 시작했다.

"아, 아니요. 그런 게 아니라요."

"내가 잘생김 얘기 할 때는 곧 죽일 듯이 굴더니, 사실은 재미있다고 생각했던 겁니까?"

도준이 짓궂게 묻자 소율은 더욱 세차게 손을 저었다.

"그런 거 아니래도요. 그리고 도준 씨의 아재 개그에는 정말 동조할 수 없어요."

"강한 부정은 강한 긍정일 수도 있다더군요."

도준이 자꾸만 놀리려고 하자 소율은 금세 당황한 기색을 지우더니 정색을 표했다.

"절대 그런 거 아니에요. 제가 부정하는 건 정말 단어 그대로 그렇지 않다고 단정하는 거예요."

"그래요. 그렇게까지 말하니까 그런 걸로 해 두죠."

"그런 게 아니라 저는 정말로……!"

소율은 미소 짓고 있는 도준을 보며 아차 싶은 마음이 들었다. 이 이상 얘기해 봤자 그의 장난에 더욱 말려들 뿐이라는 걸 깨달았다. 여전히 만만하지 않은 상대였다. 그래서 그녀는 고개를 홱 돌리고서 나지막이 중얼거렸다.

"그네 때문인데……."

"뭐라고요?"

도준이 그녀에게로 바짝 다가왔다. 일부러 피한 시선을 끝내 쫓아오는 것이다. 그 모습을 보니 더 고집을 부려 봤자 유치할 뿐이라는 생각이 들었다. 그래서 소율은 가볍게 한숨을 내쉬고는 솔직하게 말했다.

"제가 웃은 건 그네 때문이에요."

"그네? 그게 왜요?"

그는 진심으로 이해가 가지 않는다는 눈치였다. 그래서 소율은 차분하게 얘기를 이어 갔다.

"어릴 적에는 한정된 그네 숫자에 비해 많은 아이들이 몰렸거든요. 방금 시트콤처럼 다투는 경우도 있었지만 대부분 줄을 지어서 자기 순서를 기다리고는 했어요."

"어릴 때 그네를 좋아했는가 봐요?"

"어린아이라면 누구든 그렇지 않을까요."

그렇게 대답은 했지만 소율은 이상하게 스스로도 납득이 가지 않았다. 그녀는 잠시 생각에 빠지는가 싶더니 천천히 고개를 끄덕였다.

"그런데 다시 생각해 보니 도준 씨 말이 맞는 것 같아요. 저는 유독 그네를 좋아했어요. 제가 살던 동네뿐만 아니라 다른 동네까지 굳이 그네를 타러 갔던 게 떠올라요."

"그네 한 번 타려고 다른 동네까지 갔어요?"

"네. 기다리는 아이가 많으면 오래 탈 수가 없으니까 하루에 세 곳 정도는 돌아다녔던 것 같아요. 그러다 간혹 혼자만 그네를 차지하게 되는 경우도 있는데 그때는 정말 날이 저물 때까지 탔어요."

"타면서 무슨 생각 했어요? 무섭지는 않았어요?"

"그냥…… 후련했던 것 같아요. 아무 걱정 없이 하늘을 향해서 발을 구르기만 하면 됐으니까요. 이렇게 계속 높이, 높이 오르다가 하늘로 날아가고 싶었어요."

소율의 얘기를 듣던 도준은 문득 자신의 어릴 적을 떠올려 보았다. 기억이 희미하지만 그는 정글짐이나 구름다리라는 기구 위에서 자주 놀던 게 떠올랐다. 하지만 그 놀이기구를 찾아 다른 동네까지 찾아간 적은 없었다. 학원을 가야 하는 사정도 있었지만 함께 어울리는 또래 친구들이 모두 같은 동네였기 때문에 그럴 이유가 없었던 것이다.

그렇게 생각하자니 어려서부터 홀로였을 소율의 모습과 그가 겹쳐졌다. 왜 좀 더 그녀를 일찍 만나지 못했을까.

"소화도 시킬 겸 산책이라도 나갈래요?"

"지금이요?"

도준의 갑작스러운 제안에 소율은 어안이 벙벙한 표정으로 그를 보았다. 하지만 그는 전혀 개의치 않으며 TV의 전원을 끄고 소파에서 일어섰다.

"원래 밤 산책이 더 무드 있잖아요."

장난스럽게 웃는 그를 보며 소율은 마지못해 자리에서 일어섰다. 그리고 두 사람은 함께 집 밖으로 나왔다.

동네는 오고 가는 사람 없이 한적했다. 가로등 불빛만이 길 위에 드리워져 있었다.

"여기서 잠시만 기다려요."

산책을 나가자던 도준은 문밖으로 나오자마자 소율을 가만히 서 있게 했다. 그러고서 그는 주차장 쪽으로 가더니 차를 끌고 나오는 것이다.

"소율 씨, 타요."

"산책이라고 하지 않았어요?"

조수석 창문을 내리며 도준이 손짓을 하자 소율은 기가 막힌다는 표정으로 그를 보았다.

"산책이자 드라이브죠. 어서 타요."

도준의 재촉에 소율은 어쩔 수 없이 조수석의 문을 열고 차에 올라탔다. 그녀가 안전하게 벨트 매는 모습을 확인한 도준은 천천히 차를 출발시켰다.

"어디로 가는 거예요?"

"가 보면 알아요. 이상한 곳에 데려가려는 거 아니니까 걱정 안 해도 됩니다."

살고 있는 동네를 빠져나온 차는 잠시 속도를 올리는가 싶더니 이내 낯선 아파트 단지로 들어섰다. 하지만 이상하게도 집들은 대부분 불이 켜져 있지 않았다.

"여기는 어디예요?"

"곧 분양 예정인 아파트 단지. 그래서 사람이 거의 살지 않죠."

차를 가까운 주차장에 세운 도준은 내리기가 무섭게 조수석의 문을 열어 주었다. 소율은 여전히 얼떨떨한 기분으로 차에서 내렸다. 소율의 손을 잡은 도준이 빠르게 차 문을 잠그더니 그녀를 이끌고 단지 뒤쪽으로 걸어가기 시작했다.

얼마 지나지 않아 그들의 눈앞에는 여러 놀이기구들이 놓여 있는 놀이터가 나타났다.

"여기는 왜……."

소율은 영문을 모르겠다는 눈빛으로 도준을 보았다. 그런 그녀를 보며 도준은 해사하게 웃더니 소율의 손을 잡은 채 그네 앞으로 다가갔다.

"여기라면 남들 눈치 보지 않고 실컷 탈 수 있을 것 같아서 왔습니다. 날은 이미 저물었지만 소율 씨가 질릴 때까지 타요."

"하지만…… 이제 어른인걸요."

소율의 말에 도준은 잡은 손을 놓고서 두 팔을 활짝 펼쳐 보였다.

"여기는 아무도 없잖아요. 이 놀이터는 아직 어린아이들이 차지하지 않았다고요. 그러니까 사양하지 말고 순수하게 즐겨요. 지금 여기에 있는 건 나랑 소율 씨뿐이니까 어른, 아이는 따지지 말도록 합시다."

그렇게 말한 도준은 앞장서서 그네에 올라탔다. 그리고 천천히 발을 구르며 소율을 바라보았다.

"거기 계속 그러고 서 있을 겁니까?"

그녀는 주위를 한 번 둘러보았다. 고요와 정적만이 존재하는 그곳에는 도준이 탄 그네만이 끼익거리는 소리를 내고 있었다.

소율은 서서히 걸음을 옮기더니 그의 옆에 놓인 그네에 앉았다. 그리고 발을 구르기 시작했다. 어릴 적에는 금세 날아올랐던 것 같은데 이제는 그렇지 않았다. 그래서 그녀는 더욱 힘차게 발을 휘저었다.

"아, 바람 좋다."

이미 하늘을 향해 솟아오른 도준이 소리쳤다. 그의 말처럼 그네가 앞뒤로 오갈 때마다 기분 좋은 바람이 불었다. 머리카락이 흩날리고 별을 품은 하늘이 가까워졌다가 멀어져 갔다. 어릴 적에 보았던 짙푸른 하늘과는 달랐지만 그네가 날아가는 동안에는 오롯이 자신의 하늘이란 건 여전했다.

아무 생각 없이, 걱정 없이, 조건 없이, 하늘과 바람은 있는 그대로의 소율을 밀어 주었다가 받아 주었다.

"재밌어요?"

바람 사이로 도준의 물음이 들려왔다.

"아니요."

소율의 대답에 도준은 당황한 듯 구르던 발을 멈췄다. 그 모습에 소율은 웃음을 터트렸다. 이제 하늘과 가장 가까운 건 그녀였다.

"신나요!"

그녀는 천진난만하게 웃으며 그렇게 외쳤다. 불어오는 바람만큼이나 상쾌해 보였다. 소율은 지금 어린 시절의 그녀이면서 동시에 어른이 된 그녀이기도 했다. 그리고 그 순간을 함께해 주는 건 다른 누구도 아닌 도준이었다.

그가 가지고 있던 '좀 더 일찍 만났다면.' 하는 후회는 금세 사라져 버렸다. 소율을 보고 있노라면 지금을 함께하고 있다는 것만으로도 충분하다는 생각이 들었다.

"우리 기적이가 태어나면 이렇게 그네 타러 다닙시다."

도준의 말에 소율은 서서히 속도를 줄이기 시작했다. 그리고 바닥에 발이 닿을 무렵에는 의문 가득한 시선으로 그를 보았다.

"기적이요? 그게 누구죠?"

"우리 아이 말입니다."

너무 간단하게 흘러나오는 도준의 대답에 소율은 순간 말을 잃고 말았다. 그리고 다시 그와의 대화를 곰곰이 생각해 보고서 다시 물었다.

"우리 아이가 기적이란 말인가요?"

"그래요. 태명 말입니다. 언제까지고 아이라고 부를 수는 없지 않습니까. 빨리 태명으로 불러 줘야 기적이도 아, 우리 부모님에

145

게 나는 기적이구나. 내가 기적 같은 존재구나. 그렇게 생각하죠."

일단 아이는 기적이라는 단어를 모를 거라는 생각이 들었다. 하지만 이내 그런 세세한 부분을 신경 쓰는 스스로가 우스웠다.

어쨌든 배 속에 있는 아이에게는 다정한 애칭이 필요했다. 그 아이가 온전히 살아 있고 존재한다는 사실을 태명으로써 드러내는 거라고, 그녀 또한 생각했다.

"기적이."

소율이 한동안 말없이 기적이란 단어만 되뇌자 도준은 슬쩍 그녀의 눈치를 보았다.

"별로입니까?"

"글쎄요. 일단 제 의견 없이 지어진 태명이잖아요."

그녀는 곰곰이 생각에 빠지는 것 같았다. 혹시나 그녀의 기분을 거스른 것은 아닐까 도준은 걱정이 되었다.

소율은 어쩔 줄 몰라 하는 도준을 힐끔 보고 몰래 웃음을 삼켰다. 그의 말이 맞았다. 두 사람에게 찾아온 이 아이는 기적이며 동시에 경이로운 존재였다. 그래서 소율은 이내 긍정의 미소를 지었다.

"좋은 태명인 것 같네요. 기적이."

소율의 미소에 마음이 놓인 도준은 그제야 그녀와 마주 웃었다. 그러고는 신이 나서 얘기를 이어 갔다.

"기적이가 어느 정도 자라면 전국을 돌면서 그네를 타러 다닙시다. 동네에서만 즐기는 건 시시할 수도 있잖아요. 그렇게 전국을 제패하면 다음에는 세계로 나가는 겁니다. 어때요?"

아직 너무도 이른 얘기였다. 그럼에도 소율은 웃음을 멈출 수가 없었다. 도준이라면 정말로 해낼 것 같았다. 벌써부터 기적이의 곁에서 그네를 밀어 주는 모습이 그려졌다.

"기적이와 함께라면 어디라도 즐거울 것 같아요. 전국으로 모자라서 해외까지 가게 되면 제가 못 본 그네들도 많겠네요."

평소의 그녀답지 않게 단번에 동조해 주는 모습에 도준은 가슴이 벅차 왔다. 이렇게 천천히 스며들면 될 거란 생각이 들었다. 조금씩 마음을 여는 그녀의 곁을 지키면 되는 것이다. 서두를 필요는 없었다. 그는 언제까지고 그녀와 기적이의 곁에 있어 줄 준비가 되어 있었다.

"나도 그래요."

그래서 도준은 조용히 미소를 지었다. 살며시 스치는 바람과 쏟아지는 별의 하늘 아래에서 그는 세상 가장 따스한 눈빛으로 소율을 바라보고 있었다.

"나도 소율 씨와 기적이가 함께라면 어디든 즐거울 겁니다."

그의 고백에 소율은 아무 대답도 없었다. 그저 말갛게 웃기만 했다. 긍정도 부정도 하지 않았다. 그러면 안 된다는 걸 알면서도 약간의 욕심이 생겼다. 지금 이 순간을 깨고 싶지 않았다.

그렇게 두 사람은 서로를 마주 보며 똑 닮은 미소를 짓고 있었다.

아무도 없을 거라 생각한 그 공간에는 다른 이가 존재했다. 소율과 도준의 모습을 그늘에 숨어서 지켜보는 이는 곽 실장이었다.

사무를 보는 듯 냉정한 시선으로 바라보던 그는 이내 휴대폰을 꺼내어 어딘가로 전화를 걸었다.

"네, 회장님. 두 분이 함께 계시는 걸 지금 확인했습니다."

그 짧막한 통화를 마지막으로 그는 어둠 깊숙이 몸을 숨겼다.

❈ ❖ ❈

— 지금도 여전히 두 분이 함께 계십니다.

곽 실장의 보고를 듣고서 남 회장은 깊은 한숨을 내쉬었다. 운명론보단 실력을 믿던 그였지만, 이건 업보라고 할 수밖에 없는 건지. 제 자식도, 그와 짝지어 줬던 며느리도 앞서 보낸 태훈의 마음엔 무덤 두 개가 생겼다.

그래도 지켜야 할 손자를 남겨 준 아들 내외에게, 태훈은 못내 감사했다. 못난 삶을 이어 갈 수 있었던 건 누구보다 의젓하고 제 뜻을 따라 주는 도준이 덕분이었다. 그런 손자가 최초로 뜻을 거스른 건, 바로 결혼 문제였다.

"그 아이를 그렇게 보내지 말았어야 했나……."

도준의 짝으로 정한 상대는 한 기업의 영애였다. 어느 한 곳 차고 기우는 것이 없는 혼사였다.

"내가 그때……."

남 회장은 드물게 후회를 하고 있었다.

1년 전, 어리고 아름답고 현명했던…… 바로 제 손으로 점찍었던 그 손자며느릿감이 태훈을 찾아왔었다.

'회장님.'

금방이라도 울 것 같은 얼굴을 애써 감추는 침착한 태도가 남 회장의 눈에는 더 좋아 보였다. 기업인의 아내라는 건, 내 손주의 반려자는, 그런 여자여야 옳았다.

'죄송합니다. 저는 이 결혼을 할 수가 없습니다.'

남 회장이 무어라 반응할 새도 없이, 그녀는 바로 무릎을 꿇었다.

'이유를 말해 줄 수 있을까.'
'답해 드릴 수가 없습니다.'

그리 연약해 보이던 아가씨는 또렷하게 말했다.

'다만…… 회장님께서 바라셨듯이 다 받아들일 수 있는 그릇이 못 되는 저를 죄인이라 여겨 주세요.'

굳이 그 아가씨를 잡지 않았던 건, 자만이었는지도 모른다. 무슨 이유가 있겠거니 생각하기도 했지만, 그 직후에 도준이 파혼을 통보했노라고 말했다.

"실수였군."

이상한 전개에서 의문을 가지지 않았던 게 실수였고, 제 손주가 완벽하다 여겼던 것도 실수였다.

'이사님께서 최근에 김 박사님을 찾아뵈었다고 합니다.'

'요즘 일이 많이 바빴으니 탈이라도 난 모양이구만.'

처음에는 대수롭지 않게 생각했다. 하지만 이어지는 곽 실장의 반응이 심상치 않았다.

'그게…… 단순히 그런 이유만은 아닌 것 같습니다.'

'무슨 소리인가?'

'김 박사님을 뵙기 이전에 유명한 비뇨기과를 통해서 검사를 받으셨다고 합니다. 그리고 마지막으로 김 박사님께 찾아가신 걸로 확인됐습니다.'

'비뇨기과라니…….'

남 회장은 자신의 귀를 의심했다. 단순한 건강 검진 때문이라면 이렇듯 놀라지도 않았을 것이다. 하지만 김 박사를 만나기 전에도 앞서 검사를 받았다고 하니 절로 의심이 되었다.

'……이유는 말해 주던가?'

굳어진 남 회장의 얼굴을 보며 곽 실장은 살짝 고개를 저었다. 그럴수록 심중에 차오르는 불안감은 높아져 갔다. 그리고 어쩐지 파혼의 이유가 슬쩍 보이는 듯했다.

한 번도 자신의 뜻을 거스른 적 없던 도준이었다. 그런 손자가 아무런 통보도 없이 파혼을 결정했다는 건 무언가 문제가 있다는 뜻이다. 그리고 그 문제는 아마도…….

'굳이 말할 필요도 없겠지만 이 얘기는 누구에게도 새어 나가지 않게 곽 실장이 단단히 입단속시키게.'

'네, 알겠습니다.'

모두 자신의 죄였다. 자식과 며느리를 앞세워 보낸 것도 모자라 손자의 건강까지 지키지 못했다. 지은 죄가 깊어 하늘이 자신을 대신해 가족을 벌하는 게 분명했다. 당장이라도 도준을 위해 모든 조치를 취하고 싶었지만 괜한 부스럼이 일까 싶어 남 회장은 조용히 지켜보기로 했다.

그런데, 갑자기 나타난 이 여자는 누구란 말인가!

'지금 임신이라고 했나?'

곽 실장에게 소율의 이야기를 듣는 순간 뒤통수를 세게 얻어맞은 기분이 들었다.

'어떻게 그런……. 있을 수 없는 일이야…….'

얼마나 놀랐던지 다리의 힘까지 모두 풀려서 남 회장은 소파에 쓰러지듯 털썩 앉았다. 처음에는 머릿속이 혼란스러워서 제대로 생각할 수가 없었다. 하지만 차차 시간이 흐르자 심상치 않은 일이 분명하다는 확실히 들었다. 그래서 애초 예정보다 귀국을 서둘렀다.

"아무리 생각해도 이건 아귀가 안 맞지 않은가."

남 회장은 테이블 위에 두었던 사진을 집어 들었다. 선명하게 찍힌 소율의 모습을 물끄러미 바라보며 그는 나지막이 속삭였다.

"목적이 뭐가 됐든 상대를 잘못 골랐군그래."

구름 한 점 보이지 않는 맑은 밤하늘에 수많은 별똥별이 쏟아져 내리고 있다. 도준과 소율은 그네를 타고 있었다. 높이, 더 높이 날아오르던 그네에서 손을 떼는 순간 몸이 두둥실 떠올랐다. 벨벳을 깔아 놓은 듯 부드러운 밤하늘을 향해 하염없이 날아올랐다.

'꿈이구나.'

비현실적인 상황에 소율은 자신이 꿈을 꾸고 있다는 걸 깨달았다. 무심코 옆을 바라본 소율은 곁에 도준이 있는 걸 보았다. 그는 그녀와 속도를 맞추어 하늘로 날아오르고 있었다. 분수처럼 쏟아져 내리는 별들을 배경으로 도준은 미소 짓고 있었다. 그게 무척이나 따뜻하고 다정하게 느껴져서 소율도 따라서 웃었다. 그리고 아주 천천히 그를 향해 손을 뻗는 순간…….

'Good Morning~'

어딘가 익숙한 음악 소리가 들려오자 눈앞의 광경이 흔들렸다. 희미하게 떠오른 안타까운 마음도 잠시일 뿐 소율은 절로 눈이 떠지고 말았다. 휴대폰은 소란스럽게 알람을 울리고 있었다.

"벌써 아침이네."

잠시 동안 침대 위에 멍하니 누워 있던 소율이 천천히 몸을 일으켰다. 그리고 평소와 다름없이 아침 세안을 마치고 나와 옷을 갈아입었다. 거울 앞에 서서 옷매무새를 다듬은 그녀는 무심코 휴대폰을 집어 들고 시간을 보았다.

"습관이란 게 무섭구나."

회사에 출근하던 무렵처럼 아침 준비가 일사천리로 이루어졌다. 이제는 일하지도 않는데 말이다. 그렇게 생각하니 갑자기 기운이 빠졌다. 이른 아침에 일어났지만 딱히 할 일은 없었기 때문이다. 아주 잠시 동안 소율은 멍하니 침대 위에 앉아 있었다.

"날씨 참 좋다."

활짝 젖혀 둔 커튼 사이로 밝은 아침햇살이 쏟아져 내렸다. 정원이 넓어서인지 새들이 지저귀는 소리도 들려왔다.

"일단 방에서 나가 볼까."

소율은 길게 기지개를 켠 후 자리에서 일어섰다. 방문을 열고 밖으로 나온 그녀는 천천히 계단을 향해 걸어갔다. 그리고 마치 때를 맞춘 듯 도준이 방 밖으로 나오고 있었다.

"잘 잤습니까?"

도준은 슈트 상의를 챙겨 입으며 그녀에게로 다가왔다.

"저는 편안하게 잘 잤어요. 도준 씨는요?"

"아주 푹 잘 잤어요. 그것보다 소율 씨가 잘 잤다니 정말 다행입니다. 잠자리가 바뀌어서 잘 못 자면 어쩌나 걱정했거든요."

그의 미소를 마주하는 순간 주위의 공기가 순식간에 바뀌는 걸 느꼈다. 도준과 소율 사이에 달라진 건 없었다. 하지만 그녀는 지금 그에게서 포근함을 느끼고 있었다. 익숙한 듯 낯선 기분이었다. 변함없는 일상에 남도준이라는 존재 한 명이 들어왔을 뿐인데 말이다.

"오히려 너무 잘 자서 아침에도 상쾌한 기분으로 깼는걸요."

"그래요? 집터에도 기운이 있다고 하던데 이 집이 소율 씨와 상성이 맞는 거 같군요."

그렇게 말한 도준은 느닷없이 허리를 숙이더니 소율의 배에 대고 말을 걸었다.

"우리 기적이도 어제는 잘 잤니?"

순간적으로 놀란 소율은 두 손으로 자신의 배를 가렸다. 하지만 도준은 그 상황이 단번에 이해되지 않는지 고개만 들어 그녀를 멀뚱히 바라보는 것이다. 도준의 시선에 그녀의 양 볼은 서서히 붉게 물들기 시작했다.

"아직 좀…… 이른 게 아닐까요?"

소율은 그와 눈도 마주치지 못하고 고개를 돌렸다. 그제야 도준도 사태가 파악됐는지 부리나케 몸을 일으켰다. 그리고 그의 볼에도 살짝이나마 붉은 기운이 돌기 시작했다.

"음…… 그게…… 그러니까……."

도준은 어떻게든 변명하려고 머리를 열심히 굴렸지만 당황해서인지 말이 잘 나오지 않았다. 두 사람 사이에 침묵이 이어지자 어색한 기류가 흐르기 시작했다.

그런데 소율은 그게 그저 싫지만은 않았다. 가슴 안쪽의 어딘가가 간질거리며 도준을 더욱 의식하게 만들었지만 그걸 거부하고 싶다는 마음은 들지 않았다.

"……흠, 흠."

겨우 진정이 된 도준은 헛기침을 몇 번 하고서 소율을 향해 손을 내밀었다.

"배고프지 않습니까? 일단 내려가서 식사부터 합시다."

"아, 네. 그러죠."

하지만 도준은 그 상태로 꼼짝도 하지 않았다. 의아해진 소율이 그를 바라만 보자 도준은 손을 뻗어 그녀의 손을 자신의 것과 포개었다.

"혹시 내려가다 발이라도 헛디디면 위험하니까."

도준의 말과 행동은 괜히 의식하거나 변명하는 게 아니라는 듯 지극히 자연스러웠다. 그래서 소율은 더욱 가슴이 술렁이며 수줍은 마음이 들었다. 고마운 건지, 행복한 건지 모를 마음이 뒤죽박죽으로 엉켜들며 그녀를 슬며시 미소 짓게 만들었다. 소율은 잡힌 손에 살짝 힘을 주며 도준과 함께 계단을 내려왔다.

"도련님이랑 작은 사모님 내려오셨어요."

연세가 지긋해 보이는 여자가 부엌에서 나오며 두 사람을 반겼다.

"작은 사모님……?"

갑작스럽게 들려온 호칭에 소율은 복잡한 심경으로 도준을 보았다. 하지만 그는 그걸 모른 척하며 웃는 낯으로 여자를 소개했다.

"우리 집 가사 전반을 관리해 주는 아주머니입니다. 필요한 게 있으면 언제든 부탁하도록 해요."

"편하게 안양댁이라고 부르시면 돼요. 작은 사모님."

자신을 안양댁이라고 소개한 여자는 살가운 미소를 띠며 소율을 보았다.

"아…… 잠시 동안 신세 지게 된 한소율이라고 합니다. 잘 부탁드려요."

"어휴, 저한테 그렇게 예의 차리실 필요 없어요. 그리고 잠시라니요. 당치도 않은 말씀입니다. 그저 내 집이다 생각하고 편하게 오래오래 계세요. 불편한 것 있으면 언제든 말씀하시고요."

아무래도 안양댁은 도준과 소율의 관계를 알고 있는 듯 보였다. 그럼에도 곰살궂은 태도가 소율은 마냥 고맙기만 했다.

"내 정신 좀 봐. 식사 차리는 중이었는데 깜빡했네요. 오늘은 고등어가 좋더라고요. 금방 되니까 잠시만 기다리세요."

안양댁의 말처럼 잠시 기다리니 통통하게 살이 오른 고등어구이가 식탁에 올라왔다. 정갈하게 차려진 밑반찬이나 맑은 뭇국의

맛이 웬만큼 유명한 한식집 것 못지않았다. 흔히들 말하는 집밥이란 건 이런 게 아닐까. 엄마의 손맛이란 게 정확히 무엇인지 아직도 잘은 모르겠지만, 소율은 문득 그런 생각이 들었다. 도준과 식구가 됐다는 것이 새삼 실감되기도 했다.

"오늘 혹시 약속이나 일정 잡힌 게 있습니까?"

식사를 마치고 간단히 차를 마신 도준은 옷매무새를 가다듬고 출근을 위해 걸음을 옮겼다. 그대로 가만히 있어도 상관없었지만 소율은 굳이 그의 뒤를 따라 배웅을 했다. 그래야만 할 것 같았다. 그런 상황이 기분 좋았던지 도준은 부드럽게 웃으며 소율에게 물었다.

"아니요. 오늘은 딱히……."

그러고 보니 정말 할 게 없었다. 언제나 일만 보고 달려온 지금까지의 삶이 참 덧없다는 생각이 들었다.

"될 수 있다면 소율 씨랑 같이 있고 싶지만 출근은 해야 하니……. 혹시 심심하면 서재라도 둘러보는 건 어떻습니까. 웬만한 책은 모두 있으니까. 아, 그리고 DVD들도 갖춰져 있으니 영화를 보는 것도 좋겠군요. 프로젝터 사용법은 알죠?"

출근을 하는 상황이 정말 안타깝다는 듯 도준은 쉽게 걸음을 떼지 못하고 있었다.

"집 안에서 머문다면 딱히 걱정할 건 없겠지만 그래도 웬만하면 아주머니께 부탁하도록 해요. 아무리 사소하고 작은 일이라도 혼자서 하지 말고 아주머니 불러서 같이 하고. 될 수 있으면 외출도……."

도준은 소율을 마치 물가에 내놓은 아이처럼 대하고 있었다. 그러면 안 되지만 소율은 웃음이 터지고 말았다. 말을 하던 도준도 자신의 행동이 과하다는 걸 느꼈는지 그녀를 따라 어색하게 미소 지었다.

"제 걱정은 그만하고 어서 가세요. 기사님 기다리고 계시잖아요."

"알겠어요. 일찍 돌아올 테니까 저녁은 같이 먹읍시다. 다녀올게요."

"잘 다녀오세요."

문이 열렸다 닫히고 도준의 모습이 완전히 보이지 않게 되자 소율은 옅은 한숨을 내쉬었다. 이상한 기분이었다. 배웅이란 행위 자체는 익숙한데도 낯설게만 느껴졌다. 아마도 새로운 것들을 너무 한꺼번에 접해서 그럴 것이라고, 소율은 애써 아무렇지 않은 일로 치부했다.

"도련님께서 작은 사모님을 많이 아끼시네요."

소율이 거실로 돌아오자 안양댁이 슬며시 다가와 말을 걸었다.

"그렇게 보였나요?"

쑥스러운 기색을 감추려 저도 모르게 통명스러운 말이 나오고 말았다. 소율은 순간 아차 싶었지만 안양댁은 모두 다 안다는 듯 부드러운 미소를 띠고 있었다. 괜히 더 부끄러워진 소율은 서재로 가겠다는 말을 남기고서 거실을 빠져나왔다.

"아직 작은 사모님이 아닌데……."

부리나케 서재로 들어온 소율은 문을 닫고서 조용히 중얼거렸다. 지금의 자신은 정말로 이상했다. 아주 사소한 일에도 가슴이 술렁거리고 평소에 하지 않던 행동을 했다.

"임신 때문인 걸까."

아직은 그 존재를 주장하지는 않지만 배 속에는 분명하게 생명이 자라나고 있었다.

"기적아."

그녀는 저도 모르게 자신의 배를 문지르며 나지막이 아이를 불렀다. 아직 이르다는 걸 뻔히 알면서도 도준이 말을 걸던 모습이 문득 떠오른 것이다. 그러자 저도 모르게 입가에 미소가 걸렸다. 벌써부터 이런데 배가 나오기 시작하면 더욱 유난일 게 분명했다.

"어서 자라서 엄마랑 아빠……."

아빠라는 단어에 소율은 입을 다물었다. 아직도 불안감과 망설임이 그녀의 마음을 흔들었다. 하지만 그녀는 눈을 감고서 천천히 심호흡을 했다. 괜찮다고. 도준이라면 좋은 아빠가 돼 줄 것이 분명하다고 되뇌며 다시 말을 이어 갔다. 이렇게 작은 생명에게 먼저 말을 건 것 역시 그이지 않았던가.

"엄마랑 아빠랑 건강하게 만나자."

힘이 실린 음성으로 말한 소율은 아이의 존재가 더욱 애틋해졌다. 무슨 일이 있더라도 이 존재만큼은 지켜 내자고, 그런 다짐을 절로 하게 되었다.

그리고 그 순간, 그녀의 휴대폰이 울리기 시작했다.

"누구지? 모르는 번호인데."

화면에는 모르는 번호가 떠올라 있었다. 소율은 잠시 망설인 후에 통화 버튼을 눌렀다.

"여보세요. 누구시죠?"

— 한소율 씨 휴대폰 맞습니까?

전화를 건 상대는 상당히 중후한 음성을 지니고 있었다. 하지만 익숙하지 않은 목소리에 소율은 경계의 기운을 지우지 못했다.

"맞습니다만. 무슨 일이시죠?"

— 남도준의 할아버지 되는 사람입니다. 잠시 시간 좀 내 주실 수 있겠소?

남 회장의 음성에 소율은 숨을 삼켰다. 휴대폰을 쥔 손에 절로 힘이 들어갔다. 오늘 하루는 이제 막 시작되었을 뿐이었다.

4

차는 낯선 길을 따라서 한참을 달렸다. 그리고 어느 저택 앞에 멈춰 섰다. 기사는 일말의 주저도 없이 소율이 앉은 자리의 차 문을 열어 주었다.

긴장감이 역력한 표정으로 차에서 내린 그녀는 익숙하지 않은 대문과 정원을 지나쳐 집 안으로 들어섰다. 평창동 내부의 모습은 도준의 집과 별반 다르지 않았다. 하지만 아직 가구가 덜 들어온 것인지 휑한 느낌을 주었다.

"생각보다 일찍 도착했군그래."

소율은 소리가 들려오는 쪽으로 고개를 들어 올렸다. 복층 계단에 서 있는 남 회장은 아무런 표정 없이 그녀를 내려다보고 있었다. 그제야 소율은 그를 본 기억이 있다는 걸 떠올렸다. 지금과 비슷한 상황이었다. 남 회장은 저 멀리 높은 단상에 서서 연설을 하고 있었고 소율은 그런 그를 그저 바라만 보았다.

"급하게 준비하느라 집 안이 누추하군그래. 자리에 먼저 앉지 그러나."

그렇게 말한 남 회장은 천천히 계단 아래로 내려왔다. 그가 가까워 올수록 소율은 말로 설명할 수 없는 강한 위압감을 느꼈다. 남 회장의 존재 자체만으로 기가 죽는 것 같았다. 그래서 소율은 그 자리에 서서 꼼짝도 할 수 없었다.

"그렇게 눈치 볼 것 없으니 앉으시게."

어느새 곁으로 다가온 남 회장은 소파를 향해 손짓해 보였다. 그리고 그가 먼저 자리에 앉았다. 소율은 그제야 그를 따라 소파에 앉을 수 있었다.

"손님이 오셨으니 차라도 한잔 대접해야지."

남 회장이 누군가를 부르자 도우미로 보이는 여자 한 명이 곁으로 다가왔다.

"여기 커피 한 잔이랑…… 한소율 씨는 무얼 드실 건가?"

"저는 괜찮습니다."

두 손을 무릎 위에 올린 소율은 긴장감에 고개조차 흔들지 못했다. 그런 그녀를 보며 남 회장은 겨우 엷은 미소를 지어 보였다.

"그래, 그러면 커피 한 잔만 부탁함세."

그의 말을 들은 여자는 금세 자리를 비켜 주었다. 그리고 얼마 지나지 않아 따끈한 커피 한 잔이 남 회장의 앞에 놓였다. 여자는 들어올 때와 마찬가지로 아무 말도 없이 모습을 감췄다.

"무작정 초청해서 실례를 했구먼."

남 회장은 커피 한 모금을 마시고서 찻잔을 내려놓았다.

"내가 누구인지는 정확히 알고 있는가?"

"네. 현설 그룹의 남태훈 회장님이시고 남도준 이사님의 할아 버님이시죠."

"그래, 그래. 아주 잘 알고 있구먼."

그는 몇 번이고 고개를 주억거리는가 싶더니 어느 순간부터 소 율을 찬찬히 훑어보기 시작했다. 그 시선이 무척이나 섬세하면서 도 날카로워 그녀는 온몸이 굳어 가는 것처럼 긴장감이 더해졌다.

언젠가는 이런 순간이 올 거라고 어렴풋이 느끼고 있었다. 하 지만 생각보다 너무도 빠르게 찾아와서 소율은 쉽게 진정이 되지 않았다. 상대는 여전히 노련한 기업가인 반면에 소율은 이제 평범 한 한 여자일 뿐이었다.

"내가 알아본 바로 한소율 씨는 참으로 똑똑한 사람인 것 같더 군."

남 회장의 말에 소율은 겨우 그와 시선을 맞췄다. 그러자 그는 다시 미소를 짓더니 얘기를 이어 갔다.

"그러니 이미 깨달았을 거야. 내가 모든 걸 알고 있다는 사실 을 말일세."

그러고서 그는 생각지도 못하게 한쪽 눈을 찡긋해 보였다.

"내가 이래 봬도 손주한테 관심이 많은 할아비라서 무엇이든 그냥 지나칠 수가 없더구먼."

그는 분명히 웃고 있었고 윙크를 날리는 등 가벼운 행동을 취 했다. 하지만 소율은 그에게서 여전히 위압감을 느꼈다. 뱀 앞에 놓인 쥐처럼 한순간도 허튼 행동을 할 수 없었다.

"아무튼 한소율 씨는 똑똑한 것 같으니 여기까지는 이해했겠지?"

"……네."

소율은 겨우 대답 한마디를 던졌다.

"그럼 나머지도 이해할 수 있을 거라 믿네."

그녀는 용기를 내어 남 회장을 빤히 바라보았다. 남 회장은 여전히 미소 짓고 있었지만 눈은 소율을 엄하게 바라보고 있었다.

"난 아가씨가 내 손주에게서 그만 떨어져 줬으면 해."

소율은 그제야 남 회장의 속셈을 모두 알 수 있었다. 겨우 잔소리나 하자고 이 자리를 마련한 것은 아닐 거라 생각했다. 하지만 남 회장이 이렇듯 대놓고 두 사람을 반대할 것이라고는 예상하지 못했다.

"지금 하시는 말씀은……."

"질문도 말도 모두 내가 할 테니 한소율 씨는 그냥 대답만 하면 되네."

소율이 입을 떼자마자 남 회장의 표정이 순식간에 얼음처럼 차갑게 얼어붙었다. 숨이 턱하고 막히는 것 같았다. 그녀는 뱉지 못한 말을 주워 삼키며 입을 다물었다. 그러자 남 회장의 입가에 조금씩 미소가 되돌아오기 시작했다.

"내가 이리 말하는 이유는 아가씨가 더 잘 알겠지."

그의 말투는 어린아이를 가르치는 것마냥 부드럽고 상냥했지만 누구보다 강한 강제성을 띠고 있었다.

"그 자리는 한소율 씨의 자리가 아니기 때문이야. 또한, 아가씨가 함께하는 모든 것도."

소율의 눈이 점점 커져 갔다. 남 회장이 말하는 존재는 도준 뿐만이 아니었다. 필시 배 속의 아이도 함께 말하는 것이리라.

"이만 물러나게."

남 회장은 단호했고 가차 없었다. 소율의 존재 자체를 없는 셈으로 치려는 것 같았다.

"여기까지 온 노력은 어찌 보면 가상하니 나름대로 보상하겠네. 그러니 더 이상 이 늙은이를 힘들게 하지 말아 줬으면 하네."

소율의 심장은 불안하게 뛰었다. 남 회장에게 자신이 치워야 할 장애물로 여겨지는 건 아무렇지 않았다. 하지만 배 속의 아이도 함께 떼어 놓으려 하는 건 도무지 받아들일 수 없었다. 마음이 쉼 없이 술렁거렸다. 욕지기가 올라왔다.

"저는⋯⋯."

하지만 소율은 겨우 마음을 진정시키며 힘겹게 입을 열었다. 그리고 최대한 담담함을 가장하며 남 회장을 똑바로 바라보았다.

"이미 아시겠지만 회장님을 힘들게 할 분수도 못 됩니다."

소율의 말에 남 회장은 무언가 잘못 들었다는 듯 고개를 갸웃했다.

"감히 내 앞에서 분수를 운운하는 겐가?"

"회장님께서 감히⋯⋯라고 말씀하실 정도로 제가 잘못된 자리에 있다는 걸 저 역시도 알고 있습니다."

"그런 식으로 반구할 필요 없으니 한소율 씨는 내 뜻대로 따르기만 하면 되네."

남 회장의 결심에는 흔들림이 없는 듯 보였다. 하지만 그녀 역시도 쉽사리 물러날 생각은 없었다. 소율은 자리에서 천천히 일어섰다. 그리고 앉아 있는 남 회장을 가만히 바라보며 확신에 찬 시선을 보냈다.

"회장님의 말씀처럼 저는 아닐 수도 있습니다. 하지만 제가 가진 것은…… 품고 있는 것은…… 그 자리가 맞습니다."

소율의 말에 남 회장은 단숨에 불쾌하다는 표정을 짓더니 그녀를 따라 자리에서 일어섰다.

"이제 보니 말귀를 잘 알아듣지 못하는군그래."

노기를 띤 남 회장의 표정은 방금 전보다 훨씬 더 위력이 강했다.

"기어코 내가 직접 자네를 치우도록 만들겠다는 말인가?"

형형한 눈빛이 소율을 쏘아보고 있었다. 그렇게 두 사람은 한동안 말없이 서로를 바라보았다.

그렇게 얼마나 지났을까. 갑자기 문밖이 소란스러워졌다. 잠자코 있던 남 회장은 점점 기가 흐트러지는지 신경질적인 빛을 띠더니 소리를 질렀다.

"밖에 대체 무슨 일인 게야!"

남 회장의 외침과 동시에 문이 벌컥 열리며 도준이 집 안으로 들어왔다.

도준은 소율 몰래 안양댁에게 전화를 걸어 소율을 잘 보살펴 달라고 신신당부를 하려고 했다. 하지만 전화를 받은 안양댁이 급박한 목소리로 소율이 곽 실장과 함께 나갔다고 하는 것이다. 처음에는 어째서 곽 실장이 소율을 데리고 간 건지 판단이 서질 않았다. 그러나 이내 곽 실장을 부릴 수 있는 사람은 남 회장뿐이라는 걸 떠올리고 급하게 평창동으로 왔더니 그녀가 홀로 남 회장과 맞서고 있었다.

"소율 씨, 일어나요. 갑시다."

그는 분노가 가득한 표정으로 신발도 벗지 않고 그대로 성큼성큼 안으로 들어와 소율의 곁으로 다가왔다. 그리고 그녀의 손을 부여잡고서 그대로 밖으로 나가려고 했다. 그걸 본 남 회장은 두 사람의 앞을 막았다.

"이게 대체 뭐 하는 버르장머리야. 내가 너를 그리 키웠더냐?"

"할아버지께서 잘못하신 겁니다."

두 남자는 한 치의 물러섬 없이 서로를 노려보았다. 남 회장은 내심 놀라고 있었다. 흔한 반항기 한 번 치르지 않고 얌전하게만 자란 손자였다. 그런데 지금은 온몸으로 화를 내뿜으며 자신을 향해 윽박을 질렀다.

"이 사람은 제 사람입니다. 아무리 회장님이라도 오라 가라 할 사람이 아니란 말입니다!"

언성을 높이는 도준을 보며 소율은 다시 마음이 술렁이는 걸 느꼈다. 남 회장을 대할 때의 두려움이 아니었다. 무언가 달랐다. 하지만 말로는 설명할 수 없는, 처음 느끼는 감정이었다.

그런 와중에도 도준은 남 회장을 향한 외침을 멈추지 않았다. 그러자 남 회장도 참지 못하고 괘씸하다는 표정을 지으며 소율을 손가락질했다.

"난 지금 네가 못 하는 일을 정리하는 것뿐이다. 네놈이 감싸는 그 여자가 지금 어떤 상태인지 모르느냐? 그 여자는……."

남 회장의 말이 채 끝나기도 전에 도준이 그의 말을 가로챘다.

"네, 맞습니다!"

여전히 흥분이 가라앉지 않은 도준은 소율을 잡은 손에 힘을 주었다. 그리고 모두가 들을 수 있을 만큼 큰 소리로 말했다.

"소율 씨는 제 아이를 임신 중입니다."

도준의 외침에도 남 회장은 눈썹 하나 까딱하지 않았다. 다만 노기 가득한 시선이 소율에게로 향했을 뿐이다.

"네 확신의 근원이 이 아가씨더냐?"

남 회장의 물음에 도준의 미간이 구겨졌다. 할아버지가 이렇게까지 소율과 아이의 존재를 부정하는 게 더 깊은 이유가 있는 것이 분명했다. 어쩌면 이미 도준의 몸 상태를 알고 있는지도 모른다. 남 회장이라면 충분히 그럴 능력이 있었다.

하지만 그렇게 생각하니 도준은 더욱 분노가 치밀어 올랐다. 의심의 화살이 소율에게 향할수록 남 회장에 대한 실망감만 커져 갔다.

"이 이상은 드릴 말씀 없습니다."

남 회장을 향해 딱 잘라 말한 도준은 소율의 손을 잡아끌었다.

"갑시다."

도준은 남 회장을 바라보지도 않은 채 성큼성큼 앞으로 걸어 나갔다. 남 회장은 그의 행동에 적지 않은 충격을 받은 듯 두 눈동자가 흔들렸다. 그리고 이내 이를 악물더니 경고성 짙은 발언을 내뱉었다.

"네가 그렇게 가면 이 일이 없던 일이라도 될 것 같으냐."

그 말에 도준은 걸음을 멈췄다. 그리고 고개도 돌리지 않고 남 회장의 말을 받아쳤다.

"그건 할아버지의 바람이겠지요. 저는 그럴 생각 추호도 없습니다. 지금은 할아버지와 입씨름을 하는 것보다 내 사람을, 소율 씨를 지켜야 하는 게 더 급한 일이기 때문에 한발 물러서는 것뿐입니다. 그리고 이건 제 일이니 앞으로도 할아버지의 이해를 바라지 않겠습니다."

"이…… 이 못돼 먹은……!"

제 할 말을 마친 도준은 더 이상 지체하지 않고 걸음을 옮겼다. 손이 잡힌 채 끌려가던 소율은 뒤를 돌아 남 회장의 모습을 보았다. 그의 표정에서는 많은 감정을 읽을 수 있었다.

하지만 남 회장은 더 이상 두 사람을 막지 않았다. 아니, 막을 수 없는 것 같았다. 그리고 끝내 다리 힘이 풀린 건지 소파에 주저앉는 것을 마지막으로 남 회장의 모습을 볼 수 없었다.

"도준 씨, 잠깐만요."

바삐 걸음을 옮기는 도준 때문에 소율은 점점 숨이 차오르는 걸 느꼈다. 하지만 그는 단 한 번도 쉬지 않았다.

"잠깐만 멈춰 봐요. 이대로 그냥 가면 안 되잖아요."

소율은 도준의 손아귀에서 벗어나려 손을 흔들어 봤지만 얼마나 세게 잡았는지 쉽사리 벗어날 수가 없었다. 그렇게 집을 빠져나온 두 사람은 한참을 걸어 나와 차고 앞에서 멈춰 섰다. 겨우 도준의 손길에서 벗어난 소율은 빨갛게 변한 손목을 매만졌다.

"도준 씨, 남 회장님과는……."

살짝 미간을 찌푸린 소율이 무어라 입을 열려는 순간, 도준은 뒤를 돌아 그녀를 바라보았다.

"정말 미안합니다."

그는 고개를 숙여 사과했다. 진심으로 침통한 표정이었다. 도준이 잘못한 것은 무엇도 없는데도 말이다.

"그건 도준 씨 탓이 아니에요."

"아니, 회장님께서……."

도준은 자신의 진실을 밝혀야 하는 순간이 온 것이라고 생각했다. 하지만 역시나 쉽지 않은 일이었다. 그는 흔들리는 마음을 다잡으려 주먹을 꼭 쥐었다.

"할아버지께서는 충분히 도가 넘는 행동을 하셨습니다. 이렇게까지 한 건 아마 내 문제가 관련되어 있기 때문이겠죠."

"문제라고요? 그게 무슨……."

아무리 마음을 먹었다고 해도 도준에겐 쉽지 않은 일이었다. 그는 몇 번이나 입을 열었다 닫기를 반복했다. 어떤 말을 꺼내도 소율을 이해시키기에 적당하지 않은 것 같았다. 그래도 언제까지고 이 일을 피할 수는 없었다. 결국 직구를 선택한 도준이 입을 열려는 찰나, 차고 밖으로 차 한 대가 바삐 지나갔다. 그와 동시에 소율의 안면이 있는 힘껏 구겨졌다.

"우욱!"

참았던 욕지기가 올라오며 소율은 괴로워했다. 그 모습을 본 도준은 놀라서 당장 그녀의 곁으로 다가가 등을 쓸어 주었다.

"왜 그래요? 어디 아픕니까?"

"그게…… 읍……."

소율은 말을 꺼내기도 힘겨워 보였다. 아무것도 해 줄 수 없는 도준은 그저 당황한 채 그녀의 곁에서 허둥지둥했다.

"일단 병원으로…… 아니, 속이 안 좋으면 그냥 토하는 게 나은가. 소율 씨 괜찮아요?"

도준의 물음에 소율은 고개만 절레절레 저었다. 보다 못한 도준은 주머니를 뒤져 키를 꺼내 차 문을 열었다. 그리고 그녀를 부축해서 조수석에 태운 뒤 곧장 운전석에 올라탄 그는 소율의 안전벨트를 매어 주고서 천천히 차를 출발시켰다.

"병원부터 갑시다. 근데 어디로 가야 하지? 내과? 산부인과? 아니지. 김 박사님 병원으로……."

도준이 좀체 갈피를 잡지 못하는 사이 소율은 겨우 진정이 되었는지 고른 숨을 내뱉었다. 하지만 그녀의 안색은 여전히 좋지 못했다.

"전 괜찮으니까 그냥 집으로 가요. 지금은 좀 쉬고 싶어요."

아주 잠깐 사이에 소율은 심한 피로감을 느꼈다. 그녀는 의사의 처방전보다 폭신한 침대 위가 훨씬 간절했다.

"정말 괜찮겠습니까? 아직도 많이 안 좋아 보이는데."

"그냥…… 냄새 때문에 그랬어요. 매연을 맡으니까 갑자기 속이 뒤집어져서……. 그러니까 별거 아니에요."

"냄새?"

그제야 도준은 임산부가 겪는 증상 중에 입덧이 있다는 사실을 떠올렸다. 지금까지는 소율에게서 별다른 변화가 보이지 않았지만 사전에서 읽기로 11주에서 13주 사이에 가장 심해진다고 했으니 시기도 대략 맞아떨어지는 것 같았다.

"그럼 집으로 갈 테니까 혹시나 다시 심해지면 곧장 말해요."

소율은 고개를 끄덕였다. 사실 그간에 체한 것 같은 기분을 종종 느끼기는 했지만 오늘처럼 구역질이 난 것은 처음이었다. 정말 토한 것도 아닌데 입 안이 텁텁하고 연신 속이 메슥거렸다. 그런 탓일까. 뭔가 상큼하고 새콤한 것이 먹고 싶어졌다.

"귤 먹고 싶다."

그걸 먹고 나면 이 불편한 느낌이 싹 달아날 것 같았다. 소율이 은연중에 중얼거린 소리를 들은 도준은 당장이라도 사 올 듯이 재차 물었다.

"귤? 귤이 먹고 싶어요?"

"아…… 그런데 아직 좀 이른 거 같아요."

스스로 소리 내어 말했다는 사실을 깨달은 소율은 머쓱한 표정을 지었다. 하지만 도준은 전혀 개의치 않는 것 같았다.

"하긴, 지금 철이 아니라서 맛이 덜할 수도 있겠군요. 귤 말고 다른 건 먹고 싶은 것 없습니까?"

그럴 생각은 없었지만 막상 입으로 단어를 뱉고 나니 점점 먹고 싶은 과일들이 구체적으로 변해 갔다. 지금 당장 먹지 않으면 다시는 못 먹을 것처럼 간절해지고 안절부절못하게 만들었다. 그래서 소율은 떠오르는 것들을 입 밖으로 마구 내뱉었다.

"자몽도 먹고 싶어요. 그리고 한라봉이랑 레드향도요. 아니면 천혜향이나 황금향도 좋아요."

소율은 입 안 가득히 머금은 알갱이들이 톡톡 터지며 과즙이 퍼지는 걸 상상하니 입에 침이 고이는 것 같았다.

"아, 말하니까 더 먹고 싶네요."

신이 나서 말하는 그녀를 본 도준은 입가에 엷은 미소를 띠었다.

"먹고 싶으면 먹어야죠. 일단 소율 씨부터 집에 데려다주고 내가 가서 사 오겠습니다."

도준의 배려에 소율은 볼을 살짝 붉혔다. 이런 식으로 먹을 것에 집착한 적이 없는 그녀였기에 지금 자신의 모습이 왠지 낯설고 창피했다. 하지만 애초에 이런 변화도 각오하고 임신 사실을 받아들였다. 앞으로 더 많은 것들이 변해 갈 텐데 이 정도로 흔들리면 안 된다는 생각으로 그녀는 마음을 다잡았다.

"고마워요."

그러고 보니 도준에게 아직 감사의 인사도 하지 않았다는 걸 깨달았다. 그녀의 솔직한 마음에 그는 괜찮다는 듯 고개를 저었다.

"이 정도는 별거 아닙니다. 나는 기적이 아빠잖아요."

"그거 말고요."

"다른 일도 마찬가지입니다. 당연히 해야 할 일을 한 것뿐이니 고맙다는 말은 안 해도 돼요."

"내 감정을 숨기고 감추는 건 하고 싶지 않아요. 그러니까 고마우면 고맙다고 말할 거예요."

소율의 말에 도준은 웃음을 터트렸다. 처음 볼 때도 느꼈지만 그녀는 여전히 순수했다. 그게 더없이 감사하고, 그만큼 사랑스럽게 느껴졌다.

"하하. 그래요. 그럼, 그렇게 해요. 이길 수가 없군요."

도준의 웃음을 담은 차는 어느 사이엔가 집 앞에 도착해 천천히 멈춰 섰다. 소율의 안전벨트를 풀어 준 그는 조수석의 문도 직접 열어 주었다.

"금방 다녀올 테니까 먼저 들어가서 쉬고 있어요."

차에서 내리려던 소율은 잠시 멈칫하더니 도준을 바라보았다. 그리고 잠시 머뭇거리더니 천천히 입을 열었다.

"죄송하지만 하나만 더 부탁해도 될까요?"

"얼마든지."

"저…… 괜찮다면 딸기도 좀 사다 주실 수 있을까요."

"아…… 딸기…….."

제철이 한참이나 지난 과일이었기에 도준도 이번에는 당황한 듯 보였다. 그러나 이내 그는 어깨를 으쓱이며 미소로 답했다.

"원한다면 농장에 가서라도 구해 올 테니까 걱정 말고 들어가 있어요."

"없으면 굳이 안 사도 되니까 조심해서 다녀오세요."

"알겠어요. 참, 방금 전에 매연 때문에 힘들었죠."

그렇게 말한 도준은 재빨리 차의 시동을 껐다. 그리고 걱정스러운 눈빛으로 소율을 보았다.

"괜히 배웅한다고 서 있지 말고 집에 들어가요. 또 구역질 나면 참지 말고 바로 토하고."

"걱정 마세요. 그럼 들어가서 쉬고 있을게요."

소율은 차에서 내려 도준을 한 번 돌아보았다. 그러자 그는 어서 들어가라는 듯 손짓했다. 이대로 계속 서 있으면 그도 차에서 계속 기다릴 것만 같아서 그녀는 부리나케 집 안으로 들어갔다.

안양댁은 잠시 자리를 비웠는지 집 안은 조용했다.

"다녀왔습니다."

텅 빈 집에 대고 인사를 하려니 혼자 살던 그 집이 떠올랐다. 몇 시간 이곳을 떠났을 뿐인데 피로감이 온몸을 덮쳐 왔다. 그도 그럴 것이 그사이에 많은 일을 겪었기 때문이다.

소율은 욕실에서 간단하게 손을 씻고 나와 거실 소파에 걸터앉았다.

"피곤하다. 이럴 때는 맥주 한 잔 정도 해 줘야 하는데."

그 말을 내뱉고서도 내심 미안했는지 소율은 자신의 배를 문질렀다. 그러고 있으니 문득, 문득 남 회장의 독기 어린 말들이 떠올랐다.

'난 아가씨가 내 손주에게서 그만 떨어져 줬으면 해.'
'그 자리는 한소율 씨의 자리가 아니기 때문이야. 또한, 아가씨가 함께하는 모든 것도.'

자신은 아무래도 좋았다. 하지만 아이의 존재가 부정당한 걸 떠올리면 지금도 가슴이 욱신거렸다.

"대체 왜 그런 말씀을 하신 걸까."

무언가 이유가 있을 것이다. 단지 소율을 믿지 못해서 한 말은 아닌 듯했다. 그리고 도준도 말하지 않았던가. 모든 문제는 자신에게 있다고 말이다.

"단순한 일이…… 아닌 거 같은데……."

살살 배를 문지르던 소율의 손길이 조금씩 느려지기 시작했다. 그리고 그녀의 눈이 졸음에 못 이겨 스르륵 감겼다. 이대로 더 고민을 해야 할 테지만 도저히 잠을 이길 수 없었다. 그렇게 그녀는 까무룩 잠의 세계로 빠져들었다.

"……씨."

어렴풋이 들리는 소리에 소율을 미간을 찌푸렸다.

"소율 씨, 일어나 봐요."

멀리서 울리던 소리는 점차 형태가 확연해졌다. 감고 있던 눈을 천천히 뜬 소율은 도준의 모습을 잠시 동안 멍하니 바라보았다.

"많이 졸리면 방으로 가죠. 여기서 이러고 있다가 감기 걸리면 안 되니까."

겨우 정신을 차린 소율은 몸을 일으키고서 고개를 저었다. 얼마나 시간이 흘렀는지 모르겠지만 꿈도 꾸지 않고 한참을 달게 잔 것 같았다.

"그럼 과일 먹을래요? 금방 씻어 올게요."

"아니에요. 제가 씻어 올게요."

"괜찮으니까 그냥 앉아 있어요."

몸을 일으키려는 소율을 다시 앉히며 도준은 장 봐 온 것을 들고 주방으로 향했다. 그렇게 잠시 동안 물줄기 흐르는 소리가 들리더니 그가 쟁반에 넘치도록 과일을 담고 거실로 돌아왔다.

"일단 먹고 싶다는 건 다 사 왔습니다. 그런데……."

쟁반을 탁자 위에 올려 두고서 도준은 소율의 곁에 자리를 잡고 앉았다. 그리고 자몽을 한 손에 쥐더니 만지작거리며 미안하다는 듯 말을 꺼냈다.

"딸기는 아무래도 못 구하겠더라고. 그래서 어쩔 수 없이 냉동으로 된 걸 사 왔는데 지금 당장 먹을래요?"

딸기를 찾아 한참을 헤맸을 그를 떠올리니 소율은 미안한 마음이 들었다.

"이렇게 과일이 많은걸요. 딸기는 나중에 시원하게 갈아서 먹어요."

"먹고 싶으면 말해요. 내가 당장 갈아 줄 테니까."

"아니에요. 지금은 이거 먹을래요."

소율은 도준이 손에 쥔 자몽을 손가락으로 가리켰다. 그러자 그는 조금의 지체도 없이 자몽의 껍질을 까기 시작했다. 주황색 껍질 안에는 붉은빛의 과육이 가득 들어 있었다. 얼마나 싱싱한지 조금만 손을 대도 과즙이 이리저리로 터져 나왔다. 그렇게 자몽 향이 조금씩 짙어지자 소율의 표정도 굳어지기 시작했다.

"욱!"

그 생생한 냄새를 도저히 참을 수가 없었다. 그녀는 결국 도준의 손을 쳐 내고 화장실로 급히 달려갔다.

"소율 씨!"

떨어진 자몽을 허겁지겁 주워 들고서 도준은 소율의 뒤를 쫓았다. 그러나 그녀는 그를 잠시도 기다려 주지 않고 냉정하게 문을 쾅 닫았다. 화장실 문밖에 선 도준은 안절부절못하며 문을 두드렸다.

"소율 씨, 괜찮습니까?"

당연하지만 대답은 들려오지 않았다. 소율이 괴로운 듯 신음하며 무언가를 게워 내는 것 같더니 이내 물소리가 들려왔다. 도준은 괜히 자기 탓인 것 같아서 마음이 불편했다. 그리고 손에 쥔 자몽이 꼴도 보기 싫어졌다. 그는 껍질이 반쯤 까진 자몽을 쓰레기통으로 힘껏 내던졌다.

그러는 사이에 소율이 핼쑥해진 모습으로 화장실 밖으로 나왔다.

"미안해요……."

"난 괜찮습니다. 미안해할 것 없어요. 속은 좀 나아요?"

임신에 관해 검색을 하던 중에 '주부판'이라는 곳에 들어갔던 도준은 입덧에 관해 인상 깊게 읽었던 글을 떠올렸다.

「요즘에는 물 냄새만 맡아도 토악질이 나요.」

세상의 모든 어머니는 위대하다는 생각을 하며 도준은 소율을 부축해 다시 소파에 앉혀 주었다. 그리고 탁자 위에 두었던 쟁반을 들어 주방에 둔 후에 그도 거실로 돌아왔다. 그러자 소율이 파리한 안색으로 도준을 보았다.

"미안해요, 정말……."

"지금 시기면 충분히 그럴 수 있으니까 미안해하지 말아요."

"아니, 그게 아니라."

고개를 젓는 소율을 보며 도준은 의아하다는 시선을 보냈다. 그녀는 여전히 힘없는 모습으로 천천히 입을 열었다.

"……지금은 족발이 먹고 싶어요."

"아……."

도준은 잠시 당황한 기색을 비치더니 금세 휴대폰을 들고서 근처 족발집을 검색했다. 두 사람은 동시에 입덧이란 게 원래 종잡을 수 없는 것인지 의문이 들었지만 굳이 입 밖으로 꺼내지 않았다.

그렇게 얼마 지나지 않아 탁자 위에는 족발 세트가 늘어져 있었다. 이번에는 다행히도 입맛에 맞는지 소율은 구역질도 하지 않고 열심히 입 안으로 족발을 집어넣었다. 입을 오물거리며 잘 먹는 그녀를 보니 도준도 마음이 놓였다. 그러다 문득 다시 주부판이 떠올랐다.

「먹지도 못하는데 남편은 편하게 족발을 먹고 있어요. 예의상 쌈이라도 싸 주면 그나마 덜 밉지!」

"쌈……."

그런 사소한 배려가 임신 중에는 중요한 모양인 것 같았다. 그렇게 도준은 일단 상추를 집어 들었다. 특별히 족발은 두 점을 얹었다. 김치와 무말랭이도 얹고 다음으로 넣을 걸 찾아 헤매다 고추가 눈에 들어왔다.

"소율 씨는 매운 거 괜찮아요?"

"아니요. 저 매운 건 잘 못 먹어요."

그러고 보니 소율은 고추에 손도 대지 않았다. 그렇다면 넣지 않는 게 나을 것 같다고 생각하며 도준은 쌈을 열심히 쌌다. 그런데 막상 그걸 먹여 줘야 한다고 생각하니 부끄러워졌다. 괜히 온몸이 배배 꼬이고 수줍기만 했다.

"저기."

그래도 용기를 내어 소율의 어깨를 살짝 치며 그녀를 불렀다. 그러자 그녀가 도준을 보았다.

"아 해 봐요."

"네?"

영문을 모르는 소율은 눈을 동그랗게 뜨고서 가만히 있기만 했다.

"쌈, 맛있게 쌌으니까……."

말끝을 흐리는 도준을 보며 소율은 그제야 그의 손에 들린 것이 눈에 들어왔다. 자연스럽게 그녀의 볼도 서서히 홍조를 띠기 시작했다.

"제가……."

"아, 팔 떨어지겠네."

도준은 쑥스러움에 괜히 크게 말했다. 그러고서 쌈을 든 손을 소율의 입 근처로 가져갔다. 잠시 머뭇거리던 그녀는 수줍게 입을 벌렸다. 그게 금세 닫힐 새라 도준은 재빨리 쌈을 소율의 입 안으로 집어넣었다.

그런데 손끝에 살짝 닿은 입술의 부드러운 촉감이 그를 더욱 놀라게 만들었다. 마치 해서는 안 될 짓을 하다 걸린 아이처럼 도준은 볼을 붉히고서 서비스로 온 소주를 잔에 따랐다. 그리고 그는 그걸 단숨에 비워 냈다.

"쌈, 맛있네요."

"그래요? 다행입니다."

두 사람 사이에는 어색한 기류가 흘렀다. 그런데 그게 마냥 싫지만은 않았다. 웃음이 비집고 나올 것 같은 걸 애써 참으며 도준은 다시 잔에 술을 따랐다. 그런 그를 쳐다보지도 못하고 소율은 입 안에 머금은 쌈을 꼭꼭 씹어 먹었다.

제법 배가 부른 소율은 아직도 남아 있는 족발 몇 점을 가만히 보았다. 그러고는 한참을 망설이다가 어렵게 입을 열었다.

"남 회장님께서는……."

그녀의 말을 다 듣지 않아도 무슨 얘기인지 알 수 있었다. 그래서 도준은 괴로운 표정을 지으며 고개를 숙였다.

"내 잘못입니다."

할아버지는 모든 걸 알고 있는 게 분명했다. 그래서 소율을 의심했을 것이다. 하지만 그녀의 입장에서는 영문을 모르고 당한 일이었다. 무척이나 불쾌하고 서러웠을 거다. 그걸 생각하면 아직도 마음속에서 분노의 불길이 일었다. 유일하게 핏줄이 이어진, 그래서 더욱 가까운 존재가 자신도 모자라서 소율과 아이까지 부정했다. 도준은 속이 타들어 가는 것 같아서 소주를 단숨에 마셨다.

"사실은 내가……."

이제는 진실을 말해야 옳았다. 하지만 머리로는 알고 있어도 마음이 따라 주지 않았다. 왜 자신이 이런 일을 당해야 하는지 화가 났다. 이건 치부였다. 그러니 당연히 창피하고 자존심도 상했다. 그 당시 알아야만 했던 사람들을 제외하면 누구에게도 직접 말한 적 없고, 티 내지도 않았다. 그런데 지금 막상 소율에게 말하려고 하니 쉽지가 않았다.

"내 잘못은……."

사실은 누구의 잘못도 아닌데. 그럼에도 결국 자신을 탓하게 된다. 마음 한구석에 횅한 바람이 불었다. 모두가 점점 앞으로 달려가는데 혼자만 남은 기분이었다. 머리 위로는 회색 구름이 드리우고 그의 세상은 암흑에 휩싸여 간다. 지붕 하나 없는 황량한 공간에서 비를 맞고 있는 것처럼 마음이 무거웠다.

"아 해 보세요."

그럴 때 불쑥 소율의 손이 그의 입가로 다가왔다. 무언가 꼼지락거리며 움직이던 그녀는 좀 전의 도준과 마찬가지로 쌈을 싸고 있었던 것이다. 그런 그녀를 보며 도준은 처음 만났던 때를 떠올렸다.

그날도 혼자 비를 맞고 있었다. 세상에 오롯이 홀로 남아 누구도 그를 지켜 주지 않았다. 하지만 그런 도준의 비를 소율이 막아

주었다. 그리고 이내 구름이 걷히고 황량했던 대지 위로 햇살이 드리웠다.

"팔 떨어지겠어요."

살포시 미소 짓는 소율을 보며 도준은 천천히 입을 열었다. 그리고 그의 입 안으로 쌈이 쏙 들어왔다. 무심코 입을 우물거리자 그의 코끝으로 매콤한 향이 올라왔다. 고추는 생각 이상으로 매웠다. 그 덕분일까. 지금까지의 생각들이 모두 우스워졌다. 자신의 곁에는 소율과 기적이가 있었다. 그런데 무엇이 문제가 되겠는가.

"말하고 싶지 않으면 안 해도 돼요."

비가 멎고 햇살이 내려앉은 대지에는 초록이 움텄다. 모든 건 소율 덕분이었다.

"나도 생각이 많이 바뀐 것 같아요."

그러고서 그녀는 배를 쓰다듬었다. 그 안에 존재하는 생명을 느끼려는 듯 조심스럽고 다정한 손길이었다.

"기적이가 생기고 나서는 동화 같은 걸 믿게 되더라고요."

소율은 맑게 갠 하늘처럼 환하게 웃었다. 그 웃음에 도준은 구원을 받았다. 그녀가 미치도록 사랑스럽게 느껴졌다.

"저는요. 고마웠어요."

이 순간만큼 소율은 솔직해지기로 했다. 그가 어떤 아픔을 간직하고 있는지, 무엇이 그를 괴롭히는지 깊이 파고들고 싶지 않았다. 그럴 자격이 충분하다고 해도 도준이 힘들다면 굳이 알려 하지 않겠다고 생각했다. 언젠가 시간이 흐르면 모든 것이 자연스러워질 것이다. 그렇게 믿었다.

"내가 생각해도 이상했어요. 이렇게까지 뭐가 막 먹고 싶은 건 처음이었거든요. 하지만 그걸 마다하지 않고 다 사다 줘서, 그게…… 너무 고마웠어요."

도준을 바라보던 소율의 시선이 자신의 손끝으로 향했다. 그 안에 깊숙이 잠들어 있는 새 생명을 눈앞에 그리는 듯했다.

"그게 날 위해서가 아니라 기적이를 위한 거라고 해도요."

누군가에게 소중하게 여겨지는 기분을 소율은 알지 못했다. 하지만 자신의 아이는 달랐다. 그녀와 도준이 이토록 사랑하고 아끼고 있다. 평생을 사랑받고 사는 아이로 키우고 싶었다. 그 방법을 잘 알지는 못해도 도준의 곁에 있으면 어느 사이엔가 깨닫게 될지도 모른다.

"소율 씨."

도준은 눈앞의 그녀가 애달프고 간절해져서 참을 수가 없었다. 그는 품 안으로 소율을 끌어당겼다.

"솔직히 말할게. 난 지금 눈에 안 보이는 기적보다 소율 씨가 더 선명해."

그녀를 안은 팔에 힘을 주었다. 소율의 곁에 자신이 있다는 걸 알게 해 주고 싶었다. 그리고 그의 곁에도 소율이 있다는 걸 확인하고 싶었다.

"그냥 당신이 먹고 싶다고 해서 사다 준 거야."

도준의 말과 행동에 소율은 순간 머릿속이 혼란스러워졌다. 두 사람 사이에서 가장 상위에 존재하는 건 늘 아이, 기적이라고 생각했다. 하지만 도준은 아니라고 한다. 그에게는 소율이 우선이었다. 그렇게 생각하니 그녀의 가슴이 술렁거렸다. 정체 모를 감정이 쉼 없이 흘러들어 왔다.

"왜……?"

소율은 도준의 품에서 살짝 떨어지며 그와 눈을 마주쳤다. 바로 앞에 그가 있는데도 신기루처럼 잡힐 듯 잡히지 않았다. 마음이 제 마음대로 되지 않았다.

"우리 아기를 위해서 그런 게……."

말도 제대로 나오지 않았다. 심장은 마치 마라톤을 막 끝낸 선수처럼 두근두근 정신없이 뛰었다. 이 감정에 이름을 붙이면 안된다는 걸 알면서도 어렴풋하게 알 것 같았다.

마음도, 머리도, 시끄럽게 붉은 사이렌을 울려 댔다. 그래서 소율은 그의 품에서 벗어나려고 했다. 하지만 도준은 그걸 허락하지 않았다.

"한소율 씨."

도준은 부드럽게 그녀의 이름을 부르며 소율의 머리카락을 쓸어 넘겼다. 그는 이 느낌이 무엇인지 정확히 알고 있었다.

"우리 결혼할까요?"

마주친 눈빛에서 서로를 향한 생각들이 흘러넘쳤다. 도준은 그녀를 간절하게 원했다. 어떤 순간이 오더라도 놓치고 싶지 않았다. 자신의 테두리 안에 두고 소율을 온전히 지켜 주고 싶었다.

"아니, 결혼하자. 우리."

머리카락을 쓸어 넘기던 손길이 그녀의 볼을 감쌌다. 그리고 아주 천천히 입술이 다가와 그녀의 위로 덮였다. 말캉하고 부드러운 그 감각에 그녀의 눈이 스르르 감겼다. 지금 이 순간만큼은 도준 외의 존재는 아무것도 느껴지지 않았다.

달콤하고 따스한 기운이 온몸으로 퍼져 나갔다. 깜깜한 하늘에 떠오른 별처럼 도준의 마음은 하나의 빛으로 물들어 갔다. 이제는 더 이상 그걸 감추기 버거웠다. 소율이 사랑스러웠다. 계기가 어찌 되었든 그녀가 가슴에 박혀서 떠나보낼 수 없었다.

"나는 네가……."

저도 모르게 입을 맞춘 소율은 불현듯 잘못되었다는 생각에 화들짝 놀라 그를 밀어 냈다. 그의 입에서 결혼이라는 말이 나오는 순간, 소율은 막연한 두려움을 느꼈다.

부부라는 건 일종의 계약 관계였다. 핏줄이 이어진 존재와는 또 다른 것이다. 하지만 소율은 부모와도 인연이 닿지 않은 존재였다. 그런데 타인과 부부가 된다고 해서 인연이 쉽게 이어질 수 있을까.

"저는……."

소율이 머뭇거리는 사이, 도준은 그녀에게 다시 다가왔다. 그러나 그녀는 쉽게 잡혀 주지 않았다. 처음에는 영문을 몰랐던 도준도 그녀의 표정을 보는 순간 깨닫고 말았다. 그녀는 곤란해하고 있었다.

"한소율 씨?"

도준이 그녀를 향해 손을 뻗었다. 하지만 소율은 그에게서 한 걸음 물러섰다. 그러고서 물끄러미 도준을 바라보았다. 불안함에 떨며 갈피를 잡지 못하던 눈동자는 이내 차분한 빛을 띠더니 그를 냉정하게 바라보고 있었다.

"……없어요."

겨우 입을 뗀 소율은 그가 기대하지 않던 말을 내뱉고 있었다.

"그럴 수는…… 없어요."

방금 전까지 손에 잡힐 듯 선명하던 그녀의 마음이 흐려지기 시작한다. 도준은 자신이 무슨 잘못이라도 한 건 아닌지 걱정이 되었다. 무언가 말하려고 입술을 달싹거리는 도준을 보며 소율은 고개를 저어 보였다.

"우리, 미리 얘기했잖아요."

"……무슨 얘기를 말하는 거지?"

소율은 자신이 느낀 혼란을 들키지 않기 위해 애를 썼다. 그리고 다행히 도준은 그런 마음을 모르는 듯했다. 그래서 그녀는 최대한 침착함을 가장하며 얘기를 이어 갔다.

"저는 이 아이의 부모가 되기 위해서, 그리고 그렇게 되어 주겠다고 해서 이 집으로 온 거지, 결혼을 생각한 건 아니었어요."

이 이상을 바라는 건 욕심이라고 생각한다. 그래서 소율은 결심했다. 더 욕심내지 않겠다고. 지금 느끼는 안정감을, 행복을 부수지 않겠다고 말이다.

"그건…… 그건 아니잖아."

도준은 그녀에게로 한 발짝 다가섰다. 하지만 이번에도 소율은 그에게서 물러섰다. 손을 뻗으려는 그를 못 본 척 외면했다.

"혹시, 아까 할아버님과의 일 때문에 걱정이 돼서 그러는 거라면……."

도준의 얼굴에는 안타까움이 가득 묻어났다. 그는 절실했다. 지금 이 순간이, 그리고 소율과 함께할 미래가 너무 절실해서 놓치고 싶지 않았다.

　그것이 그녀에 눈에도 빤히 보여서 소율은 마음이 더욱 어지럽게 흔들렸다. 그는 자꾸 변명을 하려고 한다. 하지만 그런 걸 원하는 게 아니었다.

　"그런 게 아니에요."

　좋은 아빠가 되어 줬으면 했다. 그리고 그렇게 될 거라고 믿어 의심치 않았다. 하지만 도준은 그것만으로 끝내지 않았다. 그는 좋은 남자다. 게다가 그 이상으로 좋은 사람이다. 그런 도준에게 자꾸 기대고 싶어졌다. 이제까지 혼자 힘으로 땅을 딛고 섰던 소율에게는 모든 것이 낯선 감정이었다. 그래서 더욱 겁이 났다. 겨우 손에 쥔 것이 결국에는 사라져 버리지는 않을까 하는 두려움과 걱정이 앞섰다.

　"그런 게 아니면 대체 뭡니까?"

　"그건…… 말로 설명하기 힘들어요."

　소율은 고개를 떨궜다. 그럴수록 도준은 더욱 안달이 났다. 애가 탔다. 그녀가 곁에 있는데도 너무도 멀게만 느껴졌다.

　"우리 두 사람이 함께할 수 있다면 뭐가 됐든 내가 모두 다 해결할 수 있습니다. 내가 그 정도 능력은 있다는 거, 모르지 않잖아요."

　도준의 말은 틀리지 않았다. 그가 원한다면 어떤 문제라도 해결할 수 있을 것이다. 하지만 소율의 마음은, 문제는 그런 게 아니었다. 좀 더 근본적이고 원초적인 것들에 접근해야만 그녀를 움직일 수 있을 터였다.

하지만 두 사람 모두 그걸 알아채지 못했다. 그래서 잡힐 듯 잡히지 않는 술래잡기가 되고 만 것이다.

"나도 알아요. 도준 씨라면 무슨 상황이 오더라도 결국 문제들을 해결해 내겠죠."

소율은 무의식중에 그에게서 다시 한 발자국 물러섰다. 마음에서 밀어 내려고 하니 몸 역시도 그걸 따르고 있었다.

"하지만 이건 일이 아니잖아요."

그녀의 말에 도준은 뒤통수를 한 대 얻어맞은 듯 멍한 표정을 지었다. 전혀 생각하지도 못한 대답이었다. 하지만 소율은 그에 개의치 않았다.

"우리는 함께 일을 하려고 만난 것도, 사업을 위해 만난 것도 아니에요. 우리 두 사람이 이 집에, 지금 이 공간에 함께 있는 이유는 단 하나뿐이죠."

"……."

그는 상상 이상의 충격을 받고서 아무 말도 하지 못했다. 방금 전까지는 분명 그녀와 입맞춤을 나누며 부드러운 순간을 함께 나눴다. 하지만 지금 소율은 그의 존재를 인정해 주지 않았다. 그게 너무도 마음 아팠다.

차라리 그 달콤한 순간을 부정당하는 편이 지금보다 덜 아팠을 것이다. 겨우 함께 걸음을 내디뎠다고 생각했는데 그녀는 어느새 다시 출발선에 서서 꼼짝도 하지 않았다. 그는 이미 이만큼이나

와 버렸는데 말이다.

"그것뿐이라고?"

도준은 불쾌함과 배신감에 휩싸여 얼굴이 절로 찌푸려졌다. 마음속에서 반짝이며 빛을 내던 별은 먹구름 뒤로 모습을 감추기 시작했다.

"정말 그것뿐인가?"

시작되던 마음은 채 완성되지도 못하고 균열부터 일어났다. 그 마음이 너무 커서, 이제는 감당하기조차 힘들 지경인데 소율은 돌아봐 주지 않았다.

도준의 눈빛이 흔들렸다. 슬퍼서, 화가 나서, 그리고 그것들 이상으로 그녀를 원하기 때문에 그의 눈빛이 일렁거렸다.

그걸 본 소율 역시도 중심을 잃을 것만 같았다. 하지만 지금 물러서면 더 큰 아픔이 그녀를 기다릴 것만 같았다. 그래서 소율은 마음을 다잡았다.

"네, 그게 다예요."

그녀의 한마디에 도준은 눈앞이 흐려지는 걸 느꼈다. 더 이상 머리가 돌아가지 않았다. 그저 소율의 대답이 한없이 맴돌았다. 두 발자국. 그녀와 그에게 놓인 거리는 겨우 그것뿐이었다. 하지만 도준은 꼼짝도 할 수가 없었다.

"저, 이제 자야 할 것 같은데."

겨우 고개를 든 소율은 차분한 음성으로 말을 이어 갔다.

"이 집에 계속 있어도 될까요?"

그녀는 비겁했다. 그가 밀어 내지 못할 걸 알면서도 가까이 다가오지도 않고, 멀어지지도 않았다. 그녀가 의도적으로 그런 행동을 하는 건 아니라는 걸 안다. 그래서 더욱 질이 나쁘게 느껴졌다. 도준은 끝이 보이지 않는 심해 속으로 끌어당겨지는 것 같았다.

"그게…… 다야?"

마음을 피워 보지도 못하고 져 버렸다. 그게 가장 안타까웠다. 메마른 땅에서 겨우 싹을 틔웠는데 소율은 그것조차 알아주지 않았다.

하지만 사실 그녀도 낯선 것이 두려워 다가가지 못할 뿐이었다.

그렇게 엇갈려 버린 마음에 누구 한 명 선뜻 손을 내밀지 못했다. 소율은 방금 전과 다를 바 없는 도준의 물음에 조용히 숨을 삼켰다.

"……네."

"그래. 알겠어."

내뱉은 대답의 무게가 너무도 무겁게 그녀를 짓눌렀다. 그래서 소율은 도망치듯 먼저 발길을 돌렸다. 한 발자국, 또다시 한 발자국. 멀어지는 그녀의 등을 보며 도준은 비명이라도 내지르고 싶은 마음을 꾹 눌러 참았다. 지금은 그녀를 잡을 수도, 멈출 수도 없었다.

컴컴하기만 한 방에 들어서며 소율은 일부러 불을 켜지 않았다. 그저 기억과 손길을 더듬어 침대 밑에 놓인 취침 등만 켜고서 침대 위에 몸을 뉘었다. 은은한 빛 아래에 있는데도 마음속은 춥기만 했다. 그녀는 넓기만 한 침대 위에서 작게 몸을 웅크렸다.

"아무것도 아니잖아……."

스스로 뱉은 말은 날카로운 칼날이 되어 그녀의 가슴을 베었다. 그와 동시에 그녀의 몸도 마음도 심연 속으로 빠져들어 갔다.

어릴 적에 겪었던 아픔들이 뱀처럼 기어 나와 그녀를 힘껏 속박하기 시작했다.

'야, 너 아빠 없다며?'

'맞아. 쟤 엄마도 없어.'

제 또래의 어린아이들이 내뱉은 말에 그녀는 작은 생채기를 입었다. 하지만 그 상처는 좀처럼 낫지 못하고 소율은 사춘기를 맞이했다.

성교육을 위해 시청각 자료를 보는 중이었다. 교실 안은 떠들썩했다. 영상이 끝날 즈음에 선생님은 교탁 앞에 서서 연설을 늘어놓았다. 아이들은 지루해했고 소율 역시도 대부분의 이야기는 흘려들었다. 하지만 아직도 기억 속에 선명하게 남은 말들이 있다.

'원치 않는 아이가 생기면 모두가 불행해질 수 있으므로…….'

선생님의 그 한마디에 소율은 '불행'이 되고 말았다. 원치 않았기 때문에 엄마와 아빠는 나를 버린 것일까. 그들은 나 때문에 불행해지고 싶지 않았을까. 나는 정말로 불행한 존재인가. 그 질문들이 지금까지도 소율을 괴롭혔다.

그래서 그녀는 더욱 공부와 일에만 매달렸다. 누가 보기에도 착한 인생을 살고 싶었다. 불행한 아이란 소리를 듣고 싶지 않았다. 누구도 원하지 않는 존재는 되고 싶지 않았다.

"그랬는데……."

긴 터널 속을 홀로 열심히 달리던 소율의 발을 멈추게 한 일이 있었다. 그때도 역시 그녀는 아직 사춘기의 소녀였다. 아직도 선명히 기억나는 운동장의 뿌연 흙먼지와 낡은 공을 차던 아이들의 순수함. 그리고 그것만큼이나 순수했던 폭력.

'고아 주제에!'

지겹도록 들어 오던 말이었다. 그 당시에는 생채기에 딱지가 앉을 무렵이라 아프지도 않았다.

하지만 정작 그 상처를 벌어지게 한 존재는 따로 있었다. 이름은 기억나지 않는다. 하지만 누구보다 착한 만큼 잔인한 아이였다. 같은 반 학생들만이 아니라 전교의 누구라도 그를 착하다고 얘기하고는 했다. 친절한 그 아이는 우연히 벌어진 싸움을 말리기 위해 중재에 나섰다.

'야, 그러지 마.'

거기까지는 좋았다. 그런데 착한 그가 나지막이 중얼거리는 소
리를 소율은 듣고야 말았다.

'쟤는 불쌍한 애잖아.'

그 말에 싸움을 건 아이는 조롱과 멸시가 가득한 얼굴을 하더
니 그녀를 비웃었다.

'하긴, 누가 낳고 싶어서 낳은 것도 아닐 테니까.'

가슴속에 벌어진 상처에서는 새빨간 피가 흘러넘쳤다. 너무 아
프면 비명도 지를 수가 없다는 걸, 소율은 그때 처음으로 알았다.

스스로 불행에서 벗어나려고 발버둥 치면 칠수록 그녀는 불쌍
하게 변해 가는 것 같았다. 어디를 가서 무엇을 해도 꼬리표처럼
따라붙는 낙인이 되었다. 세상의 편견과 선입견 속에서 그녀는 여
전히 불행하고 불쌍한 존재였다.

"아니야."

소율은 손을 들어 귀를 틀어막았다. 그녀를 괴롭히는 과거가,
그 소리들이 몸서리쳐질 정도로 여전히 끔찍했다. 어린 마음에 입
은 상처는 그녀에게 트라우마를 남겨 버렸다. 그래서인지도 모른
다. 배 속의 아이에게 자꾸만 집착하게 되는 이유는.

소율은 대를 이어서 아이에게 그런 경험을 하게 만들고 싶지 않았다. 단지 하룻밤의 결과로만 남겨 두고 싶지 않았다. 그녀 자신이 희생되는 한이 있더라도 기적이만은 사랑받는 아이로 자라게 하고 싶었다.

기억의 파편들 사이에서 허우적거린 탓일까. 그녀는 어느새인가 베갯잇이 흠뻑 젖어 들 정도로 눈물을 흘리고 있었다.

"아…… 기적아, 미안해. 울면 안 되는데……."

그녀는 손을 들어 배를 조심스레 쓰다듬었다. 울고 싶지 않은데도 자꾸만 눈물이 후두둑 흘러내렸다.

"괜찮아. 엄마는 슬프지 않아. 그냥…… 왠지 모르겠지만 눈물이 날 뿐이야."

마음 한편이 아프고 괴롭기는 했지만 이렇게까지 슬퍼할 일은 아니었다. 그런데도 괜히 눈물이 나는 걸 보면 자기 의지와는 상관이 없는 것 같았다.

"임신 때문에 그런 걸까."

혹시나 기적이가 들을세라 배를 살살 문지르며 소율이 나지막이 중얼거렸다. 그러고는 남은 손을 뻗어 휴대폰을 집어 들었다. 그녀는 이것이 아주 평범한 임산부의 증상이기를 바랐다. 녹색 창을 띄운 소율은 검색창에 단어들을 입력했다.

「임산부 호르몬 영향」

검색된 목록에는 입덧이나 여드름 같은 신체 증상만 나타났다. 그래서 그녀는 검색어를 바꾸기로 했다.

「임산부 눈물」

그러자 소율과 같은 감정의 변화를 호소하는 사람들의 사연이 주르륵 떴다. 연관 검색어에 임산부 우울증도 보였다.

「임신 후부터 자주 울어요.」
「원래 눈물이 많았지만 별것 아닌데도 서럽고 눈물부터 나요.」
「자꾸 우울해지고 예민하게 굴어요. 조금만 톡 건드려도 눈물이 나고 그러네요.」

그녀와 비슷한 입장으로 쓰인 글을 보니 마음이 조금 놓였다. 무슨 문제가 있다거나 했다면 더욱 슬펐을 것이다. 초록 지식에 상담의가 쓴 답변 글을 읽어 보니 '임신으로 인한 환경 변화 때문에 생기는 기분의 변화'라고 한다.

"기적아. 엄마가 괜히 미안해."

아이가 생겼다고 마냥 행복할 수는 없는가 보다. 이렇게 몸이 변하고, 마음이 변하고 마는 것을 보면 말이다.

살면서 쉬운 일은 하나도 없는가 보다. 스스로의 삶도 제대로 이끌고 가지 못하는데 그 몸에 다른 생명이 생겼으니 오죽하겠는가. 그런 생각을 하다 소율은 문득 언젠가 보았던 책 제목이 떠올랐다.

"엄마도…… 엄마가 처음이야."

그 말을 입 밖으로 내뱉고 나니 더욱 구체적인 형상으로 변해 갔다. 마음에 와서 콕 박혔다.

그녀에겐 엄마가 어떤 존재인지, 임신에 대해서 어떻게 대처해야 하는지 알려 줄 사람조차 곁에 없었다. 그녀에게는 엄마도, 아빠도 없다. 그렇게 생각하니 다시 눈물이 흘렀다. 기댈 곳이 없었다.

소율은 눈물로 흐려진 시선으로 다시 검색을 했다.

「임산부라 외루워요.」

오타가 났기에 다시 입력했다.

「임산부 애로워요.」

다시 오타가 났다. 이제는 눈물이 울음으로 바뀌어 갔다. 그녀는 꺼이꺼이 소리 내어 울면서 다시 제대로 글자를 입력했다.

「외로워요.」

그래. 이 마음은 외로움이었다. 슬픔과는 별개로 쓸쓸했다. 기적이의 존재는 너무도 기쁘고 사랑스러운데도 마음 한편에 자꾸 찬바람이 불었다. 타인의 따뜻한 살결에 기대어 평온을 얻고 싶었다. 그 사람이 괜찮다고, 아무 걱정 말라며 머리를 쓰다듬어 주길 바랐다.

그 상대가 누구인지는 알고 있었다. 어리석은 두려움에 그의 손을 뿌리쳤지만 진심은 그를 원하고 있었다. 그녀는 바보였다. 이제는 어쩔 수 없는 현실에 적응해야만 하는데, 마음은 외롭기만 했다.

똑, 똑, 똑.

문을 두드리는 소리에 소율은 눈을 번쩍 떴다. 그녀는 부스스 일어나 문과 창문 너머를 번갈아 바라보았다. 어느 사이엔가 해가 떠올라 있었다. 간밤에 울다 지쳐서 그대로 그냥 잠이 든 모양이 었다. 꿈도 꾸지 않았다. 참 무신경하다 싶지만 무척이나 푹 잠들 었던 것 같다.

똑, 똑.

누군가 다시 문을 두드렸다. 소율은 옷매무새를 가다듬고 거울 을 보았다. 어제 운 여파로 인해 눈이 퉁퉁 부어 있었다. 이대로 그냥 나가기엔 창피하다는 생각이 들었다.

"누구세요?"

"나야. 문 좀 열어 봐요."

게다가 상대는 도준이었다. 도저히 이 상태로 그를 마주 볼 자 신이 없었다. 그래서 그녀는 부리나케 세면실로 달려갔다.

"잠시만 기다리세요."

간단하게나마 세안을 마치고 얼른 물기를 닦아 냈다. 그리고 이리저리 구겨진 옷도 벗어 버리고 새 옷을 꺼내 입었다. 방이 어질러져 있지는 않은가 주위를 한 번 둘러본 후에 소율은 조심스레 방문을 열었다.

"무슨 일이세요?"

"이른 시간에 미안하지만 출근 전에 꼭 하고 싶은 얘기가 있어서."

도준은 지난밤에 홀로 많은 생각을 했다. 그리고 자신이 굉장히 큰 상처를 입었다는 걸 깨달았다. 상상 이상으로 가슴이 아프고 쓰라렸다. 그가 불임이라는 소식을 들었을 때보다, 남 회장이 소율과 기적이의 존재를 의심할 때보다 훨씬 더 아팠다. 그는 소율에게 너무도 많은 마음을 주고 있었다. 그게 그에게는 약점이 된 것이다.

그래서 결정을 내렸다. 그의 약점을, 그녀를 이대로 그냥 내버려 둘 수는 없었다. 한번 결정을 내리니 마음은 오히려 편해졌다.

"이렇게 서서 얘기하기는 좀 그렇고…… 같이 응접실로 갔으면 하는데."

"네. 알겠어요."

무슨 얘기인지는 모르겠지만 도준의 표정에서 가볍지 않은 일이라는 것이 느껴졌다. 그녀는 그의 뒤를 따라 천천히 걸음을 옮겼다. 그는 무언가를 깊이 생각하는 중이었다.

오늘은 계단을 내려갈 때도 지난번과 같이 손을 잡아 주지 않았다. 어쩌면 그게 당연한 일이었다. 그런데 이상하게 마음 한편에서 서운함이 들었다. 자신이 이렇게나 이기적이고 욕심쟁이인 줄 몰랐던 소율은 스스로에게 놀라며 응접실 소파로 걸음을 옮겼다.

"일단 앉아 있어요. 아직 식사 전이기는 하지만 따뜻한 차라도 한잔 마시죠. 부탁하고 올게요."

그렇게 말한 도준은 주방으로 향하더니 안양댁에게 무어라 부탁을 하고서 다시 소파로 다가왔다. 엉거주춤한 자세로 서 있던 소율은 천천히 소파에 몸을 기대었다. 그리고 맞은편에 도준이 앉았다. 얘기할 것이 있다던 그는 단번에 입을 떼지 않았다.

두 사람 사이에는 어색한 침묵이 맴돌았다. 그러다 어느 순간, 도준의 시선이 소율에게 향했다. 그는 잠시 동안 그녀를 빤히 바라보더니 입술을 달싹거렸다.

"눈이…… 많이 부었네."

혼잣말인 듯 나지막이 중얼거린 그 말에 소율은 당장 고개를 숙였다. 별것도 아닌 일에 펑펑 눈물 흘렸던 걸 들킨다는 게 부끄러웠다.

"너무 많이 잤나 봐요. 눈이 다 붓고."

괜히 변명을 하게 되었다. 그 와중에도 도준은 시선을 떼지 않고 그녀를 바라보았다. 평소와 다름이 없다는 게 소율을 더욱 불편하게 만들었다.

그렇게 잠시의 시간이 흐른 후 안양댁이 찻잔 두 개를 쟁반에 들고서 모습을 드러냈다. 그녀는 같은 모양의 잔을 하나는 도준의 앞에, 남은 하나는 소율의 앞에 놓아두고서 다시 모습을 감췄다. 뿌연 김이 올라오는 차를 내려다보며 소율은 다시 침묵을 지켰다.

"어젯밤에 우리가 나눴던 대화에 관해서 생각해 봤습니다."

그 말에 소율은 고개를 들어 그와 시선을 마주쳤다. 그는 여전히 심각하고 진중한 표정으로 그녀를 바라보고 있었다.

"아무래도 내가 잘못 생각하고 있었던 모양입니다."

"잘못 생각했다니…… 무얼 말인가요?"

소율은 그의 대답을 듣기가 갑자기 두려워졌다. 그녀는 이제까지 그를 밀어 내기만 했다. 그런데 그 반대의 입장에 놓일 것이라고 생각해 본 적은 없었다. 그제야 소율은 자신의 안에 도준이 무척이나 크게 자리 잡았다는 사실을 깨달았다. 그도, 아이도, 쉽게 포기할 수 없을 것 같았다.

소율은 저도 모르게 배를 감싸 안았다. 이기적이었다. 그녀의 그런 이기심을 온전히 받아 준 것은 도준이었다.

"우리의 관계에 대해서 말입니다."

그런데 이제는 아닐지도 모른다고 생각하니 덜컥 겁이 났다. 그를 받아들일 준비도 되지 않았으면서 자꾸 욕심만 부리게 되었다. 세상은 그녀를 비겁하다고 욕할 것이다. 하지만 그런 건 상관없었다. 다만 도준에게서 그런 말을 듣게 된다면 큰 상처가 될 것 같았다. 세상 모두를 적으로 돌려도 도준만은 그렇게 만들고 싶지 않았다.

"저는……."

입을 떼기는 했지만 소율은 무슨 말을 해야 할지 몰랐다. 모든 게 자업자득이고 인과응보였다. 이렇게 될까 봐 마음을 주기 싫었던 것이다.

그런데 이미 너무 많은 것이 그에게로 향하고 있었다. 돌아보지 말자고, 곁을 내주지 말자고 다짐에 다짐을 거듭해도 쉽지 않은 일이었다. 이제는 그를 잡을 수도 없는 입장에 놓였다. 도준이 밀어낸다면 그냥 밀려 나야만 한다.

"한소율 씨가 말한 대로 우리는 아직 결혼하기에 일렀던 것 같습니다. 내가 너무 성급하게 굴었던 거죠. 그래서 내가 했던 프러포즈에 관해서는 철회하고 싶습니다."

도준은 그렇게 말하고 잠시 차를 한 모금 머금었다. 그 잠깐 사이에 소율은 불안하게 흔들리는 시선으로 그의 모든 행동을 지켜보았다. 아직 시작도 못 해 본 사이였다. 그런데 그보다 먼저 이별을 맛보게 될지도 모른다. 모두가 자신이 저지른 과실 때문이었다.

"물론, 기적이에게 좋은 아빠가 되겠다는 약속은 지킬 겁니다. 그것만은 무슨 일이 있더라도 양보할 생각이 없으니까."

소율의 몸이 움찔 떨렸다. 여전히 그는 좋은 사람이었다. 결국 나쁜 건 자신이다. 그를 욕심내고 자꾸만 기대려고 하는 그녀가 나쁜 것이다.

"그때까지는 이전에 정한 것과 다름없이 이 집을 내 집이라 생각하고 편안하게 지내도 되니까 어제 같은 질문은 안 했으면 좋겠군요."

"어제 같은 질문이라면……."

그녀의 물음에 도준은 입가에 쓴웃음을 띠었다. 그런 모습에 소율의 가슴도 찌르르한 아픔이 내달렸다.

"이 집에 계속 있어도 되겠냐고 물었잖아요."

왜 그런 멍청한 짓을 했을까. 이제야 그가 겪었을 아픔이 어느 정도인지 알 수 있을 것 같았다. 그녀는 '도준의 곁에 있을 자격이 없었다. 그걸 결정하는 건 그녀가 아니라 그여야 옳았다. 어제의 자신은 너무 자만했고 오만했다. 도저히 도준의 앞에서 고개를 들고 있을 자신이 없었다.

"이야기 끝나셨으면……."

"아니요. 아직 내 얘기 끝나지 않았습니다."

자리를 피하기 위해 소파에서 일어서던 소율은 그의 말에 다시 제자리에 앉을 수밖에 없었다. 어쩌면 이게 마지막일지도 모를 거라는 생각이 들자 좀 더 자세히 그의 모습이 보고 싶어졌다. 그래서 소율은 고개를 들어 도준을 찬찬히 뜯어보았다.

반듯한 이마와 곧고 날렵하게 뻗은 콧대, 적당하게 도톰한 입술. 어느 곳 하나 빠지는 부분이 없었다. 참 잘생겼구나. 새삼 깨닫고 말았다.

"한소율 씨."

도준의 부름에 소율은 그의 눈동자를 바라보았다. 은은하게 갈색빛을 띠는 그의 두 눈동자는 깊고 선명했다.

"우리 지금은 결혼 말고 연애합시다."

"네?"

소율은 순간 자신의 귀를 의심했다. 그를 너무 바라던 나머지 헛것을 들었는지도 모른다. 하지만 도준은 여전히 진중한 표정으로 이야기를 이어 갔다.

"모든 일에는 순서가 있는데 내가 너무 급하게 굴었던 것 같습니다. 그러니까 우리 결혼을 전제로 한 연애부터 시작합니다."

"하지만……."

그의 말에 소율은 어쩔 줄 몰라 하며 말을 골랐다. 이번에도 그를 밀어 낸다면 정말로 두 사람의 관계는 끝이 되고 말 것이다. 그건 싫었다. 하지만 이대로 도준을 그냥 받아들이는 것도 면목이 없었다. 그래서 튀어나온 말이 스스로 생각하기에도 어처구니가 없었다.

"저…… 일단은 애 엄마인데."

"그 애가 내 아이이지 않습니까. 그럼 된 것 아닙니까?"

여전히 망설이는 소율을 보며 도준은 한숨을 내쉬더니 자리에서 일어섰다. 그가 곧장 그녀의 곁으로 다가와 앉았다.

"우리, 부부보다 먼저 연인이 됩시다."

도준은 소율을 부드럽게 감싸 안아 주었다. 지난밤에 그렇게나 바랐던 그의 품 안에 안기니 소율은 안심이 되었다. 그래서 저도 모르게 스르륵 눈이 감겼다. 마치 하늘에 안긴 것 같은 기분이 들었다. 아직도 남 회장을 떠올리면 불안하긴 했지만 지금 이 순간은 오로지 두 사람만 생각하기로 했다.

소율은 이번에는 그를 밀어 내는 대신에 도준의 등 뒤로 손을 둘렀다. 그렇게 두 사람은 마치 하나가 된 듯 서로를 꼬옥 껴안았다.

5

연인이 되고 첫날, 도준은 출근을 하고 소율은 두근거리는 마음으로 집에서 그를 기다렸다. 하지만 아무리 기다려도 그는 돌아오지 않았다. 그러다 문득 잠이 들었나 보다. 언제나처럼 알람이 울리기 전에 눈이 번쩍 떠졌다.

"아침이네."

침대에서 일어난 소율은 멍한 눈빛으로 창밖을 바라보았다. 결국 어제는 도준을 만나지 못해서 마음이 무거웠지만 맑은 하늘을 마주하고 있노라니 이내 괜찮아지는 것 같았다. 그녀는 길게 기지개를 켠 후에 아침 준비를 빠르게 마쳤다. 그리고 곧장 방을 나와 주방으로 향했다.

"어……?"

순간 놀란 소율은 그 자리에 멈춰 서고 말았다. 이제 막 깬 것인지 부스스한 머리와 러프한 차림을 한 도준이 거기에 있었던 것이다.

"어, 잘 잤어요?"

언제나 말끔하게 정돈된 슈트 차림으로 있던 그였기 때문에 신선한 기분이 들었다. 하지만 그녀를 향해 해사하게 웃는 모습은 그대로였다. 소율은 조심스러운 걸음으로 도준의 곁으로 다가갔다.

"어제는…… 늦게 오셨나 봐요."

평소와 달리 그의 곁에 바짝 다가서서 양 볼을 살짝 붉히는 소율을 보며 도준은 눈을 휘둥그레 떴다. 그리고 이내 실실 새어 나오려는 웃음을 감추지 못하며 대답을 이었다.

"밀린 일을 처리하느라 귀가가 좀 늦었습니다. 혹시 나 기다렸어요?"

그의 물음에 소율은 표정이 묘하게 일그러졌다. 그 모습을 보고서 도준은 혹시 괜한 질문을 한 건가 싶어서 순간 가슴이 철렁 내려앉았다. 어깨가 닿을 듯 가까웠던 거리가 한 걸음 멀어졌다. 혼자 들떠서 너무 앞서갔던 걸까. 도준이 안절부절못하며 무어라 변명하려던 찰나, 소율이 입을 열었다.

"조금요."

고개를 감춘 소율은 귀까지 붉게 물들이고 있었다.

"아주 조금……."

그 순간 도준은 가슴이 터질 듯이 뛰는 걸 느꼈다. 그녀의 모든 게 눈부셨고 사랑스러웠다. 당장이라도 품 안에 가두고서 있는 힘껏 입 맞추고 싶었다.

파도처럼 속절없이 밀려드는 감정들을 참아 내려 도준은 아랫입술을 깨물었다. 그런데도 배어 나오는 웃음과 붉게 물드는 안면은 어쩔 수가 없었다. 재채기와 가난과 사랑은 숨길 수 없다고 하던데 정말인 것 같았다.

"커피!"

한없이 달콤한 순간이기는 했지만 어떻게든 제 욕망을 억누를 생각으로 도준은 일단 생각나는 단어를 내뱉었다. 그 외침에 소율이 겨우 고개를 돌려 그를 바라보았다. 그의 행동이 갑작스러워서 놀랐는지 눈을 동그랗게 뜨고 있었다.

"커피 마실래요? 내가 내려 줄게요."

도준은 다분히 수상한 기색으로 우왕좌왕하며 에스프레소 머신 앞으로 다가갔다. 그러고서 갈은 원두를 찾으며 찬장을 뒤지는 그를 보고서 소율은 풋 하고 웃음을 터트렸다.

"저, 커피 못 마셔요. 알면서 놀리려고 그러는 건 아니죠?"

아직도 갈피를 잡지 못하는 도준의 팔을 톡톡 건드리며 소율은 장난스럽게 웃어 보였다. 그러고서 그가 서 있는 정반대 방향으로 가서는 도준이 그토록 찾아 헤매던 원두가 들어 있는 케이스를 꺼내 왔다.

"아…… 내가 또 깜빡했군요."

도준이 쑥스러운 듯 웃으며 케이스를 받아 들었다. 그리고 뚜껑을 열자 은은하고 향긋한 원두 향이 코끝을 간질거렸다. 그게 좋았던지 소율은 고개를 내밀고 원두 향을 음미했다. 입덧은 없는 것 같아 다행이라고 생각하며 도준은 그녀에게 물었다.

"커피 마시고 싶습니까?"

"네, 정말 간절하게요."

단숨에 대답하는 것을 보면 진심으로 하는 말 같았다. 그런 소율이 안타까웠지만 별수 없는 일이었다. 괜히 희망고문을 하기보다는 차라리 원두를 눈앞에서 없애는 편이 낫겠다고 생각하며 도준은 케이스 뚜껑을 닫았다. 그렇게 원두를 원래 있던 자리에 돌려놓은 그는 곧장 냉장고로 향했다.

"앞으로 우리 집에서 커피는 금지하도록 하죠. 소율 씨가 마시지 못하니까 나도 마시지 않겠습니다."

도준의 말에 소율은 손사래를 쳤다.

"저 때문에 괜히 그러실 필요 없어요. 커피 드시고 싶으시면 제가 내릴게요."

"아닙니다. 오늘은 커피보다 훨씬 더 몸에 좋고 맛있는 걸 만들어 줄게요."

그렇게 말한 도준은 냉장고에서 천혜향이며 레드향, 황금향, 자몽, 한라봉을 모두 꺼냈다. 이전에 소율이 입덧으로 먹지 못했던 과일들이었다.

"이걸 전부 다 사용하시게요?"

도준이 무엇을 하려고 하는지 대충 알 것 같았다. 하지만 아무리 봐도 오늘 안에 다 먹을 수 없는 양 같았다.

"하나하나, 다 신선하고 맛있으니까 한꺼번에 주스로 만들면 더 맛있지 않겠습니까?"

"그건 그렇지만……."

"걱정 말고 나만 믿어요. 얼마 전에 안양댁 아주머니가 착즙기 사용하시는 걸 봤는데 별로 어렵지 않은 것 같더군요. 내가 금방 진하게 한 잔 만들어 줄게요."

그렇게 말한 도준은 용케 착즙기를 찾아내서 전원을 넣었다. 확실히 착즙이라는 일 자체는 기계가 해 주니까 어려울 건 없어 보였다. 그래서 소율도 가벼운 마음으로 그의 곁에서 가만히 지켜보기로 했다.

"저…… 도준 씨."

그런데 도준은 과일을 씻고서는 아무런 준비도 없이 그걸 통째로 착즙기에 집어넣었다. 그러고는 잘되지 않는다며 고개를 갸우뚱거렸다. 그대로 두면 불쌍한 모터만 고장이 날 것 같았다.

"적어도 껍질은 벗겨야 하지 않을까요."

"아, 그런 겁니까?"

어색하게 웃는 그를 보며 소율은 살짝 한숨을 내쉬었다. 보다 못한 그녀가 팔을 걷어붙이자 도준은 극구 말리며 제 손으로 직접 껍질을 벗겼다. 그러고서 소율을 향해 사람 좋은 미소를 지어 보였다. 결국 그녀도 따라 웃을 수밖에 없었다. 이제는 껍질쯤 아무래도 좋다는 생각이 들었다. 자신을 위해 무언가를 해 주려는 그 행동 하나만으로 충분했다.

시행착오가 있었지만 자몽이 어우러진 주스는 새콤달콤하며 맛이 좋았다. 맞은편에 앉은 도준도 만족스러운 표정으로 주스를 마시고 있었다. 그러고 보니 일요일 오전을 이렇게 단둘이서 느긋하게 보내는 것도 나쁘지 않다는 생각이 들었다.

"한소율 씨는 오늘 스케줄이 어떻게 됩니까? 혹시 약속이나 할 일 있어요?"

도준의 질문에 소율은 곰곰이 생각해 보았다. 그리고 떠오르는 대로 솔직하게 대답했다.

"주말에 누구랑 약속을 따로 잡을 정도로 친하게 지낸 사람이 없는데요."

"아……."

"그리고 저 이제 백수잖아요. 스케줄이 따로 있거나 하진 않아요. 아, 하지만 일단 백수라서 시간에 구애받지는 않으니까 그건 그것대로 장점 같네요."

"그건, 그러네요."

덤덤하게 말하는 소율을 보며 도준은 당황한 기색을 내비쳤다. 아마 도준에게 아무 의미 없이 시간을 보내거나 할 일이 없는 삶은 상상할 수 없을 것이다. 임신을 하기 전에는 소율도 그랬으니까.

모든 시간을 초 단위로 계산해서 계획적인 일상을 보내 왔다. 오로지 앞만 보고 달렸다. 매시, 매분, 매초가 과거가 되는 삶이었다. 하지만 그 시간들을 후회하지는 않는다. 그러나 소중하게 여기지 않는다면 무척이나 후회할 것이라는 걸 이제는 깨닫게 되었다.

"도준 씨는 많이 바쁘시죠?"

"아니, 뭐⋯⋯ 그렇게는⋯⋯."

어제도 밤늦게까지 돌아오지 않던 그였다. 시즌을 생각해도 바쁘지 않은 게 이상할 정도다.

"걱정 마세요. 제 전직이 비서인걸요. 다 알아요."

사실 도준은 오늘도 출근을 하는 편이 낫지 않을까 싶을 정도로 바빴다. 일하는 와중에는 다 관두고 도망치고 싶다는 생각이 들 정도로 스케줄도 빡빡했다. 하지만 한 번이라도 더 소율을 보고 싶다는 마음에 새벽 늦게라도 집으로 돌아왔다. 왜냐. 이제는 그녀와 연인이 되었으니까. 더 이상은 단순히 기적이 아빠와 기적이 엄마가 아니라 마음을 나눈 상대니까.

"음⋯⋯."

그래서 소율의 걱정 말라는 말에도 안심할 수가 없었다. 연애라는 게 그렇지 않은가. 그저 사귀자는 한마디로 모든 게 정리되지는 않는다. 몸과 마음을 다해 함께하는 시간을 소중히 키워 가야 한다. 도준이 그렇게 결론을 내리자마자 마치 하늘의 계시가 내린 것처럼 무언가 번쩍 떠올랐다.

"명동!"

"네?"

이번에도 느닷없는 외침에 소율은 놀란 듯 그를 보았다. 도준은 득의양양한 표정을 짓고 있었다.

"명동에 가야 합니다."

"아⋯⋯ 그러시구나."

이제는 텅 비어 버린 잔을 내려놓으며 소율은 내심 아쉬운 표정을 지었다. 아무래도 둘만의 시간은 이렇게 끝을 내야만 할 것 같았다.

"명동에 우리 플래그십 스토어가 있습니다. 요즘 사드 문제가 불거지면서 예상과는 다르게 적자를 면하기 힘든 상권이 됐죠."

지금 문제는 그게 아니었다. 그런데도 일과 관련된 얘기를 꺼내게 되니 도준은 저도 모르게 진지한 태도를 취하게 되었다.

"그 점에 관해서는 저도 안타깝게 생각해요. 참 고충이 많으시 겠어요."

하지만 오히려 그녀는 순수하게 걱정하는 표정으로 그를 바라보고 있었다. 여기서 멈춰야 한다고 생각했지만 한번 입을 여니 쉽사리 화제를 바꾸기가 쉽지 않았다. 그래서 도준은 저도 모르게 머릿속이 복잡해지기 시작했다. 이 얘기를 계속 끌고 가야 할지 중간에 끊어야 할지 망설이는 와중에도 입은 제멋대로 움직였다.

"어, 그래서…… 꼭 중국 자본에 의지하지 않더라도 자립할 수 있는 방향을 생각하는 게 우리의 이번 안건입니다."

"그렇죠. 지금은 외국의 자본에 기대기에는 이해관계가 너무도 얽혀서 힘들 수 있을 거라고 생각해요."

"전문 기관에 의한 통계로는 지금 상권은 대체로 이삼십 대의 젊은 남녀 커플이 주로 방문하는 추세라고 판단되고 있습니다."

여기서 도준은 잠시 말을 멈췄다. 이야기를 여기까지 끌고 왔다면 어렵게 생각하지 말고 차라리 이 방향대로 흘러가게 두는 편이 나을 거라는 생각이 들었다. 그녀가 별거 아니라고 생각될 수도 있는 이야기를 진지하게 들어 주었으니 말이다.

"그래서 오늘은 그곳을 살펴보러 가 볼까 합니다."

"아, 오늘은 마침 주말이니까 고객층을 파악하기 더 쉬울 수도 있겠네요. 좋은 생각인 것 같아요."

"나는 가능하다면 소율 씨와 함께했으면 좋겠다고 생각 중입니다만."

"네?"

소율이 영문을 모르겠다는 표정으로 도준을 보자 그의 볼이 살짝 붉게 물들었다.

"그…… 우리도 젊은 남녀 커플이니까."

그제야 그녀도 이해가 됐는지 서서히 볼을 붉히기 시작했다. 괜히 열이 올라서 소율은 손부채질을 하며 시선을 돌렸다. 두 사람이 유난스러운 건지, 세상 모든 연인들이 원래 이런 건지 모르겠지만 나쁜 기분은 아니었다. 이전보다 세상이 좀 더 반짝이게 보이는 건 단지 착각인 걸까.

일요일임에도 불구하고 명동은 제법 한산했다. 소율과 보조를 맞추어 걷던 도준은 핑크빛으로 반짝이는 건물 앞에서 멈추어 섰다. 다른 상권에 비하면 제법 많은 사람들이 건물 안에 밀집해 있었다. 그 모습을 가만히 보던 도준은 작게 한숨을 내쉬었다. 그의 눈치를 살피던 소율은 스토어와 도준을 번갈아 보며 입을 열었다.

"그래도 다른 곳에 비해서는 잘되고 있는 것같이 보이는데요.

사람도 많잖아요."

"하지만 여기는 플래그십 스토어입니다. 수익이 전혀 나지 않더라도 우리 브랜드가 이만큼 잘나간다는 걸 보여 주기 위해서 요지에 세운 거점이죠."

"하지만 현재 상황이 상황이잖아요. 그런 점에서 저는 이 정도도 선방이라고 생각해요."

소율이 조심스럽게 말하자 도준은 그제야 미소를 보였다. 그러고서는 갑자기 무언가를 끝맺으려는 것처럼 짝 소리가 나도록 손뼉을 쳤다.

"소율 씨 의견이 그렇다면 일은 여기까지 합시다."

"그만하다니…… 여기 온 지 5분도 안 지났는데요?"

그의 말에 소율은 고개를 갸웃했다. 하지만 도준은 여전히 미소 띤 표정으로 그녀를 빤히 바라보는 것이다.

"설마 내가 명동까지 일만 하러 소율 씨를 데려왔다고 생각하는 건 아니죠?"

도준은 잠시의 틈도 주지 않고 그녀의 손을 낚아채었다. 그러고서 단단히 깍지를 끼고서 스토어 밖으로 빠져나왔다.

"저…… 저는 명동 잘 몰라요."

"걱정 마요. 나도 잘 모르니까."

두 사람은 목적지 없이 서로의 손을 붙잡고 거리를 걷기 시작했다. 길게 줄을 따라 늘어선 노점도 구경하고 쇼윈도 너머로 보이는 상품들도 구경했다. 그저 스쳐 지나가는 사람들 역시도 그들에게는 한 폭의 풍경이 되었다. 누가 보기에도 도준과 소율은 데

이트 중인 연인으로 보였을 것이다.

"명동이란 곳이 생각보다 볼 것도 많고 넓군요."

두 사람 모두 길을 잘 몰랐던지라 골목을 따라 걷다가 막다른
길을 만나기도 하고, 술집과 모텔이 있는 거리를 지나치기도 했
다. 하지만 어느 순간에도 도준은 소율의 손을 놓지 않았다. 정처
없이 걷고 있을 뿐인데도 소율은 마음이 든든하고 따스해지는 기
분이 들었다. 분명 바로 곁에 있는 사람이 도준이었기 때문일 것
이다.

"이대로 쇼핑이라도 할까요? 뭘 먹어도 좋고. 영화를 보는 것
도 좋을 것 같군요. 우리는 지금 데이트 중이니까."

환하게 미소 지으며 도준이 눈을 맞춰 오자 소율은 양 볼에 열
이 오르고 가슴이 쿵쾅대며 뛰는 걸 느꼈다.

"어떤 거라도 좋아요."

지금 함께이니까. 그 말을 뱉으려는 찰나, 소율의 눈에 옷가게
하나가 들어왔다. 디자인이나 디스플레이는 평범했지만 옷들이
대부분 오버핏이었다.

"여기 잠깐 들러도 괜찮죠?"

옷들은 대부분 원피스 형태로 배가 나와도 입기 편하도록 신축
성이 좋았다. 임산부를 위한 의류를 전문으로 파는 곳 같았다. 약
간 좁은 입구를 지나서 안으로 들어서자 좀 더 많은 상품들이 눈
에 들어왔다.

"아, 이거 편할 것 같아요."

아직 약간 이르다는 걸 알고 있지만 배가 불러 오기 시작하면

쇼핑할 생각도 못 할 것이다. 그때를 생각해서 미리 옷을 사 두는 게 좋지 않을까. 그런 생각을 하며 소율은 옷들을 꼼꼼히 둘러보았다.

그런 마음을 도준도 눈치를 챘는지 그녀를 따라 조금 살펴보는 듯하더니 이내 제일 처음 줄에 걸린 옷부터 끄트머리에 있는 옷까지 손가락질해 보였다.

"여기서 여기까지, 색깔별로 다 주시죠."

손님을 응대하러 나와 있던 옷가게 주인은 도준의 행동을 보더니 고개만 갸웃했다. 혹시 갑작스러운 일에 당황한 건가 싶어서 도준이 다시 입을 열려는 찰나, 주인이 생각지도 못한 말을 뱉었다.

"吗? 真的吗?" *(뭐? 정말로?)*

옷가게 주인은 명동에서 상가를 운영하던 조선족이었다. 오랜만에 찾아온 손님이 한 벌도 아니고 상품 전체를 산다고 하니 기쁜 마음에 저도 모르게 중국어를 사용한 것이다. 하지만 그 사실을 알 턱이 없는 도준은 갑작스럽게 들려오는 중국어에 아무 대응도 못 하고서 멍한 표정을 지었다.

"想怎么计算呢? 韩币? 人民币?" *(계산은 어떻게 하시겠어요? 한화? 위안화?)*

간단한 중국어인데도 도준은 순간적인 일에 당황해서인지 아무 말도 할 수가 없었다. 그리고 애초에 중국어에는 자신이 없었다. 성조가 까다로워서인지 잘 익혀지지 않았던 것이다. 그래서 대부분 통역사와 함께 일을 하고는 했는데 데이트 중에 중국어와 맞닥뜨리니 더욱 당황할 수밖에 없었다.

그렇게 도준이 입도 열지 못하는 찰나, 소율이 손에 옷 한 벌을 들고서 그의 곁으로 다가왔다.

"一套就够了. 打算用韩币结算." *(한 벌이면 충분해요. 한화로 결제할게요.)*

소율의 유창한 중국어 실력에 도준은 놀라서 그녀를 보았다.

"와, 우리 소율 씨는 중국어도 할 줄 아는군요. 괜히 마음이 든든해지는데요."

그녀가 쑥스럽다는 듯 웃더니 말했다.

"저도 독학으로 공부한 거라 이 정도밖에 못 해요. 마침 운이 좋았던 거죠."

그녀가 지갑을 꺼내려고 하자 도준은 소율의 팔을 잡더니 고개를 내저었다. 그가 자신의 품에서 지갑을 꺼내어 주인에게 계산을 하는 동안 소율은 다시 어딘가로 가더니 가게 안을 둘러보았다.

안쪽에는 옷 외에도 아기자기한 소품들도 놓여 있었다. 아기를 위한 모빌이나 신발도 있었고 장식품도 보였다. 소율은 이것저것 손으로 매만지며 지켜보는 것 같더니 거미줄처럼 얼기설기 엮인 이상한 조형물 앞에서 걸음을 멈추고 한참을 있었다.

"소율 씨?"

계산을 마친 도준이 그녀의 곁으로 다가가려고 하자 그보다 앞서 가게 주인이 먼저 소율의 옆으로 쏜살같이 달려갔다. 그리고 다시 중국어로 열심히 말을 걸기 시작했다. 워낙에 말이 빨라서 잘 알아들을 수는 없었지만 소율은 계속 고개만 젓고 있었다. 그러더니 이내 도준의 곁으로 다가왔다.

"그만 가요."

주인이 아쉬워하는 모습을 뒤로하며 두 사람은 옷가게를 빠져나왔다.

"가게 주인이 아까 그걸 팔려고 굉장히 애를 쓰는 것 같던데. 무슨 얘기를 그렇게 했어요?"

"방금 본 게 소원을 들어준다며 꼭 사라고 설득을 하더라고요. 그런데 원래 드림캐처가 그런 의미가 아니거든요. 그래서 아, 상술이구나 싶어서 그냥 나왔어요."

"드림캐처? 아까 거미줄처럼 생긴 것 말이죠?"

그의 물음에 소율은 고개를 끄덕였다. 그사이에 도준은 다시 그녀의 손에 깍지를 끼고서 다른 손에는 쇼핑백을 들었다.

"그럼 원래는 무슨 의미가 있는데요?"

"음…… 그냥 별것 없어요."

소율은 대수롭지 않다는 듯 말을 흐렸다. 하지만 도준은 신경이 쓰였다. 드림캐처가 대체 무엇이기에 그녀가 그 앞에서 발을 멈추고 한참을 서 있던 걸까. 하지만 그녀의 반응을 보면 깊이 캐묻지 않기를 바라는 것 같기에 도준은 더 이상 물어보지 않고 그저 천천히 걸음만 옮겼다.

그렇게 옷가게가 늘어선 골목을 빠져나오자 처음에 걸었던 노점상이 있는 큰길이 나왔다. 도준이 아무 생각 없이 마주 오는 사람을 지나쳐 걸어가던 찰나, 갑자기 손이 허전해졌다.

"어? 소율 씨?"

비어 버린 손과 소율의 뒷모습을 번갈아 보던 도준은 혹시나 놓칠세라 그녀를 뒤쫓아 갔다. 소율은 마치 무언가에 홀린 사람처럼 인파를 거슬러 올라가더니 노점상 앞에 멈춰서 침을 꼴깍 삼키고 있었다. 그리고 도준이 말리기도 전에 재빨리 주문을 했다.

"여기 떡볶이 일 인분이랑 순대 일 인분 주세요."

주문을 끝내기 무섭게 자리를 잡고 앉은 소율을 보면서 도준은 마지못해 그 곁에 앉았다. 외부에 노출되어 있는 음식을 먹는다는 게 내키지는 않았지만 그녀가 먹고 싶어 하는 것 같으니 별수 없었다. 주문이 끝나고 얼마 지나지 않아 두 사람이 앉은 테이블 위로 떡볶이와 순대가 놓였다.

"와, 맛있겠다!"

며칠 전에 자몽 냄새를 못 이기고 토악질을 해 대던 사람이라고는 생각되지 않을 정도로 소율은 열심히 먹기 시작했다.

"떡볶이도 맛있고, 순대도 너무 맛있어요."

감탄을 금치 못하는 그녀를 보며 도준도 한 젓가락 먹어 보았다. 하지만 그저 평범한 떡볶이와 순대일 뿐 딱히 맛있다는 생각은 들지 않았다.

"순대를 떡볶이 국물에 찍어 먹으니까 더 맛있어요. 이렇게 맛있는 줄 몰랐네요!"

하지만 매 순간 기뻐하는 소율을 보고 있자니 그는 괜히 흐뭇한 마음이 들었다.

"뭐 다른 거 더 먹겠습니까?"

"네! 당연히 더 먹어야죠. 이모, 여기 어묵이랑 만두랑 튀김도 적당히 섞어서 주세요."

소율은 마치 이 순간을 위해 살아온 듯 적극적으로 음식을 먹었다. 도준의 눈에는 그 모습이 더 예쁘게만 보였다. 못 먹고 토하는 것보다는 매일 이렇게 잘 먹기만 했으면 좋겠다는 생각이 들었다.

"정말 잘 먹네요. 누가 보면 내가 소율 씨 굶기는 줄 알겠어요."

그녀의 입가에 묻은 떡볶이 국물을 휴지로 닦아 주려고 도준이 손을 뻗는 순간, 소율이 그 손을 덥석 잡았다. 그리고 누구보다 애잔한 눈빛으로 그를 보는 것이다.

"나…… 세상에 태어나서 이렇게 맛있는 거…… 처음 먹어 봐요."

소율은 한없이 진지해 보였다. 그런 모습도 도준의 눈에는 한없이 사랑스럽기만 해서 그는 당장 입이라도 맞추고 싶은 걸 겨우 눌러 참아야 했다.

그렇게 도준이 이성을 유지하려고 애쓰는 동안에 추가로 주문한 음식이 나왔다.

"소율 씨를 위해서 분식집이라도 차려야겠군요. 그리고 주말이 되면 다른 손님은 받지 않고 소율 씨만을 위한 가게로 만드는 겁니다."

"아, 그건 거절하기에는 너무 솔깃한 제안이네요."

도준의 장난에도 불구하고 그녀의 눈빛은 진심인 것 같았다. 그래서 그는 웃음을 터트리고 말았다. 이런 귀여운 모습을 지금까지 어떻게 숨기고 지내 왔던 걸까. 더 이상은 도저히 참을 수 없을 것 같다고 생각하며 도준은 주위 눈치를 살폈다.

"여기, 입가에 뭐가 묻었군요."

그러고서 휴지로 닦아 주는 척 곁으로 다가가서는 쪽 소리가 나도록 그녀의 볼에 입 맞췄다. 그 순간 소율의 양 볼이 붉어지더니 열심히 움직이던 손이 멈췄다.

"누가 보면 어쩌려고 그래요."

"원래 사귀는 사이끼리 떠는 닭살은 합법입니다."

눈을 새초롬하게 뜨며 도준을 타박했지만 소율도 싫지만은 않은 것 같았다. 이제야 그가 신경이 쓰이는지 먹는 속도가 현저히 줄어들기 시작했다. 하지만 그렇다고 먹는 걸 멈추지는 않았다. 대체 저 많은 게 어디 들어갈 자리는 있는지 의문이 들 정도로 소율은 열심히 먹어 치웠다.

그렇게 접시가 텅 빌 즈음에 도준은 자리에서 일어서며 품에서 지갑을 꺼냈다.

"계산이요."

도준은 언제나처럼 익숙하게 플래티넘 카드를 꺼내어 계산을 하려고 했다. 하지만 상점 주인은 그걸 멀뚱히 보더니 갑자기 인상을 팍 구겼다.

"손님, 카드는 안 됩니다."

실수를 했다는 생각에 도준은 카드를 다시 집어넣고 오만 원권을 꺼내려고 했다. 그런데 이번에도 주인은 인상을 구기고서 고개를 내저었다.

"오만 원권도 안 받아요."

이번만은 도준도 절로 미간이 찌푸려졌다. 카드는 자신의 잘못이 분명했다고 쳐도 돈을 가려서 받는 건 아니라는 생각이 들었다. 장사의 기본이 안 되어 있기에 무어라 따지려고 하는 찰나, 소율이 손에 어묵꼬치를 하나 들고 나오면서 현금을 내밀었다.

"이모, 이것도 같이 계산해 주세요."

아직도 뭘 먹을 수 있다는 게 놀랍기도 하고, 곤란한 순간에 나타나 준 것이 고맙기도 했다. 그래서 도준은 두 눈을 크게 뜨고 그녀를 바라보았다.

"왜요, 멋있죠?"

그러고서 소율은 서서히 피어나는 꽃처럼 해사하게 미소 지었다.

"옷은 도준 씨가 사 줬으니까 이번에는 내가 쏠게요."

그녀의 미소와 사랑스러움은 돈을 주고서도 살 수 없었다. 도준은 당장이라도 지진이 일어날 것처럼 심장이 뛰는 걸 느꼈다. 소율의 작은 몸짓 하나에도 정신이 혼미해지는 것 같았다. 지금 당장 그녀를 끌어안고서 품에서 놓아주고 싶고 않았다.

"어서 집으로 돌아가죠."

소율의 손을 잡은 도준은 걸음을 서둘렀다. 뒤따라가는 그녀는 어리둥절한 얼굴로 그를 불렀다.

"도준 씨, 갑자기 왜 그래요? 급한 일이라도 떠올랐어요?"

"아니, 어서 빨리 둘만 있고 싶어서."

돌아보는 도준의 시선은 진지했다. 그래서 소율도 잠자코 그를 따를 수밖에 없었다. 숨이 가빠 올 정도로 심장은 미친 듯이 뛰어 댔다. 다른 사람은 눈에 들어오지 않았다. 오로지 눈앞에 있는 도 준에게 모든 신경이 쏠렸다.

그래서였을 것이다. 두 사람은 뒤따라오는 검은 슈트의 남자를 눈치채지 못했다.

"회장님, 지금 두 분이 함께 이동 중이십니다."

곽 실장은 굳은 표정으로 휴대폰 너머에 있는 남 회장에게 보 고를 이어 갔다.

— 명동에 있는 플래그십 스토어에 잠깐 머무셨다가 이리저리 배회하셨습니다. 그 후에 쇼핑과 식사를 마치고 지금 막 함께 집 으로 들어가시는 걸 확인했습니다. 객관적인 시선에서 보기에 평 범한 연인 사이처럼 보였습니다. 아마도 이전보다 더 정이 드신 게 아닐까 하는 생각이 듭니다.

휴대폰을 든 남 회장의 손이 부들부들 떨렸다. 그는 더 이상의 이야기는 듣고 싶지 않은지 그대로 전화를 끊고서 휴대폰을 거칠 게 내던졌다.

"잘못됐어. 잘못됐단 말이다."

자신을 만난 후에 어떻게든 두 사람이 끝장나기를 바랐다. 하 지만 그들의 사이가 더욱 견고해진 것 같다는 보고에 그는 견딜 수가 없었다. 남 회장의 서슬 퍼런 눈빛이 창밖 어딘가로 향했다.

"그래, 그렇다면 내 바로잡아야 하지."

뒷짐을 진 남 회장은 어둠이 내려앉은 바깥 풍경을 하염없이 내다보았다. 그의 마음도 저 밤처럼 어둡게 물들기 시작했다.

남들에게는 오늘 같은 월요일이 힘들고 고통스럽겠지만 도준에게는 아니었다. 소율의 배웅을 받으며 출근한 그는 아침부터 기운이 넘쳤다. 며칠 전만 해도 기적이의 아빠나 동거인의 위치에 있던 그가 소율의 연인이 되었다. 그 생각만 하면 없던 기운도 절로 생기는 것 같았다. 덕분인지는 모르겠지만 잘 풀리지 않던 일도 순조롭게 흘러가기 시작했다.

"박 실장님, 오후 스케줄은 어떻게 됩니까?"

내선 전화를 비서실로 돌린 도준은 슬쩍 손목시계를 보았다. 슬슬 점심을 먹어야 할 시간이었다. 지금 출발하면 시간에 맞춰서 집으로 갈 수 있을 것 같았다. 가능하면 잠깐의 시간이라도 그녀와 함께하고 싶었다. 그리고 소율이 깜짝 놀라는 모습을 보고 싶기도 했다.

— 이사님, 그렇지 않아도 연락을 드리려던 참입니다.

"굉장한 우연이군요. 그래서 무슨 일 때문에 연락하려던 겁니까?"

도준은 대수롭지 않게 물었다. 아마 스케줄에 변동이 생겼거나 회의 일정이 갑자기 앞당겨졌거나, 그 정도의 일일 거라고 생각했기 때문이다.

— 그게…….

평소답지 않게 말을 흐리는 박 실장의 태도에 도준은 좋지 않은 예감이 들었다. 생각 같아서는 급히 전화를 끊고 싶었지만 그럴 구실이 전혀 없었다.

— 회장님께서 이사님을 급히 뵙고 싶다고 전하셨습니다.

결국 그의 예감이 적중하고 말았다. 도준은 미간을 찌푸렸다.

"급한 일로 외출했다고 전해 주십시오. 그리고 따로 제 일정이 잡힌 게 없다면 바로 나갈 수 있도록 차 대기시켜 주시기 바랍니다."

— 하지만 이사님…….

도준은 박 실장의 뒷말을 더 이상 듣지 않고 전화를 끊어 버렸다. 이것 역시 그가 나름대로 생각한 미봉책이었다. 피하기만 하는 건 바보 같은 행동이라는 걸 알지만, 도준은 지금 당장은 남 회장을 만날 마음이 없었다. 소율에 대한 부분은 그에게 역린과 같았다. 하지만 그걸 어떻게 지켜 내야 할지 아직도 잘 정리가 되지 않았던 것이다.

"산을 하나 넘었다고 생각했더니 다시 산이로군……."

도준은 피곤한 듯 마른세수를 하고서 천천히 의자에서 일어섰다. 그러고서 그는 통유리 앞에 서서 건물 밖을 내다봤다. 바쁘게 움직이는 사람들과 차를 보면서 그는 마음이 무거워졌다. 자신은 이토록 높은 자리에 있는데도 아직 마음대로 할 수 있는 일이 없었다. 남 회장의 눈에는 아직도 그가 어린아이로 보일 것이 분명했다.

"후우⋯⋯."

계속 생각해 봤자 한숨밖에 나오지 않았다. 도준은 비관적인 생각은 관두자는 듯 고개를 저었다. 그렇게 통유리 앞에서 발걸음을 떼는 순간, 밖에서 웅성거리는 소란스러운 기운이 느껴졌다.

"회장님, 지금 이사님께서는⋯⋯."

어렴풋이 들리는 박 실장의 음성이 많이 당황한 듯했다. 도준은 다시 좋지 않은 예감을 느꼈다. 조금이라도 더 빨리 이 사무실을 벗어나야만 했는지도 모른다. 하지만 지금은 후회해 봤자 이미 늦었다는 걸, 문이 열리고서야 깨달았다.

소란의 원인은 남 회장이었던 것이다.

"남 이사께서는 배려심이 참으로 넘치는구만. 이 늙은이가 조금이라도 더 건강하게 오래 살 수 있도록 이렇게 운동을 시켜 주고 말일세."

도준은 차분한 기색으로 남 회장을 보았다. 아무리 당황했다고 해도 그걸 겉으로 티를 낼 수는 없었다.

"저도 지금 막 돌아온 참입니다. 조금만 늦었어도 회장님을 기다리게 만들 뻔했군요."

그는 태연한 얼굴로 거짓말을 했다. 그리고 입가에 부드러운 미소를 띠었다. 그건 남 회장 역시도 마찬가지였다. 서로를 바라보며 웃는 낯을 하고 있었지만 두 사람 사이에는 보이지 않는 미묘한 긴장감이 흐르고 있었다.

"계속 서 계시지 말고 일단 앉으시죠. 박 실장님, 커피 따뜻한 걸로 두 잔 부탁드립니다."

도준의 부탁을 들은 박 실장은 가볍게 고개를 숙이고서 조용히 문을 닫았다. 그제야 남 회장은 걸음을 옮겨 상석에 자리를 잡고 앉았다.

"설비가 제법 좋구나. 나 때는 책상에 의자만 있으면 만족했는데 말이다. 요즘 젊은 애들은 그 뭐냐, 인체 공학적 디자인을 선호한다고 하더니 그 말이 딱 맞는 모양이다. 소파가 쓸데없을 정도로 참 아늑해."

남 회장의 말속에는 비아냥이 섞여 있었다. 그걸 알아챈 도준은 살짝 미간을 찌푸리며 정색했다가 다시 입가에 미소를 지었다.

"시대가 시대이니 선택의 폭이 넓어진 것뿐이죠. 그리고 아무려면 제 사무실이 회장실만 하겠습니까."

도준과 남 회장은 그저 말없이 서로를 보며 웃었다. 두 남자가 시선만으로 견제를 이어 가던 와중에 박 실장이 문을 열고 들어왔다. 그리고 소리 없이 커피 잔을 테이블 위에 내려 두고서 다시 밖으로 나갔다. 그 순간을 기다렸던 도준은 남 회장을 향해 찬찬히 입을 열었다.

"요즘 제 행실에 불만이 많으시다는 건 압니다. 하지만 업무 시간에까지 이렇게 직접 행차하시는 건 곤란합니다. 물론…… 제 뒤를 밟고 있는 눈 역시도 곤란하지만요."

도준의 마지막 말에는 단단한 뼈가 있었다. 이미 모든 걸 다 알고 있다는 속내를 직접 내비친 것이다. 하지만 남 회장은 그런 것에는 크게 관심이 없다는 듯 입가에 냉소를 머금었다.

"정신 나간 놈 같으니라고. 회사에서, 그것도 업무 시간에, 회장이 부르는데도 감히 이사 주제에 거절을 해?"

남 회장은 미간을 찌푸리며 절도 있는 동작으로 테이블을 내리쳤다.

"이제 보니 업무라는 걸 이해하지 못하는 사람은 너인 것 같구나. 네가 내 손자가 아니었다면 감히 그런 짓을 할 수 있을 거라 생각하고 있는 게냐?"

남 회장의 말에는 틀림이 없었다. 그가 남 회장과 혈연관계가 아니었다면 감히 하지 못했을 일이었다. 하지만 도준은 그래선 안 된다는 걸 알면서도 남 회장에게 손자로서 떼를 쓰게 되었다.

"애초에 저를 일과 상관없는 일로 부르신 건 회장님이십니다."

"내가 널 개인적인 용무로 불렀다고 생각할 만한 증거라도 있느냐."

도준은 아랫입술을 깨물었다. 막상 증거라고 내밀 만한 것이 아무것도 없었다.

"하지만, 회장님께서 분명히……."

"내가 분명히, 뭐? 뭘 말하고 싶은 게야?"

한없이 당당한 남 회장을 보며 도준은 침묵을 지킬 수밖에 없었다. 그럴 거라고 예상은 했지만 역시나 남 회장은 만만하지 않은 상대였다.

"좋습니다. 그렇다면 이건 어떻습니까. 저는 회장님께서 곽 실장님을 시켜 제 뒤를 밟고 있었다는 걸 알고 있습니다."

도준은 확신에 차서 외쳤다.

"미행을 시키실 거면 적어도 눈에 띄지 않는 차량을 고르셨어
야죠!"

"내 귀 아직 안 먹었다."

그의 외침에도 남 회장은 시끄럽다는 듯 귀를 후볐다. 도준의
눈에는 그것이 지극히 뻔뻔하고 염치없는 행동으로 보였다. 하지
만 남 회장은 이번에도 도준의 말을 제대로 상대해 주지 않았다.

"남 이사가 도통 무슨 소리를 하는지 모르겠구만. 그것보다 내
가 묻는 말에 대답이나 하거라. 업무 시간에 회장이 부르는데 감
히 거절하는 이사는 어찌 된 놈이야?"

남 회장은 자꾸만 말꼬리를 잡고 늘어졌다. 그래서 도준은 애
써 말을 이었다.

"아무리 발뺌하셔도 사실은 변하지 않습니다. 제 차에는 후방
블랙박스가 있고, 미행했던 차량이 반드시 찍혀 있을 겁니다. 그
러니 그게 곧 훌륭한 증……."

"요즘 젊은 세대는 너무 디지털적인 게 문제란 말이야."

도준의 말이 채 끝나기도 전에 남 회장이 끼어들었다.

"뭐라고 하더라. 그…… 하이테크놀로지? 요즘은 경영도 그렇
게 흘러가고 세상이 참 좋아졌어. 그런데 이렇게 편해진 건 아날
로그적인 삶을 살았던 사람들이 노력했기 때문이라는 걸 젊은이
들이 아는지 모르겠네."

자꾸만 주제에서 벗어나는 화제로 이야기를 환기시키려는 남
회장의 태도에 도준은 살짝 짜증이 났다. 하지만 그게 남 회장의

수라는 걸, 오랜 시간 곁에서 봐 온 도준은 알고 있었다. 그래서 더욱 섣불리 나서지 못하고 다시 침묵할 수밖에 없었다.

"그런데 자꾸 차니 뭐니 내 탓을 하는데, 그 차를 내가 운전이라도 했더냐. 아님 내가 모르는 사이에 내 눈을 빼다가 누구한테 대신 달아 줬나."

그제야 도준은 아차 싶은 마음이 들었다. 결국 증거를 들이밀어도 남 회장은 겉으로 드러나지 않는 흑막이었다. 이길 수 없는 싸움이라는 걸 모르고서 무작정 도전한 꼴이 된 것이다.

"무슨 소리를 하는 건지 통 알 수가 있어야 말이지."

남 회장은 혼잣말처럼 흘리듯이 말하고 있었지만 도준의 귀에는 똑똑히 들렸다. 패배의 쓴맛이 입가에 맴돌아서 도준은 입술을 짓이겼다.

"아무튼, 이 이야기는 이 정도로 하고. 난 너에게 업무상 용건으로 호출했다는 분명한 증거가 있다. 그럼 네가 보기에 이 재판은 누가 진 것 같으냐."

기업인들 사이에서도 남 회장은 거대한 산으로 통했다. 만만하게 볼 상대가 아니라는 뜻이다. 아무리 손자라지만 그런 존재를 이길 수 있을 거라 생각한 것 자체가 도준의 큰 착각이었다. 남 회장은 여전히 우뚝 솟은 산이었던 것이다.

"……일단 증거부터 보여 주시죠."

도준은 쓰린 속을 달래며 남은 힘을 짜내어 반격했다.

"미친놈!"

그런 도준을 보며 남 회장은 한 치의 망설임도 없이 단번에 일갈했다.

"여기는 내 회사고, 넌 내 부하 직원이다!"

사무실 내에는 찬물을 끼얹은 듯 냉랭한 기운이 맴돌았다. 마지막에 마지막까지 자신을 실망시키는 손자를 보며 남 회장도 더 이상 참지 못한 것이다. 그는 답답한 듯 가슴을 툭툭 치며 안타깝게 외쳤다.

"하이고…… 내가 저런 걸 손자라고…….'

분통을 터트리는 남 회장을 보며 도준은 마지못해 고개를 숙였다.

"……죄송합니다."

남 회장을 상대로 주제넘게 굴었다는 건 어쩔 수 없는 사실이었다. 하지만 직장 내 상하 관계를 떠나 가족의 입장에서도 도준은 여전히 남 회장에 대한 실망감이 컸다.

그런 도준의 마음을 아는지, 모르는지 남 회장은 한숨을 푹 내쉬고서 파일 하나를 테이블 위에 던졌다.

"난 그놈의 테크놀로지인지 뭔지가 적응이 안 돼. 아날로그가 편해."

도준은 테이블 위에 놓인 파일을 향해 손을 뻗었다.

"업무 지시라면 굳이 이렇게 직접 오실 필요…….'

"네놈이 요즘 세상에 감히 고용주한테 말대꾸를 하는 게냐? 갑질이 어떤 건지 몸소 느끼게 해 줘야 이 회사의 주인이 진정 누구인지 뼈저리게 느끼겠어!"

남 회장의 호통에 도준은 입을 다물 수밖에 없었다. 결국 이 회사에 소속된 이상은 남 회장의 뜻대로 따라야만 했다. 도준은 한 번 더 이성을 다잡으며 파일 첫 장을 넘겼다. 그러자 다른 글자들 중에서 유독 눈에 띄는 단어가 있었다.

「한양 건설.」

도준의 미간이 순식간에 구겨졌다.

"또……입니까."

"또라니?"

그의 말에 남 회장은 모르쇠로 받아쳤다. 그럴 것이라고 예상 했던 도준은 한숨을 쉬며 말을 이어 갔다.

"건설사가 한양만 있는 건 아니지 않습니까. 경매에 부친다면 더 좋은 조건으로……."

"그만!"

남 회장은 다시 일갈했다.

"기업 간의 신의란 그런 게 아니다."

남 회장의 입에서 나온 신의란 단어에 도준은 잠시 과거의 자 신을 떠올렸다. 그 신의를 위해서 맺으려 했던 인연도 있었다.

"아니면, 못 하겠다는 말을 못 해서 변명을 늘어놓는 게냐."

아픈 곳을 후벼 파는 남 회장의 말에 도준은 다시 서류를 바라 보았다. 글자가 빼곡한 서류에는 담당자 이름이 들어갈 자리에 도 준의 옛 약혼자였던 그녀의 이름이 있었다.

「전략실 본부장. 고유리.」

결국 맺어지지 못한 인연은 이렇게 다시 이어지고 있었다. 그
것을 피하려 해도 고리는 다시 이어지고 말 것이라는 예감이 들
었다.

"비록 제가 상황 파악을 못 하는 피고용자이긴 하지만 능력이
없다는 말씀은 들으신 적 없을 거라고 생각합니다."

도준은 남 회장을 똑바로 바라보며 말했다. 어차피 피할 수 없
다면 정면 돌파도 하나의 방법이란 생각이 들었다. 그제야 남 회
장은 흡족한 표정을 지었다.

"암, 그래야지. 안 그러면 네놈같이 불손한 놈을 내 돈 주면서
까지 고용할 필요가 없으니까."

마지막으로 의미심장한 말을 남기고서 남 회장은 자리에서 일
어섰다. 그러고는 인사 한마디 없이 사무실을 나가 버렸다.

드디어 홀로 남게 된 도준은 깊은 한숨을 내쉬었다.

"……우리 영감님은 날이 갈수록 손자에 대한 삐뚤어진 애정
이 폭주하고 계시는구나."

어디서부터 손을 대야 할지 감이 잡히지 않았다. 자신의 하루
를 오로지 소율을 위해서만 쓰고 싶은데도 여건이 허락하지 않았
다. 게다가 아직 전화 한 통도 하지 못했다는 것이 떠올랐다. 너
무 바빠 틈이 생기지 않았기 때문이다.

"그보다……."

도준은 다시 한번 서류를 보았다. 거기에 적힌 이름은 여전히

변함이 없었다.

「고유리.」

단 세 개의 글자일 뿐인데도 마음이 복잡해져 왔다. 물론, 지금의 마음은 당연히 소율의 것이었다. 그녀만을 위하리라고 어디에든 맹세할 수 있었다. 하지만 옛 약혼자라는 존재를 마냥 웃어넘길 순 없었다.

"한양 건설 전략실 본부장이라……. 그새 승진했군."

게다가 앞으로는 좋든, 싫든 일적으로 마주쳐야 했다.

"다시 만나면 축하라도 해 줘야 하나……."

도준은 씁쓸한 표정을 감추지 못하며 서류를 손에서 놓았다. 왜 하필이면 지금인지 궁금하기도 했지만 결국 답은 정해져 있었다. 그리고 도준은 그걸 거스르지 못한다는 것 역시 알고 있었다.

남 회장은 차를 타고 어딘가로 향하는 중이었다. 하늘에서는 마침 소나기일지도 모를 비가 내리고 있었다. 도로를 달리던 차는 이내 천천히 멈춰 섰다.

"회장님, 우산 준비하겠습니다."

곽 실장의 말에 남 회장은 손사래를 쳤다.

"됐어. 바로 코앞인데 뭐 하러 그런 걸 준비해."

그렇게 말한 남 회장은 우산도 쓰지 않은 채 바로 앞에 있는 카페를 향해 뛰어 들어갔다. 그가 들어서자마자 이미 먼저 와 있던 상대는 환한 웃음을 지으며 남 회장을 반겨 주었다.

"남 회장님, 잘 지내셨어요?"

자리에서 일어난 유리는 남 회장이 앉기를 기다렸다가 따라서 의자에 앉았다.

"갑자기 비가 내려서 오시는 데 불편하셨겠어요."

예전에는 길고 탐스러웠던 유리의 머리카락이 똑단발이 되어 있었다. 그리고 검은색의 투피스를 입고 있는 그녀의 모습은 이제껏 남 회장이 봐 왔던 그녀의 모습과 사뭇 다르게 보였다.

"아니다, 아니야. 이 할애비가 괜히 비오는 날 너를 불러낸 게 더 미안하지."

"아니에요. 저 비 오는 날 좋아해요."

두 사람은 마치 친손녀, 친할아버지처럼 한없이 다정해 보였다.

"참, 카페 모카로 시켜 놨는데…… 괜찮으시죠?"

유리의 조심스러운 물음에 남 회장은 크게 고개를 끄덕이며 따스한 미소를 지었다. 소율을 대하던 때와는 상반된 모습이었다.

"암, 그럼. 괜찮고말고!"

하지만 그들의 대화는 더 이상 이어지지 못하고 어색한 침묵만이 흘렀다. 남 회장도 유리도 서로에게 염치가 없어서 쉽사리 먼저 말을 꺼내지 못하고 있는 상황이었다. 과거에는 아무리 자그마한 일도 서로 주고받으며 지냈는데 이제는 그러기가 쉽지 않았다.

"노인네가 참 염치가 없지……."

남 회장이 어렵사리 말을 꺼내자 유리는 붕붕 소리가 날 정도로 고개를 크게 저었다.

"그런 말씀 마세요."

유리가 그러면 그럴수록 남 회장은 더욱 옛일이 떠올라서 마음이 울적해졌다.

"아니다. 그날 이후로…… 내가 널 다시 불러낼 자격은 없는 건데 욕심을 냈어."

"전 남 회장님 오랜만에 봬서 좋은걸요."

유리는 말갛게 웃고 있었다. 그 웃음이 참으로 오랜만이라고 생각하며 남 회장은 마지막으로 보았던 그녀와의 일을 떠올렸다.

'죄송합니다. 전…… 한양 건설과 현설 그룹과의 미래를 이어 갈 수가 없습니다.'

유리는 애써 담담한 표정을 짓고 있었다. 하지만 그녀의 말투에는 물기가 어려 있었다. 그걸 눈치챈 남 회장은 유리의 손을 붙들고 애원하듯 물었다.

'다시 생각해 보면 안 되겠느냐.'

'오해하지 말아 주세요. 도준 씨는 좋은 사람이고 저도 그런 도준 씨와 잘해 나갈 수 있을 거라고 생각했습니다. 하지만……'

순간 유리의 표정에 씁쓸한 미소가 머물렀다가 사라졌다.

'그저…… 한양과 현설이 함께 미래를 만들어 나갈 수 없는 게 현실이라는 걸 알았기에 제가 먼저 손을 놓았습니다. 그러니 도준 씨를 원망하지 말아 주세요.'

마치 친손녀처럼 남 회장을 알뜰히도 챙겨 주던 유리였다. 하지만 그날을 기점으로 많은 것이 바뀌면서 남 회장은 모르고 있던 사실을 알아채고야 말았다. 도준에 관한 것이었다.

'죄송합니다, 회장님.'

그것이 마지막 인사였다. 깊이 고개를 숙여 사과하던 유리의 모습이 남 회장의 눈에는 아직도 선했다. 그렇게 끝을 맺고 떠났던 아이가 다시 눈앞에 앉아 있었다. 그녀는 여전히 남 회장 눈에는 한없이 예쁘고 가엾게만 보였다.

"노인네가 끝까지 욕심을 부려서 미안하다."

남 회장의 말에 유리는 고개를 갸웃했다.

"네? 갑자기 왜……."

남 회장은 오랜만에 유리의 손을 붙들고서 아련한 미소를 지었다.

"너 욕심내서 한양 건설에서 일 잘하고 있는 거, 늘 지켜보고 있었다. 그리고…… 이번에 하는 일은 내 못난 손자 놈이 나갈 거다."

그의 말에 유리의 표정이 서서히 굳어 갔다. 그걸 눈치챈 남 회장은 잡았던 그녀의 손을 슬쩍 놓아주었다.

"그래…… 내가 염치가 없어……. 다만, 내 죽을 날이 언젠지 헤아리는 노인이라 그렇다고…… 불쌍히라도 여겨 다오."

"회장님, 혹여라도 다시는 그런 말씀 마세요!"

표정이 굳어 있던 유리는 단번에 남 회장을 질책했다. 그녀는 여전히 남 회장을 위해 주고 있었다.

"내 후계자라고는 미우나 고우나 그놈뿐이야."

남 회장은 안타까움을 감추지 못하며 말을 이었다.

"그리고 내가 어리석었다. 그때…… 네가 마지막으로 날 찾아왔을 때…… 알았어야 했는데 말이다."

그의 말에 유리는 그저 씁쓸한 미소만 지었다.

"다 지난 일인걸요."

"정녕…… 미련은 없는 게냐?"

남 회장의 물음에 두 사람 사이에는 다시 정적이 흐르기 시작했다. 유리는 부정도 긍정도 하지 않았다.

"내가 실언을 했구나."

그래서 남 회장은 어쩌면……이라는 마음을 먹고 말았다. 아주 자그맣게 불타오르던 희망이 점점 더 커져 가기 시작했다.

"사실대로 말하마. 그때 네가 떠난 이유…… 후에 알게 되었단다. 그게 도준이의 문제였다는 것도."

헤어짐을 먼저 말한 것은 분명 도준이었다. 하지만 지금 유리에게는 그것이 그리 중요하지 않았다.

"문제라고 말씀하시지 마세요. 그래도 제게는 좋은 사람이었어요."

"그놈은 그럴 가치가 없어!"

하지만 남 회장은 유리의 말에 크게 반발했다. 그러나 그녀는 크게 당황하지 않고서 제 말을 이어 갔다.

"아니요. 도준 씨는 사랑을 아는 사람이었는걸요."

다시금 남 회장은 희망이 고개를 쳐드는 것을 느꼈다. 지금 눈앞에 있는 유리는 여전히 고운 마음씨를 지녔고 자신의 손자인 도준과 퍽이나 어울리는 아이로만 보였다.

"정말로…… 그렇게 생각해 주는 게냐?"

유리는 작게 고개를 끄덕였다.

"네, 좋은 사람이에요. 현명하고, 바르죠."

그녀의 대답에 남 회장은 숨도 고르지 않고 바로 말을 이었다.

"그럼 그 사실을 그놈에게 깨우쳐 주지 않으련? 이 노인네가 부탁하마."

"……네?"

영문을 알 수 없는 부탁에 유리는 다시 고개를 갸웃했다. 하지만 이건 남 회장에게는 다시없을 기회와도 같았다.

"내 손자가…… 도준이가…… 출신도 불분명한 여자를 집에 들였단다."

유리는 갑작스러운 전개에 도무지 얘기를 따라갈 수가 없었다. 그러나 남 회장은 멈추지 않았다.

"네게 이런 말 하는 거 몹쓸 짓인 거 다 안다. 죄는 내가 다 받으마. 다만…… 그 여자가……."

남 회장은 마지막 말을 차마 내뱉지 못하고 입술을 깨물었다. 그런 모습을 보며 유리는 조심스레 그의 손 위에 자기의 손을 겹쳤다. 그제야 남 회장은 힘겹게 나머지 말을 뱉어 낼 수 있었다.

"……그 여자가, 내 손자 놈의 아이를 가졌다고 하는구나."

생각지도 못한 얘기에 유리는 적잖게 충격을 받은 듯했다. 그녀의 눈동자는 혼란스럽게 흔들리고 있었다.

"미안하다, 아가……. 하지만 이 노인네가 욕심이……."

"아뇨."

유리는 남 회장의 손을 감싸고 있던 자신의 손을 거둬들였다. 그리고 조용히 주먹을 꼭 쥐었다.

자존심이 상했다. 도준이 먼저 약혼을 파기하자는 말을 꺼냈을 때도 오늘처럼 자존심이 상하진 않았다. 그에게 '피치 못할 사정'이 있다는 걸 알게 되었으니까. 부족함 모르고 자란 유리가 유일하게 도준을 포기한 이유도 그 '사정' 때문이었다. 그런데 그런 유리가 아닌 다른 여자를 택한 도준 때문에 자존심이 상할 수밖에 없었다.

"제가 용납 못 합니다."

이내 정신을 차린 유리는 또렷한 음성으로 단언했다. 그리고 어느새인가 다부진 표정을 짓고 있었다. 어떤 여자인지 모르겠지만 도준을 상대로 '임신'을 했다는 그 말은 거짓일 게 분명했다. 그리고 요사스러운 여자의 거짓말에 도준이 놀아나고 있는 게 분명하다는 생각이 들었다.

"더 이상 회장님을 탓하지 마세요."

유리가 겪어 온 도준은 그런 남자가 아니었다. 사랑을 아는 사람이었고, 두 사람의 미래는 너무도 완벽할 예정이었다. 하지만 그것이 깨지는 건 순간이었다. 약혼이 깨어지고 얼마 지나지 않아 도준이 술에 잔뜩 취해 유리를 찾은 일이 있었다.

'난…… 미래를 가질 수가 없는 몸입니다.'

그때서야 유리는 어째서 그가 이별을 택했는지 알 수 있었다. 그리고 그가 원하는 대로 도준을 놓아주었다. 그날 밤에도 오늘처럼 비가 내렸던 걸 유리는 어렴풋이 기억해 냈다.

"이제부터는 제가 바로잡고 싶어서 가는 길입니다."

유리는 이전에 보았던 때보다 훨씬 더 단단해져 있었다. 그런 그녀를 보면 남 회장은 더욱 미안한 마음이 들었다.

"아가……."

하지만 유리는 남 회장을 향해 고개를 저었다.

"아닙니다. 제 인생에 관한 일이니까 더 이상 절 가엾게만 여기지 말아 주세요."

도준은 그날 술에 취해서 기억 못 할지도 모르지만 유리는 또렷하게 기억하고 있었다. 그날의 그 참담한 심정을.

"제가, 바로잡아야 해요."

남 회장은 유리를 똑바로 바라보지도 못한 채 가볍게 고개를 숙였다.

"……늘 네게 짐을 주는구나."

"아닙니다. 이제 제게 마음 쓰지 마세요."

"어떻게 그럴 수가 있겠느냐. 너는……."

유리는 다시 고개를 저었다. 그리고 이내 자리에서 일어나 남
회장의 앞에 반듯하게 섰다. 그녀는 가방에서 명함을 꺼내어 그를
향해 공손한 손길로 내밀었다.

"단영 건설 전략실 본부장 고유리라고 합니다."

순간 회장은 그녀의 뜻을 알아차렸다. 이것으로 이제 지난 인
연은 끝이 난 것이다. 그녀는 지금의 자신으로 승부하겠다는 다짐
을 보여 주고 있었다.

"받고 싶지가 않구나."

하지만 아쉬운 것은 어쩔 수가 없었다. 예전에 곱기만 했던 유
리가 조금은 그리워졌다.

"받아 주셨으면 합니다."

유리는 여전히 다부진 표정으로 재차 명함을 내밀었다.

"……그래야겠지."

남 회장은 여전히 내키지 않는 표정이었지만 그녀가 내미는 명
함을 받아 들고야 말았다. 그제야 유리는 입가에 미소를 띠었다.

"앞으로 잘 부탁드리겠습니다."

그녀는 허리가 반으로 접힐 정도로 공손하게 인사를 했다. 그
러고는 제 볼일을 모두 마쳤다는 듯 가방을 챙겨서 몸을 돌려 카
페를 나섰다. 아무런 미련도 후회도 없는 시원스러운 걸음이었다.
시간이 흐르며 많은 것이 변했다는 걸, 남 회장은 새삼 깨달았다.

❖　❖　❖

　도준은 결국 혼자서 점심을 먹고 말았다. 소율에게 전화도 하지 못했다. 시간이 나지 않았다고 하는 건 변명에 불과할 것이다. 남 회장의 간섭에 도준은 약간 지친 기분이 들었다. 그리고 그 모습을 소율에게 들키고 싶지 않았다. 그래서 아무것도 하지 못한 채 계속 회사에서 시간을 보내게 되었다.

　"후우……."

　아무것도 하지 않는데도 한숨이 절로 새어 나왔다. 도준은 의자를 빙글 돌려서 통유리 너머의 하늘을 바라보았다. 맑게 갠 하늘은 오렌지 빛으로 물들어 있었다. 곧 해가 지면 퇴근을 해야 했다. 그 생각을 하니 그는 다시 마음이 무거워졌다.

　"안 들어갈 수도 없는 노릇이고……."

　그런 건 오히려 자신이 버틸 수 없을 것 같았다. 하루라도 소율을 보지 못하면 아마 지금보다 훨씬 더 힘들어질 거라는 걸 그는 알았다.

　도준은 다시 의자를 원상 복귀 시키며 책상에 턱을 괴었다.

　"보고는 싶은데…… 이런 모습 보이기는 싫다."

　도준은 눈을 감고 소율을 가만히 떠올려 보았다. 그녀의 모든 것이 그에게는 사랑스럽게만 보였다. 큰 두 눈을 가리고 있는 안경마저 소율의 매력이라는 생각이 들었다.

　"나도 참, 중증이군."

소율에 대해 떠올리는 것만으로 도준은 피식하는 웃음부터 났다. 할 수 있다면 사무실의 문을 열고 그녀가 자신만의 여자라고 온 세상에 외치고 싶었다. 그 정도로 도준에게 소율은 중요하고 소중한 존재였다.

"그런데…… 그런 여자한테 나는 뭘 하고 있는 거지."

모든 것을 내어 주고 싶을 만큼 사랑하는 소율에게 도준은 비밀을 간직하고 있다는 사실 때문에 가슴 한편이 찌릿하며 아파 왔다. 어쩌면 이제는 모든 것을 밝힐 때가 왔는지도 모르겠다는 생각이 들었다. 그녀를 정말로 사랑한다면 자신의 불임에 대해서 말해 주는 게 옳은 판단일 것이다.

"언제까지고 도망만 다닐 수는 없지. 나도 남자니까."

그렇게 도준이 다짐을 하는 순간, 누군가 사무실 문을 두들겼다. 도준이 들어오라는 말을 꺼냄과 동시에 박 실장이 모습을 드러냈다.

"이사님, 퇴근하시기 전에 확인해 주셔야 할 문건이 올라왔습니다."

"네, 보고해 주시죠."

어차피 해야 할 일이면 조금이라도 빨리 끝내고 돌아가야겠다고 생각했다. 그렇게 도준은 박 실장이 해 주는 이야기를 유심히 듣고 있었다.

"……라는 이유로 드림 광고에서 이번에 정한 캐치프레이즈는 '더 멀리, 더 높게'라고 합니다."

"아, 벌써 새로운 광고를 기획해야 할 시즌이 왔군요."

도준은 처음에는 별일 아닌 듯이 익숙하게 서류를 훑어보았다. 그러다 문득 '드림'이라는 단어에 그의 시선이 멈추고 말았다.

"드림……캐처라."

도준은 소율과 함께 갔던 명동에서의 일을 떠올렸다.

'방금 본 게 소원을 들어준다며 꼭 사라고 설득을 하더라고요. 그런데 원래 드림캐처가 그런 의미가 아니거든요. 그래서 아, 상술이구나 싶어서 그냥 나왔어요.'

'드림캐처? 아까 거미줄처럼 생긴 것 말이죠? 그럼 원래는 무슨 의미가 있는데요?'

'음…… 그냥 별것 없어요.'

별것 아니라며 소율은 드림캐처의 의미를 끝까지 알려 주지 않았다. 하지만 별것 아니라던 말과 달리 그녀의 눈빛은 그렇지 않았던 걸 도준은 기억해 냈다.

"박 실장님, 드림캐처라고 아십니까?"

"드림캐처 말씀입니까."

느닷없는 질문에 박 실장은 처음에는 고개를 갸웃했다. 하지만 이내 도준이 원하는 대답을 들려주었다.

"글쎄요. 저도 잘 알지는 못하지만 저희 딸아이가 원해서 사다 준 적이 있습니다. 아마, 악몽을 쫓아 주는 일종의 주술 도구라고 들은 것 같습니다."

"그렇군요. 악몽을 쫓아 주는 도구라……."

도준은 노트북 화면에서 인터넷 창을 더블 클릭 했다. 그리고 드림캐처를 검색해 보았다.

"단순한 거미줄이 아니었군요."

그렇게 검색 결과를 살펴보던 도준은 드림캐처를 직접 만들 수 있다는 블로그를 찾아냈다. 그는 눈을 빛내며 내용을 자세히 읽어 내려갔다. 생각보다 많이 어렵지는 않은 것 같았다. 도준은 이내 눈앞에 있는 박 실장에게 시선을 돌렸다.

"박 실장님, 퇴근 전에 미안하지만 제가 메모해 드리는 재료 좀 사다 주실 수 있겠습니까."

"국내에서 구할 수 있는 물건이라면 금방 구해다 드리겠습니다."

"당연히 국내에서도 구매가 가능한 물건들입니다."

도준은 이내 메모지에 드림캐처를 만들 수 있는 재료들을 적어 나가기 시작했다. 그리고 곧장 박 실장에게 그것을 내밀었다.

"최대한 빨리 부탁드리겠습니다."

메모지에 적힌 재료를 보며 박 실장은 다시 고개를 갸웃했다. 하지만 이내 평소의 모습으로 돌아와 살짝 고개를 끄덕이고서 이 사실을 빠져나갔다. 그 모습을 끝까지 바라보던 도준은 박 실장이 나가자마자 길게 한숨을 내쉬었다.

"오늘은 집에 돌아가는 게 좀 늦어질지도 모르겠네."

도준의 마음은 복잡해졌다. 직접 만든 드림캐처를 보고서 기뻐할 소율의 모습이 기대가 되기는 하지만 불임에 대한 얘기를 듣고 놀랄 그녀의 모습을 떠올리면 마냥 들떠 있을 수가 없었다. 하지만 언젠가 알게 될 일이라면 적어도 자신의 입을 통해 알려 주는 편이 가장 나을 것이란 생각엔 변함이 없었다.

소율은 아주 조금 기분이 좋지 않았다. 오늘 단 한 번도 도준에게서 연락이 없었던 것이다. 물론, 회사 일이 바쁠 거라고 이해는 했다. 게다가 소율도 괜히 먼저 연락할 수가 없었다. 하지만 그래도 서운한 건 별수 없었다.

"도준 씨가 출근한 이후로는 쭉 혼자네."

소율은 김이 모락모락 올라오고 있는 찻잔을 내려다보며 나지막이 중얼거렸다. 낮에는 안양댁이 함께여서 약간은 괜찮았다. 하지만 그녀가 퇴근하는 늦은 저녁이 되면 허탈한 기분이 들었다. 이 넓은 집에 혼자 남으면 어쩔 수 없이 복잡한 생각들이 절로 밀려들었다.

"얼른 돌아오지 않으려나."

소율은 매끄러운 찻잔의 표면을 손가락 끝으로 덧그려 갔다. 한숨이 절로 나오려는 순간, 낮지만 선명하게 자동차의 엔진 소리가 들려왔다. 지나가는 차일지도 모른다. 하지만 소율은 부풀어 오르는 기대감을 억누르지 못하고 자리에서 일어섰다. 그리고 통유리 창 근처로 다가가 밖을 기웃거렸다.

"온 건가……?"

자동차의 주황빛 헤드라이트가 소율의 눈에도 분명히 보였다.

그리고 그것은 이내 천천히 사라져 갔다.

"……아닌가."

소율은 실망감을 감추지 못하며 다시 자리로 돌아와 앉았다. 이런 식의 기다림은 익숙하지 않았다. 아이를 위해서도 일은 잠시 쉬려고 했지만 아무래도 계속 이렇게만 지내야 한다면 소율은 견딜 수 없을 것 같았다. 그녀에게는 도준을 기다리는 일상이 아닌 다른 무언가가 필요했다.

"집에서 할 수 있는 게 뭐가 있을까……. 책만 읽는 건 어차피 금방 지루해질 테고, 재택근무라도 찾아봐야 하나."

소소하게라도 무언가 집중할 만한 일이 생기면 적어도 하루가 길게는 느껴지지 않을 것이다. 그렇게 생각하며 소율은 휴대폰을 쥐어 들었다. 그리고 재택근무라는 단어를 검색하려 할 때쯤, 철컹거리며 문이 열리는 소리가 들려왔다. 소율은 당장 고개를 돌려 그 소리의 근원지를 바라보았다.

"다녀왔습니다."

도준은 마침 신발을 벗고 들어오려 하고 있었다. 소율은 다시 자리에서 일어나 그의 곁으로 쪼르르 달려갔다.

"늦으셨네요. 저녁은 드셨어요?"

"어쩌다 보니 이렇게 늦고 말았네요. 저녁은 간단하게 먹었습니다. 소율 씨는 먹었어요?"

"저도 이미 먹고 차 마시던 참이에요."

"잘했어요. 반찬 가리지 않고 든든하게 먹었죠? 홀몸이 아니니까 잘 챙겨 먹어야 해요."

연인은 서로의 얼굴을 보기만 해도 좋은지 연신 미소로 대화를 나누었다. 그러고서 도준이 갑자기 두 팔을 벌렸다.

"나 방금 인사하는 건 들었죠? 소율 씨는 인사 안 해 줄 겁니까."

"네? 저도 인사한 것 같은데…….."

도준의 행동에 소율은 영문을 몰라 하며 그를 빤히 바라보았다. 하지만 그는 여전히 두 팔을 활짝 벌린 채 고개짓을 해 보였다.

"아, 내 품이 너무 춥네. 소율 씨가 없어서 그런가 너무 춥다."

혼잣말처럼 너스레를 떠는 도준 덕분에 소율은 뒤늦게야 그의 뜻을 이해할 수 있었다. 그녀의 얼굴이 천천히 붉게 물들기 시작했다. 소율은 조심스럽게 도준의 곁으로 다가가 품에 포옥 안겼다.

"……어서 오세요."

소율이 기어들어 가는 목소리로 말하자 도준은 입가에 만족스러운 미소를 띠었다.

"네, 다녀왔습니다."

그렇게 답한 도준은 갑작스레 몸을 숙이더니 소율의 이마에 입을 맞추었다. 볼을 붉게 물들인 소율은 더욱 그의 품 안으로 파고들었다. 그의 따스한 온기를 느끼고 있으려니 방금 전까지 고민했던 것들이 모두 날아가는 것 같았다.

"우리 기적이가 얼마나 무거워졌는지 한번 확인해 봐야겠습니다."

도준은 소율의 다리를 감싸더니 그녀를 번쩍 안아 들었다. 공
주님처럼 그의 품에 안긴 꼴이 된 소율은 놀란 눈을 하고서 그를
보았다.

"위험해요. 내려 주세요."

"음…… 전혀 무겁지 않은데요. 아무래도 소율 씨는 기적이를
위해서라도 좀 더 먹어야 할 것 같습니다."

그는 고개를 내젓더니 소율을 안은 채로 성큼성큼 걸음을 옮겼
다. 도준은 거실로 곧장 향하더니 안고 있던 그녀를 조심스레 소
파에 앉혔다. 그리고 자신도 그녀의 옆에 자리를 잡았다.

"오늘 늦은 건 다름이 아니라 소율 씨를 위한 선물을 준비하는
데 조금 시간이 걸려서 그랬습니다."

그러고 보니 도준의 손에는 종이백이 들려 있었다. 내용물을
알 리 없는 소율은 고개만 갸웃했다.

"선물……이요? 오늘 무슨 날도 아니고 갑자기 웬 선물이에
요."

"별로 대단한 건 아닙니다. 그냥 소율 씨가 생각이 나서 제멋
대로 준비한 겁니다."

도준은 들고 있던 종이백을 소율을 향해 내밀었다. 그걸 받아
든 그녀는 조심스레 내용물을 꺼내 들었다. 안에 든 것은 다름 아
닌 드림캐처였다. 아이보리색의 줄이 얼기설기 엮여 있고 흰색 깃
털이 길게 늘어져 있었다.

"이걸 사 오신 거예요?"

하지만 드림캐처는 한눈에 보기에도 전체적으로 마감이 어설펐

다. 괜한 돈을 쓰게 만든 것 같아서 소율은 미안한 마음이 들었다.

"아니요. 정확히는 재료만 샀습니다."

"그게 무슨…… 재료만 샀다고요? 그럼 이걸 만든 건……."

소율은 단번에 그의 말을 이해할 수가 없었다. 그렇지만 자랑스럽고 당당한 표정으로 자기를 손가락질하는 도준을 보며 이 드림캐처를 만든 게 그라는 걸 깨닫고 말았다. 그녀는 놀란 듯 두 눈을 크게 떴다.

"이걸 정말 도준 씨가 만들었어요?"

"네. 분명하고 확실하게 제가 만들었습니다. 생각보다 많이 어렵지는 않더라고요."

마감 처리가 어설프다고 생각했는데 그건 너무도 당연한 것이었다. 익숙하지 않은 손길로 드림캐처를 만들었을 도준을 떠올리니 소율은 픽 하는 웃음부터 새어 나왔다. 그리고 이내 그의 따스한 배려가 그녀의 마음에 스며들었다.

"일만 하기도 바빴을 텐데 고마워요. 이건 방에 걸어 두고 매일 바라볼게요."

소율은 그가 직접 만든 하얀 드림캐처를 소중하게 품에 끌어안았다.

"소율 씨를 위해서라면 이 정도 수고는 당연하게 할 수 있습니다. 그리고 사실 이건 일종의…… 뇌물입니다."

"뇌물……. 그냥 선물이 아니라요?"

소율의 물음에 도준은 작게 고개를 끄덕였다. 그리고 그는 이내 진지한 눈빛으로 그녀의 손에 자신의 손을 겹쳤다.

"사실은 오늘 말하지 않으면 안 될 일이 두 가지 있습니다."

그렇게 말하는 그의 음성은 무척이나 무겁게 느껴졌다. 직접 만든 드림캐처를 두고 뇌물이라고 말할 정도인 걸 보면 아마도 가볍게 넘길 만한 일은 아닌 것 같다는 예감이 들었다.

소율의 표정도 그를 따라 진지하게 변해 가기 시작했다. 그걸 본 도준은 복잡한 심정을 느꼈다. 하지만 지금 말하지 않으면 앞으로도 힘들 것이란 걸 그도 잘 알고 있었다.

"사실은……."

어렵게 입을 뗀 도준은 쉽사리 뒷말을 잇지 못했다. 그는 손끝에서 느껴지는 소율의 온기에 더욱 기대며 그녀의 손을 강하게 쥐었다. 제발 이 얘기를 듣더라도 그녀가 자기를 미워하지 않기만을 바랐다.

"……난 이전에 불임 판정을 받았습니다. 내 피를 이은 아이를 갖기는 무척이나 어렵다고 말입니다."

순간 소율은 자신의 귀를 의심했다. 분명 불임이라는 단어를 들은 것 같은데……. 그것도 다른 누구도 아닌 도준의 입에서 나온 말인데도 믿을 수가 없었다.

"무슨…… 지금 농담하시는 건가요?"

그녀는 애써 어색하게 미소 지으며 반문했다. 도저히 마냥 믿을 수가 없는 이야기였다. 도준이 질 나쁜 농담을 하고 있는 것이라면 그저 웃어넘기려고 했다. 하지만 그러기에는 그의 표정은 여전히 너무도 진지했다.

"농담이 아닙니다. 원한다면 내 주치의에게 확인시켜 줄 수도 있습니다."

"그걸 지금…… 저보고 믿으라는 얘기인가요."

소율은 저도 모르게 그가 잡고 있는 손을 뿌리치고 말았다. 그는 지금 자신의 배 속 기적이의 존재 자체를 부정하는 말을 하고 있었다. 그걸 쉽게 받아들이는 건 무척이나 어려운 일이었다.

"어째서 지금 그런 이야기를 꺼내는 거죠. 이제 와서 저나 기적이가 귀찮아진 건가요."

그녀의 말투는 무척이나 날카로웠다. 이럴 줄 알았다면 역시 혼자 낳아서 기를 걸 그랬다는 후회도 되었다. 소율의 안에 있었던 도준에 대한 믿음이 조금씩 사라지고 있었다.

"아니요. 그런 건 절대 아닙니다. 난 그럴 생각으로 얘기를 꺼낸 게 아닙니다. 단지 소율 씨에게는 솔직하게 말해야겠다는 생각을 했습니다."

도준을 바라보는 소율의 시선에 불신의 빛이 떠올랐다. 그걸 보는 도준은 가슴이 갈가리 찢어질 듯 아프고 괴로웠다.

"제발…… 내 말을 들어줄 수 없겠습니까. 소율 씨를 기만하기 위해서 이런 말을 꺼내는 게 아닙니다."

소율은 은연중에 자기의 배를 쓰다듬었다. 기적이가 만들어지게 된 건 그와의 하룻밤이었다. 그것 외에 그녀는 단 한 번도 다른 남자와 관계를 갖지 않았다. 하지만 도준이 불임이라면 이 아이는 어디에서 온 것일까. 답은 뻔히 정해져 있는데도 도준은 여전히 불임에 대한 얘기를 꺼내고 있었다.

"얘기……해 보세요. 그걸 믿을지 말지는 도준 씨의 이야기를 들은 후에 결정할게요."

소율의 시선은 여전히 차가웠다. 방금 전까지 그의 품에 안겨서 볼을 붉히던 모습은 어디에서도 찾아볼 수가 없었다. 도준은 씁쓸한 마음을 애써 감추며 차분하게 얘기를 이어 갔다.

"불임이라는 사실은 건강 검진 중에 알았습니다. 나도 처음에는 믿을 수 없어서 여러 병원을 전전했지만 대답은 모두 같았습니다. 그리고 마지막으로 주치의에게 찾아갔고 돌아오는 대답은 여전히 불임이라는 사실이었죠. 그래서 파혼을 했습니다."

도준은 소율을 처음으로 만났던 그날 일을 떠올렸다. 하늘에서도, 그의 마음에서도 비가 내리던 그날, 유일하게 우산을 건네준 건 그녀였다. 그리고 그 사소한 일을 계기로 그녀는 그의 버팀목이 되어 주었다.

"그러던 와중에 소율 씨를 만나게 되었고 임신 사실을 알았습니다. 그 사실을 주치의에게 말했더니 그러더군요. 완전한 불임은 없다고 말입니다. 아주 희박하지만 서로의 상성이 맞으면 임신도 가능하다고 했습니다. 소율 씨를 만나기 전에는 그저 가능성에 불과했던 일이 기적이 되어 돌아온 겁니다."

도준은 희미하게 미소를 띠었다. 그런 그를 보며 소율은 마음이 흔들렸다. 그의 이야기를 끝까지 듣지 않고 오해부터 한 사실이 너무도 미안했다. 그리고 당장이라도 그를 품에 안고서 괜찮다며 위로해 주고 싶었다. 하지만 소율은 입술을 깨물며 애써 버텼다.

"그러니까 나에게는 소율 씨도, 그리고 그 안에 머물러 있는 새 생명도 모두 기적 같은 일입니다."

그는 처연한 눈빛으로 소율을 보았다. 그녀의 눈동자는 흔들리고 있었다. 이 모든 사실을 마냥 받아들여야 할지, 아니면 의심을 해야 할지 쉽게 판단이 서지 않았다.

"역시 믿지…… 못하겠죠. 아마 나라도 그럴 겁니다."

마음이 눈에 보이는 것이라면 당장이라도 제 가슴을 열어 보여 주고 싶었다. 하지만 그럴 수 없기 때문에 도준은 더욱 안타까웠다. 이렇게나 사랑하는 사람을 상처 입히는 일은 하고 싶지 않았다. 모두 자신의 죄인 것 같았다. 그녀가 자신에게 마음을 연 그 순간에 조금의 숨김도 없이 솔직해야 했는데 그러지 못했다는 게 도준의 마음을 불편하게 했다.

"……확인을 해야겠어요. 도준 씨의 말이 사실인지 아닌지."

겨우 입을 연 소율의 말에 도준은 작게 고개를 끄덕였다. 차라리 아주 부정은 하지 않아서 다행이라는 생각이 들었다.

"그래요. 소율 씨가 원한다면 당연히 해야죠. 주치의에게 연락해서 곧 만날 약속을 잡겠습니다."

소율은 머릿속이 복잡했지만 그럼에도 도준을 믿고 싶은 마음이 더 컸다. 그리고 확인을 한다고 해도 이미 일어난 일들에 대해서는 변함이 없을 거란 것 역시도 알았다. 하지만 직접 의사를 만나서 얘기를 들어야만 완전히 이해할 수 있을 것 같았다.

"그리고."

겨우 마음을 진정시키며 그녀는 다시 말을 이어 갔다.

"이 얘기를 다른 사람들도 알고 있나요?"

그녀의 물음에 도준은 고개를 저었다. 의사와 병원에게도 단단히 입막음을 시켜 뒀으니 쉽사리 발설하지는 않았을 거다.

"소율 씨에게 처음으로 꺼낸 얘기입니다. 그러니 제 입을 통해 이 이야기를 들은 사람은 아마도 소율 씨가 최초겠죠. 그 외의 방법으로 알아내려고 한다면 알 수도 있겠지만요."

"그래요, 제가 처음이군요."

소율은 그의 말을 되뇌며 찬찬히 생각을 해 보았다. 임신 사실을 무척이나 반기던 도준의 행동이나 그녀를 달갑지 않게 여기던 남 회장의 반응까지. 모든 이유는 단 하나였다. 그가 불임이기 때문이었다. 도준이 그 사실을 직접 말한 건 소율 한 명뿐이라고 하지만, 남 회장도 알고 있는 게 분명했다. 그렇다면 남 회장이 소율을 그토록 반대하는 이유도 납득이 되었다.

"제가 도준 씨의 불임을 확인하고 난 후에 회장님께도 말씀드리는 게 좋을 것 같아요."

그녀는 작게 한숨을 내쉬었다. 그리고 그제야 도준의 손을 다시 마주 잡아 주었다.

"아마 회장님께서는 모두 알고 계실 거예요."

잠시 놓쳤던 온기가 다시 전해지자 도준은 가슴이 벅차올랐다. 누구를 용서하고 말고의 문제는 아니었지만 그래도 그는 소율에게 용서를 받은 기분이 들었다.

"혼자서 고민하느라 고생 많았겠어요."

이해를 받았다는 생각에 도준은 울컥 눈물이 날 것만 같았다.

여전히 자신이 죄인이라는 느낌은 사라지지 않았지만 그래도 소율은 그를 탓하거나 매도하지 않았다. 그녀가 자신을 완전히 믿지 못할 거라는 불안감은 여전히 남아 있었지만 그래도 그녀가 건네는 위로가 너무도 고마웠다.

"미안합니다. 정말……."

"그런 말씀은 마세요. 그러면 마치 저나 기적이가 부정당하는 것 같아서 기분이 좋지 않아요."

소율은 도준의 손을 두어 번 톡톡 두들겼다. 이제 이 이야기는 그만하자는 그녀 나름의 신호였다.

"그래서, 하고 싶은 이야기가 두 가지라고 했잖아요. 이미 첫 번째 폭탄은 터트렸으니 나머지도 마저 터트려 보세요."

"많이…… 놀랐습니까?"

"누가 들었더라도 많이 놀랄 수밖에 없는 이야기잖아요."

"미안……."

또다시 사과하려는 도준의 입을 소율이 손끝으로 막았다. 그러고서 천천히 고개를 저었다. 도준이 알았다는 듯 고개를 끄덕이는 걸 본 후에야 소율은 손을 떼어 냈다.

"괜찮으니까 말해 보세요. 이 이상 놀랄 만한 일이 더 있나요?"

"놀랍다고 해야 할지……. 혹시나 기분이 상할 수도 있을 법한 이야기입니다."

도준은 이번에도 주저하고 있었다.

"들을 준비 됐습니까?"

이번 이야기도 역시 쉽지만은 않은 것 같았다. 소율은 이야기를 듣기 전에 심호흡을 깊게 했다.

"아마도…… 준비된 것 같아요."

확실하지는 않았지만 이렇게 피할 수만은 없었다. 어쨌거나 도준이 진실을 전하고 싶다면 소율은 그걸 받아들이면 되는 문제였다. 하지만 그 정도에 따른 데미지는 어떻게 해야 할까. 그런 점이 조금 고민되기는 했지만 일단 소율은 좋은 쪽으로 마음을 다잡았다.

"사실은……."

도준은 잠시 뜸을 들인 후에 이야기를 이어 갔다.

"내 전 약혼자인…… 한양 건설의 고유리 본부장과 함께 일하게 되었습니다."

"고유리 씨라면……."

고유리라면 소율도 알고 있었다. 그녀의 삼촌이 소율의 상사였기 때문이다. 즉 단영 건설의 이사가 유리의 삼촌인 게 된다.

일하면서 간혹 마주쳤던 유리는 무척이나 청순한 느낌이 강했다. 그리고 같은 여자가 보기에도 보호본능을 불러일으키고는 했다. 그런 여자가 도준의 약혼자였다니……. 생각지도 못한 사실에 소율은 살짝 위기의식이 느껴졌다.

"그랬군요. 그분이 도준 씨의 전 약혼자였군요."

도준의 손을 붙잡고 있던 그녀가 다시금 손을 떼어 내려고 했다. 하지만 이번에는 도준이 그것을 허락하지 않았다. 그는 더욱 세게 소율의 손을 잡아 쥐며 단호하게 말했다.

"모두 과거일 뿐입니다. 지금 내게는 소율 씨와 기적이밖에 없어요. 그러니까 솔직하게 말한 겁니다. 숨길 만한 일이 아니라고 생각했으니까요."

도준이 말하는 이유도 납득이 되었다. 오히려 그가 이 사실을 숨기려고 했다면 더한 오해가 생겼을 것이 뻔했다.

"알겠어요. 다 이해해요. 단순히 일만 하는 거라면……."

그럼에도 여자이기 때문일까. 소율은 완전히 마음을 놓을 수가 없었다. 게다가 유리는 도준과 한 번의 인연이 있었던 상대였다. 말로는 알겠다고 했지만 쉽사리 허락하고 싶지는 않았다.

"하나만 약속해 줘요."

그래서 소율은 조금은 욕심을 부려 보기로 했다. 그녀에게는 무언가 확신이 필요했다. 그가 정말로 자기를 위한다면 더욱 그랬다.

"이제는 어떤 상황에 있든 나에게 꼬박꼬박 연락해 주는 거예요. 그렇지 않으면 제가 직접 회사로 찾아갈지도 몰라요."

"겨우 그거?"

"겨우 그거라뇨. 오늘도 하루 종일 연락이 없어서 얼마나……."

거기까지 말한 소율은 아차 싶은 마음이 들었다. 하지만 이미 도준이 모두 듣고 난 후였다. 그의 입가에는 흐뭇한 미소가 걸리기 시작했다.

"연락이 없어서 얼마나, 그다음에는 뭡니까?"

"음…… 말 안 할래요."

"내가 무척 듣고 싶다고 부탁해도 안 해 줄 겁니까?"

다시 여유를 찾은 도준을 소율은 새침한 눈빛으로 바라보았다. 말해 주지 않아도 벌써 알고 있으면서 심술을 부리고 있는 게 분명했다. 그게 괘씸해서 얘기해 주지 말자는 생각도 들었다. 하지만 소율은 이내 도준의 곁으로 바짝 다가가며 귓가에 나지막이 속삭였다.

"많이…… 외로웠어요."

그녀의 대답을 듣고야 만 도준은 지금까지 무거웠던 마음이 모두 사라지는 걸 느꼈다. 그는 그녀가 도망가지 못하도록 품 안에 감싸 안았다. 그리고 소율이 했던 것처럼 귓가에 나지막이 속삭였다.

"고맙습니다. 내 곁에 있어 줘서."

도준의 간절한 진심이 소율에게도 전해졌다. 그녀는 가만히 눈을 감고서 그의 등을 쓸어 주었다. 그 혼자서만 무겁게 짊어지고 있던 무거운 짐을 이제는 나눠 갖게 된 것이다. 그걸로 그가 조금이라도 위로받을 수 있다면 그것으로 되었다고, 소율은 생각했다.

"아."

소율은 불현듯 무언가가 떠올랐다. 집에서 도준을 마냥 기다리지 않아도 되고, 전 약혼녀와의 사이를 경계할 수도 있는 확실한 방법을 말이다.

"좋은 방법이 생각났어요."

그녀는 도준의 품에서 살짝 떨어지며 반짝이는 눈동자로 그를 올려다보았다.

"무슨 좋은 방법이요?"

도준의 물음에 소율은 천진난만한 표정을 지으며 곧바로 답했다.

"제가 도준 씨의 회사에 출근하는 거예요. 전에 말씀하셨잖아요. 저를 스카우트하고 싶었다고. 그러니까 이번에 확실하게 스카우트해 가면 되잖아요."

당시에는 낙하산이라는 입장이 마음에 들지 않아서 거절했던 소율이었다. 하지만 이제는 이 정도의 뻔뻔함은 괜찮을 것이란 생각이 들었다. 어차피 착하게만 굴어도 두 사람의 사이를 환영하는 사람은 없을 것이다. 그럴 바에는 이 정도로 뻔뻔하게 구는 것도 나쁘지 않을 거 같았다.

"도준 씨한테 월급을 받는 건 좀 이상하지만 어차피 돈 벌려고 하는 일이 아니니까요. 출산 휴가는 당연히 받을 거고 그게 안 된다면 그냥 임시적인 계약직이라도 상관없어요."

조목조목 따져 가며 말하는 소율을 보고서 도준은 당황한 기색을 감추지 못하고 있었다. 느닷없는 전개에 그는 쉽게 따라갈 수가 없었다.

"그러니까 소율 씨가…… 우리 회사에 취직을 하겠다는 겁니까?"

"네. 정확히는 도준 씨의 힘을 빌려서 낙하산으로 비서실에 들어가고 싶어요."

소율의 당당한 요구에 도준은 잠시 할 말을 잃었다. 그가 이제까지 알아 왔던 소율은 쉽사리 그런 부탁을 하는 사람이 아니었다. 하지만 그런 그녀가 이렇게까지 말한다는 것은 분명 이유가 있을 것이다. 그럼에도 도준은 여전히 당혹스러움을 감추지 못했다.

"왜 갑자기 그런 생각을 하게 된 겁니까?"

도준은 최대한 침착함을 가장하며 소율에게 물었다. 하지만 그녀는 여전히 입가에 미소를 띠며 당연하다는 듯 대답을 했다.

"더 이상 이 집 안에만 갇혀 있기 싫어서요."

그녀의 말속에는 단호함이 담겨 있었다. 하지만 소율이 하고 싶은 말은 거기서 끝나지 않았다.

"기적이를 생각하면 이대로 가만히 지내는 게 가장 좋기는 하겠지만, 실제로 아무것도 안 하고 지내다 보니 그 편이 더 스트레스가 되는 것 같아요. 그러니까 원래 일하던 생활로 돌아가는 게 훨씬 더 도움이 될 것 같아요."

도준은 그녀의 말을 멍한 표정으로 듣고만 있었다. 그제야 소율은 그의 눈치를 살피며 조심스레 물었다.

"혹시 도준 씨는 내키지 않나요?"

소율의 물음에 도준은 번쩍 정신을 차렸다.

"그렇지는 않습니다. 그저 너무 갑작스러워서 그래요."

"그렇죠. 저도 너무 이기적인 부탁이라고 생각해요. 하지만……."

도준은 살짝 고개를 저었다. 그녀가 무엇을 말하고 싶어 하는지 이해가 되었다.

"더 이상은 말하지 않아도 괜찮습니다. 나도 소율 씨를 언제까지고 새장에 갇힌 새처럼 대할 생각은 없습니다. 다만 걱정이 되는 건 기적이와 당신의 건강입니다."

"그래서 이기적이라고 말씀드린 거예요. 만약에 조금이라도 몸에 이상이 느껴진다면 제대로 일을 하지 못할 테니까요."

그는 소율의 머리를 가만가만 쓰다듬었다. 그 손길이 무척이나 조심스럽고 따뜻해서 도준의 마음이 그녀에게 절로 와닿았다.

"하지만 이대로 따분하게 하루를 보내는 것도 내키지 않는 거죠?"

도준의 물음에 소율을 고개를 끄덕였다. 그러고서 머리를 쓰다듬고 있는 그의 손을 잡아서 자신의 무릎 위에 올려 두었다. 도준은 그런 소율의 손 위로 다시 자신의 것을 겹쳤다.

"그렇다면 무리가 되지 않는 선에서 소율 씨가 하고 싶은 대로 하도록 해요. 모든 책임은 내가 지겠습니다."

"도준 씨가 그렇게 말하면 정말로 제 마음대로 굴지도 몰라요. 그래도 괜찮다고 말할 거예요?"

"당연하죠. 소율 씨라면 절대 그럴 리가 없으니까요. 만약에 그런 일이 일어난다고 해도 나는 상관없습니다. 우리 두 사람이 함께할 수 있다면 그것만으로도 충분하니까요."

소율은 도준을 향해 온화한 미소를 지어 보였다. 그리고 고마움의 인사를 대신해서 그의 손등에 짧게 입을 맞추었다.

"믿어 줘서 고마워요. 도준 씨나 기적이에게 피해가 가지 않도록 조심히, 그리고 열심히 할게요."

소율은 그의 걱정도, 배려도, 모두가 고마웠다. 그건 도준도 마찬가지였다. 자기의 손을 놓지 않고 여전히 잡아 주는 그녀가 너무도 사랑스럽고 고마운 마음으로 가득했다.

"이왕 이렇게 됐으니 내일부터 같이 출퇴근 할까요?"

"당장 인사 결정이 나지도 않았는데 갑자기요?"

"뭐, 어떻습니까. 어차피 낙하산이니까 박 실장에게 한마디 귀띔만 해 두면 될 겁니다."

도준의 말에 소율은 소리 내어 웃었다. 그는 변함없이 누구보다 결정이 빨랐다. 그랬기 때문에 이 인연이 이어진 것일지도 모른다.

"그럼, 그렇게 해요. 어차피 저는 낙하산이니까요."

소율은 평소답지 않게 개구진 웃음을 띠며 도준의 결정을 긍정적으로 받아들였다. 함께 있어서일까. 그녀도 점점 도준을 닮아 가는 것 같다는 느낌이 들었다.

b

오랜만에 입어 보는 정장이었다. 단지 평소와 다른 건 하이힐 대신에 로퍼를 신고 있다는 점이었다. 소율은 거울에 비치는 자신의 옷매무새를 가다듬고 진료실로 천천히 걸음을 옮겼다. 곁에 선 도준은 병원에 도착한 이후로 줄곧 말이 없었다.

"오늘은 귀한 손님이 오셨구만."

김 박사는 여전히 머리가 희끗희끗했다. 하지만 도준에게 불퉁한 태도로 일관하던 모습과는 다르게 소율을 향해서 다정한 미소를 지어 보였다.

"우리 아가씨가 능력 없는 남자 만나서 고생이 많겠어, 그래."

아무런 격의 없는 태도에 소율도 처음에는 당황했지만 이내 이해가 되었다. 김 박사와 도준의 사이는 그 정도로 절친한 것이다. 마치 친손자를 대하는 할아버지와 다를 바가 없어 보였다.

"정말 능력이 없었다면 저를 만나지도 못했을 텐데요. 저는 충분히 만족하고 있습니다."

소율이 웃는 낯으로 말하자 김 박사는 껄껄거리며 유쾌한 웃음을 터트리곤 자신의 무릎을 탁 내리쳤다.

"그래, 그렇구만. 우문현답이야. 이제 보니 아가씨가 괜한 복덩이가 아닌 걸 알겠구만."

"과찬이세요. 저도 아직 모자란 게 많습니다."

"서로 모자란 점을 천천히 채워 나가는 게 남녀 관계이지. 그게 진정한 인연이고 말일세."

김 박사는 작게 고개를 끄덕이며 이야기를 이어 갔다.

"내가 나이를 먹어서 그런가 제일 중요한 걸 묻지 않았구만그래. 우리 아가씨는 성함이 어떻게 되시는가?"

"한소율이라고 합니다."

"한소율이라……. 이름도 참으로 곱군. 도준이한테는 한참 아까워."

소율의 이름을 되뇌던 김 박사는 여전히 인자한 미소를 띠며 소율을 향해 물었다.

"그래서, 오늘은 뭐가 알고 싶어서 이렇게 직접 나를 찾아왔누?"

그제야 소율은 여전히 말이 없는 도준을 슬쩍 바라보았다. 스스로 물을 수도 있었지만 본인을 앞에 두고서 멋대로 이야기를 진행시켜도 되는지 판단이 서지 않았다.

그런 소율의 기척을 눈치챈 것인지 묵묵히 자리만 지키고 있던 도준이 천천히 입을 열었다.

"제 불임에 대해 김 박사님의 이야기를 듣고 싶어서 찾아왔습니다."

"불임이라……."

도준의 말에 김 박사는 잠시 생각하는 듯싶더니 이내 명쾌하게 대답했다.

"이미 소율 씨가 임신이 되었으니 더 이상 불임이라고 부르기도 명확하지 않지."

"그건 그렇습니다만…… 그 이전의 상태를 확인하고자 온 겁니다."

얘기는 도준이 하고 있음에도 불구하고 김 박사의 시선은 여전히 소율을 향해 있었다.

"그래, 우리 소율 씨가 그 얘기가 궁금하다고 했나 보구만."

"네, 아무래도 그렇게 쉽게 믿을 수 있는 얘기는 아닌 것 같아서요."

"그럼 우리 같이 한번 보도록 합세."

김 박사는 예전에 도준을 검진했던 검진표를 꺼내어 소율의 앞에 내밀었다. 그리고 다정한 음성으로 설명을 이어 갔다.

"검진표만 봐서는 단번에 이해가 가지 않겠지만 도준이의 정자 활동성은 평범한 남성들에 비해서 현저하게 낮다네. 수치상으로는 거의 무정자증에 가깝지. 그래서 나뿐만이 아니라 대부분의 의사들이 불임 판정을 내릴 수밖에 없었지."

"하지만 김 박사님, 실제로 저는 도준 씨의 아이를 임신하게 되었어요. 무정자증이라면 그건 불가능하지 않나요?"

소율의 물음에 김 박사는 의미심장한 미소를 짓더니 이내 고개를 내저었다.

"수치상으로는 무정자증이라는 거지. 아주 정자가 없는 것은 아니라네. 그러니 불가능이라는 말도 할 수가 없는 게야. 그리고 이건 이전에 도준이에게도 말했지만……."

김 박사는 도준의 눈치를 한 번 살피더니 이야기를 이어 갔다.

"남녀 간에 무엇보다 중요한 건 속궁합이라네."

"속궁합……."

생각지도 못한 대답에 소율은 볼을 살짝 붉혔다. 그 모습이 김 박사의 눈에도 사랑스러웠던지 그는 다시 너털웃음을 터트렸다.

"하하, 우리 소율 씨가 보기보다 수줍음이 많구만그래."

기분 좋은 웃음소리가 한참이나 더 이어지고 나서야 김 박사는 다시 진지한 모습을 되찾을 수 있었다.

"하지만 내 말을 그저 귓등으로 흘리지 말게나. 실제로 속궁합에 의한 임신 사례가 몇 건인가 있었으니 말일세. 나는 이걸 유전자의 갈구라고 생각하고 있지. 두 사람의 유전자가 얼마나 서로를 갈구하느냐, 마냐에 따라서 아이의 탄생이 결정되는 게지."

소율은 김 박사의 말에 이해가 될 듯, 말 듯 했다. 결국에는 기적이 생긴 이유도 속궁합의 문제였다는 얘기인 것이다. 그렇다면 무정자증의 남자가 임신 가능한 여자와 만나기 위해서는 얼마나 많은 우연이 겹쳐야 가능한 것일까.

"이런, 내가 너무 개똥철학을 늘어놨구만. 그래도 소율 씨에게도 실제로 일어난 일이니 한번 믿어 보지 그러나. 두 사람은 결국 그럴 운명이었다고 말일세."

김 박사의 말이 맞았다. 이것이 남의 일이었다면 절대로 믿지
못했을 것이다. 누군가는 부정한 일을 저질렀다고 믿었을 게 분명
했다. 하지만 막상 자신이 그런 입장에 처하고 보니 이해할 수 있
을 것 같았다. 결국에는 모든 것이 운명이라는 것을 말이다.

도준과 소율은 김 박사와 함께 점심을 먹고 난 후에 느지막이
회사로 출근을 했다. 이사라는 위치를 이용한 권력 남용이었지만
평소에 일하던 것을 생각하면 이 정도는 용서받을 수 있을 것 같
았다. 그렇게 생각하며 도준은 소율을 박 실장에게 인사시키고 당
장 비서실에 자리를 마련해 주었다.

"이사님."

모든 일을 일사천리로 끝내고 나자 박 실장이 도준을 찾아왔
다. 그의 표정은 평소와 다르게 엄한 빛을 띠었다.

"아무리 연락을 해도 받지 않으셔서 걱정했습니다. 게다가 오
전 스케줄을 모두 미루셔서 얼마나 곤란했는지 아십니까?"

"아, 개인적으로 해결해야 할 일이 좀 있어서 말입니다. 하지만
박 실장님이라면 그 정도는 해 주실 수 있을 거라고 믿었습니다."

"아무리 믿고 계신다고 해도 곤란합니다. 앞으로 이런 일이 있
을 것 같다면 미리 언질을 주십시오."

그렇게 도준을 타박하던 박 실장을 슬슬 본론을 꺼내려고 하는

것 같았다.

"무슨 할 얘기가 아직 남았습니까?"

도준이 의중을 떠보자 박 실장은 잠시 말을 고르더니 조심스럽게 이야기를 꺼냈다.

"비서실에 배치된 한소율 씨 말입니다. 저는 그분을 부하 직원으로 대해야 합니까? 아니라면 미리 말씀을 해 주셔야 다른 직원들도 단속을 좀 시킬 수 있을 것 같습니다만……."

"한소율 씨는…… 내가 꽂아 준 낙하산이죠."

너무도 당당한 선언에 박 실장은 서서히 당황한 기색을 내비쳤다.

"아, 그렇죠. 그건 맞습니다만……."

"제가 언제 이런 식으로 인사권을 행사한 적이 있었습니까?"

"아니요. 제 기억에는 이번이 처음이라고 사료됩니다만."

"네. 그런 겁니다. 한소율 씨는 박 실장님의 평범한 부하 직원이 아니라는 뜻이죠."

도준이 미소를 띠며 말하자 박 실장은 더 이상 말을 이을 수가 없었다. 이 짧은 대화만으로 소율을 어떻게 대해야 할지 박 실장 역시도 알게 된 것이다.

"네, 그럼 그렇게 알고 있도록 하겠습니다."

"박 실장님께 잘 부탁드리겠습니다. 그리고 나가시면서 한소율 씨에게 차 한 잔 부탁한다고 전해 주시겠습니까?"

"……그것도 잘 전해 드리도록 하겠습니다."

사무실이 연애의 장으로 변하는 건 달갑지 않았지만 지금까지 도준이 그랬듯이 일에 전념을 다할 수 있다면 그것도 상관없다는 생각이 들었다. 그래서 박 실장을 이사실을 나가자마자 소율을 불러 도준의 뜻을 전해 주었다.

소율은 아직 위치에 익숙하지 않을 텐데도 너무도 능숙하게 탕비실에서 차를 준비해 이사실로 들어섰다.

"이사님, 부탁하신 차 준비했습니다."

소율이 이사실로 들어서자 도준은 꽃이 피듯이 환한 미소를 지으며 그녀를 반겼다.

"여기는 둘뿐인데 도준 씨라고 불러 주지 않는 겁니까?"

그녀가 찻잔을 테이블 위에 올리자 도준이 다가와 소율의 허리를 감싸 안았다. 하지만 소율은 그에게 가만히 안겨 있지 않고 품에서 빠져나와 한 발짝 물러섰다.

"아무리 그래도 직장이니 조금은 자중하도록 하세요."

소율의 타박에도 굴하지 않고 도준은 다시 그녀를 끌어당기며 품에 안았다.

"어차피 이럴 작정으로 소율 씨를 비서실에 배치시킨 겁니다. 소율 씨도 이 정도는 생각하고 있지 않았습니까."

능글거리며 웃는 도준을 보며 소율도 피식하는 웃음을 내뱉었다.

"이러다 혹시나 습관이 돼서 공적인 자리에서까지 실수하시면 어쩌려고 그러세요. 퇴근 때까지만 조금 참으세요."

하지만 소율도 이번에는 그의 품에서 벗어나지 않았다. 그저 그를 달래려는 듯 허리를 감싼 손을 가만가만 쓸어내렸다.

"막상 소율 씨를 보면 참지 못하는 걸 어쩌겠습니까. 그리고 공적인 자리에서 실수 좀 하면 어때요. 죽을 짓을 한 것도 아닌데."

"하지만······."

소율의 걱정에도 불구하고 도준은 더욱 강하게 그녀를 끌어안 았다. 그리고 그녀의 어깨에 고개를 묻으며 소율의 향기를 마음껏 탐닉했다. 단지 장소가 바뀌었을 뿐인데도 소율이 더욱 애틋하게 느껴졌다.

"차라리 이 사무실에 소율 씨의 자리를 마련해 둘 걸 그랬습니다. 그러면 일하는 내내 함께할 수 있지 않습니까."

"농담이라도 그런 말씀은 하지 마세요."

소율이 매섭게 타박해도 도준은 크게 신경 쓰지 않는 듯했다.

"이왕이면 편히 쉴 수 있는 침대도 마련해 두고, 전신 안마기 도 준비해 두면 사무실이 더욱 쾌적할 것 같은데 말입니다."

그는 오히려 스스로가 한 말에 감탄하며 상상의 나래를 더욱 펼쳐 갔다. 소율의 말은 귓등으로도 듣지 않는 것 같았다. 그녀는 결국 한숨을 내쉬며 그의 품에서 다시 벗어나려고 했다.

그때였다. 사무실 밖이 소란스러워지기 시작했다.

"음······ 무슨 일이지?"

도준이 안고 있던 소율을 놓아주며 바깥을 살피려고 하는 순간, 문이 벌컥 열리며 잔뜩 노한 표정의 남 회장이 안으로 들어섰다.

"이게 대체 뭐 하는 미친 짓이냐!"

버럭 외치는 소리가 얼마나 컸는지 주위에서 말리던 비서들조 차 모든 행동을 멈추고 회장의 눈치를 살피기 시작했다.

원하지 않던 상황을 마주하게 된 도준은 눈살을 찌푸리며 박 실장에게 눈짓을 해 보였다. 그제야 박 실장은 주변을 정리하며 비서들은 자리에서 물러나게 했다.

"일단 안으로 들어오시죠. 보는 눈이 많습니다."

"지금 남들 눈부터 신경 쓰는 놈이 감히 이런 짓을 저질러!"

도준이 남 회장을 안으로 들이며 문을 닫았지만 남 회장의 험한 소리는 여전히 문밖으로 새어 나가고 있을 게 뻔했다. 놀란 소율은 그 자리에 서서 꼼짝도 할 수가 없었다.

"제가 못할 짓을 했다고는 생각하지 않습니다. 제게도 인사권 정도는 있지 않습니까."

"그러라고 내가 너를 이 자리에 앉힌 줄 아느냐. 감히 어디라고 이런……"

남 회장은 무척이나 분노한 탓인지 부들부들 떨리는 손으로 소율을 가리켰다.

"이런 출신도 모르고, 정체도 모를 여자를 비서실에 데려와서 곁에 둘 생각을 했느냔 말이다!"

"제가 결정한 문제입니다. 소율 씨를 비난하는 말은 삼가 주십시오."

도준은 소율의 앞으로 다가와 남 회장의 손길로부터 그녀를 보호했다. 하지만 그게 더욱 남 회장의 심기를 건드렸다.

"아주 홀려도 단단히 홀린 모양이구나. 이 여우 같은 계집애가 너를 어떻게 꾀어 냈을지 안 봐도 뻔하다!"

"회장님!"

악의 가득한 비난에 도준도 참지 못하고 언성을 높였다. 그리고 두 남자는 서로를 노려보기 시작했다.

언젠가 이 장면을 마주한 적이 있었다. 그때도 소율은 지켜보기만 하는 입장이었다. 하지만 더 이상은 이런 식으로 일방적인 비난만 당하고 싶지 않았다.

"회장님. 그리고 도준 씨. 목소리 더 이상 높이지 마시고 차분하게 이야기로 상황을 풀어 보는 게 어떨까요."

소율은 도준의 곁에서 한 발짝 물러나며 남 회장을 바라봤다. 그러자 노기 띤 그의 시선이 곧장 그녀에게로 향했다.

"어디라고 분수도 모르고 우리 이야기에 끼어드는 게냐. 감히 네가 낄 수 있는 자리가 아니니 나가거라!"

"아니요. 저도 당사자입니다. 이렇게 자꾸 화만 내시면 제대로 얘기할 수가 없어서 드리는 말씀입니다."

소율이 강단 있게 버티자 남 회장은 더욱 눈을 부라렸다.

"건방지기가 하늘을 찌르는군. 그래서 나는 네가 마음에 들지 않는다. 그 배 속에 있는 아이도 결국 네게는 수단에 지나지 않을 테지."

뾰족하게 날이 선 말이 소율의 가슴을 후벼 팠다. 어떻게든 남 회장을 이해시키고 싶었지만 그는 쉽사리 소율의 이야기를 들어 줄 것 같지 않았다.

"할아버님, 말씀을 자중하시는 게 좋을 겁니다."

화가 난 도준은 마치 협박이라도 하듯 남 회장에게 으름장을 놓았다. 그런 그의 말을 듣고 있던 남 회장은 기가 찬다는 듯 바람 빠지는 웃음을 내뱉었다.

"내가 너를 너무 오냐오냐하며 키운 게야. 그러니 이렇게 자꾸

엇나간 길로 들어서는 게지."

"저는 단 한 번도 잘못된 선택을 하지 않았습니다. 할아버님이야말로 어째서 이렇게 자꾸 잘못된 선택을 하시는 겁니까. 저에게 소율 씨는 운명이나 다름없습니다."

"운명이라고 했느냐. 개도 못 먹을 운명을 어디 앞이라고 감히 논하는 게야!"

지난번보다 훨씬 더 흥분한 남 회장은 도준을 때리려는 듯 손을 번쩍 치켜올렸다. 그것을 본 소율은 그의 앞을 막아섰다. 그리고 남 회장의 손끝이 그녀의 뺨을 날카롭게 스치고 지나갔다.

철썩―

사무실 안에는 살과 살이 맞부딪친 소리만이 머물렀다. 갑작스러운 상황에 놀란 것은 도준만이 아니었다. 남 회장 역시도 놀라서 아무 말도 못 한 채 서 있기만 했다. 그리고 뒤늦게야 정신을 차린 도준이 소율을 부축했다.

"소율 씨, 괜찮습니까? 어디 봐요."

"……전 괜찮으니까 걱정하지 마세요."

얼마나 세게 맞았는지 그녀의 볼이 빨갛게 부어오르기 시작했다. 이를 본 도준은 더 이상 참을 수가 없었다. 그는 있는 힘껏 남 회장을 노려보며 외쳤다.

"그녀는 제 아이를 임신했습니다. 대체 무슨 억하심정이 있으시기에 이렇게 대하시는 겁니까!"

남 회장도 서서히 정신을 차리고 몸을 부들부들 떨었다. 하지만 그는 선명한 음성으로 도준에게 대응했다.

"그 진의가 어떤지도 모르고 숨기는 아이가 그리도 네게 중요한 게냐."

"소율 씨가 임신한 아이는 틀림없는 제 아이입니다."

"도무지 나는 네 얘기를 믿을 수가 없구나. 대체 너는 어디서 그런 믿음이 나오는 거냐."

이쯤 되자 아무리 도준이라도 눈치챌 수밖에 없었다. 그가 불임이라고 진단받았던 것을 남 회장도 아는 것이 분명했다.

"할아버님도 알고 계셨군요. 제가 불임이라는 걸."

도준이 나지막이 말하자 남 회장은 이내 분한 표정을 지었다.

"누가 네게 감히 그런 얘기를 한단 말이냐. 그럴 리가 없다. 너는 굳건한 내 손자야."

남 회장은 더욱 노발대발하며 도준의 말을 부정했다. 하지만 아무리 부정을 해도 앞에 놓인 현실에는 변함이 없었다.

"아니요. 저는 무정자증입니다. 정 믿지 못하시겠다면 김 박사님께 확인받으셔도 좋습니다."

어차피 알고 있는 것이라면 좀 더 빨리 알려 줄 것을 그랬다며 후회가 되었다. 이런 식으로 남 회장에게 알려지길 바란 것은 아니지만 그래도 이제라도 진실을 말해야 할 때가 온 것 같았다.

"그렇지 않아도 저와 소율 씨도 오늘 김 박사님께 다시 확인받고 오는 길입니다. 저는 여전히 무정자증인 상태입니다."

"닥쳐. 닥쳐라! 그 이상은 말할 필요 없다!"

소율과 단둘이 만났을 때 위협을 가하던 모습과는 전혀 달랐다. 지금의 남 회장에게는 이성이 남아 있지 않은 것 같았다. 그래서일까. 그런 남 회장이 소율의 눈에 가엾게만 느껴졌다.

"그래…… 네가 무정자증이라고 치자. 그렇다면 저 아이가 품고 있는 생명은 대체 어디서 왔단 말이냐."

비난의 화살은 다시 소율에게로 향했다. 남 회장은 좀처럼 포기하지 않겠단 태도로 끈질기게 그녀를 물고 늘어졌다.

"그 아이는 제 아이가 맞습니다. 제가 무정자증이라고는 하지만 가능성이 완전히 없는 건 아닙니다."

"너는 네가 지금 무슨 소리를 하고 있는지 알고 있기는 한 게냐?"

좀처럼 믿을 수 없는 얘기라는 걸 소율과 도준 역시도 알고 있었다. 하지만 그게 사실이었다.

"저와 소율 씨가 그 말도 안 되는 일의 증거입니다. 저희는 단 하룻밤을 함께했고 그 결과로 아이가 생겼습니다. 김 박사님께서는 그걸 운명이라고 하시더군요. 그리고 저희는 그 운명을 믿고 있습니다."

확신에 찬 도준의 말에 남 회장도 결국 말이 막히고 말았다. 김 박사는 오랫동안 집안의 주치의로 일해 왔기에 믿을 만한 존재였다. 그런데 그조차도 소율의 아이를 도준의 핏줄이라고 인정하고 말았다니…….

지금까지 자신의 생각에 확신을 가지고 있던 남 회장은 갑작스레 혼란스러워지기 시작했다. 어쩌면 어긋날 길은 걷고 있는 건 자신이지 아닐까.

"말도…… 안 된다……. 그런 일은 있을 수 없어……."

남 회장은 흔들리는 눈빛으로 도준과 소율을 번갈아 바라보았다. 눈앞에서 일어나고 있는 일이, 그리고 지금까지 나누었던 얘기가 모두 나쁜 악몽을 꾸고 있는 것처럼 느껴졌다.

"거……짓말."

남 회장은 휘청거리는 걸음으로 도준에게 다가섰다. 그리고 그의 멱살을 그러쥐었다. 남 회장의 눈동자는 여전히 불안하게 흔들리고 있었다.

"거짓말이라고…… 말하거라."

"아니요. 할아버지의 손자인 남도준은 한소율이라는 여자를 거짓이라고 부정할 수 없습니다. 우리 두 사람의 인연이 그렇게 만들었습니다. 그리고 저는 이것이 운명이라는 데에 조금도 의심하지 않습니다."

도준은 남 회장의 눈을 똑바로 바라보며 정확하게 말했다. 확신에 찬 그 눈동자를 바라보며 남 회장은 괴로운 듯 인상을 구겼다.

"더 이상 저와 소율 씨를 할아버지 손아귀에 쥐고 흔들려 하지 마십시오."

그의 눈빛이 무척이나 냉정했다. 이제는 도준도 할아버지에게 마냥 굽힐 수만은 없었다. 자신에게 소중한 존재를 지켜야만 했다. 남 회장이 쉽게 납득해 주지 않는데도 상관없었다. 도준에게는 소율과 기적이가 먼저였다.

"내가…… 내가 너를……."

도준의 멱살을 잡고 있던 남 회장의 손이 풀어지더니 조금씩 미끄러져 내려가기 시작했다.

"도준이…… 너를……."

말을 채 내뱉지도 못하고 남 회장의 몸이 크게 휘청거렸다. 도준과 소율의 앞에서 무너지는 모습은 보이고 싶지 않았건만 늙은 몸은 그의 뜻대로 따라 주지 않았다. 남 회장은 어떻게든 버티려 도준의 옷자락을 부여잡았다. 하지만 소용이 없었다. 남 회장은 앞으로 고꾸라지며 바닥에 무릎을 꿇고서 거친 숨소리를 내뱉었다.

"헉…… 허억……."

남 회장은 숨이 잘 쉬어지지 않는 듯 자신의 목과 가슴을 쥐어 뜯었다. 도준은 그런 남 회장을 보며 너무 흥분해서 제 화를 제가 못 이겨 그러는 것이라 여겼다.

"도준 씨, 회장님 낯빛이 너무 안 좋으세요."

하지만 점점 퍼렇게 질려 가는 얼굴색을 보며 소율이 먼저 남 회장에게 다가갔다.

"남 회장님, 제 말 들리세요? 어디가 불편하신지 말씀하실 수 있겠어요?"

그제야 사태가 심상치 않다는 걸 느낀 도준도 할아버지의 상태를 살펴보기 시작했다. 소율의 말처럼 남 회장의 상태가 좋지 않았다. 그는 불규칙한 숨을 내쉬고 있었다. 게다가 그 숨소리조차 목에 뭐가 걸린 듯 '쉬익, 쉬익' 바람이 샐 때의 느낌과 흡사했다.

"할아버지! 왜 이러세요. 정신 차리세요!"

놀란 도준은 남 회장의 어깨를 잡고 마구 흔들어 댔다. 보다 못한 소율이 간신히 그의 손을 남 회장에게서 떼어 냈다.

"그렇게 하면 더 무리가 갈지도 몰라요. 일단 도준 씨는 회장님은 좀 편하게 눕혀 주세요. 또 몸 흔들거나 그러지 마시고요."

도준이 남 회장은 눕히자마자 소율은 119에 전화를 걸었다.

"도준 씨는 밖에 나가서 회장님 비서를 찾아보세요. 상비약을 갖고 계실지도 모르잖아요."

자리에서 벌떡 일어난 도준은 당장 문밖으로 나가 남 회장의 비서인 곽 실장을 찾았다. 처음에는 침착한 표정으로 모습을 드러 낸 곽 실장은 남 회장의 용태가 심상치 않다는 소식을 듣고서야 헐레벌떡 이사실로 뛰어 들어왔다.

"이런……. 회장님! 괜찮으십니까?"

곽 실장도 이런 일에는 익숙하지 않은 듯 안절부절못하며 남 회장의 모습을 살피는 데 정신이 없었다.

"곽 실장님, 혹시 할아버지가 응급 상황에 드시는 약 같은 거 갖고 계시지 않습니까?"

도준의 물음에 곽 실장은 고개를 내저었다.

"워낙에 약을 싫어하는 분이시라……. 이럴 줄 알았다면 아무 리 싫다고 역정을 내셔도 꼭 직접 챙겨 드릴 걸 그랬습니다."

곽 실장이 자신의 과오에 많이 침울해하는 것 같았다. 하지만 지금 상황에선 그것이 아무런 도움도 되지 않았다. 그동안에 119와 연락이 되었는지 소율이 다급하게 말을 이었다.

"아, 119죠? 여기 노인분이 쓰러지셨어요. 그 전에 흥분을 좀 하셨는데 그것 때문인지는 모르겠어요. 호흡은 많이 거칠고 일정 하지 않아요. 아, 네, 여기가 현설 그룹 본사 이사실입니다."

그 후로도 통화는 쭉 이어졌다. 전화를 건 소율은 우왕좌왕하 는 곽 실장과 도준을 밀쳐 내고 남 회장의 곁으로 다가갔다. 그리고 전화기 너머에서 들려오는 대로 심폐소생술을 행했다. 있는 힘을 다해 남 회장의 흉부를 누르는 소율을 보며 도준은 그제야 정신을 차렸다.

"소율 씨, 나랑 바꿉시다. 차라리 내가 할게요. 그렇게 힘쓰다가 큰일 날지도 모릅니다."

도준은 소율과 자리를 바꿔서 남 회장의 흉부를 압박했다. 그리고 소율은 휴대폰을 스피커폰으로 돌려서 도준이 구급대원으로부터 제대로 안내를 받을 수 있도록 도왔다.

그렇게 얼마의 시간이 지났을까. 심폐소생술을 거듭하던 도준의 이마에 송골송골 땀이 맺혀 떨어질 때였다. 주황색 옷을 입은 구급대원들이 이사실로 뛰어 들어왔다.

"수고하셨습니다. 이제는 저희들에게 맡기시죠."

대원들은 일사불란하게 움직이며 남 회장의 호흡과 맥박, 혈압을 체크하며 그를 들것으로 옮겼다. 그 뒤를 도준과 소율과 곽 실장이 따라갔다.

오늘따라 엘리베이터의 속도가 더디게만 느껴졌다. 그렇게 입구에 대기되어 있는 구급차로 다 같이 달려갔다.

"보호자 한 분만 같이 따라가 주시겠습니까?"

구급대원의 물음에 곽 실장과 도준이 보호자를 자청하며 따라나서려고 했다.

"구급차에 수용 가능한 보호자는 한 분입니다. 다른 분들께서는 다른 차로 이동해 주십시오."

이렇게 생각하는 동안에도 시간은 흘렀다. 그때 곽 실장이 다시 앞으로 나섰다.

"남 회장님 곁에서 제일 오래 보고, 겪은 사람은 저입니다. 제가 함께 갈 테니 이사님과 한소율 씨는 뒤따라서 와 주시죠."

곽 실장의 말에 반박할 여지가 없었다. 결국 도준은 어쩔 수 없이 고개를 끄덕였다. 그의 허락이 떨어지자 곽 실장은 조금의 망설임도 없이 구급차에 올랐다. 그리고 번쩍이는 사이렌이 소리를 내며 도로 위를 달려 나갔다.

"저희도 바로 따라가요."

소율은 도준의 손을 잡고 주차장으로 향하려고 했다. 하지만 도준이 그 자리에서 서서 꼼짝도 하지 않았다. 그녀가 뒤돌아보자 그는 무척이나 허망한 표정으로 땅만 바라보고 있었다. 그의 심정이 어떨지 알 것 같았다. 하지만 이럴수록 더욱 마음을 굳게 먹어야 했다.

"도준 씨. 회장님은 괜찮으실 거예요. 그러니까 우리 서둘러서 가요."

"내 잘못입니다. 할아버님이 나 때문에……."

마치 물먹은 솜처럼 추욱 늘어진 도준의 모습을 보며 소율은 한숨을 내쉬었다. 그러고서 온 힘을 실어서 그의 등을 찰싹 소리가 나도록 때렸다.

"도준 씨가 어떤 마음인지 알아요. 하지만 지금은 그것보다 회장님의 안위가 먼저니까 정신 놓지 말고 꼭 붙들고 있어요. 아직 모든 일이 결정되지 않았고, 해결되지도 않았다고요."

소율에게 맞은 등이 욱신거렸다. 하지만 그 때문에 도준은 정신을 차릴 수가 있었다. 그녀의 말이 맞았다. 앞으로 더 많은 난관이 기다리고 있는데 여기서 넋을 놓고 있을 수 없었다.

"그래요. 소율 씨 말이 맞습니다. 어서 가죠."

그렇게 말한 도준이 한 걸음을 내딛더니 이내 뛰듯이 앞서가기 시작했다. 소율은 그제야 한숨을 돌리며 그의 뒤를 쫓았다.

남 회장은 눈을 감은 채 입원실 침대에 누워 있었다. 여전히 안색이 좋지 않은 그를 보며 소율과 도준, 그리고 곽 실장은 한숨도 함부로 내뱉지 못했다.

"여기서 경과를 좀 지켜보도록 하세. 연세가 있으시지만 나름 정정하셨으니 금세 일어나실 수 있을 게야."

김 박사는 심장박동기를 들여다보며 세 사람을 위로했다. 그럼에도 침통한 분위기는 영 풀릴 기미가 보이지 않았다.

"할아버지께서 왜 갑자기 쓰러지신 겁니까."

도준은 처음에 김 박사를 바라보았다. 그런데 그 시선이 이내 곽 실장에게로 향했다.

"혈압이 오르면서 심장에 무리를 준 것 같더군."

"단지 그 이유 때문만은 아닐 거 같은데요. 곽 실장님은 알고 계시겠죠."

곽 실장과 남 회장 사이에 도준이 모르는 비밀이 있는 게 분명했다. 물론, 도준의 탓도 어느 정도 있다는 건 알고 있었다. 하지만 원인을 그것 하나만 들기에는 너무 순식간에 일이 일어났다. 무슨 문제가 있지 않고서야 굳건하던 남 회장이 갑자기 쓰러질 리 없었다.

"실은……."

곽 실장은 여전히 침통한 표정으로 힘겹게 입을 열었다. 절대 누구에게도 발설하지 말라던 남 회장의 굳은 표정이 떠올랐지만 상황이 이렇게 되니 어쩔 수가 없다는 생각이 들었다.

"남 회장님께서 회사를 떠나 해외에 계시는 동안 검사를 받으셨습니다. 병원에서는 심장에 문제가 있으니 수술을 권했지만……."

"그런데 왜 수술을 안 받으신 거죠? 혹시 저 때문입니까?"

도준의 물음에 곽 실장은 천천히 고개를 끄덕였다.

"정확히는 회사 때문이었습니다. 남 이사님께서 확실히 자리를 잡으시기 전에는 회사에 타격을 주어선 안 된다고 하시며 한사코 수술을 거부하셨다고 합니다."

곽 실장의 대답에 도준은 참담한 기분을 느꼈다. 도대체 피가 이어 주는 정이라는 게 뭐라고 이렇게까지 잘못된 선택을 하는 건지 너무나도 화가 났다. 남 회장이 깨어 있다면 따져 묻고 싶었다. 스스로의 목숨보다 손자의 앞길이 더 중한 것이냐고 말이다.

"일단 오늘은 모두 집으로 돌아가서 쉬시죠."

"하지만 김 박사님, 밤사이에 갑자기 용태가 급변하시면……."

소율이 걱정스럽게 묻자 김 박사는 코웃음을 쳤다.

"병원에는 소율 씨보다 의료 능력에 뛰어난 프로들이 자리를 지키고 있다네. 그래서 지금 주치의인 나도 있는 거고. 그런 내가 보호자를 돌려보내는 게 무슨 뜻인지 모르겠나?"

납득할 수밖에 없는 이유였지만 그래도 걱정이 되는 건 어쩔 수가 없었다. 김 박사도 그런 그들의 마음을 잘 알고 있었다. 그는 한숨을 내쉬며 소율의 어깨를 툭툭 두드렸다.

"소율 씨는 남 회장 말고도 신경 써야 할 생명이 하나 더 있지 않나. 회장님은 지금 안정적으로 보이시니 소율 씨부터 몸 축나지 않게 조심하도록 하시게."

결국 그들은 김 박사의 조언대로 입원실을 나설 수밖에 없었다. 문이 열렸다 닫히고 방에는 김 박사와 남 회장밖에 남지 않게 되었다. 그러자 눈을 감고 있던 남 회장이 스르륵 눈을 떴다.

"이제 모두 갔는가."

"보시다시피 지금 여기는 저와 남 회장님뿐입니다."

남 회장은 목이 잔뜩 잠겨 있었다. 그는 여전히 창백한 안색으로 김 박사를 향해 시선을 돌렸다.

"내가 이렇게 또 죽지 못하고 살아났구먼."

"죽고 싶으셨다면 혼자 아무도 없는 곳에서 죽으셨어야죠. 사람들 많은 자리에서 그 추태를 부리셨다면서요. 오죽하면 저한테까지 그런 소리가 들립니까. 게다가 회장님의 증손자까지 임신한 사람 앞에서 참으로 잘하셨습니다."

김 박사는 남 회장을 향해 혀를 끌끌 찼다. 두 사람의 오랜 인연은 이렇게 독한 말을 주고받으며 이어져 왔다. 김 박사에게 남 회장은 말을 듣지 않는 천덕꾸러기 환자였고, 남 회장에게 김 박

291

사는 혀끝이 날카롭고 잔소리 많은 의사였다.

"벌써 소문으로 퍼졌다니…… 역시 발 없는 말이 천 리를 가는 군그래. 그러면 그 소식도 들으셨는가?"

"무슨 소식 말씀입니까."

김 박사의 질문에 남 회장은 천천히 손을 들어 올렸다. 기운이 하나도 없는 그 손은 마치 바람에 휘날리는 나뭇가지처럼 부들부들 떨리고 있었다.

"내가…… 내가 이 손으로 사람을 때렸네."

그 말을 내뱉으며 남 회장은 굉장히 고통스러운 표정을 지었다. 스스로를 자책하고 있었다.

"어쩐지 소율 씨 뺨이 부어 있더라니. 아주 머리채까지 휘어잡지 그러셨습니까."

김 박사의 비아냥에 남 회장은 황망한 눈길로 그를 보았다.

"사고였네. 나는 그 아이를 때릴 생각이 없었어. 그저 말 안 듣는 내 손자 놈이나 몇 대 쥐어 패 주려던 것뿐인데……."

당시의 기억을 떠올리면 아직도 눈앞이 아찔해졌다. 그 여린 몸으로 자신의 힘을 받아 냈으니 얼마나 아팠을까. 남 회장은 다른 모두를 차치하고 그것이 가장 미안했다.

"몸에 입히는 상해만 폭력이라고 생각하지 마십시오. 회장님 성격에 오죽 모진 말을 뱉어 내셨겠습니까. 마음에 남기는 상처도 폭력입니다. 회장님. 그 모진 시간들 생각하면 나라도 소율 씨한테 잘해 주고 싶은 심정입니다."

김 박사의 가시 돋친 말에 남 회장은 입이 열 개라도 할 말이 없었다. 하지만 한 가지는 꼭 알아야 할 것 같았다.

"김 박사…… 내가 정말 그리 큰 죄를 지었는가? 말씀해 보시게. 그 아이가 정말…… 내 증손자를……."

"맞습니다. 저도, 도준이도 그리고 소율 씨도 그리 믿고 있으니 틀림이 없겠지요."

김 박사는 남 회장의 말이 채 끝나기도 전에 확언했다. 결국 확인 사살을 당한 것이나 진배없었다. 남 회장은 가슴이 옥죄어 드는 기분을 느꼈다.

"내가 그리 모질게 굴었는데……. 그 애들을 어찌 대했는데……."

남 회장은 후회해도 이미 늦었다는 걸 지금에서야 깨달았다. 하지만 도무지 도준에 대한 걱정을 떨쳐 낼 수가 없었다. 후회가 드는 반면에 의심이 자꾸만 사라지지 않는 것이다.

"이보게, 김 박사. 지금이라도 유전자 검사를……."

"안 됩니다."

김 박사는 남 회장을 금방이라도 잡아먹을 듯 노기 가득한 시선으로 바라보았다.

"지금 상태에서 유전자 검사를 한다는 게 태아에게도, 산모에게도 얼마나 큰 부담을 주는지 몰라서 그런 말씀을 하실 수 있는 겝니다. 양수천자도 15주가 지나야 가능한데 지금 소율 씨의 상태로는 그게 불가능하다 이 말입니다."

김 박사의 일장 연설은 거기서 그치지 않았다.

"양수를 채취해서 유전자 검사를 한다고 쳐도 그 후에 혹시 모를 합병증이 오면 그때는 회장님이 책임지실 겁니까. 유전자 검사? 까짓 못 할 것 없죠. 하지만 자칫 잘못해서 유산이라도 하면 그 후폭풍은 어쩌시려고 그런 말씀을 하시는 겁니까."

날이 잔뜩 선 호통에 남 회장은 결국 입을 꾹 닫고야 말았다. 안일하게 생각했던 스스로가 부끄러웠다. 앞으로 도준과 소율을 볼 낯이 없을 것 같았다.

"주책입니다. 나이 먹어서 이런 주책이 없어요."

김 박사는 다시 혀를 끌끌 찼다. 그리고 말없는 남 회장을 가만히 들여다보았다.

"남 회장님. 아니, 남태훈 씨. 댁은 환자고 나는 의사니까 충고 하나 하겠습니다."

남 회장은 마지못해 김 박사와 시선을 마주했다. 그러자 김 박사가 안쓰럽다는 시선으로 그를 보았다.

"내가 도준이 받았습니다. 커 가면서 아픈 데 있으면 꼭 나한테 찾아왔고 말입니다. 남인 나도 도준이 문드러져 가는 속이 보이는데 혈연인 남태훈 씨는 어째 보지 못하고 사시오."

"김 박사……."

김 박사는 아직 할 말이 남았다는 듯 고개를 저었다. 어차피 남 회장의 얘기는 더 들어 봐야 변명일 것이 분명했다.

"우리 같이 늙어 가는 처지에 남은 자식, 손주에게 짐은 지워 주지 맙시다. 내가 진 짐은 내가 갖고 가야 맞는 법이지요. 그러니 남태훈 씨. 그 아집과 독선, 편견일랑 모두 벗어던지고 순수한 시선으로 소율 씨와 도준이를 보십시오. 남태훈 씨가 빠진 자리에 무어가 남는지는 알아야 할 게 아니오."

김 박사는 그 말을 마지막으로 남 회장의 병실을 나섰다.

홀로 남은 남 회장은 어둠이 내린 창밖을 바라보며 깊은 생각에 잠겼다. 몸이 노쇠해지니 마음도 그런 것인지 괜히 눈물이 주르륵 났다. 이 꼬인 실타래를 어디서부터 풀어야 할지 알 수 없었다.

"모두가 내 죄구나……."

남 회장은 스르륵 눈을 감았다. 이대로 아침이 밝아 오지 않기를 바랐지만 시간은 째깍거리며 새날을 향해 흘러가고 있었다.

도준과 소율은 날이 밝자마자 서둘러 병원을 찾았다. 이른 아침이라서인지 침대에 누워 있는 남 회장은 아직 잠에서 깨어나지 못하고 있었다.

"평소라면 벌써 출근 준비를 마치셨을 텐데……."

도준은 남 회장만큼이나 얼굴이 수척해져 있었다. 그는 어제저녁부터 식사도 하는 둥, 마는 둥 서둘러서 끝내고 서재에 틀어박혀 지냈다. 소율은 오히려 그런 도준의 상태가 더욱 걱정이었다.

"도준 씨. 회장님은 금세 털고 일어나실 거예요. 그러니 이럴 때일수록 도준 씨도 굳건한 모습을 보여 드려야죠."

소율은 그의 손을 잡으며 기운을 북돋아 주었다. 그런 그녀를 보며 도준은 힘없이 미소 지었다.

"요즘 내가 소율 씨에게 못난 모습만 계속 보이는 것 같군요. 실망스럽지 않습니까? 이런 남자 옆에 있어야 한다는 게……."

"그런 말을 하는 게 훨씬 더 실망스러워요. 아무리 도준 씨라도 스스로를 그런 식으로 낮추면 저 정말로 화낼 거예요."

그녀가 엄한 눈빛을 해 보였다.

"알겠습니다. 앞으로는 절대 그런 일 없도록 주의할게요."

도준은 그녀가 잡은 손에 힘을 실으며 다짐하듯 말했다.

그러는 동안에도 남 회장은 여전히 눈을 뜨지 않았다. 방 안에는 심장박동기의 신호음만이 울려 퍼졌다.

소율은 상상도 해 본 적 없는 남 회장의 약해진 모습에 한숨이 나오려는 걸 꾹꾹 눌러 참았다. 자기를 향해 독한 눈빛을 쏘아 내던 그때와는 백팔십도 달랐다.

"일단 지금은 회장님께서 좀 더 쉬실 수 있도록 해요."

소율은 손목시계를 바라보며 도준에게 말했다.

"좀 있으면 출근 시간이에요. 이럴 때 늦으면 괜히 소문만 더 부풀리는 꼴이 될 테니까 슬슬 회사로 출발하는 게 좋겠어요."

그녀의 말엔 일리가 있었다. 그 많은 사람 앞에서 남 회장이 쓰러진 모습을 보였으니 회사 내에서 흉흉한 소문이 돌 것이 분명했다. 이럴 때 도준이 흔들린다면 회사에 나쁜 영향을 끼칠 게 뻔했다.

"나중에 점심시간쯤에 다시 오는 걸로 합시다."

도준은 소율을 잡은 손을 여전히 놓지 않았다. 그리고 그대로 병실을 나서려고 할 때였다. 그가 문을 열기도 전에 병실 문이 드르륵 열렸다.

"어머."

열린 문 너머에는 유리가 놀란 듯 눈을 동그랗게 뜨고서 도준을 바라보고 있었다.

"죄송해요. 아무도 안 계실 거라고 생각해서 아침 일찍 찾아온 건데⋯⋯."

유리는 말끝을 흐리며 변명을 했다. 그리고 그녀의 시선이 뒤늦게야 소율에게 닿았다.

소율은 그녀보다 더 놀란 듯 보였다. 그건 도준도 마찬가지였다. 이럴 때 유리를 다시 만나리라고 생각하지 못한 것이다.

"회장님이 여기 계시는 건 어떻게 알고서 찾아온 겁니까."

도준은 애써 침착함을 유지하며 유리를 향해 물었다. 그러자 유리의 시선도 자연스럽게 그에게로 돌아갔다.

"어제 남 회장님께서 갑작스럽게 쓰러지셨다는 얘기를 들었어요. 김 박사님께 확인을 했더니 이 병원에 입원해 계시다고 알려주셨어요."

"김 박사님께 직접 확인을 하셨다는 말입니까."

도준이 묻자 유리는 작게 고개를 끄덕였다.

"네. 김 박사님께서 도준 씨나 회장님의 주치의라는 건 알고 있었으니까요."

유리는 면목이 없다는 듯 고개를 숙이며 짧아진 머리카락을 귀 뒤로 넘겼다.

"당일에 찾아뵙는 건 아무래도 예의가 아닌 것 같아서 아무도 없을 만한 시간을 골라서 온 건데……."

나긋나긋한 유리의 말투는 여전했지만, 파혼 이후에 그녀의 많은 것이 바뀌었다는 걸 알 수 있었다. 하지만 그녀와는 이미 끝났다는 사실에 변함이 없었다. 그래서인지 도준은 평소 이상으로 표정을 구기며 말했다.

"그렇게 살금살금 찾아오는 편이 남들 눈에 더 이상하게 보일 것이라고 생각합니다. 예의를 떠나서 적절하지 않은 행동인 것 같으니 앞으로는 삼가 주시죠."

유리의 큰 눈망울이 당황한 듯 흔들리기 시작했다. 하지만 도준의 말은 거기서 끝나지 않았다.

"그렇다고 할아버지를 찾아온 사람을 내가 내쫓을 수는 없는 노릇이니 일단 만나 뵙고 가십시오. 그리고 앞으로는 공식 석상이 아닌 자리에서는 되도록 마주치는 일이 없었으면 합니다."

제 말을 마친 도준은 소율과 마주 잡은 손을 이끌며 유리를 지나쳐 가려고 했다. 유리는 마치 하나인 듯 엮여 있는 두 사람의 손을 보고서 씁쓸한 표정을 지었다.

"도준 씨."

유리는 뒤돌아보지 않는 도준을 불러 세웠다. 하지만 정작 그 소리에 반응한 건 소율이었다. 그녀가 걸음을 멈춰 유리를 바라보자 그 역시도 마지못해서 고개를 돌렸다.

"무슨 하고 싶은 말이라도 있습니까?"

도준의 말투는 무척이나 정중했지만 여전히 차가웠다.

"얼마 전에 남 회장님께서 부르셔서 잠시 만나 뵀어요."

그녀의 말에 놀란 건 도준만이 아니었다. 소율 또한 눈에 띄게 놀란 표정을 짓고 있었다. 이미 도준과 파혼한 유리를 굳이 찾았다는 것은 남 회장의 마음속에서 유리는 여전히 도준의 짝인 것이 분명했다.

그 생각을 하자 소율은 가슴이 미어졌다. 이렇게 눈앞에서 마주한 두 사람은 무척이나 어울려 보였기에 더욱 속이 상했다.

"……그게 지금의 상황과 무슨 상관이 있습니까?"

수치심과 배신감에 휩싸인 소율은 도준과 잡고 있던 손에 슬쩍 힘을 뺐다. 하지만 도준은 오히려 그 손에 더욱 힘을 실었다. 그리고 괜찮다는 듯 소율을 한 번 바라보고 다시 유리에게 시선을 돌렸다.

"할 얘기가 그것뿐이라면 우리는 그만 돌아가도록 하겠습니다."

"들었어요. 도준 씨가 지금 만나고 계신 분에 관해서."

유리는 급하게 말하며 소율에게 시선을 던졌다. 그녀의 눈빛을 소율도 똑바로 마주했다. 하지만 도준은 이 상황이 아주 못마땅했다.

"그건 고유리 씨가 상관할 일이 아닙니다. 저희 집안일에 괜한 간섭은 하지 말아 주셨으면 좋겠군요."

도준은 딱 잘라 말하며 유리에게 선을 그었다. 하지만 그녀는 쉽사리 포기하지 않았다.

"제게 도준 씨의 일을 부탁하고 싶다고 말씀하신 건 남 회장님이세요. 그리고 저는 제 나름대로 그것에 관해서 해결할 생각이고요."

'해결' 이라는 단어가 도준의 귀에는 무척이나 거슬렸다. 그건 소율도 마찬가지였다. 자신은 여전히 남 회장에게 치워져야만 하는 존재라는 생각이 들었다. 그런 소율의 마음을 눈치챘는지 도준도 완전히 몸을 돌려서 유리를 노려보기 시작했다.

"고유리 씨가 '해결' 해야 할 일은 우리의 사업에 관한 일입니다. 내 개인적인 사생활은 당신이 고민할 영역이 아니라는 말입니다."

"하지만……."

"이 이상 대화를 나눠 봤자 불쾌감만 더할 것 같군요. 고유리 씨는 애초에 목적대로 할아버지를 뵙고 돌아가십시오. 저희는 먼저 실례하겠습니다."

도준은 더 이상 유리의 말을 들어 줄 생각이 없었다. 그는 소율을 잡아당기더니 품에 안고서 앞으로 나아갔다.

"잠시만요, 도준 씨. 잠시만 멈춰 봐요."

하지만 그런 도준의 발걸음을 다시 멈추게 한 건 소율이었다. 그녀는 도준의 눈을 똑바로 바라보며 또렷하게 말했다.

"저도 할 말이 있어요."

도준은 내키지 않았지만 소율의 뜻대로 해 줄 수밖에 없었다. 소율은 걸음을 돌려서 유리에게로 천천히 다가갔다.

"고유리 씨. 죄송하지만 잠시 시간이 되신다면 저와 얘기를 좀 나누시지 않겠어요?"

생각지도 못한 소율의 행동에 놀란 듯 도준과 유리는 눈을 크게 뜨고 그녀를 보았다. 하지만 정작 소율의 입가에는 잔잔한 미소가 머무르고 있었다.

"남 회장님을 뵙고 나신 후에라도 상관없어요. 실례가 되지 않는다면 단둘이서 얘기를 나누고 싶네요."

무척이나 정중한 부탁이었다. 그래서인지 도준도 쉽게 그녀를 말릴 생각을 하지 못했다. 유리는 잠시 고민을 하는가 싶더니 이내 고개를 끄덕였다.

"잠시라면…… 괜찮을 것 같아요."

"알겠습니다. 그럼 병원 카페테리아에서 기다리고 있을게요."

원하는 대답을 얻어 낸 소율은 다시 천천히 도준에게로 되돌아갔다.

"그렇게 됐으니까 저는 오늘 출근이 좀 늦을 것 같아요."

그녀가 미소를 지으며 그렇게 말하자 도준은 무척이나 복잡한 표정을 지었다.

"대체 무슨 짓을 한 건지 알고는 있는 겁니까? 절대로 허락할 수 없습니다. 가겠다면 나도 같이 가겠습니다."

도준은 나지막이 그녀를 질타했다. 소율이 걱정되었기 때문이다.

"저는 도준 씨라는 뒷배가 있으니까 이럴 수 있는 거예요. 이럴 때 도준 씨까지 회사에 늦게 나타나면 남들이 뭐라고 생각하겠어요. 제 걱정은 말고 먼저 출근하도록 하세요."

소율은 도준의 말을 단호하게 거절했다. 그리고 그의 등을 떠밀며 엘리베이터로 향하게 했다.

"정말 내가 없어도 괜찮겠습니까? 후회 안 할 자신 있어요?"

"절대로 그럴 일 없으니까 걱정 마세요. 될 수 있는 한 빨리 돌아가도록 할게요. 그러니까 도준 씨는 먼저 가서 기다려 주세요.

저는 지각으로 처리해도 좋아요."

마지못해 엘리베이터에 올라탄 도준은 여전히 걱정스러운 눈빛으로 소율을 보았다. 하지만 그녀는 입가에 미소를 띠며 손을 흔들 뿐이었다.

그런 소율의 모습을 마지막으로 문이 닫혔다. 도준은 당장이라도 엘리베이터에서 내리고 싶었지만 참을 수밖에 없었다. 이럴 때는 소율을 믿고 기다리는 편이 낫다는 걸 알고 있기 때문이다.

"후우…… 괜찮으려나."

그럼에도 걱정이 되는 건 어쩔 수 없었다. 도준은 다시 한숨을 내뱉으며 마음을 추슬렀다. 그리고 소율이 최대한 빨리 돌아오기만을 바랐다.

이른 아침의 카페테리아에는 비틀즈의 음악이 흐르고 있었다. 마침 그곳을 찾은 손님도 소율뿐이었다. 그녀가 앉은 테이블 위에는 웨딩 임페리얼이 담긴 포트와 컵이 놓여 있었다. 이상하게도 지금은 그 이름의 홍차가 무척이나 와닿았다.

시간이 얼마 지나지 않아 유리가 모습을 드러냈다.

"기다리게 해서 죄송해요."

유리가 소율의 맞은편에 자리를 잡고 앉자 직원이 메뉴판을 가져다주었다.

"음료는 카운터로 오셔서 주문하시면 됩니다."

"네. 감사합니다."

유리는 사근사근한 태도로 대답한 후 소율의 앞에 놓인 홍차를 보았다.

"임신 중이신데 카페인이 든 홍차를 마셔도 괜찮으세요?"

역시나 유리는 소율의 임신 사실을 알고 있었다. 아마도 남 회장님 알려 준 것이리라. 소율은 애써 평정심을 유지하며 대답했다.

"하루 한 잔 정도는 괜찮다고 의사 선생님이 그러셨어요. 저도 웬만하면 마시지 않는데 오늘은 왠지 홍차가 마시고 싶어서요."

"그렇다면 다행이네요."

그렇게 말한 유리는 메뉴판을 들여다보지도 않고 카운터로 향했다. 주문을 마친 그녀는 다시 자기의 자리로 되돌아왔다.

"이렇게 한가롭게 차를 마시면서 비틀즈 음악을 듣는 건 오랜만인 것 같아요."

유리의 말에 소율은 말없이 고개만 끄덕거렸다. 두 사람 사이에는 어색한 침묵이 잠시 머물렀다. 그리고 이내 유리가 다시 입을 열었다.

"비틀즈가 왜 해체를 하게 됐는지 알고 계세요?"

유리의 물음에 소율은 차분하게 제 생각을 말했다.

"음악적 견해 차이나 멤버 간의 불화가 원인이 아니었을까요. 혹은 대중의 사랑이 너무 지나쳐서 그 짐이 너무 무겁게 느껴졌는지도 모르죠."

"그래요. 그런 의견도 있는 것 같더라고요. 하지만 저는 다른 이유를 생각하고 있었어요."

"유리 씨가 생각하는 비틀즈의 해체 이유는 뭔데요?"

"오노 요코요."

어느 정도 예상하고 있던 대답이었다. 그래서였을까. 소율은
픽 웃음이 새어 나왔다.

"유리 씨가 보기에는 제가 그 오노 요코 같나요?"

"아니라는 말씀은 못 드리겠어요. 남 회장님께서는 예전부터
강압적인 부분이 있긴 했지만, 그래도 도준 씨와 사이가 좋았어
요. 하지만 지금 이렇게까지 된 건 소율 씨가 어느 정도 원인을
제공했다고 생각해요."

완전히 부정할 수는 없는 이야기였다. 하지만 유리가 지금 하
는 행동은 지나친 간섭이고 관심이었다. 완전히 타인에 가까운 그
녀가 그들 사이에 끼어들 이유는 어디에도 없었다. 그래서 소율은
유리가 은근히 건방지다는 인상을 받았다.

"진실은 당사자가 아닌 이상 알지 못하죠. 게다가 오노 요코가
아무리 많은 미움을 받았다고 해도 결국 그녀를 택한 건 존 레논
이었어요."

소율은 이 이상 쓸데없는 참견은 하지 말라는 뜻을 돌려서 말
했다. 하지만 그런 그녀의 뜻을 유리는 크게 신경 쓰지 않는 것
같았다. 어쩌면 일부러 모르는 척하고 있는지도 몰랐다.

"불화를 야기시키면서까지 맹목적으로 사랑만 추구하는 건 너
무 이기적인 선택이 아닌 가 싶네요."

"그렇다면 유리 씨는 오노 요코가 존 레논의 눈에 띄지 않거

나, 누군가 한 명이 사랑을 포기했더라면 비틀즈가 해체되지 않았을 거라 생각하나요?"

"그랬을지도 모르죠. 적어도 누구 한 명은 질타받지 않는 삶을 살 수 있었겠죠."

너무나 확고하게 대답하는 유리를 보며 소율은 한숨을 내쉬었다. 무엇이 그녀를 이렇게 움직이게 만드는지 알 수 없었다. 하지만 그녀의 행동이 충분히 지나치다는 건 알 수 있었다.

"세상에 영원한 건 없어요. 결국 존 레논은 극성팬이 쏜 총에 맞고 이른 나이에 유명을 달리했잖아요. 어떤 식으로든 비틀즈는 끝을 맞이해야만 하는 운명이었을 거라고 생각해요. 하지만 그들이 해체됨으로써 각각의 멤버들이 좋은 뮤지션으로 평가받고 있잖아요."

소율은 유리를 달래듯 말했다. 하지만 유리는 여전히 쉽게 물러나지 않았다.

"그들의 유명세도 결국은 비틀즈의 멤버라는 기본 바탕이 깔려 있기 때문에 가능한 것 아닐까요."

"그 이전부터 실력이 좋았기 때문에 비틀즈의 멤버가 될 수 있었던 것일 테고, 그 실력이 바탕이 되었으니 해체 후에도 전성기에 버금가는 활동을 할 수 있었던 거겠죠."

쉽게 납득하지 않는 유리를 보며 소율은 살짝 미간을 찌푸렸다. 그런 소율을 향해 유리는 싱긋 미소를 지었다.

"그럴 수도 있겠네요. 결국 닭이 먼저냐 달걀이 먼저냐는 주제 같네요."

소율이 생각하기에 그것과는 주제가 좀 달랐지만 더 이상의 설전은 불필요할 것 같다는 생각이 들어서 입을 다물었다. 그사이에 유리가 주문한 커피가 그녀들의 테이블 위로 서빙되어 왔다. 두 개의 찻잔 위로 모락모락 김이 올라오고 있었다.

"제게 하시고 싶은 얘기가 있다고 하셨죠."

소율은 다시 차분해진 시선으로 유리를 보았다. 그녀에게는 왠지 모를 여유로움이 묻어났다. 이 상황이 퍽이나 부자연스러웠지만 그래도 먼저 대화를 청한 건 소율이었다.

"남 회장님께서는 정확히 뭐라고 말씀하시며 유리 씨에게 도준 씨를 부탁한 건지 궁금해서요."

"그날의 대화 내용을 알게 되면 소율 씨가 상처받을지도 모르는데, 정말로 알고 싶으신가요?"

"남 회장님께는 이미 수많은 상처를 입어서요. 새삼 그 이야기가 반복되었다고 해도 같은 자리에 난 상처일 테니 익숙하게 느껴질지도 모르죠."

애써 담담하게 말하고는 있지만 소율은 역시 마음이 아팠다. 사랑하는 사람의 가족에게 거부를 당하는 건 버티기 어려운 일이었다.

그런 소율을 보며 유리는 잠시 생각하는 듯하더니 천천히 입을 열었다.

"남 회장님께서 말씀하시길, 도준 씨가 출처가 불분명한 여자를 집에 들였다고 하셨어요. 그것도 아이를 임신하고서 말이죠."

역시나 또 같은 자리에 상처가 덧났다. 남 회장은 소율의 상처에 딱지가 앉기를 기다려 주지 않았다. 한번 베인 자리에 똑같은 상해를 입으면 고통만 더해진다는 걸 소율은 느낄 수 있었다.

"저는 그 말을 믿을 수 없었어요. 도준 씨라면 그럴 사람이 아니란 걸 알고 있으니까요."

유리의 말에 소율은 혹시나 하는 마음이 들었다. 남 회장도 어찌 됐든 도준의 불임 사실을 알고 있었다. 무슨 경위로 알게 되었는지 몰라도 유리 또한 알고 있을 가능성이 있었다.

"유리 씨는 무엇을 근거로 그런 생각을 하신 거죠? 아무리 약혼한 사이였다고 해도 솔직히 도준 씨에 대해 모든 걸 알고 있지는 못했을 거잖아요."

소율이 솔직하게 묻자 유리의 얼굴에는 근심이 어리기 시작했다.

"도준 씨와 파혼이 확정되고 얼마 지나지 않아서 말해 줬어요. 아마 도준 씨는 술에 많이 취해서 기억하지 못하는 것 같지만 왜 저와 파혼해야만 했는지 정확하게 알려 줬어요."

가능성이 아주 없는 얘기 같지는 않았다. 불임이라는 사실에 도준도 많이 힘들어했을 것이다. 어떤 식으로든 좋지 않은 결과를 낳게 되었으니 책임감을 크게 느꼈으리라.

"그럼 유리 씨도 남 회장님의 말씀을 듣고서 저를 의심할 수밖에 없었겠네요."

소율은 쓰게 웃으며 말했다. 도준의 불임에 대해 알고 있다면 누구라도 그녀를 이상하게 여겼을 것이다. 불임인 남자를 상대로 임신을 했으니 말이다. 하지만 소율은 다른 부정을 저지른 적이 없었다. 그것만은 자신 있게 말할 수 있었다.

"소율 씨의 말처럼 의심이라는 말이 제일 적당할지도 모르겠네요. 적어도 지금 같은 일이 일어날 가능성이 낮다는 건 알고 있었으니까요."

"그렇다면 유리 씨에게는 김 박사님이 제게 해 주신 얘기를 그대로 들려드려야겠네요."

소율은 심호흡을 한 번 크게 하고서 김 박사에게 들었던 말들을 읊기 시작했다.

"유리 씨도 알고 계신 것 같으니 솔직하게 말할게요. 도준 씨는 무정자증이에요. 하지만 수치상의 기준일 뿐이지 정자가 아주 없는 건 아니라고 하셨어요."

소율은 자기를 부정하고 있는 유리에게, 그리고 남 회장에게 확실하게 들려주고 싶었다. 그녀에게는 아무 잘못도 없었다.

"그리고 검진표의 결과보다 더 중요한 건 남녀 간의 속궁합이라고 하시더군요. 유전자의 갈구 형태에 따라서 아무리 불임 판정을 받은 사람도 아이를 가질 수 있다고 말이에요."

"하지만 의학적으로는……."

유리가 반박을 하려고 했지만 소율은 그걸 쉽게 허락하지 않았다.

"그것도 결국 퍼센티지의 차이죠. 그렇다고 제로에 근접하다고 해서 모든 가능성이 닫혀 있는 건 아니잖아요. 결과 값이 단 0.1%라고 해도 소수점 아래에 남은 숫자가 있다는 뜻이에요."

결국 유리는 입을 다물고서 아무 말도 꺼내지 못했다. 소율은 짧은 한숨을 내쉬었다.

"제가 보기에 유리 씨는 똑똑하신 분이니 제 말뜻이 무엇인지 정확히 아셨을 거라고 생각해요."

카페테리아에는 여전히 두 사람을 제외하면 누구도 들어오지 않았다. 소율과 유리 사이에는 다시 침묵이 흘렀다. 마침 비틀즈의 'Across The Universe'가 흘러나오고 있었다. 가사를 가만히 음미하던 소율은 그만 이곳에서 일어나야겠다는 생각이 들었다. 하지만 그 전에 유리에게 일깨워 주고 싶은 것이 있었다.

"유리 씨는 저를 보고 오노 요코일지도 모른다고 하셨죠. 맞아요. 삼자인 유리 씨에겐 제가 그렇게 보일 수도 있다고 생각해요."

소율은 이미 다 식은 찻잔을 손가락으로 매만졌다.

"하지만 도준 씨가 존 레논이 아니듯이 저도 오노 요코가 아니에요. 만약 그렇다고 해도 유리 씨가 우리 두 사람 사이에 끼어들 이유는 없어요. 당신은 오노 요코조차 되지 못했으니까요."

조금은 심술궂다고 생각되지만, 소율은 그녀에게 입은 상처를 생각하면 이 정도는 얘기해도 좋지 않을까 생각했다.

"지금 흘러나오는 비틀즈 노래를 들으면서 잘 생각해 보세요. 결국 당사자인 저와 도준 씨가 아닌 이상은 우리의 세상을 바꿀 권리는 누구에게도 없어요."

그 말을 마지막으로 소율은 자리에서 일어섰다. 그리고 혼자 덩그러니 앉아 있는 유리를 뒤로하고 카페테리아를 빠져나왔다. 이 짧은 만남만으로도 다리가 후들거렸지만 그녀는 버텼다. 그리고 엘리베이터에 올라타고서 잠시 고민에 빠졌다.

"계속 이대로만 있어도 되는 걸까……."

속이 시원해야 당연한데도 소율은 마음이 무거웠다. 도대체 자기가 어떻게 행동해야 이 모든 오해들이 단번에 풀릴 수 있을까.

그렇게 한참을 고민하던 소율은 문득 김 박사를 떠올렸다.

"차라리……."

그렇게 생각한 소율은 김 박사의 진료실이 있는 층 버튼을 누르고서 엘리베이터가 멈추자마자 후다닥 내렸다. 그리고 잰걸음으로 김 박사를 찾아갔다.

이른 아침이라서인지 대기실은 다행히 한산했다. 간호사의 안내를 받으며 진료실로 들어가자 김 박사가 그녀를 반겼다.

"아니, 우리 소율 씨 아닌가. 이렇게 이른 시간부터 남 회장님 문병이라도 왔던 게야?"

"네. 도준 씨랑 같이 왔는데 제가 볼일이 있어서 먼저 보내고 김 박사님 찾아온 길이에요."

김 박사는 기분이 좋은지 소율이 앉을 만한 의자를 탁탁 내리쳤다. 그래서 소율도 미소를 띠며 자리에 앉을 수 있었다.

"그래, 무슨 볼일이 있으셔서 나를 다 찾으셨나?"

"그리 급한 일은 아니지만 상담하고 싶은 문제가 있어서요."

"음…… 그럴 만한 시기이긴 하지. 뭐가 됐든 내가 다 해결해 줄 테니 어디 속 시원히 얘기해 보시게."

김 박사는 특유의 너털웃음을 지으며 소율의 마음을 편안하게 해 주었다. 그래서였을지도 모른다. 그녀는 안 될 것이라는 걸 알면서도 '그' 단어를 입에 담고 말았다.

"유전자 검사를 해 보면 어떨까 생각 중이에요."

소율의 말을 들은 김 박사는 당장에 인상을 구겼다. 그리고 엄한 눈으로 그녀를 보았다.

"지금 소율 씨가 무슨 말을 하는지 알고서 꺼낸 소리인 겐가?"

"네. 저도 충분히 잘 알고 있습니다."

소율의 말에 김 박사는 고개를 내저었다.

"아니. 소율 씨는 모르고 있어. 그러니 그런 위험한 일을 하겠다고 말할 수 있는 게야."

"저도 나름 조사해 봤어요. 태아에게 있을 혹시 모를 병이나 기형을 검사하기 위해서 양수천자를 할 수 있다고요. 그러니까 저도……."

"소율 씨가 품고 있는 아이는 아직 그럴 만한 개월 수가 되지 않았네. 그리고 만약에 섣불리 양수천자를 실행했다가 감염이라도 되면 어쩌려고 그런 말을 꺼내는 게야."

김 박사의 말에도 일리가 있었다. 하지만 소율은 이대로만 있을 수가 없었다. 도준의 불임 사실을 알고 있는 사람들은 소율과 그 아이를 쉽게 인정해 주지 않았다. 같은 피를 이은 남 회장조차도 그런데 타인이 보기에는 더할 것이다.

"저도 이런 선택까진 하고 싶지 않았어요. 하지만……."

소율은 참고 참았던 눈물을 내보였다. 계속 불안했다. 남 회장이 쓰러지는 순간부터 불안해서 견딜 수가 없었다. 모두가 자기의 잘못인 것만 같았다. 그런데도 도준의 앞에서는 티를 낼 수가 없었다. 그가 더 힘들어하는 모습을 보고 싶지 않았기 때문이다.

"알고 있네. 나도 알고 있어. 하지만 이건 소율 씨 잘못이 아니야."

김 박사는 울고 있는 소율의 등을 부드럽게 쓸어 주었다. 될 수 있다면 그녀가 원하는 대로 해 주고 싶었지만 쉽지 않은 일인지라 차마 그러마 하고 대답해 줄 수가 없었다.

"도준이와는 상의해 보고 한 결정인가?"

김 박사의 물음에 소율은 고개를 도리질 쳤다.

"어떻게 그런 말을 꺼내겠어요. 그렇지 않아도 남 회장님 때문에 힘든 사람한테……."

"그렇다고 이렇게 이기적인 결정을 하면 어쩌나."

김 박사는 혀를 끌끌 차며 소율을 엄하게 질책했다. 하지만 그녀를 달래 주고 있는 손은 여전히 부드러웠다.

"일단 도준이와 잘 상의해 보고 그래도 쉽게 결정이 나지 않는다면 그때는 내가 다른 방도를 찾아 주겠네. 그러니 울음 그치고 씩씩하던 모습으로 돌아오시게나."

소율은 김 박사의 위로를 받으며 겨우 이성을 되찾았다. 그리고 알겠다는 듯 고개를 끄덕이고서 진찰실을 빠져나왔다. 순간적인 마음에 제일 중요한 것을 잊을 뻔했다. 기적이의 아빠는 도준이니 무슨 일이든 그와 함께 고민해야지 옳았다.

"일단은…… 돌아가자."

그녀는 다시 엘리베이터에 올랐다. 그리고 걱정하고 있을 도준을 떠올리며 무슨 말부터 꺼내야 할지 고민했다. 하지만 사실은 그보다 어서 빨리 그를 보고 싶은 마음이 더 컸다.

7

소율이 회사로 돌아오기가 무섭게 비서실의 인터폰이 울렸다.

"이사님. 무슨 일이십니까. ……아, 방금 돌아왔습니다. 네. 알겠습니다."

수화기를 든 박 실장은 이내 소율을 눈짓하며 불렀다.

"이사님께서 소율 씨를 찾고 계십니다."

소율을 작게 고개를 끄덕이고서 비서실을 나섰다. 그리고 그녀가 이사실의 문을 노크하자마자 문이 활짝 열렸다.

"무슨 일 없었습니까?"

도준은 그녀를 안으로 끌어당기며 세차게 문을 닫았다. 그리고 무척이나 걱정스러운 눈빛으로 소율의 몸 여기저기를 살폈다.

"그럴 리는 없겠지만…… 혹시 싸우거나 그런 건 아니죠?"

유난스러운 도준의 행동을 보며 소율의 입가에는 절로 미소가 지어졌다.

"저도 유리 씨도 숙녀인데 어떻게 치고 박고 싸울 생각을 하겠어요. 조용히 얘기만 했어요."

소율의 말에 도준은 그제야 안도의 한숨을 내쉬었다. 하지만 그는 이내 다시 걱정된다는 듯 그녀의 안색을 살폈다.

"그런데 왜 이렇게 기운이 없습니까. 혹시 유리 씨가 무슨 못된 말이라도 하던가요?"

소율은 고개를 저었다.

"아니요. 제가 누군데요. 천하의 한소율이 어디서 말로 지거나 할 리 없잖아요."

소율은 일부러 더 씩씩한 척하며 대답했다. 하지만 도준은 그런 그녀를 보며 더욱 근심이 깊어졌다.

"그런데 왜 이렇게 기운이 다 빠져서 돌아왔습니까. 한 방 먹이고 왔으면 좀 더 기쁜 표정을 지어야죠."

도준은 그녀의 머리카락을 쓰다듬는가 싶더니 이내 소율의 눈을 똑바로 바라보았다.

"혹시 울었습니까? 눈도 충혈되어 있고, 좀 부은 것 같은데."

그의 말에 소율은 놀라서 재빨리 고개를 돌렸다. 하지만 이미 제 눈으로 그 모습을 본 도준의 표정에는 서서히 분노의 그림자가 드리우기 시작했다.

"안 되겠습니다. 내가 직접 고유리 씨에게…… 아니, 단영 건설에 따져야 될 것 같습니다."

도준은 당장이라도 휴대폰을 찾아서 전화를 걸 것 같았다. 소율은 그런 그를 말리기 시작했다.

"그런 거 아니에요. 고유리 씨가 저한테 그런 게 아니라……."

"그럼 대체 무슨 일 때문에 운 겁니까. 혹시…… 할아버지가 깨어나셨습니까? 그래서 한 소리 듣고 온 겁니까?"

그의 질문에 소율은 연신 고개를 저었다.

"그런 게 아니라……."

소율이 쉽게 대답을 하지 못하자 도준은 애써 마음을 진정시키며 한숨을 내쉬었다. 그리고 그녀의 볼을 조심스레 쓸어내렸다.

"나한테 말 못 할 일이라도 있었던 것 같군요."

"말 못 하는 게 아니에요. 아마 말하면 도준 씨가 화낼 만한 문제라서 말하기 힘든 것 같아요."

"무슨 일인데 그래요. 화내지 않을 테니까 말해 봐요. 아니면 내가 못 미덥습니까."

"저는 누구보다 도준 씨를 믿어요. 그러니까 더 말을 못 하는 거예요."

도준은 소율의 손을 붙잡고서 그녀를 소파로 이끌어 앉혔다. 그리고 그도 옆에 앉아서 차분히 그녀를 기다려 주었다.

소율은 한참을 망설인 끝에야 솔직하게 말하기로 결정을 내렸다.

"실은 유리 씨와 헤어진 후에 김 박사님을 찾아갔어요."

"그랬군요. 거기서 무슨 일이 있었습니까?"

소율은 고개를 끄덕이고서 고개를 푹 숙였다. 도저히 그를 똑바로 바라볼 용기가 나지 않았다.

"김 박사님께 부탁드릴 생각이었어요. 기적이의…… 유전자 검사를요."

"유전자 검사라고요?"

도준은 놀란 듯 목소리가 높아졌다. 그리고 갑자기 정적이 찾아들었다. 그도 많은 생각이 머릿속을 스치고 지나가는 듯했다. 소율은 그제야 고개를 들어서 도준을 바라보았다.

"유리 씨가 말해 줬어요. 도준 씨와 파혼한 후에 당신이 술에 잔뜩 취해서 유리 씨를 찾아갔었다고. 그때 왜 파혼해야 되는지 이유를 설명한 모양이에요."

도준은 다시 놀란 듯 눈이 커졌다. 그의 기억 속에는 그런 사실이 존재하지 않았다. 하지만 아주 없는 일로 치기에도 애매했다. 술에 취했다면 가능한 일이었기 때문이다.

"내가…… 그랬군요. 전혀 기억은 안 나지만…… 아니라고도 못 하겠습니다."

남 회장뿐만이 아니라 유리도 그의 불임을 알고 있는 사람이었다. 이렇게 또 소율을 탓할 사람이 늘어난 것이다. 거기까지 생각이 미치자 어째서 소율이 유전자 검사를 하려고 했는지 이해가 되었다.

"그래서 김 박사님을 찾아간 거였군요. 자꾸만 사람들이 소율 씨를 의심하는 말을 해 대서……."

소율에게 너무도 미안했다. 자기가 이런 몸 상태만 아니었다면 모두가 축복하는 상황이었을 것이 분명했다. 그런데 단지 하나의 결점 때문에 그녀는 고통받고 있었다. 그것도 그녀의 잘못이 아니라 도준의 문제인데도 말이다.

"……김 박사님은 뭐라고 말씀하시던가요?"

"감염이나 합병증을 생각하면 쉽지 않은 일이라고 혼났어요. 그리고 도준 씨와 상의해 보라고 조언해 주시더라고요."

도준은 착잡한 심정으로 소율을 보았다. 그녀의 입장이 너무도 이해가 되었기에 마음이 아팠다. 그래서인지 세상의 편견과 따가운 눈초리를 마냥 이겨 내라고만 말할 수도 없었다.

"가끔 그런 생각도 해요. 왜 내가 남들에게 기죽어서 그런 선택을 해야 하냐고 말이죠. 어차피 우리 두 사람만 진실하다면 떳떳하게 행동하면 되잖아요. 하지만 남 회장님께서 너무도 완고하게 반대를 하시니 제 결정이 옳은 건지 자꾸만 흔들리게 돼요."

"이해합니다. 할아버지의 성격을 생각하면 쉽지 않은 일이죠. 하지만 소율 씨. 나는 소율 씨나 기적이에게 위해가 될 만한 행동은 하지 않는 게 옳다고 생각합니다."

소율은 도준에게 찬성한다는 듯 고개를 끄덕였다.

"저도 그렇게 생각해요. 하지만 기적이가 태어나는 순간까지 손가락질받으며 부당한 대우를 당해야 한다는 걸 생각하면……."

그녀는 끝까지 말을 잇지 못했다. 또다시 눈물이 날 것만 같아서 그녀는 고개를 들어 올리고서 이사실 천장을 바라보았다. 임신을 하고 난 이후에 부쩍 눈물이 많아졌다. 그게 당연한 일이란 걸 이제는 알지만 여전히 이런 변화가 익숙하지만은 않았다.

"김 박사님이 다른 말씀은 하지 않으셨습니까?"

소율은 좀 더 마음을 진정시킨 후에야 도준을 바라볼 수 있었다.

"······쉽게 결정이 나지 않는다면 다시 찾아오라고 하셨어요. 다른 방도를 찾아 주시겠다고."

"그래요."

도준은 소율의 볼을 쓰다듬고 어깨를 쓰다듬으며 그녀를 위로했다.

"소율 씨가 꼭 유전자 검사를 해야만 하겠다면 더 이상 반대하지는 않겠습니다. 모든 위험을 감수하고서 한 선택일 테니 말입니다. 하지만 김 박사님의 말씀대로 다른 방법이 있다면 일단은 그것부터 먼저 실행을 해 보는 건 어떻습니까."

소율은 도준의 그런 배려가 너무도 고마웠다. 그리고 그만큼 미안한 마음이 컸다. 정작 아이에게 위험할 수 있는 일인데도 제 욕심만 앞세우는 것 같았다.

"미안해요······. 그리고 고마워요."

"내게는 미안하다는 말은 하지 말라면서 소율 씨가 하는군요."

도준은 그렇게 말하며 소율을 살포시 끌어안았다.

"괜찮으니까 미안하다는 말은 서로 하지 않는 걸로 합시다. 방금도 그냥 고맙다는 말만 받겠습니다."

소율은 도준의 품에 기대며 고개를 끄덕였다. 지금은 모든 게 괜찮아질 것이라는 믿음이 가장 중요한 것 같았다.

"도준 씨."

"네, 뭡니까?"

도준의 품에 안긴 채로 소율은 나지막이 속삭였다.

"사랑해요."

고마운 것도, 미안한 것도 모두 배제하고 나자 그 마음이 가장 먼저 떠올랐다. 그녀는 도준을, 그리고 배 속에 있는 기적이를 사랑하고 있었다.

"나도 사랑합니다."

도준은 조심스레 그녀를 품에서 떼어 내며 양손으로 소율의 어깨를 가볍게 잡았다. 그리고 천천히 두 사람의 거리가 가까워졌다. 가볍지만 따뜻하고 부드러운 입맞춤이었다.

"우리 땡땡이 부릴까요?"

맞닿았던 입술이 떨어졌다. 도준은 소율과 이마를 맞댄 채 나지막이 중얼거렸다. 그녀의 말간 눈동자에는 안 된다는 듯 비난이 섞이기 시작했다. 하지만 그는 그저 웃기만 했다.

"아주 잠시 동안 우리가 사라져도 회사는 망하지 않을 겁니다."

"하지만 회장님도 계시지 않은데……."

"그럼 잠깐 일찍 나가서 우리만의 시간을 먼저 가지고 병원에 회장님을 뵈러 가는 걸로 하죠."

"점심시간에 가자고 그랬잖아요."

"그러니까 내가 먼저 나가자고 하는 것 아닙니까."

그렇게 말하며 도준은 소율의 손을 잡고 일으켜 세웠다. 그리고서 성큼성큼 문 쪽으로 다가갔다. 이사실 밖에서 대기하고 있던 박 실장은 함께 나오는 도준과 소율을 보며 안도의 한숨을 내쉬었다.

"박 실장님, 아직 점심시간은 아니지만 회장님께 다녀오겠습니다."

"그럼 오전 업무는……."

"오늘 오후와 내일 오전에 보도록 하겠습니다. 그 정도 조정은
해 주실 수 있으시겠죠."

박 실장은 좀 전과는 다르게 무거운 한숨을 내쉬고서 고개를
끄덕였다. 그런 그를 향해 소율은 미안하다는 표정을 지어 보였
다.

"……병원으로 이동하실 차를 준비해 둘까요?"

"아닙니다. 제가 직접 운전해서 갈 테니 따로 준비하실 필요
없습니다."

도준은 말을 끝내기가 무섭게 엘리베이터에 올라탔다. 그 행동
이 얼마나 재빠른지 박 실장은 제대로 된 인사도 하지 못했다. 소
율은 도준의 추진력에 고개를 절레절레 내저었다.

"제가 무슨 입장인지 잊으신 건 아니죠? 원래라면 지금쯤 박
실장님이 하실 업무를 도와야 한다고요."

소율의 볼멘소리에 도준은 미소로 화답했다.

"소율 씨에게는 나라는 뒷배가 있지 않습니까. 박 실장도 이
정도는 이해해 줄 겁니다."

엘리베이터는 도준의 바람만큼이나 빠르게 지하 주차장에 도착
했다. 그는 주차되어 있는 차에 소율을 먼저 태우고 자기도 운전
석에 올랐다. 시동 버튼을 누르자 엔진 돌아가는 소리가 들려왔
다.

"어디 가고 싶은 곳 없습니까? 아니면 먹고 싶은 거나."

"지금은 딱히……."

"그러면…… 조금 때가 이르긴 하지만 소풍을 가도록 하죠."

도준의 말투는 무척이나 경쾌했다. 어떻게든 소율의 기분을 풀어 주고 싶었던 것이다. 그런 그의 마음을 알았던지 소율도 조금씩 입가에 미소를 띠기 시작했다. 그 모습을 보며 그도 기분이 좋아졌는지 천천히 속도를 올렸다. 자동차는 한산한 도로 위를 달리며 앞으로 뻗어 나갔다.

"소율 씨는 학교에서 가는 소풍 말고 따로 가 본 적 있습니까?"

"아니요. 제가 지냈던 보육원에는 또래 아이들 말고도 젖먹이들도 많았어요. 그 아이들을 모두 데리고 소풍을 가는 건 아무래도 힘들었을 거라고 생각해요."

"그렇군요. 나도 어릴 적에 부모님을 잃어서인지 집안사람들과 따로 소풍을 떠난 적은 없습니다. 할아버지께서는 그렇지 않아도 많이 바쁘셨으니까."

"그러면 우리 둘 다 오늘이 첫 경험이네요."

두 사람이 함께하는 '처음'이 이렇게 늘어 갔다. 그 사실이 도준과 소율에게는 무척이나 귀중한 경험으로 와닿았다.

그녀와 그는 무척이나 따스한 표정으로 눈앞에 나타나는 광경을 바라보았다. 차는 이내 한강 주차장으로 들어섰다.

"이런 시간에도 사람이 제법 많네요."

차에서 내린 소율은 깊게 숨을 들이마시며 불어오는 강바람을 만끽했다. 곧이어 도준이 다가와 그녀의 손을 잡고서 앞으로 나아가기 시작했다. 그는 가까이 있는 편의점에 들어가 돗자리를 구매

하고서 잔디가 깔린 곳으로 그녀를 이끌었다.

"여기 이 정도라면 괜찮을 것 같군요. 돗자리 펼치겠습니다."

도준은 마치 큰일이라도 하는 듯 진중하게 말했다. 그리고 잡고 있던 소율의 손을 놓고서 작은 가방에 담긴 돗자리를 꺼내어 잔디 위에 펼쳤다. 작은 돌을 주워 와 각 모서리에 올려 두는 것도 잊지 않았다. 그는 이내 신발을 벗고 돗자리 위에 자리를 잡았다.

"생각보다 편하군요. 소율 씨도 어서 앉아요."

그는 자신의 옆자리를 손으로 톡톡 두들겼다. 소율은 신고 있던 로퍼를 벗고서 그의 옆에 앉았다. 그러자 도준이 자신이 입고 있던 자켓을 벗어서 그녀의 다리 위에 덮어 주었다.

"바람이 기분 좋네요. 바닷바람은 짠 내음이 같이 섞여서 좋기는 하지만 강바람은 오히려 청량해서 더 좋은 것 같아요."

"이 근처는 언제나 차로만 지나다녀서 몰랐는데, 좋네요. 소율 씨 말이 맞는 것 같습니다. 강바람은 많이 청량한 것 같군요."

돗자리 위에 앉은 두 사람은 한동안 말없이 눈앞에 펼쳐진 광경을 바라보았다. 운동을 하는 사람들이나 가족, 친구가 같이 소풍을 나온 모습을 보며 흐뭇한 미소를 지었다. 그러다 문득 무언가 먹고 있는 사람을 발견하고서 도준이 그녀를 향해 물었다.

"배고프지 않습니까?"

"전 아직 괜찮아요. 도준 씨는요?"

"저는 아침에 먹는 둥 마는 둥 했더니 배가 좀 고프네요. 뭐라도 시켜 먹을까요."

그러자 소율이 놀란 눈을 하고서 도준을 보았다.

"여기까지 배달이 되나요?"

"그런 것 같습니다. 저기 보십시오. 배달된 음식을 먹고 있잖아요."

도준은 식사 중인 무리를 가리켰다. 정말로 그 사람들은 배달용 박스에 담겨 있는 무언가를 먹고 있었다.

"가끔 뉴스나 정보 프로그램 보면서 배달이 가리는 곳 없이 다 찾아가는 건 알았지만 이런 곳까지 가능한 줄은 몰랐어요."

소율은 진심으로 감탄한 눈치였다. 그래서 도준은 더욱 그녀를 놀라게 해 주고 싶었다. 실은 예전에 그녀가 족발을 먹고 싶다고 말한 이후로 휴대폰에 배달용 어플을 깔아 두고 있었던 것이다.

"요즘은 휴대폰으로 안 되는 것이 없죠. 그런 의미에서 저는 치킨을 추천하고 싶습니다."

그는 휴대폰을 꺼내어 배달 어플을 실행시켰다. 그리고 치킨 가게 목록을 둘러보기 시작했다. 소율도 고개를 길게 빼어 그의 휴대폰을 함께 살폈다.

"음…… 잘은 모르겠지만 아무래도 순위가 높은 가게를 선택하는 게 나을 것 같군요. 리뷰도 좋은 것 같고 말입니다."

그렇게 말한 도준은 제일 상위에 있는 가게 이름을 터치했다. 그러고서 메뉴를 살펴보았다.

"소율 씨는 양념? 아니면 후라이드?"

"저는 후라이드나 간장이 좋아요. 이왕이면 뼈 있는 걸로."

정말로 별생각이 없었는데 소율은 왠지 입 안에 침이 고이는 것 같았다. 이건 자신이 아니라 배 속에 있는 기적이가 먹고 싶어 하는 게 분명하다고 생각했다.

"좋아요. 그럼 후라이드 반, 간장 반으로 시키도록 하죠."

정확한 주소를 알지 못하는 도준은 가게로 전화를 걸었다. 그렇게 전화를 받은 직원의 물음에 따라 가장 가까이에 있는 표시물을 알려 주었다. 통화가 끝나자 소율이 눈을 빛내며 그를 바라보았다.

"뭐라고 그러던가요? 정말로 배달해 준다고 그래요?"

"네. 30분 정도 기다려 달라고 그러더군요."

"와, 정말로 배달이 되는구나. 솔직히 저는 좀 걱정했거든요."

아이처럼 순수하게 기뻐하는 소율을 보며 도준은 괜히 더 뿌듯한 마음이 들었다.

"대한민국의 배달 문화는 정말 대단한 것 같아요. 그만큼 많은 수고를 하시는 분들이 많겠지만 그래도 웬만한 곳은 다 찾아와 주시잖아요."

그녀의 말에 도준도 긍정의 뜻을 담아 고개를 끄덕였다. 그리고 이내 그는 몸을 살짝 기울이는가 싶더니 소율의 무릎을 베고 누워 버렸다.

"소율 씨를 만난 후부터 이전에는 상상도 해 보지 않았던 새로운 일에 많이 도전하는 것 같습니다."

"혹시 그래서 후회하고 있는 건 아니죠?"

"아니요. 절대 아닙니다."

소율의 장난스러운 질문에 도준은 단호하게 대답했다. 그리고 그는 서서히 눈을 감고서 단지 지금의 순간을 느끼기 시작했다.

"다음에는 기적이와 함께 옵시다. 그때는 아마 소율 씨 무릎은 기적이의 차지겠지만."

"다행히도 다리는 두 개잖아요. 한쪽에는 기적이가, 다른 한쪽에는 도준 씨가 누워 있으면 되죠."

그녀는 도준의 머리를 가만히 쓰다듬기 시작했다. 무척이나 여유롭고 한가로웠다. 마음 졸이며 생채기를 돌보던 지난날은 생각나지 않을 정도였다. 도준과 함께라면 어쩌면 이렇게 평화로운 시간만 보낼 수 있을지도 모르겠다는 생각이 들었다. 누구에게도 곁을 내어 준 적 없는 소율에게는 그가 무척이나 소중하고 귀한 존재였다. 물론 배 속의 아이도 마찬가지였다.

"저 역시 유전자 검사는 하지 않을래요. 제가 어떻게 되는 건 상관이 없지만 만약에라도 기적이가 잘못되면 앞으로 살아가지 못할 것 같아요."

"나는 소율 씨가 잘못되는 건 상상도 하고 싶지 않습니다. 기적이도 건강해야 하지만 소율 씨도 꼭 건강하게 있어야 해요."

"알겠어요. 앞으로는 절대 아프면 안 되겠네요."

남 회장과 유리로부터 받았던 상처가 도준에 의해서 회복되는 걸 느꼈다. 생채기가 생겼던 자리에는 단단한 새살이 차올랐다. 그것을 그와 함께 잘 지켜 나간다면 무슨 일이 생긴다고 하더라도 버텨 낼 수 있을 것 같았다.

시간이 얼마 지났을까. 도준의 휴대폰이 울리기 시작했다. 그는 일어나기 싫은 듯 미적거리며 몸을 세웠다. 그리고 휴대폰을 꺼내 전화를 받았다.

"네, 남도준입니다. ……아, 근처에 오셨군요. 잠시만요. 제가 가겠습니다."

그는 돗자리에서 일어나더니 급하게 신발을 신고 어딘가로 달려갔다. 영문을 모르는 소율은 그의 뒷모습을 바라보기만 했다. 그리고 얼마 지나지 않아 그가 봉투 하나를 손에 들고서 다시 모습을 드러냈다.

"치킨 왔습니다."

도준은 해맑은 미소를 지으며 돗자리로 걸어왔다. 그가 곁으로 다가오자 기름에서 막 튀긴 치킨의 냄새가 소율의 코끝을 간지럽혔다.

"냄새가 너무 좋아요. 아, 막 배고파지네."

그는 소율의 곁에 봉투를 내려 두고서 돗자리에 앉았다. 그리고 안에 든 박스를 꺼내어 먹기 편하도록 세팅하기 시작했다.

"정말 맛있을 것 같네요. 이런 곳까지 배달 오는 음식도 제대로 해서 가져다주는군요."

"그러네요."

벌써 젓가락을 손에 든 소율은 그것을 짝 소리가 나도록 쪼개더니 곧장 다리를 하나 집어 들었다.

"저는 다리랑 날개가 가장 좋더라고요. 마침 부위가 두 개씩 있으니까 나눠 먹어요."

소율은 닭다리를 한입에 베어 물고는 뜨거운 듯 입을 뻐끔거렸다. 그 모습을 흐뭇하게 바라보던 도준도 닭 가슴살을 찾아서 젓가락으로 집었다.

"저는 퍽퍽한 살이 좋으니까 다리랑 날개는 소율 씨가 드십시오."

"세상에. 정말요?"

도준의 말을 들은 소율은 새삼 놀랍다는 표정을 지었다. 말랑살을 좋아하는 사람과 퍽퍽살을 좋아하는 사람이 함께 치킨을 먹는 경우는 잘 겪어 보지 못했던 것이다.

"지금까지는 잘 몰랐는데 우리는 정말로……."

"천생연분인 것 같죠?"

소율의 말을 가로채며 도준이 먼저 내뱉었다. 두 사람은 서로를 바라보며 크게 웃음 짓고는 서로가 원하는 부위를 들고서 배를 채워 갔다. 이른 점심이었지만 여느 때보다 충실하고 배부른 식사였다.

한강에서 한가로웠던 소풍을 마친 소율과 도준은 곧장 병원으로 향했다. 처음에는 남 회장에게 먼저 찾아갈 생각이었다. 하지만 엘리베이터에 올라탄 순간 소율이 다른 제안을 해 왔다.

"회장님을 뵙기 전에 김 박사님께 먼저 찾아가면 안 될까요?"

소율의 물음에 도준은 그녀를 바라보았다.

"유전자 검사와 관련해서 전할 얘기가 있습니까?"

"네. 일단 걱정을 끼쳐 드렸으니 결과도 알려 드려야 할 것 같아서요. 그리고 다른 방도가 있다면 그게 뭔지 알고 싶어요."

그녀의 말에 도준도 동의했다. 그래서 그는 회장의 병실이 아닌 진료실이 있는 층수를 눌렀다. 빠르게 이동한 엘리베이터는 금세 멈춰 섰다. 두 사람은 김 박사가 있다는 것을 확인하고 간호사의 안내를 받아 진료실로 들어섰다.

"아침에는 소율 씨만 오더니 이제는 함께 찾아왔구만."

김 박사는 쓰고 있던 안경을 벗고서 피곤한 듯 콧대를 주물렀다. 그 모습을 소리 없이 지켜보며 소율과 도준은 자리에 앉았다.

"그래. 두 사람이 같이 충분히 고민하고 왔는가?"

"네. 일단 유전자 검사는 하지 않기로 결정 내렸어요."

"잘 생각했네. 소율 씨나 아이를 생각한다면 벌써부터 그러지 않는 편이 나아. 정 원한다면 출산한 후에 해도 늦지 않으니 말일세."

"아침에는…… 괜히 마음이 급해서 김 박사님께 폐를 끼친 것 같아 죄송해요."

소율의 말에 김 박사는 그제야 입가에 미소를 띠었다.

"폐는 무슨. 그 정도 상담이야 의사로서 당연히 해 줄 수 있는 거지. 아무튼 잘 결정했다니 다행이야."

"그런데 김 박사님. 소율 씨와 제 아이가 할아버지께 인정받기 위한 유전자 검사 외에도 다른 방도가 있다면 같이 생각해 주시겠다고 하셨다면서요."

"음…… 그건 그랬지."

도준의 물음에 김 박사는 고개를 끄덕였다. 그의 반응에 소율과 도준은 기대 가득한 표정으로 김 박사를 보았다. 그게 못내 부담스러웠던지 김 박사는 곧 고개를 돌려 버렸다.

"그렇게 쳐다봐도 대단한 방법은 나오지 않아. 자칫 잘못하면 실패할 수도 있으니 그리 기대는 하지 말게나."

"하지만 지금 기댈 수 있는 곳은 김 박사님뿐입니다."

김 박사의 으름장에도 도준은 지푸라기라도 잡고 싶다는 심정으로 말했다. 그러자 김 박사는 헛기침을 몇 번 하더니 두 사람을 바라보았다.

"정말로 그리 대단한 건 아니야. 그저 두 사람의 연기력이 좀 필요한 일이네."

"연기력이요?"

"그래. 그게 가장 중요한 조건이야. 어쩌면 결과의 승패를 가를 수 있다네."

그렇게 말한 김 박사는 자기 나름대로 생각해 낸 방법을 설명했다. 어쩌면 남 회장의 고집을 꺾을 수도 있다는 생각에 도준과 소율은 신중한 표정으로 이야기를 들었다.

그리고 그 방법은 김 박사의 말처럼 그리 어려운 일이 아니었다. 하지만 어느 정도의 연기력이 받쳐 주지 않는다면 정말로 불가능한 일이기도 했다.

"어쨌든 김 박사님께서 말씀하신 대로 하면 할아버지의 마음을 바꿀 수도 있다는 거죠?"

"그래. 내가 필요해서 그런 건 아니지만 이미 적당한 밑밥은 깔아 둔 것 같으니 내 말대로 따르기만 하면 돼."

도준과 소율은 정말로 자기들이 잘해 낼 수 있을지 의심이 되었다. 하지만 이대로 가만히 기다리고만 있을 수도 없는 노릇이었다. 두 사람은 굳은 의지를 담아 서로를 바라보았다.

　"어떻게, 잘해 낼 수 있을 것 같은가?"

　김 박사의 물음에 도준은 천천히 고개를 끄덕였다. 그리고 소율의 손을 꼭 붙잡았다.

　"소율 씨와 아이를 위해서라면 뜨거운 불길에도 뛰어들 수 있습니다. 그러니 당연히 그 정도 일은 해낼 수 있어야겠죠."

　"그래. 그 마음가짐이라면 뭔들 못 하겠어. 소율 씨는 어떤가?"

　이번에는 김 박사의 시선이 소율에게 닿았다. 그녀는 잠시 고민하는 것 같더니 역시나 도준과 같이 고개를 끄덕였다.

　"저도 김 박사님께서 말씀해 주신 정도는 해낼 수 있을 것 같아요. 거짓말을 해야 한다는 게 조금 마음에 걸리기는 하지만 그 정도는 감수해야 할 일이니까요."

　"그래. 그러면 됐네. 이제 더 이상 지체하지 말고 어서 회장님께 가 보도록 해. 지금쯤이면 점심 식사도 끝나 갈 때니 딱 정당한 것 같구만그래."

　소율과 도준은 자리에서 일어서서 김 박사를 향해 동시에 고개를 숙였다.

　"정말 감사드립니다. 반드시 원하는 대답을 얻어 내고 돌아오도록 하겠습니다."

　"나한테 돌아올 일이 뭐 있겠나. 그냥 더도 말고 덜도 말고 남회장님 코가 납작해지도록 잘해 내기나 해."

김 박사의 배웅을 받으며 두 사람은 진료실을 빠져나왔다. 그리고 다시 엘리베이터에 올라 곧장 남 회장이 있는 병실로 향했다.

두 사람은 서로 긴장되는 눈빛을 나눈 후에 가볍게 병실 문을 두드렸다. 하지만 대답은 들려오지 않았다. 도준은 소율의 손을 잡고서 문을 열었다.

"할아버지. 저희 왔습니다."

안으로 들어가자 남 회장이 막 식사를 마쳤는지 테이블 위에 텅 빈 죽 그릇이 놓여 있었다. 남 회장은 도준의 인사에도 시선 한 번을 주지 않았다.

"이제 식사도 잘하시는 것 같아서 다행입니다."

소율과 도준은 남 회장이 기대어 있는 침대 곁으로 다가갔다. 하지만 남 회장은 여전히 입을 꾹 닫고서 창밖만 하염없이 바라보고 있었다.

"할아버지. 이대로 영원히 말도 하지 않고 지낼 생각이십니까?"

도준은 짧은 한숨을 내쉬었다. 이 광경을 가만히 바라만 보던 소율은 남 회장의 곁으로 한 발짝 더 다가서며 말을 건넸다.

"남 회장님께서 쓰러지셨을 때 제가 없었다면 이렇게 식사도 못 하셨을 거예요. 생색을 내려는 건 아니지만 회장님께서는 이제 제게 목숨을 빚지신 거나 다름없어요."

그제야 남 회장은 소율을 돌아보았다. 그는 미간을 찌푸리며 겨우 입을 열었다.

"건방진 것은 여전하구나."

좀 억지를 부리기는 했지만 겨우 남 회장이 말문을 열었다는 생각에 소율과 도준은 안도했다. 이제는 두 사람이 본격적인 연기를 시작할 차례였다.

"회장님이 말씀하신 대로 저는 여전히 건방지고 못 미더운 여자이지요. 하지만 도준 씨의 아이를 임신하고 있다는 사실에는 변함이 없습니다."

소율은 남 회장의 눈을 똑바로 바라보며 말했다. 이건 진심이 담긴 말이었다. 평소 같았다면 그녀의 이런 언행에 남 회장이 금세 역정을 냈을 것이다. 그런데 어쩐 일인지 그는 조용히 소율을 바라보기만 했다. 아무래도 김 박사가 말했던 밑밥이 정말로 존재하는 모양이었다.

"네가 하고 싶은 말은 그게 다인 게냐?"

남 회장이 조용하게 물었다. 하지만 소율은 고개를 저었다.

"지금까지 여러 일을 겪으면서 결론을 내렸어요. 제가 어떤 말씀을 드려도, 무슨 행동을 해도 남 회장님께서는 저를 믿지 못하실 것이라고 말이에요. 믿음이라는 게 그리 쉽게 생겨날 리가 없지요."

소율은 일부러 과장되어 보이게 쓸쓸한 미소를 지었다. 그리고 도준과 자기의 배를 한 번 번갈아 보더니 배를 조심스레 쓰다듬었다.

"하지만 저는 어떤 일이 있어도 아이와 도준 씨를 포기할 수가 없어요. 저에게 가장 소중한 존재가 되었으니까요."

이것도 진심이었다. 하지만 다시 남 회장에게 향하는 시선은 조금 과장이 담긴 것이었다. 그녀는 세상에서 가장 슬픈 듯 처연한 눈빛을 하고서 남 회장을 보았다.

"하지만 이렇게 계속 도준 씨와 회장님의 관계를 상처 입히면서 제 고집을 이어 갈 생각은 없어요."

그때, 가만히 있던 도준이 인상을 구기며 남 회장과 소율 사이에 끼어들었다.

"소율 씨. 그 일은 이미 없었던 걸로 생각하기로 하지 않았습니까."

"하지만 도준 씨…… 회장님과 도준 씨는 가족이잖아요. 도준 씨에게는 단 한 명밖에 남지 않은 가족인데 제가 더 이상 어떻게 제 욕심만 고집해요."

"아닙니다. 이제는 소율 씨와 기적이가 내 곁에 있지 않습니까."

남 회장은 기적이라는 이름에 귀를 쫑긋 세웠다. 아마도 소율이 임신한 아이의 태명인 듯했다. 기적이라니. 불임인 도준과 소율 사이에 생긴 아이에게 그것만큼 어울리는 이름은 없는 것 같았다.

"대체 두 사람 무슨 얘기를 나누고 있는 게냐."

짐짓 관심 없는 척하며 남 회장은 두 사람의 눈치를 살폈다. 도준의 심각한 표정을 보아서는 아무래도 심상치 않은 일인 것 같았다.

"아무것도 아닙니다. 할아버지께서는 신경 쓰지 마십시오."

"아니요. 저는 회장님께 솔직하게 말씀드려야겠어요."

"소율 씨, 제발!"

도준의 음성이 높아졌다. 그사이에 그와 소율은 잘하고 있다는 듯 서로 시선을 주고받았다. 하지만 영문을 알 리 없는 남 회장은 인상을 구겼다.

"내가 아무리 쌩쌩해 보여도 일단은 한 번 쓰러졌던 환자다. 큰 소리는 내지 말거라."

"죄송합니다. 제가 흥분을 해서 그만……."

남 회장의 으름장에 도준은 면목이 없다는 듯 일부러 소리를 낮췄다.

"그래서, 한소율 씨가 나한테 하고 싶다는 얘기가 대체 뭔가."

이어지는 남 회장의 물음에 소율은 기회가 찾아왔다고 생각했다. 그녀는 침을 꼴깍 삼키고는 본격적인 얘기를 꺼내려고 했다. 그리고 대본에는 없었지만 아무래도 남 회장에게 무언가 한 방을 날려 줘야겠다는 생각이 들었다.

"다름이 아니라 오늘 이른 아침에 저와 도준 씨가 회장님을 찾아뵈었습니다. 회장님께서는 주무시는 중이라 모르셨겠지만, 그 자리에…… 고유리 씨가 나타났습니다."

남 회장이 놀란 듯 눈이 커졌다. 그도 순간 아차 싶었던 것이다. 제 잘못과 과오를 인정하기도 전에 도준의 일을 유리에게 부탁했다는 걸 까맣게 잊고 있었다. 그런데 이제 와서 유리와 소율이 만났다는 사실을 알게 되었으니 당연히 놀랄 수밖에 없었다.

"그…… 그랬구나."

남 회장은 당황한 듯 소율의 눈빛을 피했다. 대체 이 일을 어디서부터 수습해야 할지 갈피를 잡을 수 없었다. 하필이면 제가 쓰러지는 바람에 괜히 유리까지 나타났으니 그 스트레스는 오롯이 소율과 태아가 감당해야 했을 것이다. 하지만 남 회장은 애써 침착한 표정으로 물었다.

"그래서, 유리가 네게 무어라고 하더냐?"

소율은 일부러 고개를 숙였다. 그리고 마치 눈물을 삼키고 있다는 듯 살짝 몸을 떨었다. 그런 그녀를 보며 도준은 아예 고개를 돌려 버렸다.

남 회장은 두 사람의 모습에 속이 타들어 갔다. 모두가 제 잘못이었다. 못난 늙은이가 주책없이 나서는 바람에 이런 사달이 나고야 만 것이다.

"어서 말을 해 보시게. 대체 유리가 한소율 씨에게 무어라 하던가."

마음이 급해진 남 회장은 소율을 다그쳤다. 그러자 소율이 천천히 고개를 들어 올렸다.

"고유리 씨조차도 제가 부정한 일을 저지른 것은 아닌지 의심을 하고 있더군요."

자칫 잘못하면 남 회장의 입에서 '아이고'란 말이 튀어나올 뻔했다. 언제나 제 마음을 든든하게 해 주던 유리였지만 이번만큼은 그녀가 야속하게만 느껴졌다.

"그녀가 그렇게 행동하는 것도 어느 정도는 이해해요. 갑자기 나타난 여자가 도준 씨의 아이를 임신했다고 하니 믿기 힘들었겠죠. 하지만 아무 상관도 없는 사람까지 그렇게 나서니 저도 더 이상은 참을 수가 없었습니다. 이렇게 계속 저와 제 아이가 의심을 받으며 살 바에야 진실을 밝혀야겠다는 생각이 들었어요."

소율은 여전히 처연한 눈빛으로 남 회장을 바라보고 있었다. 그녀가 대체 무슨 생각을 하고 있는지 도무지 짐작이 가지 않았다. 하지만 제발 섣부른 행동만은 하지 않기를 바라며 남 회장은 조심스럽게 물었다.

"그래서…… 뭘 어쩌려고 그러시나."

그렇게 말하는 남 회장의 입술 끝이 미세하게 떨리고 있었다. 그것도 모자라서 그는 은연중에 침을 꼴깍 삼키기까지 했다. 남 회장은 지금 이 자리의 누구보다 긴장을 하고 있었다.

그걸 가만히 지켜보던 도준이 소율을 한 번 보았다. 그녀도 도준을 힐끗 쳐다본 후에 힘겹게 말을 꺼냈다.

"아무래도 기적이와 저의 진실을 밝히기 위해서는 단 한 가지 방법밖에 없다는 결정을 내렸습니다."

도준은 일부러 침통한 표정을 지었다. 그건 소율도 마찬가지였다. 남 회장은 더욱 소율을 재촉했다.

"그…… 그 방법이 대체 뭐냐 말이야."

"유전자 검사입니다. 도준 씨와 저의 명예를 위해서도 그 방법이 옳은 것 같아요. 제 아이에 대한 진실이 명명백백히 밝혀지게 되면 회장님께서도 언젠가는…… 노여움을 풀지 않으실까 하는 생각이……."

소율은 차마 말을 이을 수 없다는 듯 다시 고개를 숙였다. 남 회장은 뒤통수를 후려 맞은 듯 멍한 표정을 지었다. 자기가 그토록 바라던 방법이었건만 막상 소율이 한다고 나서자 아무 말도 할 수가 없었다. 지난밤에 김 박사에게 들었던 충고가 떠올랐던 것이다. 아무래도 자기가 지은 이 모든 죄는 죽어서 다시 태어난다고 해도 다 갚지 못할 것 같았다.

"지금……."

남 회장은 긴장감과 다급함이 뒤섞여 말끝이 떨리고 있었다. 그는 여느 때보다 진지한 표정으로 소율을 보았다.

"한소율 씨는 지금 자기가 한 말이 무슨 뜻인지 알고는 있는 겐가?"

"앞서 말씀드렸듯이 모든 상황들을 고려해서 내린 결정입니다."

소율의 똑 부러진 대답에 남 회장은 안달이 났다. 이제까지 침대에 기대어 있던 그는 자리에서 벌떡 일어서더니 급하게 신발을 찾았다. 그걸 보고 놀란 도준이 남 회장을 부축하려 했지만 그는 그것마저 뿌리쳤다.

"안 돼! 안 된다. 허락할 수 없어!"

남 회장은 많이 흥분한 듯 목소리를 높였다. 예상했던 것 이상으로 격한 그의 반응에 소율과 도준은 내심 놀랐다. 그리고 한편으로 그들의 연기가 잘 먹혀들었다는 사실에 안도감을 느꼈다.

"하지만 회장님께서는 여전히 저와 기적이의 진의에 대해서 의심하고 계시지 않나요? 그럴 바에는……."

"이유가 어찌 됐든 나는 한소율 씨의 결정에 대해 절대로 동의

할 수 없네."

그의 태도는 무척이나 강경했다. 하지만 예전에 소율을 바라보던 서슬 퍼렇던 눈빛은 찾아볼 수 없었다. 오히려 떼를 쓰는 아이처럼 서러움과 간절함이 남 회장의 눈에 존재하고 있었다. 소율은 그런 남 회장을 보며 놀란 기색을 감출 수 없었다.

"이건 회장님께서 가장 바라시던 일이 아니었나요?"

"내가 바라던 건 이런 게 아니네. 나는……."

남 회장은 차마 뒷말을 이을 수가 없었다. 이대로 다시 소율을 부정하게 되면 결국 그녀의 안에 잠들어 있는 아이마저 거부해야 했다. 하지만 이제는 그럴 수가 없었다. 김 박사로부터 전해 들었던 말이 그의 귓가에 맴돌았다. 도준의 행복을 위해서 무엇을 선택하고, 무엇을 포기해야 할지 깨닫고 이제는 옳은 길로 나아가야 했다.

"이 늙은이가 한소율 씨의 마음을 돌리기 위해서는 어떻게 해 줘야 하겠나."

무척이나 조심스러운 말투였다. 아집과 독선을 내려놓고 나니 그제야 소율이 똑바로 보이기 시작했다. 소율은 너무도 선한 눈을 가지고 있었다. 게다가 그녀는 불가능한 일을 가능하게 만들었다. 그녀가 도준에게 소중한 존재이듯 남 회장도 그렇게 아껴 줘야 했다. 하지만 너무도 높은 벽이 그의 눈을 가리고 오로지 한 면만 바라보게 만든 것이다.

"지금까지의 내 과오를 사과하라고 하면 하겠네. 여기서 당장 무릎이라고 꿇으라면 그렇게 하겠어."

그는 자기가 뱉은 말을 지키려는 듯 몸을 숙였다. 그리고 무릎이 바닥에 닿으려는 순간, 도준과 소율이 놀라서 그를 말렸다.

"몸도 좋지 않으신데 그만두세요. 설령 사과가 필요하다고 해도 회장님이 이렇게까지 하실 필요는 없으세요."

도준의 부축을 받으며 몸을 일으킨 남 회장은 침통한 표정으로 고개를 숙였다.

"뭐가 그리 급했는지……. 아직 새파랗게 젊었던 내 아들과 며느리를 앞서 보냈어. 나에게 도준이는 세상에 한 명밖에 남지 않은 피붙이이네. 그래서 할 수 있는 모든 수단을 동원해서라도 손자를 행복하게 만들어 주고 싶었어. 이전에는 내가 선택한 방법들이 옳았고, 도준이도 만족한 듯이 보였지."

그는 천천히 고개를 들어 창밖으로 보이는 먼 풍경을 향해 시선을 돌렸다. 그의 눈동자 안에는 초록이 담겨 있었지만 정작 눈앞에 아른거리는 건 도준과 함께했던 모든 순간들이었다.

"그런데 언젠가부터 나 혼자 잘못된 길을 걷기 시작한 게야. 오로지 그것만이 옳다는 생각에 빠져서 도준이를 억지로 끌고 가기 바빴다네."

남 회장은 고개를 돌려서 소율을 보았다. 그에게서는 진심으로 미안해하는 기색이 느껴졌다. 소율은 단 한 번도 본 적 없는 남 회장의 약해진 모습에 어색함을 느꼈다.

"회장님……."

"한소율 씨가 어떤 삶을 살아왔고, 무슨 상황에 놓여 있는지 모두 다 알게 되고서는 그게 편견으로 굳어졌지. 나이는 먹었어도 명색이 한 기업을 이끄는 사업가가 너무도 편협한 생각을 한 게야."

지난날에 소율을 향해 뱉어 냈던 독한 말들과 독선들이 남 회장은 이제야 후회가 되었다. 지나간 과거는 엎질러진 물과 같아서 되돌리기 힘들었다. 하지만 미래를 새롭게 써 내려가기 위해서라도 다른 방도가 반드시 있을 것이다. 비워진 물컵에는 다시 새 물을 채워 넣는 선택지가 있듯이.

"내가 이렇게 부탁하겠네. 부디 지금까지의 우리 사이는 없던 셈으로 치고 함께 상생하며 나아갈 수 있는 기회를 줄 수 없겠는가."

남 회장의 말투는 무척이나 정중하고 간절하게 들렸다. 하지만 그가 말하는 내용을 모두 온전하게 받아들일 수만은 없었다. 그러기에는 소율이 받은 상처가 너무도 컸던 것이다. 그리고 옆에서 가만히 지켜보던 도준이 직접 나섰다.

"그 말씀에는 제가 따를 수 없습니다."

도준은 소율을 보호하려는 듯 그녀를 등 뒤로 숨기며 한 걸음 앞으로 나왔다.

"저도 소율 씨와 마찬가지로 할아버지께서 무릎까지 꿇는 건 바라지 않습니다. 하지만 겨우 이 정도로 잘못을 덮겠다는 태도는 아니라고 생각합니다."

"그래서 내가 사과를 한다고 하지 않았느냐. 네가 무어라고 이리 나서는 게냐."

"저도 당사자니 드리는 말씀입니다."

이 일엔 결국 도준과 소율이 중심에 있었다. 그러니 틀린 말은 아니었다. 남 회장은 입을 다물 수밖에 없었다.

"솔직히 말씀드리자면 제가 할아버지께 겪은 실망감보다 소율 씨가 입은 상처가 훨씬 더 클 겁니다. 그런데 아무 일도 없던 걸로 치는 건 있을 수 없는 일이죠."

도준의 말투가 날카로웠다. 게다가 그의 말은 거기서 그치지 않았다.

"할아버지께서는 제게 빚지지 않는 삶을 살아가라고 말씀해 주셨습니다. 하지만 정작 할아버지는 어떠십니까. 할아버지는 소율 씨에게 생명을 빚고 계십니다. 제 몫과 할아버지의 몫, 그리고 기적이의 몫까지 말입니다."

그의 말에는 반박의 여지가 없었다. 면목이 없는 남 회장은 고개를 숙이고서 도준의 시선을 피했다. 그때 가만히 듣고만 있던 소율이 그의 팔을 잡아당겼다.

"도준 씨. 이제 그만하세요."

도준은 몸을 돌려 소율을 보았다.

"소율 씨도 너무 무릅니다. 여기서 어떻게 그만둘 수가 있습니까. 이것만큼 확실히 짚고 넘어가야 할 문제는 없습니다."

"저도 알아요. 하지만 이런 식으로 몰아붙이는 건 아니잖아요."

"기억나지 않습니까? 이전의 할아버지께서도 저와 똑같은 일을 하셨습니다. 그것도 소율 씨에게요."

"아무리 그래도 똑같은 방법으로 되돌려 주겠다는 건 옳은 방법이 아니에요."

자기 탓에 도준과 소율 간의 의견이 갈라지고 있었다. 그걸 그냥 두고 볼 수만은 없던 남 회장은 결국 두 사람을 향해 입을 열었다.

"내가 모든 걸 잘못했다. 그러니 죗값은 달게 받으마."

남 회장의 발언에 두 사람은 동시에 고개를 돌렸다. 그는 담담한 표정으로 소율을 바라보고 있었다.

"한소율 씨가 원하는 게 있다면 독약을 마시라고 해도 받아들이겠네. 어디 말해 보시게. 내가 받아야 할 대가는 온전히 나만 치르도록 하지. 그러니 두 사람이 그럴 필요 없어."

두 사람은 잠시 잊고 있었지만 그가 노인이라는 걸 이 순간 문득 깨달았다. 오랜 세월을 치열하게 살아오며 강건하게만 보였던 남 회장이 지금은 무척이나 지쳐 보였다. 거기에다 남 회장은 아직 병실에 입원 중인 환자였다. 소율은 그런 남 회장을 똑바로 바라보며 조심스레 물었다.

"정말로 제가 어떤 말을 꺼내도 모두 받아들이실 수 있으신가요?"

"이미 모두 각오하고 있네. 그러니 말해 보게나."

"다시는 회장님과 마주치고 싶지 않다고 해도 그렇게 해 주실 수 있나요? 저는 물론이고 제 배 속의 아이 역시 회장님과 만나는 걸 원하지 않는다고 하면요."

소율의 말이 뾰족한 화살이 되어 남 회장의 가슴에 와서 박혔다. 하지만 이 역시도 그가 감내해야만 할 일이었다.

"한소율 씨가 그렇게 원한다면…… 뜻대로 따르도록 하겠네."

남 회장은 힘겹게 대답을 했다. 모두 자기가 지은 죄 때문이니 어쩔 수 없는 것이란 생각이 들었다.

"사과를 받는다는 게…… 이렇게 쉬운 일이었네요."

소율은 어쩐지 허탈함을 느꼈다. 화를 내고 싶지도 않고, 더 이상 연기를 하고 싶지도 않았다. 그녀는 한동안 말없이 남 회장을 바라보기만 했다.

그렇게 수 분이 흐른 후에야 소율은 마음의 결정을 내렸다. 이미 남 회장의 진심을 알았으니 그녀도 이제는 진심으로 그를 대할 생각이었다.

"저는 단지 인정을 받고 싶었어요. 그러면 뭔가 마음이 편해질 줄 알았는데 이상하게도 그렇지가 않네요."

"이 늙은이가 무슨 짓을 해도 마음이 풀리지 않을 것 같은가?"

남 회장의 물음에 소율은 고개를 저었다.

"회장님께 화가 난 게 아니에요. 그저…… 행복해졌으면 했어요. 회장님께서 말씀하셨듯이 도준 씨가 행복했으면 좋겠고 제 아이가 행복했으면 좋겠어요. 제가 바라는 건 단지 그것뿐이에요."

소율은 남 회장에게 다가가 그의 손을 잡았다. 그리고 천천히 미소 지었다.

"그러기 위해서는 회장님도 함께 행복해지지 않으면 안 된다고 생각해요. 그러실 수 있으시겠어요?"

남 회장은 주르륵 눈물을 흘렸다. 너무도 갑작스럽게 일어난 일이었다. 오죽하면 그 스스로도 자기가 울고 있는 것을 눈치채지 못할 정도였다.

"고맙네. 고마우이."

소율이 잡은 손에 자신의 손을 포개며 남 회장은 고개를 주억거렸다.

"내 남은 생을 다 바쳐서라도 꼭 행복을 지키도록 하겠네."

"저도 회장님을 믿고 있을게요."

남 회장과 소율의 모습을 바라만 보던 도준은 천천히 다가와 그녀의 어깨를 감싸 안았다.

"소율 씨는 정말 그걸로 만족합니까?"

"아니요. 실은 아직 멀었어요."

그녀는 여전히 입가에 미소를 띠고서 남 회장을 보았다.

"제가 부탁드리고 싶은 건 이미 말씀드렸으니 이제 벌을 받으셔야죠."

느지막이 자기가 울고 있다는 걸 깨달은 남 회장은 눈가를 닦아 내던 와중에 소율의 말에 놀라서 두 눈을 동그랗게 떴다.

"벌······이라니?"

"제가 말하면 어떤 벌도 달게 받겠다고 하셨잖아요. 설마 그새 잊으신 건 아니죠?"

자기가 뱉은 말이니 남 회장은 어쩔 도리가 없었다. 그는 결국 천천히 고개를 끄덕이고 말았다.

"좋아요. 그럼 말씀드릴게요."

소율은 잠시 뜸을 들이더니 다시 입을 열었다.

"저와 회장님 사이에 있었던 일은 모두 빠짐없이 제 아이에게 말할 거예요. 그 사실에 대해서 회장님은 어떤 변명도 하셔서는 안 돼요. 그게 제가 드리는 벌이에요."

"아니, 그건⋯⋯."

남 회장은 당황한 듯 눈빛이 흔들렸다. 하지만 소율은 조금의 타협도 없다는 듯 단호했다.

"남아일언중천금. 지금 와서 약속을 물리시겠다면 저도 앞서 말씀드린 일은 없던 셈으로 칠게요. 그리고 회장님은 영원히 기적이를 보지 못하실 거예요."

있을 수 없는 일이었다. 협박에 가까운 소율의 말에 남 회장은 깊은 고뇌에 빠졌다. 하지만 아무리 그래도 증손자를 보지 못하고 사는 건 그에게 어려운 일일 것 같았다. 결국 남 회장은 마지못해서 고개를 끄덕였다.

"알겠네. 내가 한 말이 있으니 꼭 지키도록 하지."

"다행이네요. 회장님이 거절하시면 어쩌나 걱정했어요."

말은 그렇게 하고 있지만 소율의 표정에는 여유가 넘쳤다. 남 회장이 이 부탁을 그냥 넘기지는 않으리라 믿고 있었던 것이다.

"그럼 모두 해결된 겁니까?"

도준의 표정에도 만족감이 묻어났다. 정말로 오랜만에 평화를 느꼈다. 이렇게 가족이 함께할 날이 언젠가는 오리라고 믿었지만 실제로 눈앞에서 일어나니 가슴이 벅차올랐다.

"도준이 네게도 미안한 일을 많이 한 것 같구나."

"아닙니다. 제가 해야 할 몫까지 소율 씨가 다 했으니 이제 그런 말씀 마십시오."

남 회장과 도준 사이에 흘렀던 냉기도 눈 녹듯이 사라지고 없었다. 남 회장은 이제야 마음 편하게 웃을 수 있을 것 같았다.

"내가 할 말은 아니다만 도준이 네 선택이 옳은 것 같구나. 참으로 좋은 상대를 짝으로 맞이했어."

마음에서 우러나오는 남 회장의 미소를 보며 소율과 도준도 서로를 마주 보며 웃었다. 그저 보기만 해도 흐뭇한 광경이었다. 이제까지 진정한 그들의 모습을 보지 못한 게 안타까울 따름이었다.

하지만 지금이라도 늦지 않았다는 생각이 들었다. 하늘이 정해 준 운명이니 앞으로 두 사람의 행복을 잘 지켜 줘야겠다고 남 회장은 다짐했다.

"그래서 하는 말인데…… 두 사람, 결혼은 언제쯤 할 생각인 게냐?"

소율과 도준의 눈치를 살피며 남 회장이 조심스레 물었다. 그러자 도준이 조금의 망설임도 없이 대답했다.

"글쎄요. 아마 곧 하지 않을까 싶습니다."

"그래. 당연히 그래야지. 이왕이면 배가 불러 오기 전에 하는 편이 좋을 것 같구나."

"그렇지 않아도 저도 그런 생각을 하고 있었습니다. 한 번뿐인 결혼인데 이왕이면 예쁜 웨딩드레스를 입는 게 좋지 않겠습니까."

두 남자는 동시에 고개를 끄덕이며 서로 맞장구를 쳤다. 그러다 문득 떠오른 듯 남 회장이 도준을 향해 물었다.

"그러고 보니 벌써 프러포즈는 한 게냐?"

"아, 프러포즈."

그제야 도준은 소율의 눈치를 살폈다. 그리고 남 회장의 시선도 그녀에게로 향했다. 가만히 있던 소율은 두 남자가 바라보자 가만히 미소를 지었다. 그리고 그녀의 입에서는 예상하지 못한 답변이 들려왔다.

"프러포즈라면 이전에 제가 거절했어요."

"뭐?"

남 회장은 놀라서 고개를 돌려 도준을 보았다. 그리고 이내 그를 타박하기 시작했다.

"무슨 못난 짓을 했기에 프러포즈를 거절당해. 내 너를 그렇게 키우지 않았거늘."

"아니, 그게 아니라……."

도준은 쩔쩔매며 소율에게 도움의 눈길을 보냈다. 하지만 그녀에게는 그럴 생각이 전혀 없는 것 같았다.

"도준 씨도 일단 연애부터 한다는 데 동의하셨잖아요. 임신은 임신이고, 결혼은 결혼이죠."

"소율 씨, 아무리 그래도 지금 상황에 할 말은 아닌 것 같은데요……."

이제는 도준이 남 회장의 눈치를 살펴야 했다. 하지만 소율은 그런 그의 입장을 모르는 척했다. 그들은 아직 연애 중인 상태였다. 그녀에게 결혼은 좀 더 나중의 문제였다.

"한소율 씨. 그러지 말고 결혼에 대해 긍정적으로 생각해 줄수는 없겠나?"

보다 못한 남 회장이 도준의 편을 들고 나섰다.

"저도 충분히 긍정적으로 생각 중이에요. 하지만 그 시기에 관해서는 적절한 조율이 필요하다고 생각해요."

하지만 소율의 태도는 생각보다 더 강경했다. 결국 두 남자가 동시에 쩔쩔매며 그녀에게 매달렸다.

"그러니까 이리 말하는 게 아닌가. 이왕이면 빠른 시일 내에……."

"그래요. 할아버지 말씀이 맞습니다. 이미 하자고 마음을 정했다면 좀 더 빨리하는 게 낫지 않습니까."

"배가 불렀다고 해서 웨딩드레스를 못 입는 것도 아니잖아요. 물론 저도 도준 씨와 함께 행복해지고 싶다고 생각해요. 하지만 저는 결혼에 대해서는 아직 모르겠어요."

결혼은 여전히 소율에게 미지의 영역이었다. 그것이 반드시 행복으로 직결된다고 생각되지도 않았다. 행복하게 연애하던 사이에도 결혼 후에 쉽사리 이혼하고 남남이 되는 사람들도 부지기수였다. 게다가 외국에는 결혼이란 제도에 묶이지 않고 평생을 함께하는 커플도 많았다. 물론 한국에서는 그게 쉽지 않다는 걸 안다. 그럼에도 소율은 쉽게 결정을 내릴 수가 없었다.

"어쨌든 이 얘기는 도준 씨와 제가 결정해야 할 문제인 것 같아요. 회장님 마음도 충분히 이해는 합니다만, 지금 당장 어떻다고 대답은 못 드릴 것 같네요."

이 이상 끼어들지 말라는 듯 소율은 남 회장을 향해 확실하게 선을 그었다. 그리고 지금의 남 회장은 그녀의 뜻에 따를 수밖에 없었다.

"그래……. 일단 긍정적으로 생각하고 있다니 좀 더 기다려 보도록 하마."

어쩔 수 없이 대답은 했지만 남 회장은 여전히 내키지 않는 표정이었다. 그는 도준의 옆구리를 쿡쿡 찌르며 잘 좀 하라는 눈짓을 해 보였다. 하지만 도준도 이 문제에 관해서만큼은 쉽사리 확신을 가지지 못했다. 겨우겨우 큰 산을 넘었다고 생각했더니 다른 산이 눈앞에 또 나타난 느낌이었다.

이런저런 얘기를 더 나눈 후에 도준과 소율은 남 회장의 병실을 빠져나왔다. 그렇게 돌아가려는 찰나, 두 사람은 동시에 복도 끝에서 유리가 걸어오고 있는 걸 발견했다.

"타이밍도 참⋯⋯."

도준은 단숨에 미간을 찌푸리며 불쾌한 기색을 내보였다.

"신경 쓰지 말고 그냥 가요."

소율은 애써 도준을 달래며 등을 꼿꼿하게 폈다. 그리고 유리에게 시선도 주지 않으며 그렇게 스쳐 지나려고 했다. 하지만 그녀는 순순하게 두 사람을 보내 주지 않았다.

"여기서 또 뵙게 되네요."

유리의 낭랑한 음성이 소율과 도준의 발걸음을 붙잡았다. 그녀는 마치 아무 일도 없었다는 듯 입가에 미소를 띠고 있었다.

"그러네요. 저희는 먼저 갈 테니 회장님 뵙고 가세요."

소율은 마지못해 인사를 건넸지만 도준은 유리에게 시선도 주지 않았다. 사실은 유리의 잘못을 따져 묻고 싶었지만 그래 봤자 감정 낭비일 뿐이라며 마음을 진정시키는 중이었다. 하지만 이어지는 그녀의 질문에 더 이상 가만히 있을 수가 없었다.

"남 회장님께서 아직 완전히 회복하지도 않으셨을 텐데 소율 씨 방문이 이렇게 잦으면 더 불편하지 않을까요?"

"이전에도 경고했습니다. 우리 집안일에 참견하지 마십시오."

도준의 눈빛이 무척이나 매서웠지만 유리의 입가에는 여전히 미소가 머무르고 있었다.

"저는 남 회장님의 안위를 걱정하고 있을 뿐인걸요."

"바로 그게 건방진 행동이라는 겁니다. 할아버지를 뵙는 것까지 막지는 않겠지만 적당히 분수를 알고 행동하는 게 좋을 겁니다."

날이 선 그의 말투에 유리의 미소도 조금씩 옅어져 갔다.

"제 오지랖이 도준 씨의 눈에 거슬렸다면 사과드릴게요. 하지만 저는 제가 과하다는 생각은 하지 않아요."

그녀의 시선이 소율에게로 향했다.

"적어도 남 회장님께서는 잘못된 걸 바로잡고 싶어 하셨으니까요. 저는 그 뜻을 따르고 있는 것뿐이에요."

도준은 유리의 시선으로부터 소율을 보호하듯 앞으로 나섰다.

"내 말을 아직도 완전히 이해하지 못한 것 같군요."

"아마도 도준 씨는 앞으로도 제 뜻을 이해하지 못하실 것 같네요."

두 사람 사이에 냉랭한 기운이 흐르기 시작했다. 누구 하나 물러설 생각을 하지 않았다. 소율마저 답답해질 지경이었다. 결국 그녀는 도준의 등 뒤에서 벗어나 앞으로 나섰다.

"고유리 씨. 전에 제가 추천드렸던 음악은 잘 들으셨나요? 비틀즈의 'Across The Universe' 말이에요."

"네, 카페테리아에 남아서 듣고 또 들었죠. 좋은 가사던데요."

"그렇게나 반복해 듣고도 깨달음이 부족하셨는가 보네요. 말씀은 좋은 가사라고 하지만 아직 이해는 못 하신 것 같으니 제가 똑똑히 다시 알려 드릴게요."

소율은 미소를 띠고서 유리를 똑바로 바라보았다.

"신이시여 깨달음을 주소서. 아무것도 나의 세계를 바꿀 수는 없어요."

그녀는 마치 시를 읊듯이 낭랑한 음성으로 'Across The Universe'의 가사 일부를 말했다. 앞서 도준이 유리에게 한 경고와 마찬가지의 뜻이었다.

"전에도 말씀드렸을 텐데요. 지금이라도 그만 깨달음을 얻고 다른 길을 가시는 건 어떨까요."

"소율 씨가 걱정해 주지 않으셔도 제가 갈 길은 스스로 선택해요."

"제가 하는 말이 유리 씨를 걱정하는 것처럼 들리셨다면 잘못 이해하신 것 같네요."

소율의 입가에서 미소가 사라졌다. 그리고 그녀의 눈빛에는 엄한 기운이 담기기 시작했다.

"유리 씨는 저희 일에 간섭할 자격이 없다는 걸 돌려서 말씀드린 거예요. 그런데도 쉽게 포기하지 못하시는 걸 보면 이해력이 부족하시거나 이해할 생각이 없다는 뜻으로 받아들여도 될까요?"

묵직함을 담아 질책하자 유리의 표정이 점차 굳어 갔다. 소율은 더 이상 그녀를 부드럽게 대할 필요성을 느끼지 못하고 있었다. 이러나저러나 어차피 스트레스를 받아야 한다면 하고 싶은 말은 모두 해야겠다고 마음먹은 것이다.

"이제부터 알아듣기 쉽게 말씀드릴게요. 고유리 씨는 도준 씨의 '전' 약혼자죠. 그 말은 즉, 이미 인연이 끝났다는 걸 의미해요. 그런데 이렇게까지 간섭하는 사람에게는 속된 말로 주제에, 라는 말을 덧붙여야겠네요. 고유리 씨 주제에 더 이상 우리 사이에 끼어들지 않았으면 좋겠어요."

소율의 거침없는 말에 유리는 분해서인지 몸이 잘게 떨리고 있었다.

"한소율 씨, 말씀이 많이 지나치시네요."

"고유리 씨가 지금까지 저희에게 보인 행동은 지나치다고 생각하지 않나요?"

유리가 언성을 높이며 항변했지만 소율은 이대로 물러설 생각이 없었다. 유리도 그걸 알았는지 입술을 꽉 깨물었다. 하지만 그녀 역시도 쉽사리 포기하지 않고 자기가 생각하는 비장의 카드를 꺼내 들었다.

"그렇다면 소율 씨에게도 주제라는 말을 붙여 드려야겠네요. 출신도 불분명한 주제에……."

"그만하거라!"

그때였다. 남 회장이 잔뜩 노기 띤 표정을 하고서 문을 열고 나타났다. 그러고서 소율의 앞을 막아서며 유리를 향해 차가운 눈빛을 보냈다.

"네가 보여 준다던 방법이 이런 것인 줄 내가 몰랐구나. 어디서 시정잡배들이나 할 법한 일을 하고 있는 게야!"

"남 회장님……."

남 회장이 유리를 향해 화를 내는 건 처음이었다. 놀란 유리는 말도 제대로 꺼내지 못하고 그를 바라보았다.

이 역시도 자신의 죄라고 생각하며 남 회장은 깊은 한숨을 내쉬었다.

"내가 유리 너에게 괜한 말을 해서 이런 일이 일어나고 말았구나……. 하지만 이제는 모두 끝내야 할 때이다. 유리 네가 찾은 방법도 잘못된 길이었어."

그는 유리의 곁으로 다가갔다. 그리고 그녀의 어깨를 힘 있게 붙잡았다.

"유리 네가 사과하거라."

"하지만 회장님……."

유리는 이 사태를 쉽사리 이해할 수 없었다. 하지만 남 회장의 태도가 너무도 진중했다. 그녀는 혼란스러운 눈빛으로 모두를 둘러보았다.

"갑자기 왜 이러세요."

"자세한 얘기는 나중에 들려주마. 그러니 일단은 한소율 씨에게 사과부터 하거라. 그래야 네가 앞으로 도준이 보기에 부끄럽지 않을 게야."

부탁이라기보다는 명령이었다. 그 정도로 남 회장의 말투는 강경했다. 그를 알아 온 이후로 한 번도 이런 상황을 겪어 본 적 없는 유리는 얼떨떨한 기분이었다. 그렇다고 남 회장의 말을 그냥 넘기기에는 마냥 어려워 보였다.

결국 그녀는 저도 모르게 소율에게 고개를 숙이고 말았다.

"……제 언행이 심했던 것 같네요. 죄송해요."

유리의 사과를 받아 낸 소율은 약간이나마 마음이 풀리는 것 같았다.

"그걸 지금에야 아셨다니 안타깝네요. 앞으로는 조심하시는 게 좋지 않을까 싶어요. 아무튼 자세한 얘기는 회장님께서 말씀해 주실 거 같으니 듣고 가세요. 그리고 다시는 이런 식으로 마주치지 않았으면 좋겠네요."

하지만 그녀의 사과를 마냥 받아 줄 생각은 없었다. 소율은 도준의 손을 잡아끌며 유리를 스쳐 지나갔다. 남은 건 남 회장의 몫이었다. 그것까지 책임져야 할 필요는 전혀 없었기에 소율은 앞만 보고 나아갔다.

8

아무런 말도 나누지 않은 채 병원을 빠져나온 소율과 도준은 차를 타고 회사로 이동했다. 그리고 사무실로 올라가는 엘리베이터에 타는 순간, 드디어 도준이 굳게 닫고 있던 입을 열었다.

"화났습니까?"

"네. 약간요."

소율은 일말의 망설임도 없이 답했다. 하지만 도준은 그녀와 이대로 어색한 침묵을 지키고 싶지 않았다. 멋없고, 유치해 보이질도 모르지만 어떻게든 소율이 화가 난 이유를 찾고 싶었다.

"유리 씨 때문입니까, 아니면 나 때문에 화가 난 겁니까?"

도준의 물음에 소율은 그제야 그를 바라보았다. 소율은 유리의 지나친 태도에 화가 났다. 그리고 중간에서 이 일을 만들어 낸 남 회장에게도 화가 났다. 게다가 이 모든 일을 그녀가 감당하게 만든 도준의 처신도 마음에 들지 않았다.

그러나 그녀가 생각하는 가장 큰 문제는 자기 자신 같았다. 가볍게 넘길 수 있는 일에도 치졸하게 구는 스스로에게 제일 큰 실망감을 느꼈다.

"그냥 모두 다요. 오늘따라 모든 것이 제가 화낼 이유를 만들어 주네요."

그녀의 대답은 뾰족하게 날이 서 있었다. 도준은 감정을 똑바로 부딪쳐 오는 소율을 보며 다행이라고 생각했다. 참고 버티는 것만이 능사가 아니라는 걸 그는 알았다. 그녀가 스트레스를 받았다면 그것들을 자신이 모두 감당해 주고 싶었다.

"그럼 참지 말고 모두 말해 줘요."

"싫어요. 지금은 말하고 싶지 않아요."

"말해 봤자 화만 더 날 테니까?"

"네. 알고 계시네요. 그리고 덧붙이자면 저는 우리 사이가 나빠지는 걸 원하지 않아요."

그 순간 엘리베이터가 멈춰 섰다. 소율은 더 이야기하고 싶지 않은 듯 빠르게 걸음을 내디뎠다. 도준은 그런 그녀의 뒤를 쫓아갔다.

"소율 씨가 모자란 나를 아무런 조건 없이 모두 받아 줬듯이 나도 소율 씨의 모든 걸 받아들일 수 있습니다. 그러니 우리 사이가 나빠질 이유는 어디에도 없다고 생각합니다."

소율은 걸음을 멈추고 도준을 향해 돌아보았다.

"일단 이 이야기는 나중에 퇴근하고 다시 하는 걸로 해요. 여기는 직장이고 저희는 다시 일을 해야 하니까요."

그녀가 단호하게 말하고서 다시 걸음을 옮겼다. 하지만 도준은 쉽게 물러설 생각이 없는지 다시 그녀의 뒤를 따랐다. 이사실의 비서진이 뒤늦게 그를 발견하고 인사를 했지만 도준은 보는 둥 마는 둥 했다.

"한소율 씨!"

도준은 그녀의 이름을 크게 외쳤다. 소율은 마지못해서 도준을 보았다. 아무리 낙하산으로 들어왔대도 회사에선 자기의 상사를 계속 무시할 수는 없었던 것이다. 그녀의 앞에 선 도준은 모두가 들을 수 있을 정도로 크게 말했다.

"당신이 화를 내고, 짜증을 내도, 나는 영원히 한소율 씨를 사랑할 겁니다. 부디 한 번만 더 못난 나를 받아 줄 수 없겠습니까?"

그의 돌발 행동에 소율은 놀란 듯 눈을 크게 떴다. 그건 그 자리에 있던 다른 사람들도 마찬가지였다. 갑작스러운 일에 비서실은 쥐 죽은 듯이 조용해졌다.

"이사님, 지금 여기에서 하실 말씀은 아닌 것 같네요. 업무적으로 필요한 사항이라면 듣겠지만 그게 아니라면 앞서 말씀드린 대로 퇴근 후에 얘기했으면 좋겠어요."

소율은 차분하게 말했다. 그녀의 태도는 충분히 부드러웠지만 도준에게 대답을 거절한 데에는 변함이 없었다. 비서실에 있는 이들은 마치 자기가 당사자인 듯 모두 어쩔 줄 몰라 하며 시선을 돌렸다.

"알겠습니다. 대답은 잠시 보류하도록 하죠. 하지만 소율 씨에 대해서만은 난 절대로 포기하지 않을 겁니다."

그렇게 말한 도준은 상큼한 표정으로 비서들을 바라보았다.

"갑자기 소란 피워서 죄송합니다. 다들 퇴근 때까지 힘내도록 하죠."

그 말을 남기고서 도준은 비서실을 빠져나갔다. 그 자리에 남은 소율은 긴 한숨을 내쉴 수밖에 없었다.

그때, 박 실장이 살며시 다가와 소율의 어깨를 가볍게 두드렸다.

"여러모로…… 고생이 많으십니다."

그녀는 어색하게 미소 지으며 살짝 고개를 저었다. 그리고 박 실장만 들을 수 있도록 나지막이 속삭였다.

"다행이도 남도준 이사님께서는 저에게 그럴 만한 가치가 있으신 분이니까요."

그러고서 소율은 자기의 자리로 돌아갔다. 어쨌든 지금 당장은 일에 집중해야 했으니까. 모든 것은 퇴근 후에 생각해도 늦지 않을 거라고, 소율은 결론 내렸다.

하루의 업무가 모두 끝나고 도준이 그렇게 기다리던 순간이 찾아왔다. 그는 퇴근 시간에 맞춰서 모든 걸 서둘러 정리했다. 그리고 시계가 여섯 시를 가리키자마자 사무실을 빠져나와 곧장 비서실로 향했다. 마침 퇴근 준비를 하던 소율은 그의 손에 이끌려서 바쁘게 회사를 벗어나야 했다.

"이제부터 온전히 우리만의 시간입니다."

도준은 집까지 직접 운전을 했다. 그나마 다행인 건 그가 서두르는 것에 비해서 안전 운전을 했다는 사실이었다. 그렇게 집에 도착한 두 사람은 각자의 방에서 대충 옷을 갈아입고 거실로 나왔다.

"배고프진 않으세요? 식사부터 해야죠."

"지금은 저녁 식사보다 더 급한 일이 있으니까 그것부터 해결하고 싶습니다."

고집을 부리는 도준을 보며 소율은 옅은 한숨을 내쉬었다.

"저는 기적이를 위해서라도 뭘 먹어야겠어요."

"아, 기적이…… . 그러면 먹으면서 얘기하죠."

소율의 말에 도준은 부리나케 주방으로 향했다. 그리고 안양댁이 준비해 둔 반찬을 꺼내어 식사를 차렸다.

그사이에 그녀는 식탁 앞에 앉아 도준이 앉기를 기다렸다. 밥그릇에 밥을 담아낸 그는 소율의 앞에 하나 놓아주고 자기도 맞은편에 자리를 잡았다.

"잘 먹겠습니다."

가볍게 고개를 숙여 보이고서 소율은 식사를 시작했다. 새삼 그녀가 먹는 모습이 참 복스럽다고 생각하며 도준도 한술을 떴다.

"이제 화가 좀 풀렸습니까?"

잘 볶은 어묵을 소율의 밥그릇 위에 올려 주며 도준이 물었다. 그녀는 그걸 거부하지 않고 숟가락으로 퍼서 입 안으로 옮겼다. 그리고 작은 입으로 오물거리며 맛있게 먹었다.

"화는…… 일하는 와중에 자연스럽게 풀렸어요. 괜한 일로 계속 속 끓여 봤자 제 시간과 감정만 낭비하는 것 같더라고요."

"잘됐군요. 본의 아니게 그런 일이 있기는 했지만 크게 신경 쓰지 않는 게 소율 씨를 위해서도 좋은 방법이라고 생각합니다. 스트레스는 임산부에게 좋지 않으니까."

"그 말에는 저도 동의해요. 하지만 지금은 다른 문제 때문에 좀 걱정이네요."

소율이 배가 많이 고팠던 건지, 아니면 그냥 기적이가 배가 고팠던 건지 모르겠지만 소율은 눈 깜짝할 사이에 밥 한 그릇을 뚝딱 비워 냈다.

"밥 더 줄까요?"

"아니요. 이 정도면 적당한 것 같아요. 저는 차라도 준비할 테니까 식사하세요."

이제는 제법 주방에 익숙해졌는지 소율은 망설임 없이 찻잎을 찾아냈다. 그리고 물을 끓이기 시작했다.

"혹시 소율 씨를 걱정하게 만드는 게 나입니까?"

"……어느 정도는요."

숨김없는 그녀의 대답에 도준은 차라리 잘되었다고 생각했다. 이제부터라도 확실히 담판을 짓는 편이 앞으로를 위해서도 좋을 것 같았다.

"내 집안이 불만이라면 받아들일 수 있습니다. 하지만 그건 내 일부일 뿐이지 전부가 아니라고 말하고 싶군요. 그리고 애초에 내가 제안한 건 결혼을 전제로 한 연애였습니다."

"도준 씨에 대한 불만은 없어요. 그랬다면 벌써 이 집을 나가서 혼자 몰래 기적이를 키웠겠죠."

물이 다 끓었는지 주전자에서 삐익 하는 소리가 났다. 소율은 뜨거운 물을 포트에 담아 찻물을 우렸다. 그사이에 도준은 식사를 모두 마치고 식탁 위를 정리했다. 그렇게 두 사람의 대화는 잠시 멈췄다.

간단하게 설거지를 끝낸 도준은 차가 든 포트와 두 개의 잔을 트레이 위에 올리고 거실로 향했다.

"내게 불만이 있는 게 아니라면 결혼 자체가 문제인가 보군요."

소파에 자리를 잡은 도준은 찻잔에 차를 따랐다. 소율은 그의 맞은편에 앉으며 고개를 끄덕였다.

"저는 영원한 것을 경험해 본 적이 없어요. 천륜으로 이어졌다는 부모와 자식 간의 정도 제대로 느껴 보지 못했으니까요. 더욱이 결혼이란 건 인륜지대사예요. 만약에라도……."

때로는 대범하고 똑 부러지게 행동하는 그녀였지만 어쩔 때는 지나친 겁쟁이가 되었다. 소율의 나쁜 버릇 중 하나는 늘 최악의 상황을 염두에 두고 관계를 이어 가는 것이었다. 그래서 도준과의 관계에서도 소극적으로 대처하고 앞으로 나아갈 생각을 쉽게 하지 못했다.

"나에게 만약의 상황은 없습니다. 적어도 나만은 소율 씨에게 영원한 존재가 되고 싶으니까요."

도준은 그런 소율을 이해했다. 그래서 이런 상황에서는 자기가 더욱 단호하게 나가야만 한다고 생각했다.

"모든 상황은 배제하도록 하죠. 오로지 우리 두 사람과 기적이만 생각하는 겁니다. 내가 행복하게 만들어 주지 못할까 봐 걱정입니까?"

"아니요. 오히려 그 반대예요. 그래서 걱정하고 있는 거구요."

어느 여자라도 그렇겠지만 특히 소율에게는 이 모든 일이 낯설었다. 누군가의 엄마가 되는 것도, 부인이 되는 것도 처음이었다. 그리고 가정을 이루어 잘 꾸려 나갈 수 있을지 자신이 없었다.

"나를 사랑한다고 하지 않았습니까. 나도 소율 씨에 대한 사랑만 바라보도록 할 겁니다."

"도준 씨를 사랑해요. 하지만 결혼은 그것보다 훨씬 큰 문제예요."

"그럼 기적이에 대해서 생각해 봐요. 소율 씨는 고아로서 힘든 생활을 해 왔지만 적어도 기적이는 제대로 된 가정의 울타리 안에서 커 갈 수 있도록 해야 하지 않겠습니까."

도준의 말이 옳았다. 한동안은 자기 혼자의 힘으로도 아이를 온전히 키워 낼 자신이 있었다. 하지만 시간이 흐를수록 도준의 사랑을 받는 생활에 익숙해지다 보니 소율도 몰랐던 세상이 눈에 보였다. 할 수 있다면 기적이도 이렇게 넓은 세상을 바라보게 해 주고 싶었다.

"……알겠어요. 하지만 일단 생각할 시간을 주세요. 저도 제 마음을 정리할 시간이 필요해요."

"좋습니다. 하지만 소율 씨가 고민하는 동안에도 나는 포기하지 않을 겁니다. 허락해 줄 때까지 매일매일 결혼해 달라고 말할 테니까 각오하도록 해요."

도준의 말에는 확신과 자신감이 담겨 있었다. 하지만 소율은 그의 말에 그저 잔잔한 미소만 지었다. 아무리 도준이라도 매일 프러포즈를 준비하는 건 쉽지 않은 일이라고 생각했다.

"아무튼 오늘은 여러 일이 있으니 그만 쉬도록 합시다."

결국 차는 한 모금도 마시지 않은 채 도준은 자리에서 일어섰다. 소율 역시도 마찬가지였다. 그녀에게는 휴식이 필요했다. 포트와 찻잔을 정리하고 두 사람은 함께 2층으로 향했다.

그렇게 각자의 방으로 들어가려던 찰나였다.

"소율 씨."

도준의 부름에 소율은 고개를 돌렸다. 그러자 그가 부드럽게 미소 지으며 말했다.

"부디 오늘 밤은 나와 결혼하는 꿈을 꾸도록 해요. 사랑합니다."

그렇게 말한 그는 소율이 무어라 말하기도 전에 방으로 들어가 버렸다. 그가 나름 애교를 부린 것이라고 생각하니 피곤이 조금 풀리는 것 같았다. 소율은 달콤하게 미소 지으며 방으로 들어갔다.

그렇게 시간이 흘러 아침이 밝아 왔다. 얼마나 달게 잤는지 소율은 꿈도 꾸지 않았다. 그 사실이 도준에게 약간 미안했지만 어

쩔 수 없다고 생각하며 그녀는 침대에서 일어나 간단히 세안을
마치고 방을 빠져나왔다.

"잘 잤습니까? 나랑 결혼하는 꿈 꿨어요?"

도준이 때를 맞춰서 방에서 나오고 있었다. 다짜고짜 날아오는
그의 질문에 소율은 어색하게 웃으며 고개를 저었다.

"그래요. 실제로 결혼하는 게 더 빠를 것 같군요. 결혼합시다."

"아직 생각할 시간이……."

"어쩔 수 없군요."

아침 일찍부터 구애해 오는 도준을 보며 그녀는 곤란한 표정을
지었다. 이어지는 거절에도 도준은 아무렇지 않은 듯 그녀의 손을
잡아 주며 계단을 내려가서 식사를 했다. 그리고 너무도 당연하다
는 듯 출근을 했다. 평소와 다름없는 일상이었다.

"한소율 씨. 이사님께서 찾으십니다."

박 실장의 말에 소율은 당장 이사실로 향했다. 도준은 업무를
보는 중인지 들어오는 그녀를 바라보지 않았다.

"기획실에서 오면 조금 더 기다려 달라고 전해 주겠습니까."

"알겠습니다. 달리 더 하실 말씀은 없으신가요?"

평소의 그와 달리 살갑게 대해 주지도 않았다. 간단한 업무 지
시를 하고 짧은 질문이 이어졌다.

"점심때 시간 괜찮습니까?"

"네. 아무런 일정도 잡혀 있지 않습니다."

"그럼 할아버지를 뵈러 가도 되겠군요."

"일정상으로는 아무런 차질이 없을 것 같습니다."

"소율 씨도 함께 가겠습니까?"

"네. 그러도록 할게요."

"그럼 이왕 가는 김에 결혼도 하는 건 어떻습니까?"

"네, 결혼…… 네?"

느닷없이 날아온 결혼에 대한 질문에 소율은 멍한 표정을 지었다. 그제야 도준은 해맑게 웃으며 소율을 보았다.

"할 겁니까? 결혼."

소율은 당했다는 생각을 하며 고개를 붕붕 저었다.

"아직 더 생각해 보겠다고 말씀드렸을 텐데요."

"역시 한소율 씨로군요. 만만찮아."

도준은 아쉬운 듯 가볍게 혀를 찼다. 그리고 이내 다시 서류로 시선을 돌렸다.

"그럼 점심때 함께 병원에 가는 걸로 알고 있겠습니다. 그만 돌아가 보셔도 좋습니다."

"네. 알겠습니다."

소율은 이사실을 빠져나오며 안도의 한숨을 내쉬었다. 마치 폭풍처럼 몰아치는 질문에 하마터면 넘어갈 뻔했다. 만만하지 않은 건 오히려 도준이었다.

"각오하라고 하더니…… 정말로 그래야 할 것 같네."

비서실로 돌아와서 그녀는 업무를 보는 와중에도 깊은 고민에 빠졌다. 아무래도 이전보다 더욱 진지하게 생각을 해 봐야 할 것 같았다.

❖ ❖ ❖

여느 날과 다름없는 일상이 흐르고 있었다. 그 와중에도 도준의 프러포즈는 계속 이어졌다. 그저 흘려들을 수도 있는 대화 사이에 구애를 해 오는 것도 여전했다. 뻔뻔하다고 해야 할지, 끈기 있다고 해야 할지 가늠을 할 수 없었다. 그럴수록 소율은 더욱 신중하게 결혼에 대한 생각을 했다.

"한소율 씨 계십니까?"

박 실장과 도준이 함께 업무를 보기 위해 잠시 외출 중인 상태였다. 모두가 평범하게 일을 하는 비서실에 퀵서비스맨으로 보이는 남자 한 명이 들어왔다. 소율은 자기의 이름이 불리자 자리에서 일어섰다.

"전데요. 무슨 일이시죠?"

퀵서비스맨은 손에 꽃바구니를 들고서 곧장 소율에게 다가왔다. 그리고 들고 있는 꽃바구니를 건네주고는 밖으로 나가 버렸다. 모두의 시선이 소율에게로 향했다.

"이게…… 뭐지?"

그녀는 황당하다는 눈빛으로 손에 쥔 꽃바구니를 내려다보았다. 노란색 꽃잎의 메리골드가 바구니에 가득했다. 그 한가운데에 하얀색 카드 하나가 꽂혀 있었다. 소율은 바구니를 책상 위에 올려 두고 카드를 펼쳐 보았다.

「잠시 떨어져 있는데도 무척이나 보고 싶습니다. 나와 결혼해 주겠습니까?」

이미 익숙해진 도준의 필체였다. 그제야 소율은 어째서 메리골드인지 떠올렸다.

그에게 임신 사실을 알리고 처음으로 만난 날, 도준은 호텔 방 가득히 꽃을 준비했었다. 그리고 그 많은 꽃 중에서 그녀가 직접 선택한 것이 메리골드였다. 그는 그걸 기억하고 있었던 것이다.

"정말이지…… 만만하지 않네."

소율은 새어 나오는 웃음을 막을 수가 없었다. 아마도 이제는 백기를 들어야 할 때가 온 것 같았다. 용기와 온기가 필요한 순간에 늘 곁에 있어 준 건 도준이었다. 그러니 이제 그만 그를 믿고 기대어도 좋을 것이란 생각이 들었다.

그녀는 자기의 공간에서 가장 잘 보이는 위치에 꽃바구니를 놓아두고 종이를 준비했다. 그리고 무언가를 써 내려가기 시작했다.

도준과 박 실장은 퇴근 시간이 가까워서야 회사로 돌아왔다. 두 사람이 돌아온 것을 확인한 소율은 봉투 하나를 들고 이사실로 향했다.

"이사님, 잠시 시간 괜찮으신가요?"

"소율 씨를 위해서라면 없는 시간도 내야겠죠. 무슨 일입니까?"

소율은 자기가 들고 온 봉투를 도준의 책상 위에 조심스레 내려놓았다.

"저희 두 사람의 앞일을 위해서 준비했어요. 빠른 검토 바랍니다."

느닷없는 소율의 부탁에 도준은 영문을 모르겠다는 표정을 지었다. 두 사람 사이에는 이런 식으로 서류가 오고 갈 만한 일이 없었기 때문이다.

그리고 한편으로는 걱정이 되었다. 소율이라면 그렇지 않겠지만, 혹시나 양육권에 관한 서류라면 어째야 할지 고민하며 도준은 봉투를 열어 종이를 꺼냈다. 그러자 맨 앞면에 소율의 증명사진이 붙어 있는 게 눈에 들어왔다.

「이름: 한소율 | 성별: 여 | 나이: 33세」

증명사진이 붙어 있는 종이는 이력서였다. 그녀가 나온 학교며 취득한 자격증, 경력 사항들이 나열되어 있었다. 도준은 그것들을 빠르게 읽은 후에 다음 장으로 넘겼다. 그러자 자기소개서란에 글씨가 큼직하게 쓰여 있었다.

한소율이라고 합니다. 서른셋입니다. 지금 현재 임신 중입니다. 조실부모하여 홀로 자랐고 현설 그룹의 비서실에 낙하산으로 입사했습니다. 저에게는 인생에 대해 조언해 주실 부모님과 조부모님도 계시지 않았습니다. 그래서 어머니란 존재에 대해서 잘 알지 못합니다. 하지만 기적이에 대해서만큼은 최선을 다할 준비가 되어 있습니다.

"소율 씨, 대체 이게 뭡니까?"
"자기소개서요. 끝까지 다 읽어 주세요."
소율의 부탁에 도준은 다시 종이로 시선을 돌렸다.

「돌다리도 두들겨 보고 건너라!」

제 좌우명이며, 성격의 가장 큰 장점이자 단점입니다. 저는 가족에 대해서, 부부에 대해서, 그리고 부모에 대해서 오랜 시간을 들여 고민했습니다. 그리고 남도준 씨가 해 준 말이 생각나더라고요. 우리가 서로의 속도에 맞춰서 걷다 보면 지금보다 더 큰 희망과 행복을 손에 쥘 수 있을 거라고 했잖아요. 그래서 저도 이제 고민만 하지 말고 직접 도전해 보자고 결론 내렸습니다.

도준은 자신이 썼던 자기소개서를 떠올렸다. 그녀는 그가 했던 노력을 알아주었던 것이다.

우리 궁합이 정말 찹쌀떡인지 어떤지는 모르겠지만 기적이를 위해서 최고의 부모가 되었으면 합니다. 그리고 서로만을 바라보는 좋은 부부가 되었으면 좋겠습니다.

길지 않은 자기소개서의 끝줄에는 도준이 그토록 외던 말이 적혀 있었다.

　남도준 씨. 저와 결혼해 주시겠어요?

　도준은 당장 고개를 들어 소율을 보았다. 그녀의 입가에는 따스한 미소가 걸려 있었다.

　"검토는 전부 마치셨나요?"

　"네. 하나도 빠짐없이 완벽하게 마쳤습니다."

　"저는 합격인가요, 불합격인가요."

　그는 자리에서 일어나 그녀의 곁으로 다가갔다. 그리고 소율을 있는 힘껏 끌어안았다.

　"당연히 합격입니다. 아마도 평생직이 될 겁니다."

　소율은 조심스레 그의 허리에 팔을 둘러 마주 앉았다.

　"그럼 저와 결혼해 주실 건가요?"

　"그게 소율 씨가 원하는 거라면 천 번이고, 만 번이고 하겠습니다."

　그의 말에 소율은 소리 내어 웃었다.

　"그건 너무 많아요. 저는 도준 씨와 하는 한 번의 결혼이면 만족해요."

　마치 새가 지저귀는 것마냥 아름다운 웃음소리였다. 도준은 황홀경에 빠진 표정으로 소율을 보았다. 그리고 그녀의 입술에 자기의 것을 살짝 겹쳤다 떨어트렸다.

　"사랑합니다. 일생에 걸쳐서 소율 씨 한 명만을 사랑하겠습니다."

소율은 작게 고개를 끄덕였다. 그리고 그녀는 도준의 볼을 살짝 쓰다듬었다.

"저도 사랑해요. 도준 씨 덕분에 영원이라는 단어를 믿게 되었어요. 그러니 저도 앞으로는 당신과 기적이를 영원히 사랑하면서 살아갈게요."

도준은 소율의 손을 붙잡고서 손바닥에 입을 맞췄다. 도준의 눈앞에 사랑하는 존재가 두 명이나 있었다. 소율과 기적이. 그 두 사람을 위해서 평생을 살아가겠다고 그는 다짐했다.

그건 소율도 마찬가지였다. 그녀에게는 두 명의 베이비가 생겼다. 배 속에서 무럭무럭 자라나고 있는 기적이와 너무도 사랑하는 도준이었다. 앞으로 세 사람이 함께 써 내려갈 가족의 역사가 너무도 기대가 되었다.

소율과 도준은 이제야 시작선에 함께 서게 되었다.

에
필
로
그

햇살이 내리쬐는 거실에 앉아 소율은 지난날을 떠올리며 앨범을 한 장, 한 장 넘겼다. 가족의 모습이 가득한 앨범에는 도율이가 울음을 터트린 사진이 첫 장에 놓여 있었다. 그리고 아이를 안고서 어쩔 줄 몰라 하는 도준의 모습도 보였다.

"후후."

웃음을 지으며 소율은 페이지를 넘겼다.

돌잡이를 하는 도율이가 판사 봉을 집자 사진 속의 남 회장은 만세를 외치고 있었다. 그리고 좀 더 자란 도율은 도준의 배 위에서 아빠와 똑같은 포즈로 잠들어 있었다. 너무도 평온하기 그지없는 모습이었다. 그리고 앞으로도 그런 날이 이어질 것이라고 믿어 의심치 않았다.

❖ ❖ ❖

소율은 차에 타고서 연신 한숨을 내쉬었다. 평소보다 이른 퇴근임에도 마음이 전혀 편하지 않았다. 어린이집에서 전화를 받은 후부터 소율은 새어 나오는 한숨을 멈출 수 없었다.

— 도율이 어머님, 오늘 어린이집에서 도율이가…….

아직도 소율의 귓가에는 어린이집 교사의 말이 맴돌았다.

올해로 다섯 살이 된 도율은 도준을 꼭 닮은 사내아이였다. 미운 네 살을 막 넘긴 참이라 그런지 이런저런 사고를 자주 저질렀지만 그래도 큰 탈 없이 자라 온 것이 감사한 아들이었다.

"별일 아니야. 괜히 걱정부터 하지 말자."

소율은 스스로를 다독이며 마음을 진정시켰지만 그래도 한숨은 멈추지 않았다. 창밖으로는 봄을 알리는 벚꽃들이 가득했지만 전혀 눈에 들어오지 않았다. 그냥 어서 빨리 도율이를 만나야겠다는 생각만 했다.

그렇게 차는 막힘없이 도로 위를 시원하게 달려 나갔다.

현설 그룹의 본사에서는 약간 멀지만 소율과 도준의 집에서는 가까운 곳에 도율이가 다니는 어린이집이 있었다. 차에서 내린 소율은 당장 입구로 달려갔다.

"도율이 어머님, 평소보다 일찍 오셨네요."

"네, 아무래도 제가 일찍 와 봐야 할 것 같아서요."

"제가 괜히 전화를 드려서 일도 못 하게 해 드린 건 아닌지 걱정이네요……."

마중을 나와 있던 도율의 담임 교사는 면목 없다는 표정을 지었다. 하지만 소율을 고개를 저었다.

"제가 도율이 엄마인데 당연히 와 봐야죠. 도율이는 어디에 있나요?"

그녀의 말에 교사는 도율이 기다리고 있는 놀이방으로 안내했다.

"엄마!"

문이 열리고 엄마의 얼굴이 보이자 도율은 신이 나서 달려왔다. 그리고 소율의 품에 폭 안겼다.

"엄마. 오늘은 도율이 보고 싶어서 일찍 퇴근했어요?"

아직 어린아이의 입에서 엄마를 그리워하는 마음이 그대로 튀어나오자 소율은 마음이 아팠다. 도준의 곁에서 여전히 비서로서 일하느라 괜히 아이를 외롭게 내버려 둔 것 같다는 생각이 들었다. 그래서일까. 오늘 도율이 한 행동은 소율의 마음을 더욱 무겁게 만들었다.

"도율아. 오늘은 엄마가 도율이에게 할 말이 있어요. 그런데 도율이가 여기에서 얘기하고 싶지 않다고 하면 집에 돌아가서 하고 싶은데, 어쩌고 싶어요?"

"도율이에게 할 말이요?"

도율도 짚이는 구석이 없지는 않은지 금세 시무룩한 표정을 지었다. 그러고서 아이는 결심이 선 듯 나지막이 대답했다.

"저는 집에 가서 하고 싶어요."

"그래. 알았어요. 그러면 집에 돌아가서 엄마랑 차분하게 얘기하도록 해요."

소율은 도율의 손을 꼬옥 붙잡고 놀이방을 빠져나왔다. 그리고 담임 교사의 배웅을 받으며 다시 차에 올라탔다.

모자는 멀지 않은 거리를 달려서 집에 도착했다. 차에서 내리자마자 도율은 씩씩한 걸음으로 집 안에 들어섰다. 오늘은 퇴근이 일렀기 때문에 안양댁이 두 사람을 반겨 주었다.

"사모님 돌아오셨어요. 우리 애기, 도련님도 같이 오셨네."

"다녀왔습니다!"

"도율이 돌아왔으면 손부터 씻어야죠."

소율은 아들과 함께 손을 씻고서 같이 먹을 간식을 준비했다. 그러자 안양댁이 곧장 달려와 소율을 말렸다.

"아유, 제가 해도 되는데."

"아니에요. 이 정도는 제가 해야죠. 아주머니는 좀 쉬세요."

도율은 최근에 딸기에 빠져 있는 상태라서 빨간 딸기를 깨끗이 씻어 꼭지를 떼어 내고 접시에 담아 거실로 가져갔다. 그러자 도율이 당장 달려와 소파에 앉았다.

"잘 먹겠습니다!"

아이는 여전히 씩씩했다. 작은 손에 포크를 들고 빨간 딸기를 찍어 먹는 모습이 참으로 사랑스러웠다. 이토록 눈에 넣어도 아프지 않은 자기의 아들이 오늘 그런 행동을 했다는 게 소율은 약간 믿기지 않았다.

"도율아. 오늘 엄마가 선생님께 전화를 받았어요. 그래서 하는 말인데, 도율이가 엄마에게 먼저 할 얘기가 있지 않을까요?"

음식을 먹는 와중에 할 얘기는 아니라고 생각하면서도 소율은 지금 하지 않으면 괜히 시간만 낭비하게 될 것 같다는 느낌이 들었다. 이런 식으로 어영부영 넘기다 보면 결국 아무 일도 없었다는 듯 하루를 보내게 될 것이 분명했다.

"오늘 도율이 아무것도 안 했는데요……."

아이는 어물거리며 대답을 회피했다. 그 모습을 보며 소율은 다시 한숨을 내쉬었다.

"거짓말은 하면 안 된다고 엄마가 그랬죠? 엄마가 도율이 혼내려고 그러는 게 아니니까 솔직하게 말해 보세요."

도율은 입 안에 머금고 있는 딸기를 우물우물 씹더니 이내 시무룩한 표정을 지었다. 그러고서 소율의 눈치를 살피기 시작했다.

"오늘 도율이가아…… 어…… 친구르을…… 확 밀었어요."

"그래서 친구가 어떻게 됐죠?"

"친구느은…… 쿵 넘어져서 머리를 쾅 부딪쳤어요. 그래서 어…… 엉엉 울었어요."

사태는 도율이 말한 것보다 훨씬 심각했다. 갑작스럽게 넘어진 아이는 놀라서 경기를 일으킬 정도로 울었고, 그대로 하원해야만 했다. 그 후에 어린이집 교사의 전화를 받은 소율은 곧장 아이의 부모에게 전화를 걸어 허리가 절로 굽어질 정도로 사과했다. 딱히 크게 다친 건 아니라서 아이의 부모도 이해해 주었지만, 그래도 미안한 마음은 쉽게 가시지 않았다.

"그 친구가 도율이에게 나쁜 짓을 했어요?"

"……네."

"친구가 도율이한테 나쁜 짓을 했구나. 그래서 도율이는 화가 나서 친구를 밀었어요?"

"네."

"도율이는 왜 화가 났어요?"

소율은 최대한 차분함을 유지하며 도율에게 물었다. 그러자 아이는 이내 볼을 부풀리며 불만 가득한 표정으로 그녀를 보았다.

"그 애가 도율이한테 바보라고 놀렸어요."

"도율이는 바보가 아닌데 바보라고 놀려서 화가 났구나. 그 친구가 왜 그랬을까요."

"……."

도율은 쉽게 대답하지 않았다. 하지만 소율은 인내심을 갖고 다시 한번 물었다.

"그 친구는 왜 도율이한테 바보라고 그랬을까요. 엄마한테 알려 주면 안 돼요?"

이내 아이의 눈가에 눈물이 그렁그렁 맺혔다. 그리고 뭔가 억울한 듯 소리 죽여 울기 시작했다. 도율은 고개를 푹 숙이더니 아직도 화가 나는지 소리 높여 대답했다.

"도율이가 커서 엄마랑 결혼한다고 했더니 엄마랑은 결혼 못 한다고 그러면서 놀렸단 말이에요!"

사건의 진상을 알게 되니 정말 별것 아니었다. 하지만 그런데도 도율에게는 그게 꽤나 중요한 일이었던가 보다. 그저 눈물만 뚝뚝 흘리던 아이는 감정이 복받치는지 엉엉 소리 내어 울기 시작했다. 그 모습이 안타까워 소율이 다가가 달래 주려는 순간, 누군가 초인종을 눌렀다.

딩동—

안양댁이 인터폰을 확인하고서 곧바로 문을 열었다. 그러자 곧 무척이나 바쁜 걸음걸이로 남 회장이 집 안으로 들어섰다.

"아니, 어린이집에서 대체 무슨 일이 있었던 게냐."

남 회장의 모습을 보고서 소율은 낮은 한숨을 내쉬었다.

"시할아버지 오셨어요."

그토록 입단속을 시켰는데도 그새 이야기가 새어 나간 모양이었다.

"아이고, 우리 도율이. 왜 울고 있어!"

놀란 남 회장은 소율의 인사도 듣는 둥 마는 둥 하며 당장 도율이에게 다가가 증손자를 품에 안아 들었다.

"큰할부지!"

증조라는 개념을 아직 모르는 도율은 남 회장을 큰할아버지라고 불렀다. 도율은 자기의 편이 늘어나자 더욱 서럽게 울기 시작했다.

"그래그래, 이 큰할아버지가 왔어요. 누가 우리 도율이를 이렇게 만든 게야."

남 회장의 옷깃이 젖어 들 정도로 도율은 쉽게 눈물을 그치지 못했다. 아이가 계속 울기만 하자 남 회장은 안절부절못하며 소율을 보았다.

"……어린이집에서 작은 다툼이 있었나 봐요."

"다툼이라니! 대체 어느 집 녀석이 감히 우리 도율이를 이렇게 서럽게 만들었단 말이냐. 이 큰할아버지가 가서 혼쭐을 내 줄 테니 말만 하거라."

마냥 도율의 편만 드는 남 회장을 보며 소율을 고개를 절레절
레 저었다.

"도율이가 커서 엄마랑 결혼하겠다고 말한 모양이에요. 그래서
그걸 들은 아이가 도율이를 바보라고 놀렸대요. 그래서 도율이가
그 친구를……."

"우리 증손자가 바보라니! 어디서 당치도 않은 소리를 해! 도저
히 가만히 두면 안 되겠구나."

소율의 얘기가 끝나기도 전에 남 회장은 다짜고짜 역정부터 냈
다. 남 회장은 도율이에게 너무 오냐오냐하는 경향이 있었다. 그
런 점을 절대 좋게만 받아들일 수 없는 소율은 엄한 눈빛을 하고
남 회장을 보았다.

"시할아버지. 그렇게 도율이 편만 드는 건 좋지 않다고 몇 번이
나 말씀드렸잖아요. 그리고 아직 제 얘기 끝나지 않았어요. 도율이
가 그 친구를 밀어서 넘어트렸대요. 놀란 아이는 경기가 날 때까지
울기만 했고요. 지금 이게 도율이 편만 들어서 해결될 일인가요."

소율의 따끔한 충고에 남 회장은 뜨끔했는지 이내 기가 죽었다.

"아니…… 아무리 그래도 도율이는 우리 현설 그룹의 차기 회
장님이 될 몸인데 그런 상대에게 바보라느니 어쩌느니 소리를 듣
는 건……."

"도율이는 이제 겨우 다섯 살이에요. 미래에 뭐가 될지는 앞으
로 본인이 결정할 거구요. 그러니까 자꾸 아이에게 무거운 짐 지
우지 마세요."

보다 못한 소율은 남 회장의 품에 안겨 있는 도율을 떼어 냈다. 그리고 아직도 울고 있는 아이의 머리를 가만가만 쓰다듬어 주었다.

"도율이는 엄마랑 결혼을 못 해서 억울한 거예요, 아니면 바보라고 놀림받아서 억울한 거예요?"

아이는 히끅대며 숨을 고르더니 이내 작게 대답했다.

"……둘 다요."

"그래요. 엄마도 도율이가 기분이 나쁘고 마음이 좋지 않았을 거라고 생각해요. 이해해요. 하지만 그렇다고 해서 친구들을 마구 밀치거나 때리고 다니면 앞으로 도율이는 어떻게 될까요?"

"……."

도율은 이번에도 쉽게 대답을 하지 않았다. 그러고서 도움을 바라는 듯 남 회장을 바라보았다.

"도율이. 큰할아버지 보지 말고 엄마를 보세요. 앞으로 계속 그렇게 화가 난다고 친구를 밀치고 다니면 어떻게 될 것 같아요?"

소율의 질문에 도율은 대답하지 않았다. 오히려 남 회장이 아이의 역성을 들며 대신 답했다.

"아이고, 그만하거라. 아이들이란 원래 싸우면서 크는 게다. 아마 도율이도 미안하게 생각하고 있겠지."

"시할아버지는 이 이상 도율이 편만 들지 마세요."

다시 따끔하게 이어지는 충고에 남 회장은 입을 다물 수밖에 없었다. 어른들의 눈치를 살피던 도율은 이내 고분고분하게 대답했다. 이 집안 내에서 가장 강력한 힘을 가지고 있는 건 소율이라는 걸 은연중에 깨달은 것이다.

"……자꾸 친구들 밀고 때리면, 도율이는…… 친구가 없어져요."

"맞아요. 그러면 도율이랑 놀아 주는 친구들이 없어서 혼자 놀아야 해요. 그리고 나쁜 사람이 될지도 몰라요. 그렇다면 내일 어린이집에 가서 도율이는 뭘 해야 할까요."

"미안하다고 사과해야 해요."

"그래요. 친구야, 어제는 미안했어, 하고 사과를 해야겠죠. 그리고 그 친구에게 이제 바보라고 놀리지 말고 친하게 지내자, 하고 부탁도 해야 해요."

도율은 천천히 고개를 끄덕였다. 그제야 소율은 잘했다는 듯아이의 엉덩이를 토닥여 주었다.

"이제 도율이 울음 그쳤죠. 세수하고 올래요?"

아이는 다시 고개를 끄덕이더니 소율의 품에서 떨어졌다. 그리고 안양댁의 손을 잡고서 세면실로 향했다. 그사이 소율은 남 회장과 둘만 남게 되었다.

"일부러 이렇게 찾아오실 정도로 큰일도 아니었는데……."

"도율이한테 무슨 일이 있다는데 왜 큰일이 아니냐. 내가 당연히 와 봐야지."

"시할아버지께서는 도율이를 너무 금이야, 옥이야 하세요. 남자아이니까 좀 더 씩씩하게 자라도 괜찮잖아요."

"어렵게 얻은 증손자다. 사람 앞일은 모르는 게야. 어리다고 마냥 놓고 기를 수는 없지 않느냐."

자식과 며느리를 사고로 동시에 잃었으니 이렇게 유난인 남 회장의 마음도 어느 정도는 이해됐다. 하지만 남 회장이 그럴수록 엄마가 처음인 소율은 적당한 선을 잡기가 힘들어졌다.

도준은 평소처럼 퇴근을 했다. 세 사람은 함께 저녁 식사를 마치고 잠시 다과 시간을 가졌다. 그리고 도율을 먼저 재우고 도준과 소율은 방으로 들어왔다.

"오늘 어린이집에서 있었던 일은 잘 해결됐습니까?"

"일단은 그런 것 같아요. 아마 내일이 되어야 일이 완전히 해결되겠지만요."

사정을 알고 있는 도준은 더 깊이 묻지 않았다. 그저 힘들어 보이는 소율의 어깨를 붙잡고 가만히 주물러 주기 시작했다.

"소율 씨가 괜히 더 고생만 하는 것 같아서 마음이 좋지 않군요."

"그렇다고 도율이를 탓할 수는 없잖아요. 우리 아이인데. 이 정도 일은 어린아이니까 당연한 거죠."

소율은 괜찮다는 듯 미소를 지었다. 하지만 그녀는 이내 낮은 한숨을 내쉬었다.

"제가 괜히 일에 욕심을 내는 것 같아요. 그냥 아이를 위해서라도 항상 함께 있어 주는 게 더 나을 것 같아요."

일하는 중에도 절대 약한 모습을 보이지 않는 소율은 도율과 관계된 일에는 그렇지 못했다. 아마도 모든 어머니가 그럴 것이다. 언제나 최선을 다하고 있지만 그럼에도 자식에게만큼은 늘 모자라다는 생각을 하게 되었다.

"나는 언제나 소율 씨 편입니다. 그러니까 소율 씨가 원하는 선택을 하도록 해요."

그럴수록 곁에서 힘이 되어 주는 도준에게 감사한 마음이 커졌다. 그는 어떤 일에서도 늘 소율을 우선해 주었다. 그리고 육아에 대해서도 소율의 뜻을 전적으로 따라 주었다. 가끔은 좋은 상담사가 되어 주기도 하고, 기댈 수 있는 든든한 울타리가 되기도 했다. 도준이 없었다면 여기까지 오지 못했을 것이라고 생각했다.

"그럼 돈은 제가 벌어 올 테니까 도준 씨가 전업주부가 되어 달라고 해도 해 줄 거예요?"

소율은 장난스럽게 물었지만 오히려 도준은 진지하게 생각하는 듯했다.

"일단 미리 벌어 둔 돈을 생각하면 그동안에 살림을 내가 한다고 해도 문제없을 것 같군요."

도준의 말에 소율은 진심에서 우러나는 웃음을 터트렸다.

"후후. 평소에 도준 씨가 하는 걸 생각하면 안양댁 아주머니 곁에서 많이 배워야 할 것 같은데요. 아마 1년 내내 배워도 모자랄 거예요."

"어, 그럼 나하고 내기하겠습니까? 내가 1년 안에 집안일을 완벽히 해내는지 못 해내는지."

소율의 장난에 도준 역시도 맞장구를 쳐 주었다. 어깨를 주무르던 손이 그녀의 허리 쪽으로 내려오며 간지럽히기 시작한 것이다. 소율은 이내 자지러지며 몸을 뒤틀었다.

"아아, 항복. 항복이에요. 제가 잘못했어요."

도준은 소율을 따라 웃으며 그녀의 입에 쪽 소리가 나도록 입을 맞췄다. 그리고 그녀를 번쩍 품에 안아 들고 침대로 이동했다. 소율을 먼저 눕힌 도준은 다정한 눈길로 그녀를 내려다보았다.

"도율이에 관해서는 걱정하지 말아요. 우리 아이니까 잘해 낼 겁니다."

"그래요. 도준 씨 말이 맞아요. 사실은 도율이가 이대로 건강하고 바르게 자라 주기만 한다면 더 바라는 건 없어요."

소율의 말에 도준은 다시 한번 입을 맞췄다. 부드러운 입술이 서로 맞닿고 이내 그가 그녀의 아랫입술을 가볍게 물었다. 자연스럽게 입이 벌어지자 그의 혀가 미끄러지듯 그녀의 안으로 들어왔다. 두 혀는 깊게 얽히기 시작했다. 농염한 키스가 이어지는 동안 도준의 손이 그녀의 옷을 조심스레 벗겨 냈다.

"내일 일은 내일 맡기고, 얼마 남지 않은 오늘은 우리만의 시간을 즐기도록 하죠."

그가 소율이 입고 있는 브래지어를 풀어서 침대 밖으로 던져 냈다. 이미 여러 번 겪었음에도 소율은 여전히 부끄러운지 손으로 자기의 가슴을 가렸다.

"불…… 꺼 줘요."

"그러면 소율 씨가 제대로 보이지 않잖아요."

도준은 소율의 손을 천천히 치우고서 그녀의 탐스러운 가슴을 황홀한 눈빛으로 바라보았다. 그리고 조심스레 손에 그러쥐었다. 그러자 그녀가 몸을 살짝 떨었다.

"아무리 시간이 흘러도 당신은 아름답군요."

그는 몸을 낮춰서 봉긋이 솟아오른 가슴을 입 안에 머금었다.
그리고 천천히 정성을 들여서 혀끝으로 그녀를 희롱했다.

"하으……."

그녀의 입술에서 달뜬 숨결이 흘러나왔다. 그것이 신호탄이었
다는 듯 두 사람 사이의 공기가 뜨거워지기 시작했다.

도준은 소율이 입고 있는 하의와 속옷을 마저 벗겨 내고 자기
의 옷도 모두 벗어 던졌다. 그는 그녀의 온몸에 입을 맞추기 시작
했다. 잘록하게 들어간 허리와 움푹 들어간 배꼽 부근도 놓치지
않았다. 그리고 이내 다리 사이로 내려가 풀숲에 입술을 대었다.

"촉촉하군요."

"그런…… 하아…… 알려 주지 마세요."

소율은 부끄러운 듯 손으로 얼굴을 가렸다. 이슬을 머금은 풀
숲 안으로 혀를 들이밀자 소율의 몸이 다시 움찔 떨렸다. 그녀의
꽃잎은 그를 기다렸다는 듯 더욱 붉게 물들기 시작했다. 도준은
이번에도 정성을 들여 그녀의 모든 것을 탐했다. 그럴수록 소율은
더욱 촉촉하게 물들어 갔다.

"하아…… 아아…… 도준 씨."

소율의 음성과 온몸은 황홀감에 젖어 있었다. 언제까지고 계속
될 것만 같던 도준의 애무가 어느 순간엔가 멈췄다.

"괜찮습니까?"

도준의 물음에 소율은 가쁜 숨을 내쉬며 고개를 끄덕였다. 그
녀의 허락이 떨어지자 그는 눈을 맞추며 자기의 남성을 천천히
그녀의 안으로 밀어 넣었다. 마치 처음과 다름없이 빡빡했지만 막

상 들어서면 한 치의 틈도 없이 그와 딱 맞았다.

"하아……."

도준은 긴 숨을 뱉어 내고서 조금씩 허리를 움직였다. 그의 시선은 여전히 소율에게 맞춘 채로 조금도 흐트러지지 않았다. 소율역시 도준과 마주 보며 서서히 호흡을 같이 했다. 밀려들어 오고나가는 순간을 함께했다.

"아아, 도준 씨."

"하아…… 소율 씨."

소중하고 사랑스럽게 서로의 이름을 부르며 두 사람은 하나가되어 갔다. 지금 이 순간만큼은 세상에 오로지 소율과 도준만이존재했다.

"아훗."

하나의 파도에 실려 멀리로 나아갈수록 욕망은 더 크게 자랐다. 그리고 그 끝은 오지 않을 듯 두 사람은 오랫동안 하나의 몸이 되어 있었다. 도준은 한 마리의 맹수처럼 소율을 몰아붙였고소율은 그것을 온전히 받아 내었다.

가쁜 숨결이 방 안을 가득 메울 때쯤, 두 사람은 함께 절정을맞이했다.

"하아……."

욕망을 완전히 분출해 낸 후에도 도준은 소율의 몸에서 떨어지지 않았다. 여운을 즐기려는 듯 한동안 그녀의 몸에 기대어 있었다.

"그러고 보니 도율이가 크면 저와 결혼하겠다고 그러네요."

소율은 도준의 머리를 쓰다듬으며 말했다. 그러자 도준이 낮게 소리 내어 웃었다.

"내 인생에 가장 강력한 라이벌이 도율이가 될 줄 몰랐군요. 이럴 줄 알았으면 딸을 낳을 걸 그랬습니다."

"그러면 아마 제가 라이벌이 됐을걸요."

그녀는 도준을 따라 웃으며 농담을 했다. 이런 순간이 무척이나 마음을 따뜻하게 했다.

그는 소율의 입술에 가볍게 입을 맞추고서 몸을 일으켰다. 그리고 소율 역시도 일으켜 세워 함께 욕실로 들어갔다.

두 사람은 서로의 몸을 씻겨 주며 가볍게 샤워를 마치고 나왔다. 그리고 함께 옷을 갈아입고 침대에 누웠다. 그 일련의 행동들이 마치 일상인 것처럼 자연스러웠다.

"역시 둘째가 갖고 싶군요."

"저도 도율이를 생각하면 둘째를 갖고 싶어요."

소율과 도준은 무정자증에 관해서는 전혀 걱정하지 않았다. 한 번 기적이 일어났으니 다시 생기지 말라는 법은 없다고 생각했다.

"그렇다면 역시 내가 힘을 더 써야겠군요."

도준은 음흉하게 웃으며 소율의 허리를 쓰다듬더니 그녀를 품에 안았다. 소율은 부끄러운 듯 그의 가슴을 살짝 때리더니 품 안에 기대었다.

"도준 씨만 힘내면 안 되죠. 저도 몸에 좋은 것들 좀 챙겨 먹어야겠어요."

"그럼 시간 날 때마다 같이 먹으러 다닙시다. 그리고 밤에 같이 힘내면 되죠."

두 사람은 서로를 마주 보며 미소 지었다. 그리고 다시 입을 맞췄다.

"잘 자요. 꿈에서 만납시다."

"도준 씨도 잘 자요."

여느 날과 다름없이 밤 인사를 나누고서 소율과 도준은 동시에 눈을 감았다. 그리고 스르륵 잠의 세계로 빠져들어 갔다.

검은 하늘을 메우던 달이 서서히 넘어가고 해가 떠올랐다. 알람이 울리기도 전에 새가 지저귀는 소리를 듣고 소율은 눈을 떴다. 그녀는 일어나서 기지개를 쭉 켜고서 아직 깊이 잠들어 있는 도준을 내려다보았다.

"누구 남편인지 참 잘생겼네."

입가에 미소를 머금으며 소율은 도준의 머리카락을 매만져 준 후에 욕실로 향했다. 간단한 세안을 마치고 나와서 옷을 갈아입으려 하자 도준이 자리에서 일어났다.

"잘 잤어요?"

소율의 물음에 도준은 대답 없이 다가왔다. 그리고 언제나처럼 다정하게 입술을 맞춰 왔다.

"오늘도 아주 잘 잤습니다. 이왕이면 소율 씨 꿈을 꾸고 싶었는데 너무 푹 자는 바람에 꿈도 못 꿨네요."

"다행이네요. 저도 꿈을 못 꿨으니 우리 비긴 걸로 해요."

소율의 대답에 도준은 만족스러운 미소를 짓더니 씻기 위해 욕실로 들어갔다. 그사이에 옷을 갈아입은 소율은 방을 빠져나와 도율이 잠들어 있는 곳으로 곧장 향했다. 아이는 아직도 꿈나라에 빠져 있었다.

"도율아. 아침이에요."

소율은 아이의 이마에 살짝 입을 맞춰 주고서 흔들어 깨웠다. 도율은 한 번에 일어나지 못하고 몸을 뒤척거렸다.

"도율이 일어나서 치카치카 해야죠."

소율이 귓가에 나지막이 속삭이자 도율은 마지못해서 눈을 떴다. 그리고 길게 하품을 했다.

"하암. 안녕히…… 주무셨어요."

"우리 도율이도 잘 잤어요? 좋은 아침이에요."

도율의 볼에 입을 맞추고서 소율은 아이를 일으켜 세웠다. 그리고 천천히 욕실로 이끌어서 세안을 도왔다.

평소와 다름없는 아침의 풍경이 그렇게 이어졌다. 안양댁이 준비해 준 아침 식사를 먹고 차를 마신 후에 도율의 등원을 도왔다.

도준이 운전하는 차에 앉은 소율과 도율은 차에서 내리기 전에 잠시 얘기를 나눴다.

"도율이 오늘 어린이집 가면 어떻게 한다고 엄마랑 약속했죠?"

"친구에게 미안하다고 사과하고 앞으로는 친하게 지내자고 말해요."

소율의 물음에 도율은 망설임 없이 대답했다. 그 모습이 자랑스러워서 소율은 아이의 머리를 쓰다듬어 주었다.

"맞아요. 앞으로도 도율이가 잘못한 일이 있으면 씩씩하게 먼저 사과하는 거예요."

"네. 알겠어요. 도율이는 착한 어린이니까요."

듬직하게 말하는 도율이를 보며 소율은 볼에 입을 맞춰 주었다.

"잘했어요. 그럼 오늘도 어린이집에서 즐겁게 지내세요."

소율은 도율이 차에서 내리는 걸 도와준 후에 아이가 어린이집에 들어가는 모습을 지켜보았다. 옆에 선 도준 역시도 말없이 아들의 뒷모습을 바라보았다.

"앞으로도 계속 이런 날이 이어졌으면 좋겠어요."

소율의 말에 도준은 시선을 돌렸다. 그러자 그녀가 활짝 미소 지으며 그를 보았다.

"언제나 함께 잘 자라고 인사하고 같이 아침을 맞이하는 날이요."

"앞으로도 영원히 이어질 겁니다. 도율이가 자란 후에 독립을 해도 나는 영원히 소율 씨 곁에 있을 테니까 말입니다."

도준은 확신에 차서 말했다. 소율은 언제나 두 사람 사이에 관해서 굳건한 의지를 보여 주는 도준에게 고마웠다. 그리고 그와 변함없이 지켜 갈 내일이 기대가 되었다. 나날이 커 가는 도율을 보는 것도 즐거웠다. 소율은 두 남자 사이에서 진정한 행복을 느꼈다. 그리고 그 일상은 앞으로도 쭉 이어질 것이다.

—*The end*

작가 후기

특이하게도 선결혼 후연애가 아니라 선임신 후연애 작품을 쓰게 되었습니다.

읽으시는 동안 재밌게 느끼셨는지 모르겠네요.

부족함 많은 글을 쓰는 동안에 많은 것을 배우고 느끼게 되었습니다. 저는 여전히 글을 쓰는 게 너무도 좋다는 걸 새삼 깨달았습니다. 그런 즐거움을 읽으시는 비타민님들께서도 느끼셨으면 좋겠습니다.

이번에도 글을 쓰는 동안에 많은 일이 있었습니다. 몸도 좋지 않았고 심적으로도 많이 힘들었습니다. 그래서 많은 분들의 응원과 사랑이 없었다면 절대 끝내지 못했을 겁니다. 제가 여러분을 비타민이라고 칭하는 이유가 거기에 있답니다. 힘을 잃은 저를 언제나 쌩쌩하게 일으켜 세워 주시니까요!

그러니 저는 앞으로도 그 마음에 보답하기 위해 노력할 생각입니다.

이 책을 읽고 계시는 비타민님들께 정말 감사하다는 말씀 드리고 싶습니다.

앞으로도 좋은 모습을 보여 드릴 수 있도록 힘내겠습니다.

다음에 다시 뵙는 순간까지 건강하시고 사랑 안에서 평안하세요!

이백린 드림.

www.b-books.co.kr

www.b-books.co.kr